Thomas Hardy

哈代 文集

The Mayor of Casterbridge

长篇小说

卡斯特桥市长

张玲 张扬 译

人民文学出版社

托马斯·哈代 (1840-1928)

英国诗人、小说家。他是横跨两个世纪的作家,早期和中期的创作以小说为主,继承和发扬了维多利亚时代的文学传统,晚年以其出色的诗歌开拓了英国20世纪的文学。哈代一生共发表了近20部长篇小说,其中最著名的当推《德伯家的苔丝》、《无名的裘德》、《还乡》和《卡斯特桥市长》,诗8集,共918首,此外,还有许多以"威塞克斯故事"为总名的中短篇小说,以及长篇史诗剧《列王》。

《卡斯特桥市长》是哈代的重要代表作之一,既体现了哈代创作一贯的风格,又独创了别具一格的艺术特色。这部小说的内容,不论是在历史的和现实的社会认知方面,至今都有鲜活的意义。打草工出身的主人公亨察德,经过自身的努力发奋,二十年后当上了卡斯特桥市长,但灾难也接踵而至。由于他的刚愎、偏执,在竞争中陷于破产,并因丑闻而众叛亲离,凄惨地死去。作者通过对这一悲剧人物的描写,揭示了人格的双重性与复杂性,探索了人性与社会发展之间的永恒矛盾。

图书在版编目(CIP)数据

卡斯特桥市长/(英)哈代(Hardy,T.)著;张玲,张扬译.—北京:人民文学出版社,2003
(哈代文集)
ISBN 978-7-02-004175-6

Ⅰ.①卡… Ⅱ.①哈…②张…③张… Ⅲ.①长篇小说—英国—近代 Ⅳ.①I561.44

中国版本图书馆 CIP 数据核字(2003)第 011097 号

责任编辑　马爱农
装帧设计　陶　雷
责任印制　徐　冉

出版发行　人民文学出版社
社　　址　北京市朝内大街 166 号
邮政编码　100705
网　　址　http://www.rw-cn.com

印　　刷　河北新华第一印刷有限责任公司
经　　销　全国新华书店等

字　　数　330 千字
开　　本　880 毫米×1230 毫米　1/32
印　　张　13　插页 2
印　　数　3001—6000
版　　次　2004 年 3 月北京第 1 版
印　　次　2019 年 6 月第 2 次印刷

书　　号　978-7-02-004175-6
定　　价　56.00 元

如有印装质量问题,请与本社图书销售中心调换。电话:010-65233595

总　序

常言:人生能有几回搏?

一个人,在生命的途程做了几次精彩的拼搏,那必定是伟人。

距今一百六十三至七十五年间,在大西洋北部那座地理位置偏远的小岛英格兰的西南海疆,就有过这样一个人。一个乡村手艺人的儿子和孙子,一个以建筑行学徒为谋生起点的少年,一辈子在生命之途寻求、探索,始终按捺不住心头怦然躁动的创作欲火,先以诗歌敲击文学之门而不得入,继以小说——再试,终于打开通途;于是他奋笔急进,经历近三十度寒暑,建造出一座座赏心景点,曲径深处,他却又戛然转向,重振凤志,迈向坦荡荡诗歌之路,奋进不停,直至最后一息。在他生命的尽头,他曾欣然直面公众,仿佛在说:"看,这就是托马斯·哈代!"

在作为人类文明一个重要组成部分的文学领域之内,哈代属于大家之列,他以自己创作体裁之众多、题材之广泛、思想之深远、艺术之高妙而拥有不没的历史地位。由于他本身是以小说家出道,也由于他主要是以《德伯家的苔丝》《还乡》《三怪客》等长、短篇小说而引荐给中国读者,长期以来,在中国,哈代就是小说家哈代;而小说家哈代,就是写《德伯家的苔丝》《还乡》《三怪客》等几部小说的哈代。近二十余年,研究哈代、翻译哈代、出版哈代的同好同行大有增长,哈代,作为十四部长篇小说、近五十帧中短篇小说、近千首短诗、一部巨制史诗剧和一部幕面诗剧作家的全貌,才在我们面前逐步展现。

小说——晶体的众多棱面

正如中国读者最熟悉哈代的《德伯家的苔丝》《三怪客》等三五种小说一样,即使在哈代本国或与其同种、同语的一些国家和地区,从哈代生前,直至身后四五十年间,阅读、研究哈代小说的重点,主要也只在《德伯家的苔丝》(1891)、《无名的裘德》(1896)、《还乡》(1878)、《卡斯特桥市长》(1886)、《远离尘嚣》(1874)、《林居人》(1887)、《绿林荫下》(1872)等七部长篇,也就是哈代为自己的小说分类时所说的"性格与环境的小说";其余七部,即哈代所称"罗曼斯与幻想作品"的《一双湛蓝的秋波》(又译《一双蓝眼睛》,1873)、《司号长》(1880)、《塔中恋人》(1882)、《意中人》(1898)和"精于结构的小说"《枉费心机》(又译《非常手段》,1871)、《贝妲的婚事》(1876)、《冷淡女子》(1881)以及他的中短篇,多被视为哈代的"次要作品",其中有些甚至被列为"游戏之作"或谓"怪异之作"。二十世纪后半期,特别是在哈代逝世五十年前后,随着时日前进,接受与研究方法和视野大为拓展,对哈代生平的相关资料又已得出具有重大意义的发现,哈代身后的形象也日趋多样。在欧美普通读者印象中,哈代首先是写地方色彩的小说家,欧美和我国三十年代的批评家称他为自然派;马克思主义的批评家将他归入批判现实主义作家之列;女权主义批评家特别关注哈代身为男性作家对女性人物性格、心理、行为和命运深切的兴趣和同情;精神分析派从哈代的小说中发掘出大量心理构成和潜意识因子;也有些学者坚持认为哈代完全属于维多利亚时代,或从哲学、社会学角度探讨哈代的不可知论、唯意志论、悲观主义以及环境—动物保护主义……种种方面做研究,这不仅说明早期人们焦注的"性格与环境的小说"经受住了时间的检验,而且他那些久被视为另类的作品,也被换了时代眼光的人们所理解、领悟和发现,小说家哈代也愈益崭露他那晶体般多层面、多棱角的全貌。

哈代将他的小说按前述三类划分并见诸文字,是在他的威塞克斯版《小说与诗歌集总序》中,发表于一九一二年。其时,哈代已封笔小说创作,分类,是他对自己这一门类小说样式创作的一种回顾和总结;但也正如他在该序言中所说:"不能设想,在每一部作品的每一页上,都可以一清二楚地辨认出这些区别。完全可能发生混淆不清和可此可彼的情况,这是不可避免的。"原因很简单:文学艺术创作的成果,不是科学技术生产的产品。哈代只在完成全部小说创作后回溯反思自己的创作过程中才做此分类,而不是预先设定自己创作成果的类别,这也恰与文学艺术创作的普遍规律相符。哈代对自己小说的这三种界定,这也有明确的解说,其中最易于顾名思义的,自然是"罗曼斯与幻想作品",那应是属于浪漫主义之作。我们从用词上看,哈代只称它为 Romances and Fantasies,而不是像对第一类 Novels of Character and Enviroment 和第三类 Novels of Ingenuity,称之为 Novels of Romance and Fantasy,虽然只是小小的一字之差,却也可悟出语义有别,暗示着这类作品中带有轻松之作、游戏之作的性质,特别是其中的一些中短篇,诸如《贵妇群像》等等。对于哈代小说的第三类,按作家本人的解释,应是"其兴趣主要在于情节本身","它们含有实验性质"。显然,这是按其实验性的创作方式所做的分类,而不是按其内容划分,因此也似乎不宜译作"阴谋与爱情"的小说。

哈代小说的第一类,**性格与环境的小说**,如前所述,是哈代小说的重头,代表了作家创作思想、艺术和风格的最高成就,迄今仍是读书评论界最为关注的部分。"性格"和"环境"已是含有文艺和科学双重意义的名词,在当今媒体和口头出现率颇高,它们的产生和发展,却是源远流长。性格,通常指人处世为人所表现出来的精神素质特征,属于人性的范畴,在文学上,更是直接指代人物。作品中,关于人物性格的表达与剖析,至少可以追溯到千年前的古希腊时代。十六世纪的文艺复兴,冲破中世纪封建、宗教的蒙昧,人文精神大大彰显,随之也带来人性的复兴,文学艺术作品对性格的表现,也达到空前的成就,从莎士比亚的戏剧,可见一斑。十七世纪,英国更出现了"性格特写"一类作品,以托马斯·欧弗伯利(1581—1613)为代表,尤可见文学家对人性中此一重要部分的特别关注。这类作品,也给英国十八世纪和十九世纪写实小说的性格刻画开凿了先河。

环境——人所赖以生存的环境,包含自然的和社会的两个方面,本来也是人类文明史上一个古老的命题,十九世纪哲学和自然科学,特别是达尔文和赫胥黎的生物学新论,则将对它的研究推升到一个更加理性、科学的地步。哈代小说创作大致起止于这个世纪的末叶,这也正是《物种起源》(1859)和《天演论》(成书出版于一八九三年,但此前早以讲座形式问世)等伟大生物学著作问世的年代,哈代身为求知若渴的小说家,研习并接受了他们的学说,将这种时代的新知融入了他的创作思想。他的性格与环境的小说,重点就在探讨人与环境的关系——磨合与冲突。他的人物,总是在这种强烈的动感中显现艺术特性,也总是在这种磨合与冲突中完成自己的命运。哈代在他自己的文学论文和前述序言中曾明确表示,自己是"真实坦率"地"反映人生、暴露人生、批判人生"的作家,那么,表现人与环境的磨合与冲突以及在此过程中命运的完成,就是区别哈代与其他写实小说家最主要的特色。

哈代小说中的环境,也包含了自然的和社会的两个方面,而从总体看,归根结底,还是表现人与社会环境之间的关系,后期作品如《德伯家的苔丝》《无名的裘德》《卡斯特桥市长》,在表现人与社会环境冲突方面所承载的震撼力,也是向来少有。只有较前期的作品,如《远离尘嚣》《还乡》《林居人》当中,自然环境才成为小说中也是相当重要的组成部分;但是其中表现人与环境关系时,又多是自然与社会环境交互作用。不论是在表现人与自然还是与社会冲突、磨合等关系当中,这些性格与环境的小说往往表现的是人的卑弱与无奈,虽几曾挣扎、对峙,最终不得不悲怆地屈服甚至湮灭。这也反映了从哈代自身经历和时代哲学中获得的理念,带有世纪末的宿命的悲剧色彩。

哈代小说的创作道路,也正如其人生的道路,充满坎坷、崎岖、回旋和奋争。身为出身下层、无资历、无财产、无举荐提携的刚刚出道的青年建筑师,他早年的诗作被拒之于诗坛阶下;他的第一部小说,也是真正属于哈代风格的社会讽刺小说《穷汉与淑女》又遭出版商漠视而流产。在这种文学事业出师不利的情势下,他才不得已而改弦更张,创作了《枉费心机》这部以阴谋、爱情、凶杀、侦破为内容的通俗情节小说,成为他首部问世的处女作。这部作品固然情节紧张,结构精巧,富有悬念,人物刻画、景色描写等方面也都已初现哈代的水准,而且也确定了哈代小说创作社会批判性的主流趋势,但是此后哈代并没有沿着这条通俗小说的道路继续前行。从第二部小说《绿林荫下》开始,在他近三十年的小说创作生涯中,他始终坚持着严肃的、社会批判小说的主道。他创作那三种不同类别的小说,也总是穿插进行,这更说明他不囿于单一创作方面,而是在不断摸索、实验中力求艺术创新。不过,无论哈代是运用写实、浪漫还是其它创新手法,地方色彩确实还是哈代小说一个贯串始终的特色,这也正是至今读书评论界喜欢称他为写地方色彩小说家的原因。

哈代**地方色彩**所表现的"地方",是指以他故乡多塞特郡及其周边的哈代故乡为中心的英格兰西南部一带地区,北起泰晤士河,南至英吉利海峡,东以温莎至海灵岛一线为界,西达康沃尔海岸止,恰正相当于英格兰中古威塞克斯王国的版图,因此哈代在小说中称这里为威塞克斯,并以这里为地理背景和人文背景,最后还以"威塞克斯小说"标明他的地方色彩的具体特征。这一带本属英格兰偏僻的牧区,在哈代的时代,还少受工业化所带来的自然与人文环境的污染,至今也仍保存了山清水秀、空气明净、民风淳朴的风貌;但是哈代不是仅仅表现自然美的风景画家和民俗画家,他没有忽略作为偏僻落后地区,这里愚昧保守、因循苟且的种种痼疾。在创作中,他表现出的是爱恨交织、褒贬并施的乡情。这说明,哈代也不是抱残守缺的狭隘地方主义者,他的社会批判性,主要也是在这一地区范围之内完成的。

哈代小说中大大小小的人物,绝大多数都是他那威塞克斯土生土长的土著,但是,在机器开进田间,普及教育扩展到乡镇的情势下,他们的平静已经打破,一些人随旧时代而被淘汰,一些人——特别是其中的俊杰之士,起而迎接时代的挑战,追求和创造自己的发展和幸福,只不过他(她)们的起步点尚嫌太低(特别是那些来自下层社会的青年男女),新旧两种时代潮流的冲击令他们浮沉升落难以自持,往往酝酿、上演悲剧。哈代小说中的人物一性格,是带有"威塞克斯"地方特色的,但也正如他自己所说:"在威塞克斯也有十分丰富的人类本性,足够一个人用于文学";而且"虽然表面看来,这些人的思想感情都带有地方色彩,而实际上却是四海皆然。"从这层意义上说,哈代更不是狭隘的、猎奇的地方色彩小说家,他是寓世界于地方,通过地方,表现世界。这更加说明,哈代绝非狭隘的地方主义作家。

依哈代的身世和气质来说,他成为写乡土文学的作家本是顺理成章之事。他自幼生长在多切斯特近郊的偏僻乡村,住所紧邻荒凉的"大荒原",也就是爱敦荒原的原型;本人又生性淳朴慈善、亲近自然,一生中除早年有五年时间在伦敦寻求发展,大部分时间都是在他的故乡一带乡镇度过,因此在他从事小说创作的过程中,始终能够不断从故乡的泥土中汲取营养。

不过,哈代虽然长期生活在远离尘嚣的乡间,但他绝非孤陋寡闻的乡曲腐儒,伴随着他那紧凑多彩的创作生活,他终生都在研习、探索、游历并参与社交,从故乡之外的广大世界吸取新知并用于创作,他是以哲人的胸怀,预言家的眼光观照人生,并在自己的小说中注入了事实证明本应属于二十世纪的意识。他的小说中,常常出现现代或现代人(modern)一词,就是裘德、淑、游苔莎、苔丝、安玑·克莱等或多或少具有时代先进思想的一代二十世纪现代人的雏形。哈代通过这些人物的超前思想言行,他们的想望追求,自觉地呼唤着新世纪的到来,但在当时毕竟和之者寡,甚至招来物议和非难,时至今日,这些小说已经出版超过一个世纪,我们在阅读时却能生种种现实之感。而哈代小说中这种思想的超前性,也是决定他身为跨时代作家的重要因素。

诗歌——才情的尽兴抒发

文学作品形式的分类,韵文与散文,犹可说也;如果论及小说、诗歌、剧本等等,其实从来并无明显界限。中外古今很多文学大师,都是说部、诗部、戏部等等的双栖或多栖人物。有些人单一写小说,但他们的小说中包含了诗意、剧情;有些单一写诗,但他们的长篇叙事诗也可视作韵文体小说,在这两方面,哈代都是最具说服力的作家之一。

他少年时代就立志为诗人。他当时的习作,也是从诗歌开始。只是因为时之不利,他才改择小说之路起步文坛,因此我们能从他每一部作品,不论是写实的、浪漫的、还是情节的,体味到他那诗的激情与意境,因此在他从小说的战场上挂甲休歇,重整诗旗的时候,更似驾轻就熟,如鱼得水;另方面,因为哈代又是天才的小说家,他在自己二十余年小说创作的实践中,无疑也有这种自我发现,因此,在他从小说转营诗歌的初期,小说创作意犹未尽,从他那些短篇幅的叙事诗中,我们仍可发现他那些小说创作的思想风貌。因此我们可以说,哈代总是这样诗中有文,文中有诗,诗与文浑然天成。至今各国哈代学的同行们仍常作争论,诗人哈代与小说家哈代究竟孰高孰低,似乎并无必需。

他的第一部诗集名《威塞克斯诗集》,出版于一八九八年,是在最后一部长篇小说《意中人》(又译《挚爱者》)成书出版后一年。从此,历经又三十余年,至一九二八年逝世,在与史诗剧《列王》创作出版并进期间,他又出版了《昔今诗集》(1901)、《时光的笑柄》(1909)、《境遇的嘲讽》(又译《命运的讽刺》,1914)、《瞬间幻影》(又译《瞬间一瞥》,1917)、《晚近与早年抒情诗》(又译《早年与晚期抒情诗》,1922)、《人世杂览》(1925)、《冬日之言》(1928,逝后),总共八部,加上日后陆续收集发现的二三十首逸诗,总共约千首。公众接受他的诗作,并非盲从于他那小说家的盛誉,而是这些诗作内在的品质。哈代将这些诗作的第一部送交出版人时更特加说明:如果预估这些诗上市不火,作者可以自费承担其风险——以其当时已稳立文坛,成为虽有争议但确名闻遐迩的小说家身份,却仍像他早年呈《枉费心机》试涉文坛时一样谨慎、谦和,亦足可见这位文学大师的君子之风!

上述哈代诗集的这些中文译名,其实大多是一些缩写版。如译全名,很多都有后缀或前缀的一串文字,诸如《威塞克斯诗集及其他》《境遇的嘲讽,抒情诗和幻想曲》《瞬间幻影及杂诗》《人世杂览、遐思、歌曲及小调》《各种调门与节拍的冬日之言》,如此等等,由此即可见哈代各部诗集中,都有不同内容、不同形式作品辑录。这些诗集虽然出版时序明晰,但是其中写作时序,却杂错纷然,而且很多写于早年的诗,经长久尘封,出版前多有修改,再加上哈代诗个人性极强,涉及隐私,发表时往往是真事隐去,因此,像他的小说那样,按通常采用的依时序着手编排研习,确属不易。其实,依作品内容和形式给哈代诗分类,也不顺畅,因为一方面,诗也如小说一样,都并非科技产品;另方面,哈代诗内容形式丰富多彩,各类诗中的不同诗组常呈杂错、重叠,界限划分难以明晰确定。仅从哈代自编自辑各部诗集目录,我们可以大致看出,他对自己的诗,有些是按题材或谓内容分类,如爱情诗、战争诗、杂诗等;有些是按写作时间分类,如昔今之诗、一九一二至一九一三年诗;有些是依诗歌采用的样式分类,如抒情诗、叙事诗、歌谣体诗等。为方便解说,我们仅从叙事诗、抒情诗、战争诗、感悟哲理诗等方面略说一二。

在哈代的第一部诗集《威塞克斯诗集》中,**叙事诗**占有很大比重,在随后几部诗集中收集的早岁诗作,也多有此类。从性质上说,叙事诗本来就是浓缩的韵文体小说,哈代这类诗,更是如此。其中有些篇幅稍长,有景物描写,有情节叙述,有人物对话,表达的是一个完整的故事;如《贵妇人的故事》《替身》等。有些恰与他小说的内容呼应,如《苔丝的哀歌》《植松人——玛蒂幻想曲》(玛蒂是小说《林中人》中的次女主人公);或者就是他小说中的插曲,如《军士之歌》(用于《司号长》)、《生客之歌》(用于《三怪客》)。这些诗除具有通常叙事诗的特质之外,又有哈代叙事诗别具的特点,就是借事抒情,通篇可以完全只用平常表意的中性词,但在娓娓道来之中,却传达出强烈的爱恨情仇。

哈代的**抒情诗**,包括爱情诗、悼亡诗、友情诗以及亲情诗。这些诗虽归做一类,却又各具风格。大体说,他的悼亡诗、亲情诗和友情诗更接近传统上的同类诗作,只是在表达上,更显得善于抓住现实中的细微事物构成意境。一九一二年其前妻爱玛逝世后他写的大量悼亡诗,以及《威塞克斯高地》《最后的手势——悼念威廉·巴恩斯》等友情诗即是。但是他那些纯写男女情爱的诗,却明显地反传统:少有浪漫、激情和对美好幸福的憧憬,而多现实、低沉和对阴暗冷峻的直面,如《灰调》(或译《灰暗的色调》)、《她之死及身后》、《怀念费娜》以及《常春藤老婆》等等。在这类诗与哈代本人感情生活的悲欢遭际之间,大有蛛丝马迹可循,也比小说中更直露、更充分地表达了哈代那种超前的、现代人的阴郁、无奈以及玩世不恭或愤世嫉俗。这类诗固然是非常个人化的抒情,然而它们抒发的那种浓烈、强化的情感却又具有十分通常普遍的性质,令人并不感到陌生;而对历经沧桑的人,则更易生肺腑之感。这也正是哈代这位五十八岁方出道的诗人不同凡响之处。

在《昔今诗集》《瞬间幻影》《威塞克斯诗集》等集中,都有标题或不标题的组诗或独立的**战争诗**。这类诗从内容说,基本主调有二:其一,反战——这是哈代身为人道主义者、环境保护的先驱者终生不贰的立场,也就是坚决反对涂炭生灵、破坏自然和人类文明的不义战争。《昔今诗集》中的战争组诗,直接针对英帝国入侵南非的"布尔战争",显而易见是这类诗的典型。但是,对于愤然而起以暴抗暴的战争,他则表现了明确的关注、支持和热烈的颂扬以至参与——这就是哈代战争诗的基本主调之二。《瞬间幻影》中的《战争与爱国主义组诗》发表于第一次世界大战期间,是一组艺术性极强而又具有强烈爱国情绪和昂扬斗志的战歌。《威塞克斯诗集》中追忆、缅怀历史上英国反拿破仑战争的百余行叙事诗《警报》和史诗剧《列王》,也属于贯串这种爱国情结的作品。另有一些与战争相关的诗,诸如《他杀的那个人》《海峡炮声》《一九二四年圣诞节》等,可见哈代这位跨世纪的时代见证人,对战争这一大规模杀伤性、毁灭性、非理性暴行的日趋否定和厌恶以及他身处第一次大战硝烟甫散之际,又听到为另一次大战磨刀霍霍之声时,那种痛心疾首的悲愤。

哈代诗中另有一类,这里姑且称之为**感兴诗**。所谓感兴,是指诗人日常对于或触目所及,或回首偶忆某人某物某事或某种内心活动有所感悟而生发的诗作,包括诗人对人生、对命运、对自然、对宇宙、对自我的臆想和哲理性的认识。诸如哈代第一部出版的诗集中那首著名的《运数》(又译《偶然》),写于二十六岁,是青年哈代对自我和人生命运的思考;《大自然的询问》,是诗人对宇宙的思考,也可谓英国的《天问》;《昔今诗集》中《健忘的上帝》是对基督教中万物主宰上帝的质疑,它们所表达的基本思绪,是怀疑、否定、不知所之的无可奈何。这种思绪,与哈代小说所表达,一脉相承,上通古人,下贯二十世纪以来的现代人,至今仍能引发我们强烈的震撼和共鸣。

又有一些哈代写于中老年的诗,如《暮色苍茫听画眉》(又译《黑暗中的画眉》)、《身后》是哈代对自我人生的感悟或总结。也像他的《运数》等诗一样,哈代善于运用人们平素熟悉的普通事与物做比喻、隐喻,构成一种鲜明的意象,表达一种强烈的哲理性思绪,类似中国古代的讽喻诗。那首著名的《两强相遇》(又译《会合》),副题"写于泰坦尼克号失事",也与早年的《运数》《健忘的上帝》等遥相应和,但已更进一层,不仅从个人主观立场出发诘问大自然和质疑上帝,而且更客观,也更宏观、更全面地诘问和质疑宇宙,表达了一种对人类与自然和宇宙关系深切而又冷峻的观照,富有叔本华式的唯意志论色彩。这在他的史诗剧《列王》中,更有具体、强烈的表现。从这类诗,我们可以看出,哈代是以意象发言的哲人。再读他那些讽刺诗,我们更会发现,他又是以意象表情达意的讽刺家。

讽喻装配了锋芒,就成了讽刺。哈代的讽刺性,犹如他的哲理讽喻性,在他的小说中,早就频崭峥嵘,而他讽刺的客体,也不是局促于一人一物的凡庸之属,而是同样深蕴哲理,只不过由于锋芒锐利而更加透辟淋漓,更易发人猛醒,诸如《时光的笑柄》和《境遇的嘲讽》等集中的讽刺诗,均属此类,其中那首《啊,是你在我坟上刨土》(又译《咳,是不是你在我坟上刨?》),对世态炎凉的讥讽,虽不敢妄称绝后,也可谓英国讽刺诗的空前之笔。

哈代的诗,有些模仿民歌,有些试用古老的十四行诗体,但从总体看,也像他的小说,是不拘一格,不断创新。身为建筑师出身的诗人,他用语俭约,言之凿凿,仿佛文字就是砖石,行文就是踏踏实实地用砖石一块块地堆砌房舍;他在安排诗段、摆布诗行时,也像写小说时讲究并创新结构一样,也常别做新样,以娱观瞻。我们仅以他那首杰出的悼亡诗《石上倩影》和《两强相遇》为例,早有评论者发现:前者,三段,共二十四行,各段诗行起止错落有致,从视觉上说,颇似欧洲和英国古典建筑的造型;后者,十一段,每段三行,各段相应诗行均有相同的起止位置和相等的音节,每个诗段形成一艘船形,和诗的主题一致,在阅读时,首先从视觉上,就引起一种特殊效果,这与一百年后我们这个新千年之交的一些创新诗作,也不无相似之处。

纵览哈代的全部诗歌创作生涯,也可见他是一位天生赋有诗人气质和才能的人。从少年时代起,他就在不知不觉中默默试笔写诗,迄今发现他写作最早的一首诗,题名《居所》,写于大约十七岁。他的八部诗集,虽都是五十八岁以后结集出版,但从各篇的写作年代可见,他是在求学、谋生和小说创作的四十年漫漫人生长途中,始终在试笔和积累诗作。早年,遭漠视而转为小说创作,中年以后,小说创作出版渐入佳境,在遭争议中取得稳定的社会承认后,他也从未放弃诗歌这一自己酷爱的文学形式。所以,如果说哈代的小说写作含有权宜的、功利的目的,他的诗歌写作,则更为发自天然,更少功利之心。大多数文学圈内人士,可能自幼都涂抹过所谓诗的长短句,其中一些人,一路顺风,少年成名;另一些,改弦更张,另谋它途,老大后甚至与诗绝缘,因此给人一种印象:诗是青少年人之事。像哈代这样,连续发表小说佳作二十余年,在其生活的当日,已令人瞩目,却又戛然转轨,奋而找回自己的诗歌之路,以近花甲之年,却像毛头小子一样从头推出一部部诗作,而且仍然表现出才思泉涌的态势,细顾古今中外文学史上,这样的文学家,曾有几何?如果哈代不是生就的诗人之才,不是骨血里具有世情俗物腐蚀不尽、剥离不开的诗气诗魂,这种晚年起步的诗歌事业,怎能成为现实?反而观之,哈代写诗,始于十余岁,一直坚持至八十有二,其"诗寿"竟达近七十年,也可谓长矣!正是这种长期磨炼而成的道行,造就了哈代那种深沉、醇厚、老到、隽永的诗品,绝非平常猛浪、虚浮的少年诗作所堪比附。

史诗剧——诗文创作之集大成者

英国文学史上,历来不乏文学(广义的)与戏剧双栖的作家。文艺复兴以来,早有莎士比亚、本·江森(又译琼生)、约翰·弥尔顿、亨利·菲尔丁,到哈代的十九世纪,专写小说的前辈狄更斯晚年自编自演由自己的小说改编的朗诵、说书脚本,也是一种戏剧参与;稍晚于哈代的王尔德,也是多栖的重要作家。哈代由于天赋多种文学艺术才能,且具有强烈的挑战精神,再加上自早年深受古希腊和英国戏剧的哺育,晚年参与戏剧写作,自然也不是勉力而为。他的小说创作事业结束不久,他即亲自改编自己的作品,如《德伯家的苔丝》《还乡》《三怪客》等,先在自己家乡多切斯特上演,自然不在话下;他的小说在他生前以至今日,也不断为专业戏剧作家改编,搬上舞台、银幕和荧屏,这也只说明他的小说在情节构思、语言对话等方面富有戏剧因素;而他本人在创作出版洋洋长短篇小说和诗歌的同时,又推出了长、短两种戏剧作品,史诗剧《列王》和《康沃尔王后著名的悲剧》,则也是他全部创作不可忽略的一个有机构成。

《康沃尔王后著名的悲剧》是一部幕面剧。这是英国一种古老的诗体(韵文体)民间戏剧形式,题材多为古代英雄故事,从小说《还乡》第二卷四、五、六节对此种剧上演断断续续的描述,即可见其一斑。《康沃尔王后著名的悲剧》故事情节,选自欧洲古老的民间传说,是英格兰康沃尔的王后伊秀特、国王马克、国王之侄骑士垂斯川以及爱尔兰公主伊秀特之间的四角恋爱悲剧。在哈代之前,德国大音乐家瓦格纳曾编剧、作曲创作了三幕歌剧《垂斯坦与伊棱德》,于一八六五年首次公演于慕尼黑,是作曲家晚年的作品。哈代自幼具有音乐天赋,一生喜爱音乐,一九〇六年在伦敦欣赏过瓦格纳的几次音乐会后,曾在自传中记下他特别喜爱瓦格纳晚期的音乐作品,他的这出幕面剧,恐怕也不会不从这位音乐大师处获得灵感。

《康沃尔王后著名的悲剧》出版于一九二二年,四年后哈代与世长辞,作者先前曾见到它在多切斯特由非专业剧团演出。全剧不分幕,共十四场,另附序幕和尾声,由民间传说中家喻户晓的术士莫林以精灵的形象出现,充当"致词人",为剧情增添了神秘气氛。整个戏剧进行当中四个主要人物的爱情、龃龉、误杀、殉情,则充满阴错阳差的失误和偶然的巧合,弥漫着宿命的悲剧色彩——这也与他的小说和诗歌中的一种情调恰相吻合。这部剧作也曾由专业戏剧家搬上舞台和屏幕,但在哈代浩繁的诗文作品中,只能算是小品一帧。恰巧,也是与他的第一部通俗小说遥相对称。

当今的哈代普通读者对待**《列王》**,显然远不如对他的小说和诗歌那样热切、关注,但是从它的第一部出版至今的百余年中,它始终在陆续以节选或改编的形式被人移植上舞台。

按这部皇皇巨制扉页标题下的作者说明,即可对其性质略知大概:

  对抗拿破仑战争的一部史诗剧
   三部,十九幕
   一百三十场暨
  情节所跨越的时间约十年

哈代从青少年时代起就从故乡亲人口中听到有关刚刚过去不久的这场战争的一些故事,稍长又开始有意识地收集、积累有关的素材,孕育、构想自己的主题。十九世纪九十年代停笔小说创作,与编辑、创作、出版诗歌同步,他开始动笔起草这部巨作,三部陆续成书出版于一九〇四年、一九〇六年和一九〇八年。剧中时间跨度为一八〇五至一八一五年,从拿破仑乘在欧陆战场所向披靡的威势向英国宣战开始,到在特拉法加和奥斯特里茨海陆两个战场一负一胜,随后渐趋由盛而衰,最后节节败溃。第一部突出法英两国政治军事的对垒;第二部主写拿破仑与英、德、奥地利、俄、西班牙的政治交锋和军事行动,以及拿破仑在军事渐渐失利后为政治目的而休妻,并与奥地利皇室联姻;第三部写拿破仑因陷俄罗斯腹地几近全军覆没,在欧洲各国节节败退,直至滑铁卢决战后彻底崩溃。作为史诗,哈代以高视角、全景观的大制作,面对十九世纪初欧洲近代史上这场空前的大震荡、大灾难,通篇响彻人道、正义的主旋律。

哈代不是史家,也没有对这一历史阶段的整个进程全面负责,而只是撷取这一历史过程中一连串关键性的要事和细节加以艺术的敷陈、演义和剖析,所涉及的人物、事件及细节,都是以最接近历史真实的文献记录为据——这是哈代长期查找资料、研读典籍、寻访古迹和遗民以至尚存的英国参加滑铁卢战役老兵的收获,而不是凭作家一时心血来潮,信笔戏说,这是哈代学术地(academic)对待历史题材的方法,也正是哈代从事文学创作时学者式(scholarly)态度之一斑。

哈代身为文学巨擘,拥有较通常文学家更丰厚的资质:首先,他是精于结构,善于刻画,天赋诗情和同样驾驭散文与韵文的全才和高手,这是他能小说、诗歌、戏剧并举的先决条件;其次,他性格内向深沉,乐于思索探究而又视野开阔,具有悲天悯人的心地,这又为从事具有哲学意味创作所必不可少;再次,他从不自我满足,勇于艺术创新和擅做自我挑战。另外,岁寿绵长、体魄康健也给了他在漫长一生不断选择和转换创作方向、充分展示个人艺术才能和宇宙人生见解更多的机会。人至晚年,作为小说家他早已功成名就,作为诗人也充分实现了发自少年时代的宿愿;但是,作为一个见证世事沧桑、遍尝生活苦乐的老人,一个博览经史、饱经内省的哲人,他那些对宇宙人生独特而又超前的见解,虽在他的小说和诗歌中屡屡表露,但终似嫌意犹未尽,采用一种长篇巨制的形式,尽兴表达自己复杂的宇宙观和人生观,则成为势在必行。

按文学体裁分类,哈代将《列王》称之为剧,但以它这样的高视角、全景观、多幕场、多人物,其实并不适用于传统的戏剧舞台和导演手法。哈代自己对这点并非无所知觉。他在这部剧作的前言中早有交代:他当初的创作意图,并非为舞台演出提供脚本,而只是供人案头阅读时在心里演出。把握哈代的此一创作意图,恰可以更好地欣赏这部巨作的精要与魅力。

他将剧作的场景人物分为上下两界,下界是人间凡尘,上界,借用古希腊戏剧的格式,是超然人世的另一个境界;不过哈代是以一个"意志"(will)代替"众神的主宰",其下有岁月精灵、怜悯精灵、传谣精灵、凶险精灵、地球之魂、书记天使等虚无缥缈的人物和它们的合唱队。下界则是以拿破仑为主角的欧洲参战国双方的帝王将相、后妃命妇、各路将领、军士和市民、军人妻子、情妇、流浪汉、娼妓等等五花八门的苍生,以至战马、战场上的狗、兔、田鼠、蜗牛、蝴蝶等小小有生之物的芸芸众生。全剧所用语言,主要有无韵诗、格律诗以及散文。正如哈代小说中包含诸多诗歌、戏剧成分,诗歌中包含诸多小说、戏剧成分,他的戏剧中,也包含诸多小说、诗歌成分;但是在主题上,比起哈代诗的重于个人情感抒发和小说的重于个人命运阐述,这部剧作则更重于在重大历史政治事件,兼及个人命运——拿破仑以及奈尔森、约瑟芬和玛丽·路易丝两个皇后等具代表性个人命运的演绎,而且也恰正应和哈代创作当时,即第一次世界大战前的时代主旋律;同时也表达了英国人哈代的爱国立场。因此,这部本来仅供案头阅读时在心中演出的剧作,也曾在第一次世界大战期间为配合时事而部分地登上舞台。

在哈代的诗歌小说中,特别是那类哲理性的感兴诗中,明显地表达了作家本人那种颇受叔本华唯意志论哲学思想影响的宇宙观,而在这部高视角、全景观的史诗剧中,这种宇宙观则表达得更为淋漓尽致。他借用古希腊戏剧合唱队的形式将上界的主角意志和众精灵具体化、拟人化,贯串全剧的始终,操纵着下界帝王后妃、将相命妇、士兵平民以至鸟兽昆虫等芸芸众生的行为、思想和命运,给历史上叱咤一时,至今为之聚讼纷纭的乱世枭雄拿破仑及其相关人物,以哈代式的诠释。我们所说的"哈代式",其实际意义就是:茫茫宇宙之中,沧海一粟的地球之上,区区个体之人,本来十分渺小,就人类自己看来,不论伟大渺小、贵贱高低,总受意志支配,个人则往往表现得无能为力,无可奈何。这就是哈代站在二十世纪之初唱出的并不轻快的报春之曲。像这样以历史上的拿破仑战争为题材,状写宇宙尘世包罗万象的景物,预示二十世纪现代人的思路,正是哈代文学创作总体风格的主要之点。

作为戏剧,《列王》的艺术特点,也与哈代的小说、诗歌同出一辙。在传统意义和标准上,《列王》不能算是典型的剧作,但是它也具备了优秀戏剧作品的众多特质,诸如紧张动人的场面冲突、精细点睛的人物心理、机智俏皮的对白独白,其中特拉法加海战、奥斯特里茨战役、滑铁卢战役等场景,拿破仑和他的两个皇后、奈尔森等各国将士以及普通百姓有关战争的对话,都因此而给人留下深刻印象。因此,从总体艺术效果来说,它是和哈代的小说、诗歌处于同一的平台上,它是集哈代散文、韵文艺术的之大成的作品。不过迄至今日,在我国除三十年代中有过杜衡的一种难得但不十分理想的《列王》中译本之外,尚未见它的新译。

哈代以其小说、诗歌、戏剧作品的数量和它们所显现的思想艺术的品位而被称为文学全才和大师,自然当之无愧。但是,正如他在小说《贝妲的婚事》和《意中人》的自序,以及借《无名的裘德》女主人公淑·布莱德赫之口所一再表示,他出版的作品和创作的小说人物,早出了五十年,他的小说《德伯家的苔丝》《无名的裘德》《意中人》等屡遭出版龃龉的情况，恰在这一层意义上得到了最好的解释。然而即使在他晚年已享誉海内外，荣获来自著名大学阿伯丁、剑桥、牛津、布列斯特等的荣誉学位和国家功勋勋章、多切斯特荣誉市民称号，并荣任英国作家协会主席，但他的诗歌与诗剧在实质上也尚未获得读书评论界的充分理解和赏识。是时代的步步前进和文明的点点丰富，才使他在一代代的后来读者和学者中拥有了不断增多的知音——这正是真正的文学大师特有的幸运。在哈代一九二八年逝世后不久的三十年代、逝世五十周年前后的七八十年代以及他诞生一百五十周年的九十年代前后，都曾出现过研究、接受哈代的高潮，再版他的作品，出版研究他的新作，将哈代学步步推向更深、更广的层次，对哈代全部作品，包括小说中的次要作品，诗歌和戏剧以及哈代生平的研究，已都不断出现新突破。至今，哈代的图书、音像等作品，始终在公共图书馆、书店和家庭私人收藏中占有相当显著的席位，以雅俗共享的方式阅读、研究、交流哈代学的组织托马斯·哈代学会（T. Hardy Society）和主要在网上联络的托马斯·哈代协会（T. Hardy Association）已经拥有英国、欧洲、美洲、澳洲、亚洲、非洲等世界范围的覆盖面，哈代的作品，已译成五十种以上文字在世界各地流通。哈代，作为文学家，是英国和西欧文明发展到特定时期的产物，也是世界文化宝库中一份永远的珍藏。

我国接受哈代，始自二十世纪三十年代对哈代的翻译和引荐，《德伯家的苔丝》《还乡》和他的《三怪客》等小说以及抗日战争胜利后出版的中译本《无名的裘德》《卡斯特桥市长》等，数十年流行不没。八十年代以后，又添上了小说、诗歌新译，中国学者研究哈代的论文和专著，也陆续出版，并与世界建立起沟通渠道。哈代的创作和生平，对中国读者以至现当代文学创作者，也已有过不小的影响。本文集所录各部诗文，仅及或不足哈代全部创作（自传、笔记、书信等文献类除外)之半,毕竟尚难领略哈代这位文学巨人之全貌,确信今后会有更丰厚的哈代文集、全集问世,方不辜负这位宽厚、仁爱的文学家对我们的慷慨遗赠和读者对他的厚爱与厚望。

张 玲

二〇〇三年一月十四日定稿于北京双榆斋

前　言

十九世纪八十年代中期,哈代的又一部长篇小说新作问世,名曰《卡斯特桥市长》①,它的副题是:"一个有个性的人的故事"。这是哈代一生出版的十四部长篇小说中的第十部,又是他那七部"性格与环境的小说"中的第四部。此时期的哈代,人届中年,事业有成;但是身为自我造就的小说家和人生、艺术的探索者,他的创作事业并非平步青云,他在此书出版之前几部小说的社会效应,从始而反响冷淡或平平(诸如《计出无奈》与《绿林荫下》《一双湛蓝的秋波》),继而褒贬两极(诸如《远离尘嚣》《还乡》与《冷淡女子》《塔中恋人》),可见其至此终究并未取得稳定牢实的社会认可。《卡斯特桥市长》一书出版,标志了哈代小说创作走向成熟的新里程,在此后约十年当中,他陆续创作出版了另外三部"性格与环境的小说"《林居人》《德伯家的苔丝》和《无名的裘德》,从而完成了包括较早期创作的《绿林荫下》《远离尘嚣》《还乡》的"性格与环境的小说"杰作系列。

关于"性格与环境的小说",笔者在《哈代文集总序》②中已做解说。这是哈代为《一九一二年威塞克斯版小说与诗歌集总序》中给他的小说分类时所界定的一类作品,向被认为是哈代小说的精华。它们的主题富有理念,意在探讨人,即性格与环境,包括自

---

① 这部小说从一八八四至一八八五年写作并连续在杂志上发表。
② 《哈代文集》人民文学出版社出版,2004年。

然与社会的关系：摩擦、冲突、磨合、协调，人生命运成败否泰，尽在此过程中实现。哈代虽然将上述七部小说归属此类名下，但在具体表达性格与环境关系及其张弛程度时，各部作品又各有侧重。《卡斯特桥市长》一部，从其文本即可一目了然地读出与其副题相关的内容，可谓名符其实，也就是性格在与环境冲突中性格的命定性作用。

一个原本居无定所流浪江湖的农田打工仔，历经近二十年艰苦奋斗，成就为令人刮目相看的富商和一市之长，乍听颇似神话；然而生逢社会剧烈动荡，经济、政治生活的火山骤然爆发，将深埋久困的地下岩浆喷送至地表，正是值得珍惜的沃腴营养。《卡斯特桥市长》所设定的时间是十九世纪前期，当时在面临社会剧变的英格兰偏僻落后农牧地区，正是可能产生这种现代神话之地。回顾英国工业革命前后的历史，随着社会剧烈变革转型，人的命运大起大落并不鲜见。哈代塑造亨察德这一人物据说也可能曾受安东尼·特罗洛普（1815—1882）《自传》（1883）中所述其父身世的启发。

编织过此种神话者，哈代并非独此一家。近在英吉利海峡彼岸，早在此前二十年，那位法国大小说家雨果，也曾使他的《悲惨世界》的男主人公成为这样的神话人物。冉·阿让从一文不名的劳工和死囚犯到佩上市长绶带，和亨察德所经历的命运的腾达，几乎是同曲同工，本书中偶逢险情，临危救难和法庭对质、揭发隐私等幕，在《悲惨世界》中也能找到对应。但是由于两位作家不同的天生气质、身世背景以及创作手法等诸多因素，亨察德市长和马德兰市长这两个艺术形象又各具迥然不同的特色。雨果在创造过程中，始终高举浪漫的火炬，光焰炽烈，将他那位精力过人、正直果敢、无私利他的市长照耀得超凡入圣，令人眼花缭乱，看不到他身为凡人的瑕疵；哈代则紧握写实的解剖刀，冷静洞彻，将他这位同样精力过人，而且颇具古道热肠的市长展露得毫发毕现，使人看到一个活生生的血肉之躯的精神弱点——刚愎自用，愚蛮冲动。正如这部书的规模远远逊于《悲惨世界》，亨察德的生活经历和范围也远远逊于冉·阿让；但是也正如哈代在他那篇《威塞克斯版小说与诗歌总序》中所说："在威塞克斯的穷乡僻壤，一如在欧洲的皇宫王室，普通家庭感情的兴奋搏动，也可以达到同样紧张的程度。"哈代所创造的这位亨察德，亦如他的游苔莎、姚伯、裘德、苔丝，虽为乡曲村野的普通小人物，他们作为人的内在精神活动，其规模和品质，其实并不亚于帝王后妃，因此人们也常以亨察德的故事，比做莎士比亚的《李尔王》式的悲剧。

哈代在创作亨察德这一人物性格与环境的磨合、冲突过程时，又不像游苔莎、姚伯、裘德、苔丝等人物，他们的命运，主要受制于环境，人物自身的弱点，只起次要作用；亨察德的悲剧命运，却主要取决于他自身的过错和弱点：早年，他酗酒卖妻，铸成决定他一生厄运的基因；他迷信巫术，错估天时，引发商业失算，又是他一生事业毁于一旦的关键；他处理与商业伙伴法夫瑞、继女伊丽莎白-简、情人露塞塔等人关系的失误，主要源自他自身性格上的刚愎自用、粗率愚蛮，而非客观环境。哈代创造这一人物过程中所表现的主流意向，似乎不在道德褒贬或社会批判，而在以探讨的精神，观照人类生存中性格与环境的关系；而亨察德的故事从客观的实际效果来看，也恰恰形象地印证了"性格即命运"的命题。这句出自古希腊哲人赫拉克利特之口的名言，两千五百年来始终是在争议中流传，参照哈代的其他作品，包括他的小说、诗歌、诗剧来看，哈代确实也并未将其视做绝对真理。就《卡斯特桥市长》这部作品来说，它充其量也不过可以说是用此论断诠释了性格与环境关系的一个方面。从读者接受的角度来看，这种对人物性格深层的探讨，恰恰正可以引发读者自身的内省，同样可以得到积极的阅读效果。

现实生活中的人都不是孤立的存在，虚构作品中的人物，也同样不是孤立于作品之中。《卡斯特桥市长》这部"性格与环境的小说",虽然重点在于剖析、表现人物性格,但它始终是在与环境(包括自然、社会以及其他人)的摩擦、冲突中显现,小说情节的发展,也就体现在这一过程当中。哈代是编织故事、构思情节的高手,从他第一部出版的长篇小说《计出无奈》开始,到最后出版的《德伯家的苔丝》和《无名的裘德》等,无不显示了从传统意义上说,是所有优秀小说家所必不可少的这样一种特质;《卡斯特桥市长》不仅毫无例外,而且将情节发展中"哈代式的偶然性"表现得淋漓尽致。在这种模式中,巧合、误会阴错阳差,像一副连环套,人物一旦陷落其中,永远难以解脱。亨察德以及伊丽莎白-简、露塞塔、法夫瑞、苏珊等人,都是这副网套中的一介小小生灵,浮沉否泰,终不脱其窠臼。然而,由于在这部书中,哈代设计的网套过于精巧,人们也曾就其可信程度有所质疑。但是细审人生际遇的现实,偶然与必然往往并无固定界限,某种命定的必然,常常正是种种巧合的总汇,正如万川归海的过程;尤其是在人类文明的步伐日益接近现代,生活中的变革日趋频繁、剧烈的时代。

作为一部"性格与环境的小说",哈代在着重探讨性格的同时,也精心设置了环境。卡斯特桥这座富有悠久历史和文明传统的市镇,原型就是英格兰西南临海多塞特郡的首府多切斯特,哈代的出生地,就在这座市镇东方不过四五英里之遥的乡村。小说中亨察德从出现在通往韦顿·普瑞厄兹村的大道上,到定居卡斯特桥,以及他往来活动的主大街、教堂街、王徽旅馆、粮食交易所、河流、桥梁、罗马竞技场废墟等等,至今在这座城市都仍能找到它们的遗踪。

哈代作为写实和表现地方色彩的小说家,选择这座城镇作为地理背景,本属理所当然:这里是他自幼往来、求学的地方,也是他青少年学徒、谋生的市镇,日后又是他定居、创作、终老的所在。他毕生以出生地及其附近乡村、市镇为生活和创作基地,只有青年时期离开家乡在伦敦居留五年,三十二岁成婚后,又与妻子爱玛流徙于多切斯特附近的村镇以及伦敦和欧洲大陆,过着波希米亚式的艺术家生活,正是在创作《卡斯特桥市长》之前,才重返多切斯特定居。旧地重返、触景生情,哈代自然而然就将这一自幼熟知的地区移植到了小说当中。

这座具有悠久历史传统的城市,曾经见证过沧桑之变,哈代在本书中为此也曾多设笔墨,从而加重了作品的地方色彩。哈代将小说故事的主要时间设定在十九世纪中叶,并且以稍前的近二十年作为序幕开启的时间,通过人物在这一时间段的活动,特别是亨察德与法夫瑞的性格、行为对比,彼此的冲突与各自生活、事业的成败,表达了资本主义自由竞争时期的信息,从而又赋予这部作品以鲜活的时代色彩。

这是写社会转型时期男人奋斗、立业、成家的书。古老市镇中心传统的集会场所,变成了熙攘喧闹的粮畜交易市场,卖出买进的价格、盈亏利益的计算是人们关注的焦点;男女主要人物之间虽然也有复杂的感情,包括恋情、友情、亲情婚姻纠葛,但是几乎没有哈代小说中常见的男欢女爱、温情脉脉的浪漫情调;而哈代在描绘剖析纠结于这些复杂关系中的其他人物时所达到的裸露、尖刻,则充分显示了这位写实大家幽默、讥刺、讽喻的才能。亨察德的失败与陨落和法夫瑞的成功与升腾,不仅仅是人物——性格较量的结果,而且是审时度势,讲究理性、科学和实际的商品经济时代精神对墨守成规、感情用事以及带有骑士精神色彩的古老传统精神和家长制生活生产方式的取代。哈代洞悉这一不以人的好恶和意志为转移的客观演变,为以亨察德所代表的人及时代奏出了一曲幽怨的挽歌。哈代母国研究界早有所谓这是一部具有《俄狄浦斯王》或《李尔王》式的悲剧性的作品,这似乎应该是指它所达到的艺术效果而言。正像古希腊哲人亚里士多德对悲剧效果的界定那样,它引发人的怜悯与忧惧之情——引人怜悯,是由于一个并非"性恶"的人遭受了本不应遭受的厄运;引人忧惧,是由于这个遭受厄运的人和我们相似。细读亨察德的故事,我们也会发现,哈代的这位主人公的艺术形象具有多么深厚的来自古希腊的文化渊源。

在哈代的十四部长篇小说中,《卡斯特桥市长》既体现了哈代创作一贯的风格,又独创了别具一格的艺术特色,由此也显现了一位大艺术家与平庸的多产作家本质的不同。至于这部小说的内容,不论是在历史的和现实的社会认知方面,它至今,特别是在近三十余年商品经济喷涌奔流的我们中国,都会鲜活地发人猛醒与深思。

译者二人合作承担此书翻译,始于约二十世纪八十年代中期,由于种种主客观原因,完稿始终深藏私人箧笥,未得及时付梓。近年出版有望,旧稿重读,切感初译稿之不成熟。历数月再作研讨、推敲、校订,仍不尽如人意,深以为歉!文中译名,除尽力沿袭通用,对非常见人名、地名,则采用哈代已出版其他作品中译本现成译法;或以更接近原文之汉语普通话读音文字译出。注释除参照、选编本译文所据原文版本附注外,亦参照多种哈代研究著述资料及其他相关资料。此书原文人物语言多方言俚语,译时亦适当采用汉语方言俚语,但囿于汉英语规律不尽相同,未做字字对应,仅求略显原文用语氛围而已。主人公亨察德等人语言中常做文白相伴,译时亦同。原文中作者叙述语言,常夹拉丁、法文等外来词语,凡所用此类词语经历百余年,已融入英语词语且常见于普通英文词典者,则不再特别注明。译文、注释中种种疏欠,如蒙读者慨然赐教,以利再版中补正,则不胜感激!

张　玲

二〇〇二年五月于北京

二〇一七年一月修订

作者前言节选

  尚未达到中年的本书读者请切记：在本故事所追述的岁月，大量进行交易的国内粮食业，具有重要意义；对于当时（一八九五年）每条面包售六便士已习以为常的那些人以及视目前大众对收获季节天气漠不关心为理所当然的那些人，几乎难以理解这种重要意义。

  本书故事情节主要来自三次事件，它们恰好依照这些事件本身的先后次序，和书中所述时间间隔，安排于称做卡斯特桥的这座城市和附近一带的真实历史时期之内。这三次事件为丈夫卖妻、恰在废除粮食法[1]之前那个收获季节天气的变化莫测以及王室成员出访前述英国部分地区。

托·哈

---

[1] 英国于一八四六年废除粮食法。在此之前为保护国内粮食市场，对外国粮食征收苛重关税。

一

十九世纪还没过完初叶的时候,一个末夏的傍晚,一对青年男女,女的还抱着个孩子,正步行着走到了靠近上威塞克斯的那个大村子韦敦-普瑞厄兹①。他们的穿着虽然简朴,却还不算太不像样,可是看得出他们是走了很远的路,鞋和衣服上都蒙着一层厚厚的土,此时这就让外表显得有些寒碜了。

那个男人身材挺拔匀称,皮肤黝黑,神态严刻;从侧面看,他脸上的棱角少有斜坡,简直就是直上直下的。他穿着一件褐色灯心绒短夹克,比身上其余的衣着略新一点。那件粗斜纹布背心上钉着白色牛角扣子,还有同样布料的过膝短裤,棕黄色的皮绑腿,草帽上箍着矸光黑帆布帽箍。在他的背上背着一个灯心草篓子,用一根系成套圈的带子勒着,篓子的一头露出一把切草刀的刀把,从草篓的缝儿里还可以看到一个打草绳用的螺丝转。他那节奏分明、沉稳踏实的脚步,是乡下手艺人的,不同于一般干苦力活的散漫杂乱、蹒跚拖沓的那种。他一路走下去,两只脚一起一落,总带着他本人特有的那种刚愎自用,我行我素,甚至一会儿在左腿、一会儿在右腿斜纹布上交替出现的褶子,也显出了这种神气。

不过,这一对男女赶路的时候真正显得特别的地方,倒是他们一直都默不作声,正是这一点还偶尔引起别人的注意,否则,人家是会连

---

① 威塞克斯是哈代小说中常借用的历史地理名称,包括上、中、下、南、北、外、附共七部分,位于英格兰西南部约与今汉普、威尔特、德文、多塞特、西伯克、萨默塞特、康沃尔等七郡对应。上威塞克斯的韦敦-普瑞厄兹村,实指汉普郡西北的韦希尔村。据说该村的羊市早在十一世纪征服者威廉时代即已开始。

看也不看他们一眼的。他们就这样并排走着,从远处看,显得像是灵犀相通的人在从容低语说着私房话;可是稍近一点看看,就可以察觉出来,那个男人正在看——或者是假装在看——一篇歌谣,他有些费劲地用那只挽着草背篓带子的手把那页歌篇举在眼睛前面。这种表面上的原因是否就是真正的原因,或者是否是装做这样,好避开一场让他已经厌倦的交谈,这除了他本人以外,就谁也说不清楚了;可是他没有打破沉默,所以那个女人尽管有他在身边,却一点也没享受到有人做伴的乐趣。实际上她等于是孤零零地在大路上走,只不过怀里抱了个孩子罢了。有时候,那个男人弯着的胳膊肘,差不多都要碰上她的肩膀了,因为她一直尽量靠近他的身边而又不真地碰上他;可是她好像并没想去挎上他的胳臂,他也没想把胳臂伸给她;对他那种不声不响、不理不睬的样子,她根本就没有感到惊讶,好像还觉得这是理所当然的事情。如果这三个人到底还是说上了一言半语,那就是那个女人对孩子说的悄悄话,和那孩子咿咿呀呀的应声回答。那是个小女孩儿,穿着短衣服和棉线织的蓝靴子。

那个年轻女人脸上主要的——几乎也是唯一的——吸引力,就是变化多端。她歪着头朝下看那个女孩儿的时候,显得漂亮,甚至标致,特别是在她这样看着,面目斜映着绚烂的阳光,把她的一对眼睑和鼻孔变成透明体,在她的双唇上点起了火焰的时候。她在树篱的阴影下拖着疲惫的双腿缓步前行,沉思默想,这时,就显出一种半带冷漠的倔强表情,好像是那样一种人,觉得在时间之神和机遇之神的手中,也许什么事都可能发生,唯独没有公平。前面所说她容貌方面的情况,那是造化天成,而后面所说她表情方面的情况,大概是来自文明教化。

没有什么疑问,这男人和女人是夫妇俩,而且是怀抱中那个女孩儿的父母。如果不是这种关系,那就很难解释,为什么他们在大路上走着的时候,总有那么一种惯熟中透着平淡的气氛,仿佛一轮光环老是罩在他们三人身上似的。

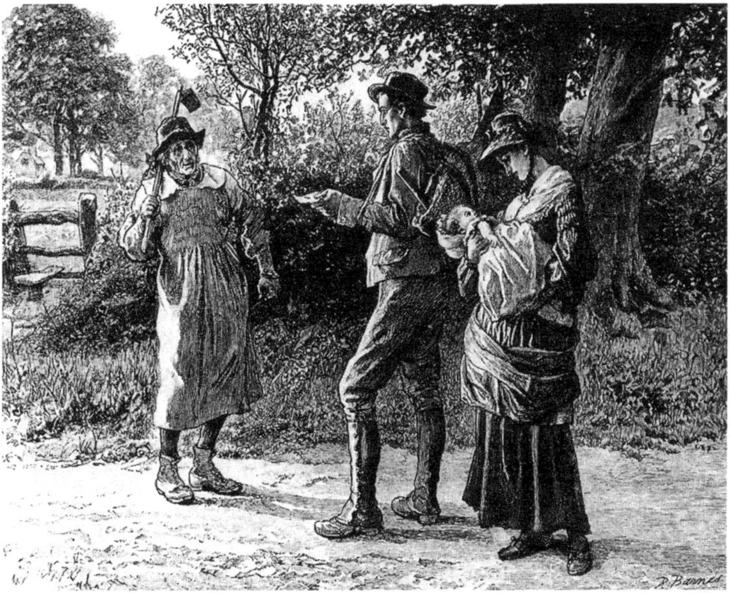
D. Barnes

妻子多半把眼睛盯着前面,不过并不是有什么兴致,其实就风景本身来说,每年这个时候,英格兰任何一个郡里几乎任何一处地方,风景都和这里相差无几;一条大路既不笔直又不弯曲,既不平坦又无斜坡,大路两边的树篱、树木和其他种种植物,已经到了变成墨绿色的阶段,那些迟早总要凋落的叶子,就要逐渐变暗,转黄,发红了。河边的青草岸和近旁栽成树篱的灌木枝丫,都蒙上急驰而过的车辆扬起的尘土,这同样的尘土铺在大路上像一幅大地毯,让他们的脚步声音沉闷,而这样,再加上前面说过他们全都沉默不语,就让别处传来一声一响都能听得一清二楚。

很长一段时间什么声音也没有,只有一只柔弱的小鸟在唱那古老陈旧的黄昏之曲。说不清多少世纪以来,只要是在这个季节,每当日落时分,在这同样的时刻,这种黄昏之曲无疑一直可以在这个小山丘上听到,而且抑扬顿挫、啁啾婉转都是一模一样。可是等他们走得靠近村庄了,各式各样来自远处的聒噪絮语就传到了他们耳边。这些声音是从前面哪个高处传出来的,不过那地方有树叶遮挡着,眼下还看不见。等到刚刚能看见韦敦-普瑞厄兹村边房屋轮廓的时候,这一家人就遇上了一个刨萝卜的,他肩上扛着锄头,锄把上吊着饭口袋。那个看歌篇的人马上抬头一看。

"这儿有什么生意可做吗?"他晃了晃那张歌篇,指向他前面的村子,不动声色地问道。他以为这个干苦力活儿的没听懂他的话,于是又追问了一句:"捆干草行的?"

刨萝卜的早就开始摇起头来了。"哎哟,老天保佑他会有这么一股聪明劲儿,想得出要在这种季节,到普瑞厄兹来找这种活儿?"

"那么,有什么房子出租吗?一所小房子,刚刚盖好的新房子,或者跟这差不离儿的。"那个人又问。

那个态度悲观的人还是保持否定的意见。"拆房子在韦敦倒是更常见,去年就扒光了五所房子,今年三所;老乡没地方去啦——没啦,连个草棚子都没有啦;韦敦就是这么个样儿。"

捆草工①(他明明就是个捆草工)大模大样地点了点头,望着那座村子接着说:"不过,这儿正赶上有点儿什么事,是不是?"

"对啦!今儿是大集的日子。可你现在听到闹闹嚷嚷的这一套,不过是在骗毛孩子和大傻瓜的钱罢了,真正的买卖早收了。咱整天都在这乱哄哄的声音里干活儿,可咱就压根儿没上那儿去,咱没去,那不干咱的事。"

捆草工和他这一家子又接着走他们的路,不久就进了集场。那儿搭着马棚羊圈,午前已经展出并售出成百上千的马和羊,不过现在大部分都给牵走了。正像刚才那个提供消息的人所说的,现在这儿已经没有什么真正像样的生意了,主要只是拍卖不多几头次等牲口,要是不拍卖是脱不了手的。那些比较高一等的牲口贩子,根本不肯贩卖这种牲口,他们早来也早走了。可是这时候人比早上的时候还多,刚刚涌进来一批随便逛逛的人,里边有休假的短工,一两个回家度假在此闲逛的士兵,农村小店的老板之流的;还有一些人走来走去,在拉洋片的、玩具摊、蜡像、通灵的怪物②、一心为公不谋私利的走方郎中、赌套圈的、卖小摆设的,还有算命先生当中找到了共同兴趣和爱好。

我们说的那两个行人,都没有对这些东西用多大的心,他们东张西望想在高岗上星罗棋布的小吃摊里挑选一家。有两家离他们最近,笼罩在落日余晖的褐色暮霭之中,看来差不多同样吸引人。一家搭着乳白色新帆布帐篷,顶上还挂着几面红旗子,它宣扬的是"家酿优质啤酒、淡色啤酒和苹果酒";另一家不那么新,背后伸出一节装在炉子上的小小铁烟囱,前面有块牌子,上面写着"出售香甜可口麦粥",那个男人心里掂量着这两块招牌,想到前一个帐

---

① 将干草饲料按一定尺寸切割捆扎成草捆的工人。
② 英国集市上常有男人扮成长胡子或缺腿的女人占卜算命,大家称之为通灵的怪物。

篷去。

"不——不——去另一家,"女人说,"我总爱喝牛奶麦粥;伊丽莎白-简也爱喝;你准也爱喝。劳累了一整天,喝点粥挺滋补的。"

"我可没尝过这个。"男人说。不过他还是对她的意见让了步,于是他们立刻走进了卖粥的帐篷。

帐篷里的人相当多,长条桌分两溜儿摆开,大家都坐在桌子旁边。上首尽头放着一个炉子,烧着木炭,火上吊着一口三脚大锅,锅沿擦得锃亮,显出是用铸钟的金属造的,大约五十岁的一个丑老婆子,系着一条白围裙在那里掌灶。围裙做得很宽大,几乎把她整个的腰都围起来了,这样就给她身上增添了一副体面的神气。她慢条斯理地搅动着大锅里的东西。她经营的这种自古相传的稀粥,里面有去壳麦粒、面粉、牛奶、葡萄干和无核小葡萄干,以及诸如此类的东西,她用大勺搅动着,以免烧煳。大勺刮着大锅那种沉闷乏味的声音,整个帐篷都听得见。分别装着各种配料的瓶瓶罐罐,摆在旁边那张铺着白布、用支架撑着的案板上。

这对青年男女每人点了一盆热气腾腾的粥,坐了下来,不慌不忙地消受。到此为止,一切都很不错,因为正像那个女人说的,牛奶麦粥是很滋补的,因为这是四海之内[①]所能得到的最适宜不过的吃食了,虽然没有喝惯的人,看到一颗颗麦粒膑胀得像柠檬核那么大浮在粥面上,开头可能有点儿不敢问津。

但是,在这个帐篷里还有别的东西,粗略一瞥是难以看出的;而那个天生邪性的男人很快就闻了出来。他假装对他那碗粥挑剔了一番,然后用眼角偷偷注意那个丑婆子的动静,看出了她耍的花招。他向她丢了一个眼色,看到她点了点头,就把碗递了过去;老婆子这时从案板底下拿出一个瓶子来,偷偷从瓶子里量出了一些

---

① 指英国,因为它东西南北四面环海。

东西,倒进男人那碗麦粥里。倒进粥里的液体是朗姆酒①。男人也偷偷地把钱付了。

他觉得,兑了很多烈酒以后,这种掺和了酒的粥比原味的那种更对他的味口多了。他的妻子一直非常不安地注意着这种举动;不过他劝她也略微对上一点儿酒,她稍稍迟疑了一下,然后才同意略略对上了一点儿。

男人喝完一盆,又叫了一盆,并且暗示再多对酒。酒劲很快在他的举止上表现出来,这时他的妻子才十分难过地觉察到,她好不容易绕过了有卖酒执照的那块礁石,却在这里陷进了这伙私酒贩子危险的漩涡。

那个孩子开始咿咿呀呀地不耐烦了,妻子不止一次地对丈夫说:"迈可,咱们的住处怎么办? 你知道,要是咱们不赶快走,找住处可能就麻烦了。"

可是他把这种鸟叫似的喊喊喳喳当做耳旁风。他同大伙儿高谈阔论。孩子睁开那对黑眼睛,朝那边点起来的蜡烛反复地慢慢转来转去,然后眼皮一起耷拉下去,过了一会儿又睁开,然后又闭上,接着就睡着了。

那个男人喝完第一盆,还能显得安静平和;在第二盆上,是兴致勃勃;在第三盆上,是喜争好辩;在第四盆上,他的脸型,他那时不时紧咬的唇齿,还有他那黑眼珠里凶狠的火星所表现出的他这个人的本性,就开始在他的举止行为中表现出来了。他那是盛气凌人——甚至是善于强词夺理。

谈话的兴致越来越高,在这种场合,情况经常如此。话题说到很多好端端的男人让他们的坏老婆给毁了,尤其是许多大有前途的青年,因为轻率地过早结婚,弄得远大的目标和希望化成泡影,浑身精力消磨殆尽。

---

① 属于烈酒。

"我自己的所作所为,就完全是这个样子。"捆草工沉痛莫名,甚至是怨恨不已地说,"我十八岁就结了婚,那时真像个糊涂虫;现在,这就是它的结果。"他一摆手,指了指自己和他那一家子,想把那种穷途潦倒的境遇展示出来。

那个年轻女人,他的妻子,似乎早已听惯了他这一套言词,装作没有听见似的,还是同那个时睡时醒的孩子断断续续轻声细语地说着悄悄话。孩子已经够大了,可以在她抱累了想让胳膊歇会儿的时候,放在身边的长凳上。那男人接下去又说:

"我统统也不过只有十五个先令,可是我在我这行儿,还是经验丰富的一把好手呢。说到饲草的营生,我可以在全英国挑战,看谁能赛过我;要是我又变成一个自由人,我马上就可以身价一千镑了。可是呀,一个人不到把一切好机会都错过,是不会懂得这些小小的道理的。"

这时候传来了拍卖商在外面场地上卖那些老马的唱拍声:"现在这是最后一份了,现在这是最后一份便宜货,哪位要?我叫价四十先令,怎么样?这可是一匹会下小驹的母马呀,五个岁口多一点儿,压根儿就挑不出啥毛病,就是背上有个小坑,左眼给另一匹马踢坏了,到集市来的路上给她的亲姊妹踢的。"

帐篷里那个男人说:"要我说呀,男人讨了老婆又不想要了,为啥就不能学那些吉卜赛人打发他们的老马那样,把老婆打发掉拉倒?他们为啥不能把自己的老婆亮出来,拍卖给正好想要这种货色的那些人,嘿,怎么样?老天在上,要是有谁要买我老婆,我马上就卖!"①

"还真有人会这么干。"顾客中有人答腔说。他仔细瞅瞅那个女人,她一点儿也不难看。

---

① 哈代此处写到卖妻,英国当年实有其事。哈代曾经从《多塞特记事报》中摘记了在一八二六和一八二七年先后发生的两件卖妻的报道;译者在兰开郡拉什代尔博物馆,也读到过有关那个时代卖妻事件的记录。

"真是这样。"一位抽烟的先生说。他那件外衣,领子、胳膊肘、接缝和肩头,因为老和表面有油的东西摩擦,都磨得油光锃亮了。要是在家具上,通常这倒是比在衣服上更加合人心意。从他的外表看来,他可能过去曾在邻郡某个名门望族当过仆役或车夫。"我从前受栽培的那种好环境,"他接着又说,"可以说,比得上随便哪个人;我懂得真正的教养,除了我,谁也不懂;我可以说,她有教养——地地道道,你们听我说吧——比这集上哪个女人都不孬,虽然嘛,或许还得多见点儿世面。"说罢,他就叉起双腿,又抽起烟斗来,眼睛定定地望着空中的一个地方。

那个醉醺醺的年轻丈夫,听到有人突如其来称赞他的妻子,一下愣住了,对这样一个有这些优点的人,自己的态度是不是明智,他也犹疑不定了。可是,他马上又陷入原有的自信,哑着嗓子说:

"好吧,那么现在你们的好机会来了;我等着谁来给这个天生的宝贝开个价。"

她转身朝向她的丈夫,低声说:"迈可,你以前就在大庭广众说过这种废话。开玩笑归开玩笑,不过你得留神,别闹得太大发了!"

"我知道我以前说过,我说话算数。所有我想要的,就是个买主。"

正在这时,一只燕子,这个季节最后一批燕子中的一只,碰巧从一个开口飞进了帐篷的上头,在人们头顶上快速绕着圈子上下翻飞,引得大家的眼睛呆呆地盯着它转。聚在帐篷里的这伙人都在看这只小鸟,一直到它飞了出去,谁也忘了答复这个手艺人刚才要价的事儿,话题也就中断了。

那个男人一直在往他的粥里对酒,越对越多,也许是他意志特别坚强,也许是他有饮酒的海量,看来他还是相当清醒;过了一刻钟,他又旧话重提,就像演奏一首幻想曲,乐器又回到了原来的主题。"喂,我还等着想知道我刚才开的这个价儿怎么样呢。这个女人现在对我没用啦。谁想要她?"

那伙人这时简直彻底变得越来越不堪了,对这个重新提出的问题报以赞赏的笑声。那个女人喃喃自语。她在乞求,而且十分焦急:"走吧,走吧,天要黑了,说这种废话有啥用呀。你要是不走,我就自个儿走,不管你啦。走吧!"

她等了又等,可是他一动也不动。那些喝粥的人在那里东拉西扯的,过了十分钟,那男人突然插嘴说:"我问这个问题,没有人回答。你们中间哪位杰克·若格或者汤姆·斯超①想买俺的货吗?"

那女人的态度变了,她的脸上显出了前面提过的那种严峻的容貌和神色。

"迈克②,迈克,"她说,"你这是越来越当真了。哎呀,太过当真了!"

"有谁要买她吗?"男人说。

"我希望有谁来买,"她坚定地说,"她眼前的这个主儿,根本不称她的心!"

"你也不称我的心,"他说,"那在这上头,我们就取齐了。诸位先生,你们听见了吧?这是散伙协议。要是她想要这女孩儿,她可以把她带走,她走她的路。我也带着我的家什,走我的路。这和《圣经》的故事一样,简单明了。现在好了,苏珊,你站起来,亮亮相吧。"

"别价,我的娃,"坐在那个女人旁边的一个女人悄悄说,她是个卖女用紧身褡带的,体态丰满,穿着一条肥大的裙子,"你那个宝贝男人不知道他在说些啥。"

可是那个女人真站起来了。"好了,谁来当个拍板的?"捆草

---

① 两者都是当地人普通的姓名,犹如我们说张三李四。
② 迈克(Mike)别于迈可(Micheal),为后者的昵称。

的叫道。

"我当。"一个小矮个儿立时答道。他的鼻子像个铜疙瘩,嗓音发潮,一对眼睛像是两只扣眼儿。"有谁给这位太太开个价儿?"

那个女人看着地上,她像是竭尽最强的意志力才支撑住自己的姿势。

"五个先令。"有谁说了一句,引得大家哈哈大笑。

"别寒碜人。"丈夫说,"有谁出一个畿尼①?"

没有人回答;那个卖裙带行的女小贩插话了:

"好人哪,看在老天的分上,讲点天理良心吧!啊,这个可怜的人儿嫁了个多么冷酷无情的东西呀!我可以赌咒发誓说,住房吃饭在有些人是挺金贵的!"

"拍板的,把价码抬高点儿。"捆草的说。

"两个畿尼!"拍板的说;还是没有人答腔。

"要是这个价钱他们不买,过十秒钟,他们就得出更高的价钱了,"丈夫说,"很好,那么,拍板的,再加一个吧。"

"三个畿尼,三个畿尼就卖了!"这个患了感冒、鼻涕邋遢的人说。

"没有人出价?"丈夫说,"老天,要是一便士,为啥她花了我五十倍的钱呢?再加。"

"四个畿尼!"拍板的大叫。

"我要告诉你们——少了五个畿尼,我就不卖了,"丈夫说着还用拳头往下一砸,粥盆都跳起来了,"谁给我五个畿尼,并且好好待她,我就把她卖给谁;她就永远归他啦,再也没有我的事了。不过,少了这个价钱,她就别想走。那么好了——五个畿尼——她

---

① 畿尼为英国在一六六三至一七一七年发行的金币,一七一七年规定一畿尼合二十一先令,二十先令为一镑。

就归你了。苏珊,你同意吧?"

她低着头,显出完全冷漠的神气。

"五个畿尼,"拍板的说,"不然就要把她收回啦。有谁出这个价钱吗?最后一次啦。有?还是没有?"

"有。"门口有很大的声音说。

所有的眼睛都转过去了。在帐篷三角形的开口处站着一个水手,他是两三分钟以前刚来的,别人都没注意到他。他应声以后,接着是一阵死寂沉沉。

"你说你出这个价儿?"丈夫盯着他问。

"我说的就是这个。"水手回答。

"说话是一码事,付钱可是另一码事。钱在哪儿呢?"

水手犹豫了一下,又重新看了那个女人一眼,走进来,把五张卷曲皱巴的纸抻开,扔在台布上。这是五镑英格兰银行的钞票。在这上面,他又叮叮当当一个一个地扔下几个先令——一个,两个,三个,四个,五个。

原先,人们还以为这件事不过是随便说说而已,现在有人出来应战,如数付出这笔现钱,此情此景对在场的人产生了巨大的影响。他们的眼睛都集中在那几个主要角色的脸上,然后又集中到摊在桌子上给先令压着的那些钞票上。

直到这个时刻以前,尽管那个男人说了些逗得人们心痒难熬的大话,可还是无法确切地肯定,他一准是当真的。看热闹的人真的觉得,这整个事情从头至尾都只是把一个逗乐的玩笑开得太过火了,而且认为,他既然失去了工作,所以对这个世界、对社会、对自己最近的亲人也都失去了脾性。可是现在一方要价,另一方拿出现钱来应答,这场打趣逗乐一下子就无影无踪了。帐篷里似乎充满了一种惨淡的色彩,里面的整个情景就顿时改观。嬉笑的皱纹离开了看热闹人的脸,他们咧开大嘴在那儿等着。

"好吧,"那个女人打破了沉默,所以她那低沉、枯涩的声音显得十分洪亮,"趁你还没走得更远的时候,迈可,听我说。要是你把这笔钱碰一下,我和这女孩儿就跟这个男人走。留神,这已经不再是开玩笑啦。"

"开玩笑？当然不是开玩笑!"她丈夫大喊起来。她这一提醒,他的火气又上来了。"我拿这笔钱,水手领你走。这是再简单不过的事。别处都这么办过,为什么这儿就不行?"

"这可得是基于了解了这位年轻女人是自愿的,"水手心平气和地说,"我一点儿也不愿意伤她的感情。"

"真的,我也不愿意,"她丈夫说,"不过她是自愿的,只要孩子能归她。就在前几天我说起这件事,她就这么说过。"

"你敢保是吗?"水手问她。

她对她丈夫扫了一眼,见他没有一点儿懊悔的表示,于是说："我敢保。"

"很好,孩子就归她,这笔买卖成交了。"捆草的说。他拿起水手的钞票,仔仔细细地把它们叠起来,同那几个先令一起放进顶上面的衣兜,现出一副完事大吉的神气。

水手看着那个女人,微笑着。"来吧!"他和善地说,"那小家伙儿也来——人越多越热闹!"她犹豫了一下,仔细看了他一眼,于是又垂下目光,一言未发,抱起孩子跟着水手向门口走去。走到那儿,她转过身来,褪下她的结婚戒指,隔着粥摊朝捆草的脸上扔了过去。

"迈克,"她说,"我跟你过了这两三年,除了受气,还有什么!现在我再也不归你了;我要到别处碰运气去了。这对我,对伊丽莎白-简,对俺们娘俩儿都更好,那么再见!"

她用右手抓住水手的胳臂,左手抱起小女孩儿,十分厉害地抽泣着,走出了帐篷。

丈夫满脸都是因忧虑而呆滞的神气,好像到头来他并没有完全预料到这种结局;有些顾客哈哈大笑起来。

"她走了吗?"他问道。

"嘿,真的,她早走得没踪没影儿啦!"靠近门口的几个庄稼汉说。

他站起来,用那种明知自己喝酒过量的人小心谨慎的脚步走到门口。有几个人跟着他,大家站在那儿,向着暮色深处眺望。低等动物的心性平和与人类相互间的蓄意敌视,两者的区别在这里显得清清楚楚。帐篷里面是刚刚结束了那场粗野的行为,对比之下,帐篷外面那几匹马,却带着眷恋之情在交颈触摩,耐心等待套上马具,准备踏上回家的途程。在集市外面,在山谷和树林里,一切都显得安谧平静。太阳刚刚落山,西方的天空浮着玫瑰色的云朵,它们仿佛是万古如斯,而却在潜移默化。仰望云天,正如在一个转暗的剧场大厅里观看某种宏伟壮观的场景。看过帐篷里那场交易,再看眼前这番景象,就有一种自然的本能,觉得人是原本和善仁慈的宇宙中的一个污点,应当加以剔除,到了那个时候,大家才会想起:世间的万事万物本都是周而复始的;也许在哪天夜里,这些安详寂静的景物奔腾咆哮起来的时候,人类可能还在无知无识地昏然沉睡。

"那个水手住在哪儿?"看热闹的人茫然地环顾四周,有一个人问道。

"天知道,"那个见识过高贵生活的人回答说,"他毫无疑问在这儿是个陌生人。"

"约莫五分钟以前他才进来,"卖粥的女人双手叉在胯骨两边向大伙凑过来说,"然后又退了出去,然后又探头向里看了一眼。我从他那儿就连一文钱也没弄到。"

"那个丈夫真是活该,"卖腹带的小贩说,"有她这样一个漂亮体面的太太,一个男人还能再想要什么?这个女人的这股劲儿,我都觉得脸上光彩。要是我,我也会这么干。要是丈夫这样对待我,我不这么干,就让老天罚我好啦!我会走的,让他去叫唤,直到他喊破了嗓子,我也是决不回来的,不,哪怕到了世界末日吹大号角的那一天,①我也是决不回来的!"

"嗯,那个女人以后会好过一些了,"另一个更加深思远虑的人说,"因为干航海那个行当的人,是剪光了毛的羔羊②很好的庇护,那个男的看来确实很有钱,可从各种表现来看,钱,好像正是她近来从没打过交道的东西。"

"你们看着我吧——我是不会去找她的!"捆草的一面说着,一面倔犟地回到自己的座位上,"让她走吧!她要是像她那样痴心妄想,那她准保要受罪。她凭啥把闺女带走——那是我的闺女;要是这事再来一遍,她就甭想要她!"

那些顾客也许是有点儿知觉,他们对这一事件起到了无法原谅的推波助澜的作用;也许是因为天时已晚,所以这出戏过后不久,他们都离开帐篷散了。那个男人伸出胳膊肘搁在桌子上,把脸伏在手臂上,很快就打起呼噜来了。卖粥的女人决定在晚上收摊,她看了看现场剩下的朗姆酒、牛奶、小麦、葡萄干等等,把它们装上小车,然后走到那男人靠着的地方。她推了推他,可是叫不醒。这个集市还要继续两三天,那天晚上不用卸帐篷,看来那个睡着了的人显然不是什么流浪汉,她于是决定让他就留在他那儿,他的篮子就搁在他身边。她吹灭了最后一根蜡烛,放下了帐篷的门帘,就离开帐篷,赶着车走了。

---

① 世界末日降临,耶和华施行惩罚。"当那日,必大发角号。"见《圣经·旧约·以赛亚书》第 27 章。
② 喻没有保护的弱者。

二

　　那个男人醒来的时候,晨曦已经透过帆布的缝隙照射进来。整个大帐篷都充满了温煦的气氛。唯有一只大绿豆蝇沿着帐篷一圈又一圈地飞着,像奏乐似的发出嗡嗡的声音。除了这只苍蝇的嗡嗡声之外,一点儿声响也没有。他环顾四周——看到那些凳子——看到用支架撑着的那张桌子——看到他自己的工具篮子——看到熬粥的炉子——看到那些空盘子——看到几颗洒落的麦粒——看到散落在青草地上的一些瓶塞。就在这些零零落落的东西中间,他认出了一件亮晶晶的小物件,便拾了起来。这是他妻子的戒指。

　　他恍恍惚惚想起了头一天晚上那些经历杂乱无章的情境,于是把手插进自己胸前的口袋里。一阵刷刷的响声让他想起昨晚胡乱塞进去的那个水手的几张钞票。

　　这已经足够再一次证实他那模模糊糊的记忆了,他现在明白过来这些都不是做梦。他继续坐着,眼睛盯在地上看了一阵。"我一定得尽快离开这儿。"最后他若有所思地说,那副神气好像是不说出口来就抓不住自己的思想似的,"她走了——肯定她是——跟买下她的那个水手走了,还带着小伊丽莎白-简。我们走到这里来,于是我喝了粥,还对了朗姆酒——然后把她卖了——然后把她卖了。对了,事情的经过就是这样的,于是我就在这儿了。那么,我现在该怎么办呢——我真不知道,我是不是清醒得足可以走路了?"他站起来,觉得自己情况很好,可以往前走,没有障碍。接着他把工具篮子挎在肩上,觉得自己背得动。于是他掀起帐篷门帘,出现在外面露天地里。

这时他怀着懵懵懂懂的好奇心打量着四周。他站在那儿,九月里早晨那股清新爽快的气息,使他神清气爽,振作起来。他和自己一家人头一天晚上到这里的时候,又困又乏,对这个地方并没怎么留意,所以他现在看来,一切都很新鲜。这个地方崭露在一个空旷山丘的平顶上,一边的尽头与一片林场为界,有一条蜿蜒的道路通上来。山脚下有一座村庄,这块高岗因它而得名,一年一度的集市就在这上面举行。这块地方向下通到几条山谷,再向前就是另外的一些高地,星星点点有些古冢,还有些通向史前时代碉堡遗迹的壕沟。这整个景物都沉浸在东升旭日的阳光里,阳光还没来得及把草丛中任何一片缀满沉重露珠的叶子晒干。一些黄色和红色的大篷车,把影子投到远远的地方,每一个车轮轮圈的影子拉得长的,那形状就像彗星的轨迹。留在这地方的所有吉卜赛人和主持杂耍娱乐的人,都舒舒服服躺在他们的车子里或帐篷里,或者裹着马被躺在下面。万籁无声,一片死寂,只是偶尔有一声呼噜才显出那儿有人。但是七睡人①有条狗守着,而这些流浪汉的几只狗却也躺在那儿。这些狗都是些不可思议的怪种,说它们是狗,却又像猫;说它们是猫,却又像狐狸。一辆车下面有只小狗惊醒了,理所当然地叫了几声,很快又躺下了。唯有这只小狗,确切无疑地目睹捆草工走出了韦敦市场。

这似乎恰合他的心意。他默默地想着一路向前走去,没留意到嘴里衔着草在树篱边掠来飞去的啄木鸟,也没留意到那一簇簇的蘑菇头和当地羊群叮叮当当的铃声。带着这些铃铛的羊运气

---

① 据公元六世纪传说,公元二百五十年狄奥克列特大迫害期间,埃弗森地方有七个年轻基督徒逃往深山,藏在一个石洞里,酣睡二三百年后才苏醒,洞口有一只狗守卫。据《可兰经》,这只狗守在洞口寸步不离,后得穆罕默德允许,进入天堂。

好①,没给赶到集市上去。他走到一条小巷,离头一天晚上发生事情的地方有好一英里地,这个男人安置好自己的篮子,靠在一家大门上。有一个或两个难题占据了他的心头。

"昨晚上,我把我的姓名告诉过谁?还是没有告诉过我的姓名呢?"他自言自语,最后断定他没有。他的一举一动都足以说明,他的妻子拿他那么较真儿,让他多么惊讶和烦恼,这从他的脸上,从他咬着一根在树篱边拽来的草秆那副神气上,都可以看出来。他知道,她必定多少有些冲动才这么做;另外还有,她必定认为,这笔交易当中具有某种约束力。对这后一点,他觉得差不多可以完全肯定,因为他知道,她的性格根本就不轻浮易变,而且头脑又极其简单。也有可能,在她平日显露的娴静和顺之下,还保持着充分的鲁莽粗率和激愤怨怼,足以让她打消任何刹那间的疑虑。以前有一次,他喝得酩酊大醉,曾经宣称要把她打发掉,就像他后来做的那样,她当时用一个宿命论者那种听天由命的腔调回答说,她用不着再听到他这样说许多次,这件事就会发生的……"可是,她知道,我那么做,是当时我神志不清呀!"他喊叫起来,"哼,我一定要到处去找,非找到她不行……真不懂她干吗不能更明白一点儿,要让我这样丢人现眼!"他怒吼起来,"即使说我是晕头转向了,可是她并没有呀。只有像苏珊这种人,才会这样头脑简单得成了白痴。温顺——她这种温顺害得我比脾气极端暴躁还要更苦!"

等他平静一点儿了,他又转向原来的信念:他无论如何一定要找到她和他的小伊丽莎白-简,竭尽所能遮盖过这桩耻辱。这是他自己闹的,他理应自作自受。不过首先他决定要立下个誓,一个他以前从没立过的大誓;而要办得郑重其事,他就需要一个合适的

---

① 这些好运气的羊是当地农家精选留种而非为送到集市供肉用,通常系有铃铛,随时发出声响,以便于主人家照看,防野兽偷食。

地点和偶像;因为他这个人的信仰,还多少有点儿拜物教的意味。

他背起他的篮子,继续朝前走,一边走一边用探寻的眼光环顾周围的景物,看见在三四英里远的地方,有一座村庄的房顶和一座教堂的塔楼。他立即朝这后一个目标走去。村子里相当安静,因为现在正是乡下日常生活中的静止时刻,干农田活儿的已经下地,他们的妻子女儿还没起床准备他们回来吃的早饭,这刚好是夹在中间的一段空当。因此他走到教堂,并没有让人看见。门上仅仅插着活闩,于是他走了进去。捆草工把自己的篮子安放在圣水盆旁边,走向教堂的中殿,一直走近祭坛的栏杆,开门走进圣堂,他在那里有一阵儿似乎有一种奇异的感觉;于是他跪倒在台阶上。他低下头俯在圣餐台上摆着的那本《圣经》上,大声说道:

"我,迈可·亨察德,今天九月十六日早晨,在这个庄严的地方,对上帝起誓:按我已经活过的岁数一岁顶一年,在今后二十一年的期限内,决不喝任何烈酒。我凭我面前的这本《圣经》起誓:要是我破除了我的这个誓言,请罚我变哑,变瞎,无依无靠!"

捆草工起完誓,吻了那本大书,然后站起身来,好像他已经解脱,朝着一个新的方向迈出了一步。他在门廊里站了一会儿,看见附近一家农舍的红色烟囱里突然有一股木柴的浓烟升起,知道这家女主人刚刚生起火来了。他迤逦走到了那家门口,女主人同意给他做顿早饭,只收一点点饭钱。然后他吃过早饭,就动身去寻找妻子和孩子。

没有多久,这一任务那种复杂棘手的性质就变得明显可见了。虽然他日复一日东奔西走,多处盘查询问,但是像他所描述的那三个人,自从那天晚上在集市上以后,不论在什么地方都没有谁见过。而且更加困难的是,那个水手的姓名,他一个字儿也没打听出来。由于他自己的钱快用光了,经过一阵犹豫,他下决心动用水手的那笔钱继续寻找;但是,同样也是一无所获。道理就在于,要使这种寻访发生效果,就需要大嚷大叫,而迈可·亨察德却有些含羞带愧，不愿暴露自己的所作所为。大概正是由于这个原因，所以虽然除了没解释他在什么情况下丢了她这一点，他已经尽了一切努力，可是仍然没有得到任何线索。

过了一个星期又一个星期，一个月又一个月，他仍然继续寻找，在这期间他靠的是间或打点零工维持生活。后来他到了一个海港，在那里他得到消息：和他描述的多少有些相符的那三个人，不久前移居国外了。于是他说，他不再寻找了，而且要到他心里盘算过好久的那个地区去落户。第二天他就动身朝西南方向走，除了夜宿，毫不逗留，一直走到威塞克斯一个边远地区的卡斯特桥市。

三

通到韦敦-普瑞厄兹村的大道,又铺上了一层厚厚的尘土。树木又如往昔,披上了暗绿的外装,就在亨察德一家三口曾经走过的路上,如今又有两个和这一家不无干系的人在走着。

这种情景粗略看来同以前描绘过的极其相似,连从附近山下那座村子里传来的嘈杂声音也依然如故,因此这就像是在前面记述的那一节发生后的第二天下午,只有从细节上观察才能看出变化,但是事情却很明显,岁月的长河久已流逝而过。走在路上的这两个人中的一个在上述场合是亨察德的年轻的妻子,如今她的脸上的圆润已大为减损;皮肤也发生了肌理上的变化;头发虽然尚未褪色,可是也比以前稀疏了许多。她穿着寡妇的丧服。同行的人也穿着黑色的衣服,像是个体态匀称、大约十八岁的年轻女子,充分拥有那种转瞬即逝值得珍惜的青春素质,不论肤色与容貌如何,这种青春素质本身就是美。

一眼就足以让人看出,她是苏珊·亨察德的已长成的女儿。人生的仲夏季节已经在这位母亲的脸上打下了越来越深的痕迹,而她往昔那种韶光明媚的特质,却由时光老人那么巧妙地转移到这第二个人,她的孩子身上,可是母亲所知道的某些事实,女儿还一无所知,这在一个思考这些事情的人看来,总好像是造化持续嬗递之功的一种奇特的缺陷。

她们俩手牵手走着,可以看得出来,这完全是出自亲切的感情。女儿靠外侧的一只手提着一只老式的柳条篮子;母亲挎着一个蓝颜色的包袱,和她那身黑呢长袍搭配起来,显得怪里怪气。

她们到了村子外围,沿着以前走过的那条老路,朝着集市上去。这里也能明显地看出岁月流逝的痕迹。从坐转椅、坐飞机、乡下人测力气、量体重的机器、射箭赢坚果的装备,都可以看出机械方面的某些改进。不过集市上真正的买卖却萧条了。附近一些市镇定期举行的新式大集市,已经开始严重地影响在这里做了几个世纪的生意。羊圈和拴马绳比以前减少了一半。那些裁缝、袜商、修桶匠、亚麻布制品商以及其他这类生意的摊棚,几乎已经见不到了,车辆也少了许多。母女俩在人群中穿行了一小段距离,然后停了下来。

"我们干吗要到这里来耽搁时间?"姑娘说,"我原来以为你是想往前走呢?"

"是呀,我亲爱的伊丽莎白-简,"那一个解释说,"不过我心血来潮想在这里查访查访。"

"为什么?"

"就是在这里,我头一次遇到牛森的——正是像今天这样的日子。"

"在这里头一次遇到爸爸?对啦,你以前这样告诉过我。可他现在淹死了,永远离开我们啦!"女孩儿一边说,一边从衣袋里掏出一张纸片,望着它叹了一口气。纸片周围镶着黑边,上面有图案,像一块嵌在墙壁上的碑牌,中间题写着:"深情纪念水手瑞查德·牛森,不幸于一八四×年十一月在海上遇难,享年四十一岁。"

"正是在这里,"她母亲更加吞吞吐吐地接着说,"我最后一次见到我们现在正寻找的那位亲戚——迈可·亨察德先生。"

"妈妈,他跟我们到底是什么亲戚?我从来没有听你明明白白地把这件事告诉过我。"

"他是,或者说,从前是——因为他可能已经死了——一位姻亲。"她母亲小心翼翼地说。

"你说的这些,跟你以前对我说过多少次的话一模一样!"年轻女子一边说,一边漫不经心地环顾周围,"他不是一位近亲吧,我猜?"

"怎么说都不是。"

"你最后一次听人说起他的时候,他是一个捆草工,是不?"

"他那时候是。"

"我以为,他根本不知道我吧?"女孩子接着天真地问道。

亨察德太太停了一会儿,然后不安地答道:"当然不知道呀,伊丽莎白-简,可是,这边走。"她向场地的另一边走去。

"我得认为,在这儿打听什么人都没有多大用处了,"女儿向四周打量着说道,"集市上的人就像树上的叶子,换了一茬又一茬;我敢这样说,今天在这里,也就只有你一个人,多少年以前到过这里。"

"这一点我倒不那么有把握。"牛森太太——她此时自称为牛森太太——说这话的时候,眼睛很尖,看出了不远处的绿色斜坡下有点儿什么东西,"看那儿。"

女儿朝她指的方向看去。她所指的东西是用木棍插进地里支成的一个三脚架,架上吊着一只大三脚锅,下面架着文火烧着的木柴加热。一个老婆子弯腰俯在那口大锅上面,形容憔悴,满面皱纹,可谓衣衫褴褛。她用一把马勺搅拌着锅里的东西,不时破着嗓子大声吆喝:"卖粥啦!又香又甜的麦粥!"

这的确就是当年那个粥篷的老板娘——一度财源茂盛,干净利落,系着白围裙,钱币叮当响——如今却没有了帐篷,肮脏龌龊,既没桌子,又没凳子,几乎没什么主顾,只有脏得像两个小花脸的男孩儿上前买粥:"来半便司[①]的——请多盛点儿。"她用两个缺了口、最简陋不过的黄色土盆盛了粥给他们。

---

① 此为土话,应为便士。

"她那时候就在这里。"牛森太太接着又说,还跨了一步,好像要走得更靠近一点儿。

"别跟她说话——那太不体面啦!"另一位拦着她说。

"我只说一句话,伊丽莎白-简,你可以待在这儿。"

那姑娘并没有不乐意,她母亲走上前去的当口,她转身走向卖印花布的那些摊子。老婆子一看见亨察德—牛森太太就请这位后来的客人光顾,亨察德—牛森太太要买一个便士的粥,她表示的那种殷勤,比她年轻的时候卖六便士粥所表示的更甚。这个自称的寡妇端起的不是往日那种作料丰富的麦粥,而是这碗可怜的稀汤水。这时候,丑婆子把火后面的一个小篮子打开,鬼鬼祟祟地仰面看着她,小声问道:"想在里面加一点儿朗姆酒吗?——你知道,是私酒——来两个便司的吧——这样你喝下去就神清气爽啦!"

她的主顾看到她又耍起这套老花招,不禁苦笑了一下,摇了摇头,那种含义,远非这个老婆子所能破解。她拿起递给她的那把廉价的小匙子,假装喝了一点麦粥,一边这么做,一边不动声色地对丑婆子说:"你见识过好日子吧?"

"唉,太太,你可说着了!"老婆子回答道,立即打开心扉,"俺在这个市场上,从大姑娘、小媳妇,一直干到当了寡妇,待了三十九年啦,这些年,俺可懂得怎么跟这地方最淘气、好胃口的人打交道了!太太,你大概不会信,那阵子俺还有一座自己的大帐篷,还是这个集市上的一景呢。人来人往,没有谁不来喝一份俺顾纳福①太太的麦粥的。牧师的口味,花花公子的口味,俺都懂;城里人的口味,乡下人的口味,俺也懂。俺甚至还懂那些下流无耻女人的口味呢。可是说句老实话——这世间没记性;正正派派做生意赚不了钱——这年头哇,只有耍滑头,搞欺骗,那才能上得去呀!"

---

① 原文 Good enough,直译应为足够好。

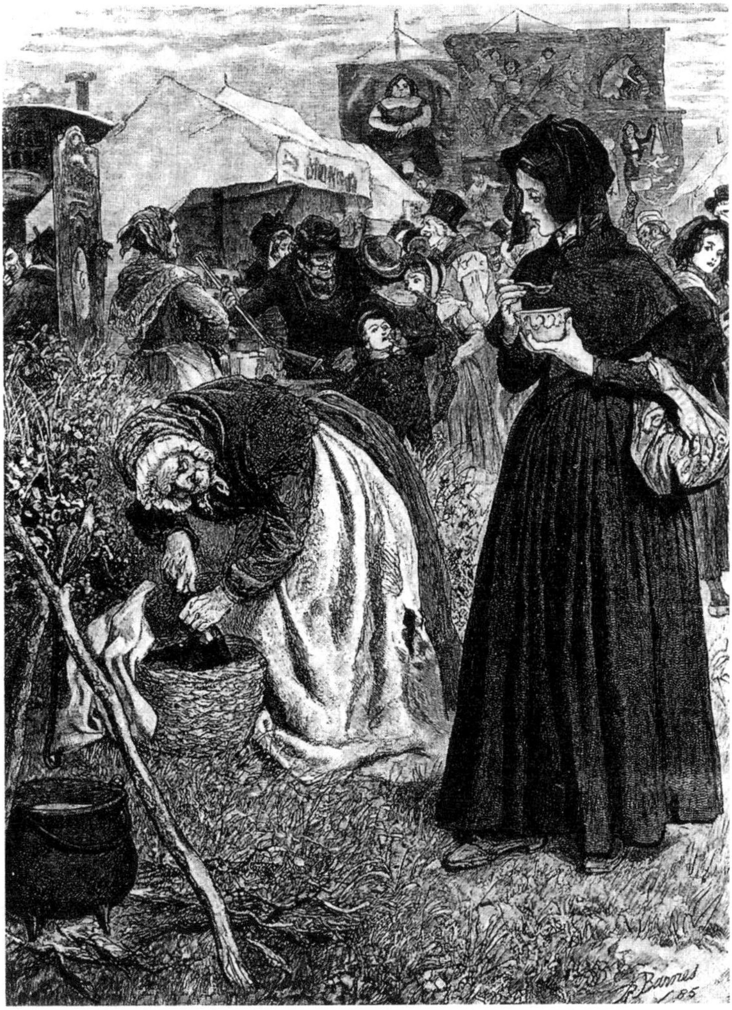

牛森太太对周围扫了一眼——她女儿还俯身在远处那些摊子上。"你还能想得起来吗,"她小心谨慎地对老婆子说,"十八年前的今天,在你那个篷子里,有一个女人让她丈夫给卖了的事儿?"

丑婆子回想了一阵,轻轻摇头。"要是一件大事儿,俺马上就会想起来的,"她说,"只要俺亲眼得见的事儿,两口子每一次大打大闹呀,每一件杀人犯罪呀,哪怕是每次扒腰包呀——只要是大点儿的——俺都能记得起来。可是,卖老婆嘛,那次买卖没吵没闹就成了吗?"

"嗯,是,我想是这样的。"

卖粥的女人又轻轻地摇起头来。"啊,对了,"她说,"俺想起来了。不管咋的,俺能想起有一个男人,倒是干过这种事儿——那个男人穿了一件灯心绒夹克,带着一个工具篮子;可是,愿上帝保佑你,俺们的脑瓜没空儿装这种事,像这种事儿,俺们记不住。俺怎么又想起这个人来了呢,就是因为第二年的集上,他又回来了,而且挺私密地对俺说,要是有个女人来打听他,俺应该告诉她,他去了——去哪儿啦?——卡斯特桥——对啦——卡斯特桥,他说过。可是,说句老实话,俺再也别想起这件事儿啦!"

要不是牛森太太心中谨记正是这个缺德女人的酒,害得她丈夫丢人现眼,哪怕她手头并不宽裕,也会尽力酬谢这个老婆子的。她三言两语谢了谢这个告诉她消息的人,就去和伊丽莎白聚齐;伊丽莎白迎着她说:"妈妈,我们走吧——你到那种地方去买小吃,多不体面呀。我看那里没有别人,只有最下等的人。"

"不管怎么说,我还是打听到我们想知道的事儿啦。"她母亲放心地说,"我们那位亲戚上一次来赶集的时候,说他当时住在卡斯特桥。那儿离这儿有很长很长一段路,而且他说这话的时候,离现在有好多年了;不过,我想我们还是到那儿去吧。"

她们说着就下坡走出了集市,向村里走去,在那里找到了过夜的住处。

四

　　亨察德的妻子力行良善,但却使自己陷进了重重困难。总有上百次,话到嘴边她就要对女儿伊丽莎白-简讲出自己真正的身世,讲那个悲剧性的时刻,在自己比身边的这个女孩大不了多少的时候,在韦敦集市上发生的那场交易。可是她还是憋住了。一个天真无邪的闺女就这样长大了,一直相信那个和蔼可亲的水手同她母亲之间的关系,正和他们一向表现出来的那样,是一般正常的关系。孩子强烈的亲密感情,随着成长而生长起来了,要用一些令人苦恼的想法来危害这种感情,这是亨察德太太连想也不敢想的一件太可怕的事情。要想让伊丽莎白-简弄明白,似乎倒真是不折不扣的犯糊涂。

　　不过,苏珊·亨察德害怕说破真情会伤她至亲至爱的女儿的心,并不是因为她感到自己这方面有什么行为不端。她的单纯——这正是亨察德原先瞧不起她的根源——使她能够生活下去,而且确实相信,牛森出钱买她,从道义上来说,就在她身上得到了真实合理的权利,尽管这种权利的确切含义和合法限度是模糊不清的。一个神志正常、年纪轻轻的已婚妇人,竟然相信这样一种转让是一种正经八百的事,这让那些世事洞明的人可能会觉得奇怪;如果没有其他许许多多同样可信的事例,那么这件事简直就令人难以置信了。但是农村地区这类记载太多了。农妇凭着虔诚的心意跟定了花钱买她的人,她绝不是头一个,也不是最后一个。

　　苏珊·亨察德在此期间不同寻常的经历,三言两语就可以交代清楚。她完全是无可奈何地被带往加拿大,他们在那里过了几年,在实际生活中没有取得什么显赫的成就,尽管她尽了一个女人之所能,辛勤劳动,想把他们的小家操持得欢乐丰足。伊丽莎白-简大约十二岁的时候,一家三口又返回英国,在法默斯①安顿下来;在那里,牛森有几年以做船夫为生,而且常常还就便做点儿码头上的零星活儿。

后来他从事纽芬兰的生意,正是在这段时间,苏珊醒悟过来了,她把自己的身世祖露给了一个朋友;她对自己的处境这种逆来顺受的态度,遭到那个朋友的奚落。从此以后,她的心情就再也不能平静。一年冬天就要结束的时候,牛森回到家里,他发现,他一向那么小心翼翼地维护的幻想,已经永远破灭了。

随后有一段愁苦的时间,这时她告诉他,她怀疑自己是否还能和他再过下去。下一次贸易季节到来的时候,牛森又离家去纽芬兰做生意。不久隐约传来了他在海上遇难的消息,解决了一个让她那温顺的良心饱受折磨的问题。她再也没见过他了。

关于亨察德,他们没有听到一点儿消息,对于君主治下的劳苦臣民来说,当年的英国宛如一片大陆,一英里就像是地理课堂上的一个度数。

伊丽莎白-简早早就发育成了成年女人。她那时大约十八岁;有一天,大概是得到牛森在纽芬兰海上遇难身亡的消息以后一个月左右,她在她们仍然住着的那座小房子里,坐在一把柳条椅上,给渔民编织麻绳网。她母亲也在同一间屋子靠里的那个犄角里,从事着同样的劳作,正在给织网用的那根木梭绕绳,这时她放下沉甸甸的木梭,满腹心事地打量着女儿。太阳从门口射进来,照在这个年轻女人的头上,她秀发蓬松,阳光射进头发里面,就像照射到淡褐色的灌木丛中一样。她的脸虽然显得有些清瘦苍白,还没出落得丰满,但却赋有堪于雕琢的璞玉之美。潜藏的天生丽质

---

① 法默斯,位于英格兰康沃尔郡近西南海角一处港口。

蕴蓄其中,竭力要冲破那暂时保持的稚嫩线条和艰辛生活一时造成的容颜毁损,显露自己的本色。她骨子里是秀丽温文,但是在肌肤上却几乎尚未展现秀丽温文。如果她容貌中那些尚在变化之中的成分在最后定型之前不能避免日常生活中种种令人忧伤烦恼的事故,她或许也就永远不会发育得丰姿绰约了。

母亲看到女儿这副模样,不禁悲从中来。这不是含糊莫名的,而是循情入理自然兴起的悲伤。为了女儿,她曾多少次试图从她们俩置身的那种一直像紧身衣似的贫困中摆脱出来。这个女人早就觉察到,和她相依为命的女儿那颗年轻的心智,多么强烈地渴望着,而且一直在奋力争取扩展;然而直到现在,她已经芳龄十八,却依然故我,未得展露。伊丽莎白-简发自内心的欲望——合情合理而又受到压制的欲望,确实是想看、想听和想了解。她怎样才能成为一个知识更广、名声更高——用她自己的话则是"更优秀"的女人,这是她经常不断向她母亲提出的问题。比起另一些和她处于同样地位的女孩子来,她对事情更爱刨根问底,而她母亲感到对她这种探求无能为力,只好徒作呻吟。

那个水手,是否已经葬身海底,如今对她们来说,大概是湮没无闻了;苏珊原来是在道义上把他看做自己的丈夫那样坚定虔诚地跟定了他,一直到后来受到启发,她的观念发生动摇,如今再也没有人要求她这样了。她自问:如今她又成了一个享有自由的女人,那么在这样一个任何事情对她都一直是毫无机缘的世界上,这是不是她可以得到的一次机缘,让她能再做最后一拼的努力,来改善伊丽莎白的处境呢。收起自己的自尊去找她第一个丈夫,不管是否明智,看来得算是最好的起步了。他可能酗酒成性,把自己送进了坟墓。但是另一方面,他也可能不至于愚蠢到这步田地;因为在她同他一起生活的时候,他不过是偶尔贪杯,并不是个嗜饮成癖的醉鬼。

无论如何,如果他还活着,就回到他身边去,这件事的恰当得体是毋庸置疑的。去找他,这件事的棘手之处在于向伊丽莎白挑明原委,而这却是不容她母亲考虑的做法。她最后决定着手寻找他,而不把她从前同亨察德的关系告诉女儿,如果找到他,就由他采取他可能选择的办法去收场。这种情况正可以说明,为什么她们在集市上会那样谈话,为什么伊丽莎白被带领一路前行的时候会是那种似懂非懂的状态。

她们就是在这样一种状态之下登程赶路,凭的仅只是那个卖粥女人对亨察德的下落所提供的那点儿蛛丝马迹。她们不能不尽最大努力节省开销。有时可以看到她们步行,有时搭农夫的大车,有时搭运货的篷车;她们就这样走到了靠近卡斯特桥的地方。伊丽莎白开始感到恐慌的是,她发现母亲的健康状态已经今非昔比,而且她的言谈中不时出现那种厌世的口吻,流露出对生活越来越彻底地感到厌倦,如果不是为了女儿,就是离开这个人世,她也不会有多少遗憾。

临近九月中一个星期五的黄昏,天黑之前她们到了一座小山顶上,离她们去的地方还不到一英里。这里驿道两边是高高的树篱,她们登上中间绿茵茵的草坪,在那里坐下。这个地方可以俯瞰那座城市和周围的全景。

"这个地方看起来有多么老式古板啊!"伊丽莎白-简说。这时她母亲一言不发,心中暗暗冥想着的不是地形而是其他事情。"全都挤在一块儿;周围的树绕成了一道四四方方的墙,把它团团围住,像是用方匣子围起来的一座花园。"

这座古老的自治市①,卡斯特桥自治市——在那个时代,而且至今一如既往,最令人瞩目的特点的确就是方方正正,却丝毫没有受到现代化的沾染。它像一盒多米诺骨牌似的排得紧紧凑凑。它并没有一般所说的那种郊区、农村和城市在一条精准的界线上

---

① 自治市 borough,是英国建政史上一种享有特权的自治城市。

交汇。

照高空飞翔的那类鸟儿看来,卡斯特桥在这个晴朗的黄昏一定像是一幅由淡红色、褐色、灰色和闪光透明物组成的马赛克拼贴画,镶在一个长方形深绿色的画框当中。照人类的水平视线,它却像一个不太分明的庞然大物,虚掩在椴树和栗树稠密的栅栏后面,耸立在数英里隆起的山丘和凹下去的田地之间。此一庞然大物随后渐渐被这种视觉剖解成为一些塔楼、山墙、烟囱,还有窗户,最高处的玻璃釉面反射着西方的一带霞光耀眼地闪闪烁烁,血脉贲张地吐出红铜色的火焰。

这个以树为界的方块,每一边的中心点都有向东、西和南的大道,直通向广阔无垠的麦地和峡谷大约有一英里。这两个步行人打算沿着其中的一条大道向市里走去。他们刚要起步前行,两个男人从树篱外面走过,边走边进行着争论性的谈话。

"嘿,真的,"伊丽莎白在他们走过去以后说,"那两个男人谈话当中,提到亨察德这个姓,不就是我们那位亲戚的姓吗?"

"我也这么想来着。"牛森太太说。

"这好像是提示我们他还在这儿。"

"是呀。"

"我是不是追上去,问问他们,他究竟……"

"不,不,不!现在还绝对不要去。他可能在济贫所里,或者脚上套着足枷①,尽着咱们所知道的说。"

"我的天哪!你怎么会这样想呢,妈妈?"

"这也不过是说说罢了……就这些啦!可是我们必须要作暗中打探。"

歇息够了以后,她们在黄昏时分继续赶路。大道两旁有浓密

---

① 足枷为英国刑罚之一,将罪犯铐置木制刑具之中,于通衢或路旁示众。译者亲见此物在哈代故乡多切斯特市内多塞特郡立博物馆中仍有展藏。

的大树,所以路上很黑,像是一条地道,可是大道两边的开阔田野却还笼罩在微弱的天光之下;换句话说,她们是在两旁暮色中间走进了半夜。既然世俗的一面摆到了眼前,伊丽莎白的母亲也就对这座城市的面貌感到了强烈的兴趣。她们缓步前行,走了一段就看出来了,原来围绕卡斯特桥的那些节瘤累累的树木栅栏,本身却是绿色矮坎或者陡坡之上的一条林荫大道。外面还可以见到一条壕沟。在大道和坡坎之内有一道墙,时断时续,墙内则是市民的住房,鳞次栉比。

这两个女人并不知道,市外的这些地貌正是这座城市古代的城防,种上树木以后成了散步的场所。

这时透过环绕城市的树木,闪出了一片朦胧的灯火,给人带来城市里一种极其温暖舒适的感觉,同时又反衬出城市外面黯无灯火本可谓与现实生活近在咫尺的乡村,显得异常僻远空旷。这种城区与乡野之间的差异,又给此时传到她们这里的种种声音,尤其是盖过其他声音的铜管乐队的曲调,弄得更加明显。两个旅行人辗转走进了主大街,这里有许多木头房子,楼上几层探悬在外,它们那些小格子玻璃窗上遮着凸条格纹细棉布窗帘,挂在活动拉绳上,山墙挡风板下面,陈年的蜘蛛网迎风飘动。有几所木架间砌有砖墙的房屋,主要依靠相邻的房屋来支撑,有些①石板屋顶补缀着瓦,有些瓦顶补缀着石板,间或也有草顶的房屋。

这座城市依靠居民从事农业和畜牧业才得以存在,商铺橱窗中陈列的各种商品就表现了这种特点:铁器铺里的长柄大镰刀、普通镰刀、羊毛剪、钩镰、锹、鹤嘴锄和锄头;制桶铺的蜂箱、黄油量桶、搅奶器、挤奶凳和奶桶、草耙、野外用的大肚瓶和播种用的漏嘴儿;马具铺的大车缆绳和耕马挽具;轮匠铺和机械铺的大车、手推车和碾磨机齿轮;药房的马用涂剂;手套铺和皮货铺的修剪树篱用

---

① 作者原注:这些老房子如今大多已经拆除(1912)。

手套、修盖草房顶工人用的护膝、犁地人用的绑腿、村民用的防水木套鞋和木底鞋。

她们走到一座灰蒙蒙的教堂前面,它那巨大的方形塔楼直挺挺地插入逐渐暗淡的天空,有紧邻处的灯光照明,清晰可见下面部分当初砌墙填缝的灰浆是如何早已被岁月和风雨剥蚀殆尽,于是缝隙间又长出了小簇小簇的景天草和杂草,几乎都一直朝上长到了雉堞上。塔楼上的时钟敲了八下,接着就响起了铿锵有力的教堂钟声。这座城市当时还在实行敲宵禁晚钟①,用来做关闭店门的信号。不一会儿这深沉的音响就在这两边面对面的房舍之间振荡开来,随后这整条主大街上就响起了关闭窗板的咔哒声。几分钟之内,卡斯特桥这一天的生意就结束了。

另外还有几座时钟,又接连敲响八下——一个来自监狱,声音阴郁愁闷,另一个来自救济院的山墙,它的声音比晚钟更加清晰,它的机器起动时还要吱吱嘎嘎地响上一阵;一家钟表店里,那一排锃光瓦亮的高大罩钟,正当护窗板要把它们幽禁起来的时候,也一个紧接一个地附和起来,好像是一排演员在幕布就要落下之前念出他们最后的道白;然后又可听到钟乐断断续续地传来《西西里岛水手赞美诗》②;如此,高等学府编年史学家即可觉察到,他们这一个小时的工作完满结束以前,就举步跨入下一个小时了。

一个女人走在教堂前面的空旷地方,她把长袍的袖子卷得很高,连内衣的衣边都看得出来,长袍的下摆高高撩起塞进口袋里。她用胳臂夹着一个大面包,把它一块块撕下来,递给跟她走在一起的另外几个女人,她们带着一副挑剔的神气,一小口一小口咬着面包。亨察德—牛森太太和她女儿看到这种情景,不禁想起自己也有了食欲了;于是向那个女人打听,最近处哪里有面包房。

---

① 征服者威廉一〇六八年规定,英国在晚间八点敲钟,实行宵禁,届时家家掩灭炉火,熄灯就寝,长期流传,相沿成习。
② 原注:这种钟乐,像其他郡一些教堂的一样,已经沉寂多年。

"你这会儿在卡斯特桥要找好面包,就和找吗哪①一样。"她给她们指点了一下,然后说,"他们可以擂鼓吹号,大嚷大叫,胡吃海塞。"——她朝着这条街上前面一个地点摆了摆手,可以看到,在一座灯火辉煌的大楼前排着一支铜管乐队——"可是俺们得受穷受苦,连一片像样的面包都找不到。现在在卡斯特桥,好面包没有好啤酒多。"

"好啤酒也没有次啤酒多。"一个男人双手插在口袋里说。

"怎么会弄得连好面包也没有呢?"亨察德太太问。

"唉,都是那个粮商,他这个人哪,俺们这里的磨坊和面包房都和他打交道,他把沤了的麦子卖给他们,他们并不知道是沤了的呀,他们是这么说的,直到后来,发面团像水银一样,跑得烤炉上到处都是;所以嘛,一块块面包都干瘪得像个癞蛤蟆,里面就像板油布丁。俺出嫁做了妻子,做了妈妈,多少年了,在卡斯特桥哪里见过这种不成模样的面包呀。可是,你准保是个外地人吧,不知道这里的穷人这一个礼拜给气得一个个都像气鼓包似的!"

"我是外地来的。"伊丽莎白的母亲不好意思地说。

在她还不大知道她在这里的前途如何之前,不愿意引起别人更多的注意,于是和女儿一起从说话的女人这边退出来。她们到了指点给她们的那家铺子,买了几块饼干,暂且当做一顿饭吃,然后就信步走向奏乐的那个地方去了。

---

① 据《圣经·旧约·出埃及记》第16章,摩西率以色列人出埃及到达旷野,耶和华降以食物,以色列人称之为"吗哪","样子像芫荽子,颜色是白的,滋味如同搀蜜的薄饼"。

五

她们走了几十码远,就到了市里的乐队正在演奏的地方,那首《老英格兰烤牛肉》①的曲调,把窗玻璃都震动起来了。

他们在这座楼的门前搭起了演奏台,这是卡斯特桥最高级的旅馆——名字叫王徽。门廊的上方,有一个宽敞的凸窗探到街道上,从敞开的悬窗可以听见里边嘈杂的人声,还有杯盘的叮当声和开瓶塞的噗噗声。再加上护窗板也没有关,从通向对面驿车办事房的最高一级石阶顶上,可以看到这间屋子里的全部情况,正是由于这个原因,这里聚集了一伙闲散无聊的人。

"说不定,我们终归可以打听打听——我们那个亲戚,亨察德先生的消息啦。"牛森太太悄声说。她自从到了卡斯特桥以后,一直显得异乎寻常地虚弱和激动。"我想,这儿也许是一个想法打听的好地方——你懂得,只是问问他在这座城市里是怎么个情形——要是他在这儿的话,我想,他必定在这儿。伊丽莎白-简,最好是你去打听。我已经筋疲力尽,什么也干不了啦。先把你的面纱放下来吧。"

她在最下面一级石阶上坐下,伊丽莎白-简遵照她的吩咐,站到那些闲散无聊的人中间去了。

"今儿晚上有啥事儿呀?"姑娘挑了一个老人,在他身边站了一会儿套套近乎,这样才好赢得过话的资格。

---

① 《老英格兰烤牛肉》是亨利·菲尔丁作词、里查德·利弗里奇作曲的歌剧《寒士街歌剧》(1731)第三幕第三场中的一首插曲,后来成为鼓舞民族情绪的一首群众性歌曲。

"啊,看你保准儿是个外乡人。"老人说,两眼还紧紧盯着窗口不放,"嗯,这是那些高贵人物,那些头头脑脑在公开举行大宴会——市长当主席。没请咱这些普通老百姓,所以他们把窗户都打开,让咱们站在这儿,在外边也见识见识。你走上几步台阶,就能看见他们啦。那就是市长亨察德先生,坐在桌子的顶头,正对着你;左右两边都是市议会的人……咳,他们好些人开始发迹的时候,比咱现在还不如呢!"

"亨察德!"伊丽莎白-简大吃一惊,不过绝不是怀疑他透露的这件事的整个分量。她上到台阶的顶层。

她母亲虽然低着头,可是在老人的"市长亨察德先生"这几个字还没传到她耳朵里的时候,却早已从旅馆窗口听到一种声调,莫名其妙地吸引起她的专注。她站起来,尽快走到女儿身边而又尽量不流露自己特别急切的心情。

旅馆餐厅的内里,桌子、杯子、餐具和室内的人,全都展现在她面前。面对窗户坐在首席的是一个男人,大约四十岁的年纪;体格魁伟,浓眉大眼,口气很大;他整个身躯与其说是结实,还不如说是粗壮。他气色很好,皮肤带些黑油油的光泽,黑色的眼睛炯炯有神,头发眉毛漆黑浓密。客人偶有谈论引起他纵声大笑的时候,他那张大嘴向后咧得很大,在枝形吊灯的照耀下,他那口显然至今还能引以自矜的三十二颗完好白牙,有二十来颗都露出来了。

他那种大笑让生人乍听起来并非那么令人振奋的;因而难得一听,倒是好事。据此可能会构建出许多道理来,这恰合这样一些推想:具有某种性格的人,对于软弱毫不怜惜,而对于伟大和张力,则慨然报以赞羡。发出这种笑声的人如果有什么美德,那也是属于偶有一瞥——不是那种温厚绵长和蔼亲切,而是时不时显露一下的几乎是咄咄逼人的慷慨大度。

苏珊·亨察德的丈夫——至少,在法律上的——坐在她们眼前;模样端正了,轮廓定型了,特点突出了;拘谨稳重了,深思熟虑了——一句话,见老了。伊丽莎白,不像她母亲那样为历历往事所牵绊,对他只有强烈的好奇和兴趣;一旦发现她们长期寻找的这位亲戚具有这种出人意料的社会地位,这也是自然而然的事。他穿了一身老式的晚礼服,在他宽阔的前胸露出一件带褶边的宽松衬衣,还配着镶了宝石的衬衣饰纽和一条沉甸甸的金表链。他右手边摆着三只玻璃杯;可是让他妻子大吃一惊的是:那两个装酒的玻璃杯空着,而第三个,那个平底杯,则装着半杯水。

她最后一次见到他的时候,他穿的是一件灯心绒短夹克、粗斜纹布背心和过膝裤、棕黄色皮绑腿,坐在那儿,面前摆着一盆热奶粥。时间——这位魔术师,已经大显神通。她望着他,而且这样回想起过去的时光,变得那样激动,以致向后退缩着靠在了石阶通向驿站办事处门口的一根柱子上,柱子的影子刚好遮住了她的面容。她把女儿也忘了,直到后来伊丽莎白-简碰了她一下,她才回过神来。"你看到他了吗,妈妈?"姑娘悄声问她。

"看到了,看到了,"她的同伴急忙回答。"我已经看到他了,这样对我也就足够了!现在我只想离开——销声匿迹——一死了之。"

"怎么——干吗?"她向母亲靠近了一点儿,对着她的耳朵悄声说,"你以为,他看来不大会照应我们吗?我想,他像是一个宽怀大度的人。他是多好的一位上流绅士呀,是不是?他那些钻石纽扣多亮呀!多么奇怪,你竟会说他也许脚上套着足枷,要么在济贫所,要么死了!哪儿有这种刚好相反的事儿呀!你为什么这样怕他?可我一点儿也不怕;我要去拜会拜会他——他顶多也不过说,他没有这么一个远亲罢了。"

"我根本不知道——我说不出该怎么办。我觉得很泄气。"

"别那样,妈妈,现在我们已经到了这儿,这就成啦!就在你待的这儿歇一小会儿吧——我再察看察看,多打听出一些他的事儿。"

"我想,我再不能见亨察德先生了。他不是我想象的那种样子——他把我镇住了!我一点儿也不希望再见到他。"

"不过你还是先等一会儿,好好想想吧。"

伊丽莎白-简在她自己的生活中,对任何事情还从来没有像对她们目前的处境感到这么大的兴趣。这有一部分是因为,她发现自己和一个老把式沾亲,自然颇为得意,于是又去盯着那个场面看。那些比较年轻的客人生气勃勃,又谈又吃,而那些年纪大些的则搜寻珍馐美味,在自己的餐盘上闻闻嗅嗅,哼哼唧唧,像老母猪在用鼻子拱橡树果。似乎只有三种酒供应在座的宾朋:葡萄酒、雪利酒和朗姆酒;除了这老三样,其他的酒很少人,甚至无人问津。

这时,跑堂的把一排周围有磨砂花纹的老式大酒杯摆到了桌子上,每只酒杯还配上了一把匙子,这些酒杯立时给斟满了掺水烈酒,其温度如此之高,真让人担心摆放的那些器物会被热气熏坏了。不过伊丽莎白-简注意到,虽然桌面上频频斟酒,川流不息,但却唯独没有人给市长的酒杯斟酒;他面前摆着一溜儿等候斟葡萄酒和烈酒的亮晶晶的杯子,他却兀自用那只平底杯大口大口喝白水。

"他们不给亨察德先生的酒杯斟酒。"她壮起胆子向那位仅为肘腋之交的老人说。

"嗳,不给他斟酒;你不知道吗,他可是个尽人皆知名符其实滴酒不沾的人?不论什么佳酿美酒,他都讨厌;从来一点儿不沾。是啊,他在这方面可是好样的。俺听人说过,他过去的日子对着福音书发过誓,从那以后就一直信守誓言。所以他们也不勉强他,因为知道有了这种事,再去勉强就不大合适了;人对着福音书发誓,这可是件大事,不是闹着玩的。"

另一个上了年纪的人听到这段谈话,于是也插进来问道:"所罗门·朗威斯,为这个誓言,他还得忍多长时间呀?"

"他们说还有两年。俺不知道,他究竟为啥和,有啥理由,要订这么一个期限,因为他从来没有告诉过什么人。不过,他们说还有整整两个多周年。意志坚强才能坚持这么长啊!"

"真是不错……不过有希望就有强大的力量。你知道,再过二十四个月,你就可以摆脱这种约束,能够毫无限制痛痛快快地干,把你过去忍受的一切,全都抵偿了——嘿,这就可以让一个人精神抖擞,毫无疑问。"

"毫无疑问,克瑞斯托弗·柯尼,毫无疑问。他这么一个老光棍,是得这么想。"朗威斯说。

"他什么时候没了太太的?"伊丽莎白问。

"俺从来没听说过她。那总是在他来卡斯特桥以前,"所罗门·朗威斯回答,用的那种加重的口气,好像是说,连他都不知道亨察德太太,这就足够清楚,她的历史毫无趣味。"不过俺知道,他是个彻底的戒酒派①,要是他手下的什么人多喝了一点儿酒,他就要对他们大发雷霆,十分严厉,就像耶和华对待那些快活的犹太人一样②。"

"那么,他手下的人多吗?"伊丽莎白问。

"多着呢!哎呀,我的好闺女,他是市议会最最有权势的议员,在周围这乡下一带还真是个头号人物呢。凡是小麦、大麦、燕麦、干草、土豆、萝卜之类的大宗交易,没有亨察德不插上一手的。嘿,他还要掺和进好些别的生意呢;他出错也就出在这里。他来到这里完全是白手起家;现在他可成了这个城市的顶梁柱啦,就因为今年按合同交货,他交了这批坏粮食,他的地位才有点儿不稳了。俺看到太阳在杜诺威高原荒地上升起来,已经有六十九个年头啦,打从俺给他干活儿的时候起,亨察德先生可从来没有不公道地骂过俺一次;不过就像我这么一个小不拉子,俺还是得说,俺以前压

---

① 似指十九世纪三十年代发起彻底戒酒运动的严格戒酒人士。
② 据《圣经·旧约·出埃及记》:摩西率领犹太人离开埃及,行至旷野,犹太人崇拜金牛犊,耶和华震怒,降以灾祸,追究罪过。

根儿还没尝过这一阵儿用亨察德的小麦烤出来的那种难吃的面包呢。麦子都沤成那样了,你差不多都可以把它叫做麦芽啦,烤出来的面包下面那一层死面团,就像鞋底一样厚。"

乐队这时奏起了另一支曲子,在这支曲子奏完的时间,宴会就结束了,于是开始进行讲演。晚上很安静,窗户又还都开着,所以这些演说都能听得清清楚楚。亨察德的声音高过了其他的人,他在讲他做干草买卖经历的一个故事,说他怎样用心计制伏了一个对他用心计的狡猾家伙。

"哈哈!哈哈!"他的听众到结尾之处都大笑起来;照例总是个皆大欢喜,可是这时响起了另外一种声音,"这都很妙;可是,那些坏面包是怎么回事儿?"

这句话是从桌子下首那边说出来的,坐在那里的都是些小商人,他们虽然也是座上客,看来社会地位却比别人略低一等;他们似乎抱有某种独立见解,谈起话来同坐在上首的那些人不大和谐;就像教堂里西头唱的有时硬是和圣坛上领唱的不合拍,不搭调。①

提到坏面包的那一段插话,外面这些闲游散逛的人听得真是痛快淋漓;其中正好有几个还怀有一种幸灾乐祸的心绪,因此他们就相当放肆地响应起来:"喂,市长先生,那些坏面包是怎么回事儿?"况且他们又不像那些参加盛宴的人那样,觉得有什么拘束,所以又加上了一句,"先生,你也该说说这段故事呀!"

大家这样一插嘴,就足以使得市长关注这件事了。

"这个,我承认小麦结果弄得很糟,"他说,"那些面包房从我这儿进货是上了当,可是我进货也同样是上了当呀!"

"那么穷哥们儿怎么办,是不是就得把它吃下去呢。"窗户外边那个唱反调的人说。

---

① 圣坛通常位于教堂东端,供祭司和唱诗班之用;一般信徒则在西端。唱圣诗时一般教徒和唱诗班唱的有时难免出现节拍声调不大契合之处。

亨察德的脸阴沉下来，表面上似乎无动于衷，心里却压抑着一团怒火——这样一团怒火，将近二十年前给别人故意引旺了以后，把一个妻子打发走了。

"一桩大买卖出些纰漏，你总得容许吧，"他说，"你们还必须考虑到，收获这批粮食的时节，正赶上我们多年不见的坏天气。不管怎样为这我已经采取了一些补救的办法。我已经发觉，我的生意做得太大了，我自己一个人管不过来，所以我登了广告，要找一个十全十美的人来做粮食部的经理。等我找到了这么一个人，你们就可以看到，再也不会出这种差错了——到时候事情就可以照看得更好啦。"

"可是以前的那些，你打算怎样给我们补偿呢？"早先说过话的那个人又提问了，而且他大概是面包房老板，或是磨坊主，"你可以用合格的小麦把我们手头的坏面粉换走吗？"

亨察德听到这些插话，面容更加严峻了，他拿起他那只平底大水杯喝着水，像是在让自己镇定下来，或者是在争取时间。他回避给予正面答复，执拗地说道：

"要是有谁可以告诉我，怎样把沤坏了的小麦变成合格小麦，我一定把它欣然收回。可是这是做不到的。"

亨察德不肯再让人家纠缠下去，说完这话就坐下了。

六

这时窗户外面的那一伙人,在刚才那几分钟之内又增多了。这些新来的人中间,有些是体面的店老板和他们的伙计,他们是晚上关门之后出来换换空气的;还有些是下层社会的人。这些人那里还多出来一个与众不同的生客——一个外表特别招人喜欢的年轻人——手上提了一个毛织的旅行包,包上饰有当时这些物品流行的时髦花卉图案。

他脸色红润,皮肤白皙,眼睛明亮,身材细瘦。如果他到来的时候不是刚巧碰上这场粮食和面包的讨论,可能一步不停就走过去了,或者最多停上半分钟,朝那个场面扫上一眼;如果这样的话,这个故事也就绝不会发生了。但是,话题似乎把他抓住了,他悄声问了一下另外几个看热闹的人当中正在打听的人,就驻足细听起来。

他听到亨察德的结束语:"这是做不到的",情不自禁地微微一笑,掏出自己的笔记本,借着窗口的灯光写了几个字。他把这一页撕下,折叠起来,写上交给谁,似乎就要把它从敞开的窗口扔到餐桌上去;可是转念一想,就从那些闲人中间挤过去,来到旅馆门口,当时在里面侍候的一个跑堂正闲待着,靠在门口的柱子上。

"马上把这个交给市长。"他说,把他匆匆写就的字条交给他。

伊丽莎白-简看到了他的动作,听见了他说的话,说的内容和他的口音都引起了她的注意——不是这一带常常听到的那种口音,有点儿怪,古雅而且带北方味儿。

跑堂接过那张纸条,这时年轻的生客继续说:

"你能告诉我一家像样的旅馆吗?要比这家稍微节省一点儿的。"

跑堂大大咧咧地朝大街上下两头扫了一眼。

"他们说下首不远的那家'三水手'是个很好的地方,"他懒洋洋地回答,"不过我本人从来没在那里待过。"

这个苏格兰人——看样子他很像是——谢了他,慢慢向刚才说的"三水手"方向走去。此时他刚才写纸条的一时冲动已经过去,显然似乎更关心找一个客店的问题,而不是那张纸条的命运了。就在他沿着街走下去慢慢消失的时候,那跑堂也离开了门口,伊丽莎白-简带着几分兴趣看着他把纸条带进餐厅,交给市长。

亨察德毫不在意地瞅着那张纸条,用一只手把它打开,随后用眼扫了一遍。这一看令人奇怪的是却产生了意想不到的效果。自从提起粮食买卖的话题以后,他满脸愠怒阴沉的神色一扫而光,变成了凝滞不动的专注。他缓慢地读着纸条,陷入了沉思,不是沮丧不快,而是一阵阵地绷紧,就像是一个人给一个什么念头紧紧抓住了一般。

到这时祝酒和讲话已经让位给了唱歌,小麦问题早给忘到了脑后。人们三三两两交头接耳,讲些有趣的故事,指手画脚演哑剧式地哈哈大笑,直笑得满脸露出抽搐歪扭的怪相。有些人开始现出一股神气,好像他们不知道他们是怎样来到这里,为什么要到这里来,怎样再回到家里去,于是就暂且坐在那里,脸上带着茫然的微笑。宽肩阔背的人好像要变成驼背了;庄严体面的人也顾不得体面,东歪西倒,怪里怪气,面相都变了,扭向一边;有几个人吃得酒足饭饱,脑袋直往肩膀里缩,这一缩弄得嘴角和眼角都向上翘起。独有亨察德没有变成这种歪歪扭扭的模样,他依然威仪俨然,端庄挺拔地在那儿沉思默想。

钟敲了九下,伊丽莎白-简转向自己的同伴。"快入夜了,妈妈,"她说,"你打算怎么办呢?"

她发现她母亲变得那样优柔寡断,不觉大为惊讶。"我们一定得找个地方歇息,"她母亲嘟嘟囔囔地说,"我已经看到了——亨察德先生;我要做的事也就是这些啦。"

"不管怎样,今天晚上就这样啦,"伊丽莎白-简安慰她说,"我们可以明天再考虑,对他最好怎么办。现在的问题是——难道不是吗?——我们怎样找一个住处?"

她母亲没有回答,于是伊丽莎白-简的心思就转到跑堂说的那句话上去了:"三水手"是一个费用合适的客店。对一个人是很好的建议,对另一个人大概也是很好的。"我们到那个年轻人去的地方去吧,"她说,"他是个体面人,你说怎么样?"

她母亲同意了。她们就向街那头走去。

就在这个时候,市长正像前面所说的那样,由于那张纸条而陷入了沉思,还让他在继续出神,直到后来,他小声地告诉他的邻座来代替他,这才得到机会离开自己的座位。这恰好在他的妻子和伊丽莎白离开之后。

他在集会的大厅门外看到了那个跑堂,把他召唤过来,问他一刻钟以前送来纸条的是谁。

"一个年轻人,先生——旅客之类的。是个苏格兰人,好像是。"

"他说了他是怎样弄到纸条的吗?"

"他自己写的,先生,他站在窗户外面写的。"

"啊,他自己写的……这个年轻人住在这个旅馆里吗?"

"没有,先生。我想他准是到'三水手'去了。"

市长把双手背在礼服尾部的下面,在旅馆门厅踱来踱去,好像他只是在找一个比他刚才退出的大厅凉爽一点儿的地方。但是毫无疑问,他实际上还是完全给那个新的想法缠住了,至于这个想法究竟是什么,姑且不论。最后,他又走回餐厅门口,停了一下,他发现,尽管他不在场,唱歌、干杯和谈话都进行得令人十分满意。那些市政机关人员、市内居民和大大小小的商人,实际上全都在开怀畅饮,不仅把市长,而且把所有一切政治、宗教和社会的巨大差异都忘得一干二净了,这些像铁栏杆一样把他们分隔开来的差异,他们觉得,只在白天才有必要保持。市长见到这种情况,就拿起了自己的礼帽,让跑堂帮他穿上了薄麻布大衣走出去,站在门廊里。

现在街上没有什么人了;他的眼睛受到某种吸引,转过来,盯住下头大约一百码远的一个地方,那就是写纸条的人去的那所房子——"三水手"客店,从他站着的地方可以看到客店的两堵显眼的伊丽莎白式山墙、凸窗和门灯。他盯着客店看了一会儿,就沿着那个方向款步走去。

这座给人和牲口提供住宿的古老房屋,可惜目前已经拆除了。它是用松软的沙石盖起来的,那些有石棂的窗户也是用同样的石料砌成的,由于地基下沉也已经明显倾斜了。那个探伸到街上的凸窗上的护板这时已经关上了,窗户里面的情况,常到这家客店的人都很熟悉;两边的护板各有一个心形洞隙,左右心室都比常见天然的小了一些。每个路过这里的人都知道,在这些灯火照亮了的洞孔眼里面,大约距离三英寸的地方,每到这个时刻,都排列着玻璃装配工比利·威鲁斯、鞋匠斯马特、杂货商巴兹福德和其他一些二流人物通红的头颈。这些人的地位比起王徽旅馆宴会上的那些宾客来,多少要低一等。他们每人都带着自己的陶制长烟袋。

入口处有四段带圆心的弧线组成的都铎式拱门,拱门上方有块招牌,这时对面有盏灯照着还能看得出来,招牌上面画家画的三个水手只不过是两维的人物——换句话说只是平面的人影,不是立体的——三个人站成一排,都是目瞪口呆的样子。由于处在街上向阳的一面,这三个伙伴大量地遭受了扭曲、破裂、褪色和收缩的损害,所以他们在构成这块招牌的木板纹理、疤节和钉子的实物上面,成了一片模糊不清的蒙蒙薄雾。这种情况事实上也不能过多怪罪客店老板斯坦尼治疏忽大意,主要是由于卡斯特桥缺少一个画工,能够担当复制这样富有传统风格的人物形象的任务。

一条又长又狭、灯光暗淡的夹道通向客店,马经过这个夹道给牵到后面的马厩里去,来来往往的人类旅客在这里不分彼此摩肩接踵,而且还很有给牲口踩着脚趾的危险。三水手的马厩好,啤酒也好,虽然要享用这两样都只能通过这条狭窄的道路而颇感不便,可是知道在卡斯特桥什么是什么的那些精明老练的人物,却仍然乐此不疲。

亨察德在客店外面站了一会儿;然后扣上褐色麻布大衣的纽扣,遮住衬衫的前胸,并且还用其他种种方式把自己调整到他平常每天的样子,尽量压低他枉驾光临的显赫架势,然后才走进了客店门。

七

伊丽莎白-简和她母亲大约是二十分钟以前到的。她们那时站在客店外面琢磨着:哪怕是这样一个简朴的地方,虽然人家推荐说价钱合适,可是对她们那轻轻的钱袋而言,是不是也有点儿太沉重了。然而,她们终于还是鼓起勇气进去了,并且立即遇到了客店老板斯坦尼治。这是一个沉静的人,他压出冒着泡沫的啤酒,把它们送到这个那个房间里去,和他那些侍女一样干;而和那些侍女不同的是,他干起工作来具有一种庄严稳重不慌不忙的派头,因此显示出了他干活儿多多少少是出于自主。如果没有那位老板娘指挥命令,这就真的是不折不扣的自主了。这位老板娘坐在酒吧里,身子纹丝不动,可是眼睛尖,耳朵灵,可以通过敞开的大门和出口,看到、听到那些旅客都急着需要些什么,而她的丈夫虽然近在咫尺,却常常忽略了。伊丽莎白和她母亲勉勉强强地给接纳下来,成了在这里过夜的客人①,被引进三角形屋顶下面的一间小卧室,在那里坐下。

这座客店陈旧破烂,歪歪斜斜,过道、地板和窗户都昏暗不明,他们的宗旨好像就是到处都铺满干净的白被单来作为对这种状况的补救,这就产生了一种让旅客眼花缭乱的效果。

"这对我们可太高级了——我们哪能住得起呀!"年长的女人等到只剩下她们俩的时候,忐忑不安地把屋子整个打量了一番之后说。

---

① 指非上述那些仅喝酒的顾客。

"我也担心这个呢,"伊丽莎白说,"不过我们总得体面点儿吧。"

"我们是得体面点儿,可是我们首先得付账呀。"母亲回答,"我非常担心,亨察德先生的地位太高了,我们不便高攀;所以我们只有自己的钱袋可依靠啦。"

"我知道我要怎么办。"伊丽莎白-简等了好一会儿才说。这会儿,楼下的生意忙得不可开交,好像把她们需要什么都给忘了。她离开房间,走下楼梯,径直冲向柜台。

如果说这个心地纯朴的姑娘还另有一个独特的优点,那就是她甘愿为了共同的利益而牺牲自己个人的安逸和面子。

"看起来你们这儿今天很忙,另外我妈妈手头也不大宽裕,我能够给你们帮帮忙,顶一部分房饭钱吗?"她问老板娘。

老板娘一直坐在安乐椅里一动不动,好像她还是流体的时候就给浇铸在里面,现在无法自拔了。她两只手搁在椅子扶手上,用一种探究的眼神把这个姑娘上上下下打量了一番。伊丽莎白提出的这种设想,在乡村里并不稀罕,但是卡斯特桥虽然还是古色古香,这种习俗在这儿却几乎已经过时了。不过女主人是个对待生客很随和的女人,所以并没有表示反对。于是伊丽莎白就遵照沉默寡言的老板点头、摆手地下指示,到她能够找到各式各样东西的地方去,拿着给她自己和母亲准备吃的东西,在楼梯上奔上奔下。

她正在做这件事的时候,房子中间的木隔板由于楼上在拉铃而震动了,楼下的铃就叮当响了一下,那声音还没有拉响它的铃绳和弯把的声音大。

"这是那位苏格兰先生。"老板娘显得无所不知地说。她又转过脸对着伊丽莎白说,"你能现在去看看他的晚饭是不是已经摆在托盘里了?要是摆好了,你可以给他端上去。在上面,前面那个房间。"

伊丽莎白-简虽然饿了,却心甘情愿把自己吃饭的时间推迟一会儿,于是到厨房里去询问了厨师,从那里摆出一个晚餐食物托盘,然后又把它端上楼,送到指定的房间。三水手客店虽然占的面积不小,可是一点也不宽敞。那些突出在外面的梁柱、椽子、隔板、通道、楼梯、旧炉子、高背长靠椅和四柱大卧床,侵占了很多空间,留给人的地方相形之下就窄小了。不仅如此,这是在一个小客店老板放弃家庭酿酒之前的时代,这位老板还坚守自己的淡色啤酒要有十二蒲式耳的酒劲①,酒的质量是客店招揽顾客的主要手段,所以任何事情都得给酿酒的器皿和有关的操作让位。这样一来,伊丽莎白就发现,这个苏格兰人下榻的房间,紧靠着分给她和她母亲的那个小房间。

她进去的时候,除了这个年轻人本人以外没有别人——他就是她见过的那个在王徽旅馆窗外逗留的同一个人。他这时正在悠闲地看一份本地报纸,几乎没感觉到她走进来,所以她能够从容冷静地注视他,看他前额上灯光照着的地方如何闪着亮光,他的头发剪得如何有型,后颈皮肤上天鹅绒似的细发或汗毛长得如何柔细,脸颊的曲线弯曲得如何像是圆球的一部分,掩盖着正在俯视的那双眼睛的眼睑和睫毛轮廓又是如何鲜明。

她安放下托盘,把他的晚餐摆好,一言未发就走了。等她走到楼下的时候,那位又胖又懒同时又很和善的老板娘看到伊丽莎白虽然还在热心干活儿,完全不顾她自己的需要,但却是相当劳累了,这位斯坦尼治太太于是就体贴入微而又不可通融地说,如果她和她母亲想吃晚饭,那么她们最好自己就去吃些。

伊丽莎白像给那个苏格兰人取晚餐一样,端上她们自己的简

---

① 英国啤酒的酒劲以每桶酒所用麦芽数量标明,通用英制谷物计量单位蒲式耳表示。

单饭菜，上楼到她把母亲丢下的那间小屋去，静悄悄地用托盘的边把门推开。她离开的时候，母亲是躺在床上的，这时却挺起身子，张开了嘴，这让她不觉一惊。母亲一见伊丽莎白进门，就伸起一根手指头。

她这样做的意思立刻就清楚了。分派给这两个女人的这个房间，以前有一段时期是用做苏格兰人现在那屋子的化妆室的，看看这两个屋子中间有扇门通着的痕迹就很清楚了，现在这扇门用螺丝拧死了，还糊上了墙纸。但是正如通常的情况，即使比三水手客店高级得多的大旅馆，在这样一间屋里说话，在另一间屋里每一个字也都可以听得清清楚楚。现在这样的声音传过来了。

伊丽莎白受到这种无声的告诫，于是把托盘放下，靠近母亲的身边，母亲低声对她说："是他。"

"谁？"姑娘问。

"市长。"

苏珊·亨察德的声音里带着颤抖，这使得除了这个对事情的真相毫无疑惑的姑娘之外的任何人都可以把这作为衡量苏珊与亨察德之间关系的尺度：揣测出比已认定为仅只是亲戚更要密切的关系。

确实有两个男人，年轻的苏格兰人和亨察德，在隔壁那间屋里谈话；正是伊丽莎白-简在厨房里打点晚餐的时候，亨察德走进了客店，客店老板斯坦尼治恭恭敬敬地亲自领他上了楼。这姑娘不声不响地把她们简单的饭菜摆好，便招呼她母亲和她一起吃饭；亨察德太太心不在焉地吃着饭，而注意力却完全给门那边传过来的谈话吸引住了。

"我只是在回家去的路上顺便进来，问你一个激起了我的好奇心的问题。"市长用一种随和亲切的态度说，"不过，我看你还没吃完晚饭吧。"

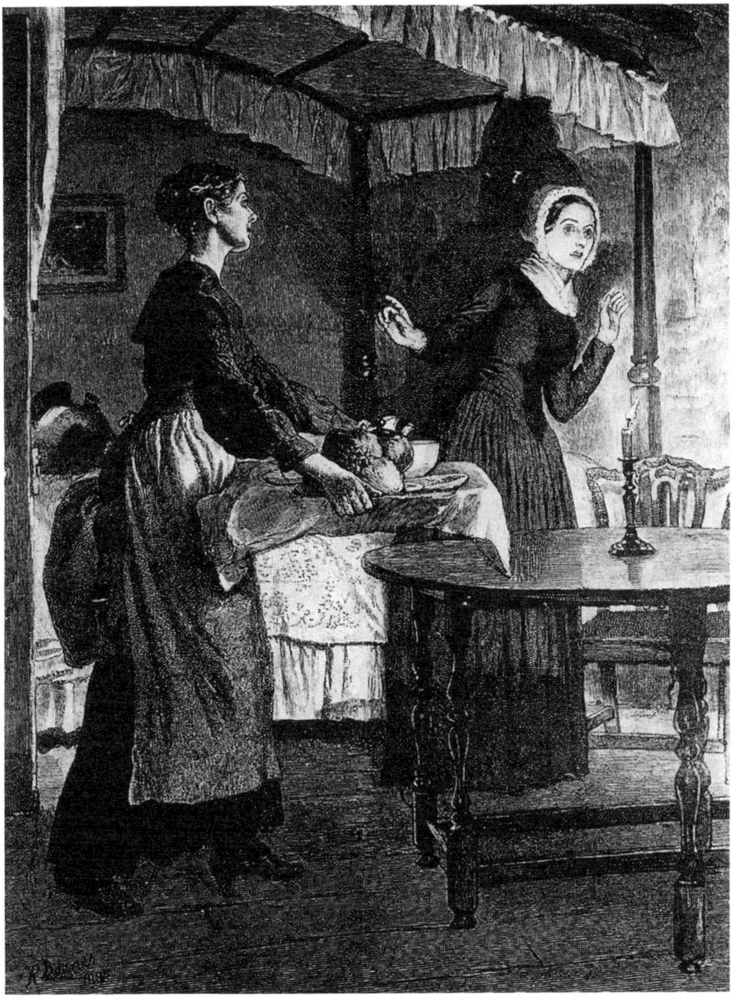

"是呀,不过马上就完!你用不着走,先生。请坐吧,俺这就完啦,其实这一点关系也没有。"

亨察德好像在他让的座位上坐了下来。等了一会儿,他又继续说:"好吧,首先我要请问:这是你写的吗?"接着就是纸张的刷刷声。

"是的,是俺。"苏格兰人说。

"那么,"亨察德说,"我就有这样的印象啦:咱俩都在等待明天早晨的约会见面,可是却因为偶然的机会,现在就碰上了。我姓亨察德;我在报上登了一条广告,招聘一位粮食部经理,难道你不是来应聘的吗?难道你不是为这件事来见我的吗?"

"不。"苏格兰人说,感到有些惊讶。

"保准你就是那一位,"亨察德继续坚持说,"安排好了要来见我的吧?乔舒亚,乔舒亚,季普——焦普——他姓什么来着?"

"你弄错啦!"年轻人说,"我的姓名是唐纳德·法夫瑞。不错,我是干粮食买卖的,——可是我并没有应啥广告的聘请,也没安排见啥人,我是路过这儿,到布里斯特去,——从那里再漂洋过海,去世界的另一边,到西部那些广大的产麦地区去碰碰运气的!我有一些新发明,对这种买卖挺有用,可是在这地界儿没有施展的广阔天地。"

"到美国去——唉,唉,"亨察德说,他那种失望的口气那样强烈,使人感到好像它本身就是潮湿的空气,"可是我却居然一口咬定,你就是那个人!"

苏格兰人又低声说了一句表示否定,于是双方沉默了一阵,后来亨察德又开口了:"那么,为了你在纸条上写的那几句话,我真心诚意地表示感谢。"

"这算不了啥,先生。"

"不过,眼下这对我有重大意义。这场关于我那批沤坏的小麦的争吵,我对天宣告,是直到人家来抱怨我才知道是沤坏了的,这事弄得我伤透了脑筋。我手头还有几百夸特①;要是你那个翻旧为新的办法会把它变成好麦子,嗐,你就可以看出来,这是帮我摆脱了多么糟的一个烂泥坑。我当时就看出来,这可能有点儿道理。不过,我还是愿意先得到证明;当然喽,还没等我先好好报答你,就把这个办法的种种步骤一五一十地告诉我,让我照样试一下,这个你不计较吧?"

年轻人想了一会儿。"我倒看不出,我有什么要反对的。"他说,"我要到另外一个国家去,我在那里要干的行当,也并不是把坏小麦整治好,我可以把它统统告诉你,你在这里干,要比我在外国干作用更大。就看这儿一眼吧,先生。我可以让你看看我旅行袋里的样品。"

接着是咔哒一声开了锁,然后是一阵窸窸窣窣的声音,随后就谈开了:一蒲式耳要加多少英两,还有烤干,还有冷藏,如此等等。

"这一点点麦粒可以给你充分证明。"传来年轻人的声音。停了一阵,这时候好像两个人都在聚精会神观察什么操作,然后他叫道:"这会儿好了,你尝尝看。"

"完全成了,复原得不错,或者说——嗯——差不离。"

"这样复原以后,足够用来磨出很好的二级面粉了。"苏格兰人说,"完完全全回到原样儿,那是不可能的;要那样,大自然也不干了,可是,就在这地界儿你也朝着那儿走了很大一步啦。好了,先生,这就是那个程序;我并不把它看得很宝贵,因为在有些国家,气候比咱们这儿稳定,它没有多大用处。要是这个办法对你有用,我只会感到十分高兴。"

"不过请你细听我说,"亨察德恳求道,"你知道,我做粮食和干草买卖;可是我从小就只是靠捆草长大的,我最在行的是干草,虽然我现在做粮食比干草要多。要是你愿意接受这个位置,你可

---

① 英国重量单位,每夸特重二十八磅。

以全权负责经管粮食部,除了薪水以外,还可以提成。"

"你真大气,非常大气;可是不行,不行呀,我不能接受!"年轻人仍然这样回答,声调带着些为难。

"那就这样吧!"亨察德把这个话头打住,"现在,换个话题——好事总得好报;别继续吃你那份可怜的晚饭啦。到我家里去吧;我可以给你找点儿东西,总比冷火腿、淡色啤酒要强。"

唐纳德·法夫瑞表示感谢,说他恐怕不得不谢绝,因为他想第二天一大早就动身。

"那好,"亨察德很快就说,"听你自己的便吧。不过年轻人,我得告诉你,现在样品是成了,要是大批量的也能行,那么,虽然你是个素不相识的人,可是你却挽回了我的信誉啦。你传给我这些知识,我该怎样酬谢你呢?"

"啥也不要,啥也不要,将来你也不一定会经常用到它,我看它一点儿也不可贵。我当时想,你遇到了困难,他们又挤对你,我刚好可以让你知道。"

亨察德停了一下。"我是不会很快忘掉这件事的,"他说,"何况又是来自一个素不相识的人!……我原来根本不相信,你不是我约好的那个人!我暗自思忖:'他知道我是个什么样的人,于是用这么一手儿来自我介绍。'可是到头来,你的确不是应答我的广告来应聘的那个人,而是一个外乡人!"

"是呀,是呀,是这样的。"年轻人说。

亨察德又把话打住了,然后话音里带着深思熟虑的意味:"法夫瑞,你的前额有点儿像我那个可怜的弟兄的——他现在死了,过世了;鼻子也并非不像他的。你一定有——我估计——五英尺九英寸吧?我不穿鞋,身高六英尺一英寸半。可是说这干啥?干我这行买卖,身强力壮,东奔西跑,就能建立起一番事业;这话可真不假。可是要让它站住不倒,那得会判断,有知识;倒霉的是,我不懂科学,法夫瑞;不识数——是个凭粗浅经验办事的那类人,你和我刚好相反——我能看得出来。我找你这号人,一直找了这两年。可是,你不是来找我的。好吧,在我走以前,让我问你一句:我原来以为你是那个年轻人,可是你不是,不过,这又有什么两样呢?你不是照样也可以留下吗?难道你真是打定主意非去美国不可?我不想拐弯抹角。我觉得,对我来说,你真是个无价之宝——这就甭说啦——你要是能委屈点儿,留下来当我的经理,我是不会亏待你的。"

"我计划已定,"年轻人用否定的口气说,"我已经拿定主意,所以这件事咱们就不必再谈啦。不过,难道你不愿意和我一起喝点儿酒吗?我发现,卡斯特桥的这种淡色啤酒,喝了让人肚子热乎乎的。"

"不,不;我是很愿意的,可是我不能喝。"亨察德严肃认真地说,他坐的椅子擦着楼板的响声,告诉这边凝神谛听的这两个人,他站起身来要走了,"我年轻的时候,在这号事情上闹得过火了——太过火了——差一点儿给毁了!就因为它,我干过一件事儿,让我到死的那一天也要觉得丢人。这件事儿给我印象那么深,我那时候当场就发过誓:我那一天多大岁数,我以后就多少年决不喝比茶更强烈的任何东西。我一直遵守我起过的誓;法夫瑞,有时候在那种热得狗吐出舌头的伏天①,我渴得厉害,可以把一琵琶桶的酒喝它个底朝天,可是我一想到我起过的誓,那么,烈性饮料我就点滴不沾了。"

"我不强逼你,先生,我不强逼你。我尊重你的誓言。"

"嗯,我总可以在什么地方找到一个经理的,没问题,"亨察德说,声调里透着强烈的感情,"可是要寻到一个对我这么合适的人,那就得花很长的时间啦!"

---

① 原文为"dog days",指大犬座主星天狼星与太阳同时升起的时日,即一年中最炎热的时日。

亨察德这样热情地坚信这个年轻人的价值,看来让他大受感动。年轻人一言未发,一直把他送到门口。这时候他才回答说:"我真希望我能留下来——我是诚心诚意地乐意。可是,不——这不成!这不成!我要去见见世面。"

八

他们就这样分手了;伊丽莎白-简和她母亲都还在边吃晚饭,边各想各的心事,自从听到亨察德公开承认自己对过去的一个行为感到可耻以后,母亲脸上不可思议地容光焕发了。正在这时,隔板猛烈震动起来,这表明唐纳德·法夫瑞又在拉铃,毫无疑问是叫人把他的晚饭撤下去;他一边哼着一个调子,一边踱来踱去,看来楼下那一伙人又说又唱的欢快气氛吸引了他。他溜达到楼梯口,下楼去了。

伊丽莎白-简把法夫瑞的餐盘和她同母亲的餐盘都送下楼去这时候,发现楼下的招待工作忙忙碌碌,正在高潮,正像每天的这个时刻一样。这个年轻女人避开底楼的招待工作,悄悄地溜来溜去,留心观看现场的情景。她刚刚脱离住在海边村舍那种与世隔绝的状态,这里的情景对她真是新鲜。在这间宽敞的大厅里,她注意到有二三十把结实的靠背椅,都沿着墙边摆着,每把椅子上都坐着和和气气的人;地上铺了沙①;黑色的高背长靠椅摆在门里边,一头顶着墙,这样就让伊丽莎白可以看到正在进行的一切,而又不引起别人特别注意。

年轻的苏格兰人刚刚加入到客人堆里。那些有身份的大商人坐在凸窗和靠近凸窗的特别座席上,地位较低的则坐在没有点灯的那一头,他们的座位只是靠墙摆着的一些长板凳,喝酒用的是有

---

① 当时英国人比较穷困的人家或简陋的客店,地上铺沙代替地毯。沙经常更换,以保持清洁干燥。

把的缸子,而不是玻璃酒杯。伊丽莎白-简注意到,在后面这一伙人中间,就有刚才在王徽旅馆窗外站着的一些人。

他们背后有一个小窗,窗上一个小格子里装着一台通风机,它突然叮叮咚咚地转起来,一会儿突然停住,一会儿又突然转起来。

她正在这样偷偷地东张西望的时候,忽然听到一首歌开头的几个字,从高背长靠椅前面传过来,曲调和嗓音都有特殊的迷人之处。在她下楼以前,大家已经唱过几首歌了;现在苏格兰人早已很快和大家混熟了,所以应几个大商人之邀,他也就惠赐给在座的人一支小曲。

伊丽莎白-简喜欢音乐;她情不自禁地站住倾听,而且越听越着迷。她还从来没听过像这样的歌声;而且显然,这些听众中大多数人也不是常听到,因为他们比平常聚精会神得多。他们既没有低声说话,也没有饮酒,也没有把烟斗杆浸在自己的啤酒里沾湿,也没有把大啤酒缸推给自己的邻座。唱歌的本人越来越动情,直到她都可以想象,他继续往下唱的时候眼中都含着一把泪了。

> 我多么想回家乡,回家乡呀,回家乡,
> 啊,家乡呀,家乡,回到自己的故乡!
> 我和身强力壮的伙伴们再度过安南湖的时光,
> 那儿有始终含泪的眼,将会绽笑的脸庞;
> 有一天花儿含着苞,叶儿挂在树梢上,
> 百灵鸟会唱起歌儿,欢迎我回到自己的故乡!①

响起一阵鼓掌欢呼,接着是一阵鸦雀无声,这种静寂甚至比欢呼更有说服力。所罗门·朗威斯老汉也坐在大厅里光线暗淡的这一头,当时甚至静寂得连他猛抽他那根过长的烟袋杆的吧嗒声,都

---

① 这是英王詹姆斯第二(原苏格兰王詹姆斯第六之子,信奉天主教)的拥护者所唱的流亡歌曲,一八一〇年由 R. H. 克罗麦克编入歌曲集后广泛流行。

显得粗粝刺耳、唐突无礼了。随后窗格子上转转停停的通风机又重新开始动起来,唐纳德那首歌引起的伤怀才暂时给湮没了。

"唱得不赖,真不赖!"克瑞斯托弗·柯尼喃喃自语,他也到场了。他把烟斗拿开,离开嘴唇大约只有一个指头宽,大声说道:"年轻的先生,请接着来下一段吧!"

"是呀。让咱们再听听吧,外乡人。"玻璃安装工说。他身体壮实,肥头大耳,白围裙卷起来拦腰系着。"世上别个地方的人都不像咱们这儿的人这样乐呵。"他转过身去低声问旁边的人,"这个年轻人是谁?苏格兰人吧,你咋说?"

"是呀,我看是直接从苏格兰山区来的。"柯尼回答说。

年轻的法夫瑞把最后一段又重唱了一遍。事情很清楚,在三水手客店有相当长一段时间没有听到过这样感伤的歌了。口音不同,歌手一触即发的激情、浓厚的地方情调,还有他使自己逐渐进入高潮的那种严肃认真的态度,这些都让这样的一伙大人物感到惊讶不已,他们本来是惯于偏偏用刻薄挖苦的字眼来掩盖自己的真实感情的。

苏格兰人再次以抑扬婉转、逐渐减弱的声音唱出了最后那几个字:"我自己的故乡!"这时玻璃工继续说:"要说俺们乡下这地方,值得像这样来唱,那可真是见鬼啦!在卡斯特桥,或是在周围乡下,要是把俺们中间那些傻瓜、那些流氓、那些残废、那些浪荡妇、那些懒老婆这一类人都刨开不算,能剩下几个人,还值得编个歌曲来唱呀。"

"说得对。"杂货商巴兹福德眼睛盯着桌子的木纹说,"人家都说,卡斯特桥是一个又老又旧满是罪恶的地方。历史上都记着呢,一二百年前在罗马人时代①咱们对国王造过反,俺们有好些人在绞架山给绞死了,还给卸成四块了,俺们那些人的胳膊、大腿像肉

---

① 这是巴兹福德将历史混淆。

店里卖的肉一样,给送到乡下到处转悠①;就俺这面儿说俺可是挺信这种话的。"

"年轻师傅,要是你那么恋自己的家乡,干吗你又要离开它呢?"坐在后面的克瑞斯托弗·柯尼问道,他的语气好像是还是喜欢谈原来的话题,"真是的,你值不得为俺们待在这儿。比利·威尔斯师傅说得好,俺们这儿都是些不靠谱的家伙,俺们这号人,最好样的有时候也不大老实。在难对付的冬天,又有那么多张嘴要吃饭,万能的上帝送给他们糊口的土豆,又小得真是厉害。什么鲜花呀、娇艳脸蛋儿呀,俺们就都甭想了,那不是俺们想的——除非是菜花和猪腮帮子那样的。"

"哪儿能呀,不会!"唐纳德·法夫瑞热诚关切地环顾他们的脸说,"你们中间最好的也不大老实,——不会这样吧?你们中间谁也不会偷别人的东西吧?"

"老天呀!不会,不会!"所罗门·朗威斯阴险地笑着说,"他那不过是信口开河胡说八道,他一向就是那么个人,脑子缺根弦儿。"他转身对着克瑞斯托弗,责备他说,"这位先生你还不认识,别对一位体面人放肆过了头,再说人家差不离儿是从北极来的呀。"

这一下把克瑞斯托弗·柯尼顶得闷声不响了,他因为得不到大家的同情,只好自对自地嘟囔:"发昏了,要是我爱我这个地方的心,顶得上这个年轻小伙的一半就好了,那我就是给邻居打扫猪圈也不会走啦!可我呀,我爱我这个地方,也就跟爱植物湾②差不离!"

---

① 一六八五年门冒斯公爵造反企图推翻国王被镇压后,法官杰弗瑞在多切斯特审判其余党,判刑者中有七十四人在多切斯特附近绞台上被处决。历史上称为"血腥审判"。麦考莱的《英国史》中记载了这一惨状。至今在多切斯特市主大街上还有一家以法官杰弗瑞命名的餐馆,不断提醒人们有关这段历史的记忆。

② 植物湾在澳大利亚新南威尔士,位于悉尼南五英里,是当时英国流放犯人的地方。

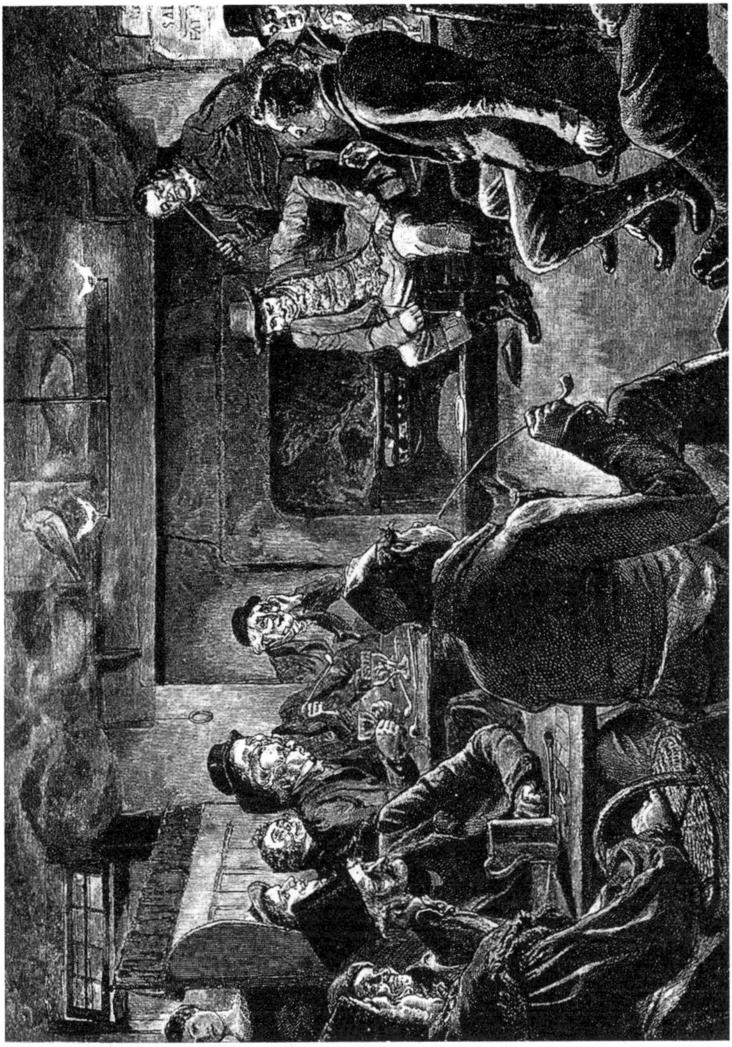

"得啦,"朗威斯说,"请这位年轻人接着唱他的民歌吧,要么,咱们大家就得在这里坐一宿了。"

"这首歌已经全唱完啦。"歌手抱歉地说。

"凭良心说,那咱们就再来另一个吧!"那个杂货商说。

"先生!你能换个给我们女士唱的调调吗?"一个胖女人问道。她围着一条紫色花围裙,围裙的腰带扎在肋下都看不见了。

"让他歇口气儿——让他歇口气儿吧,考克松大妈,他还没缓过气来呢。"玻璃安装工师傅说。

"啊,就是,可是我已经缓过来啦!"年轻人喊道;他立刻唱了一首《啊,南妮》①,声调抑扬,无可挑剔,接着又唱了一两首情调类似的,最后在大家的热诚请求下,一口气又唱了《往昔》②。这时他已经完全博得了三水手客店那些人的诚挚热情,连老柯尼也不例外。固然有时出现一种庄严得不大相称的气氛,使他们感觉滑稽可笑。但是这年轻人袒露胸怀,仿佛使自己周围升起了一层金色的雾霭,而他们则是透过这重雾霭来瞻望他。卡斯特桥是有情怀的。——卡斯特桥有浪漫情调;但是这个异乡人的情怀属于另类性质。或者大概也可以说,这种差别主要是浮面上的,对他们来说,他好像一个新流派的诗人,以一阵风暴席卷了与他同时代的人,他并非真正新鲜,而只是由他首先明确说出了他那些听众全都已经意会,不过还尚未言传的东西。

年轻人唱歌的时候沉默寡言的客店老板也走过来了,倚在长靠背椅上;连斯坦尼治太太也竟然从柜台后面她那把椅子架里抽出身来,来到门柱旁这么远,她摇来摆去,恰似一个运货马车夫在

---

① 这原是一首英格兰歌曲,可能是珀西主教的作品,后来苏格兰人把它译为苏格兰的一种方言,变成了一首苏格兰歌曲,至今在英国家喻户晓。

② 这是一首苏格兰民歌,由诗人伯恩斯配词,表示离情别意。通俗的中文版名为《友谊地久天长》。

一个沟槽里滚动一个大桶,使它不要太过失去直立的状态。

"先生,你打算在卡斯特桥住下吗?"她问。

"咳,不!"苏格兰人带着听天由命的感伤情绪说,"我只是从这里路过!我是路过这里去布里斯托,再从那里到国外一些地方去。"

"听你这话真叫俺们难过,"朗威斯说,"像你这样有一副能高能低、有腔有调的嗓子,落到咱们这儿来,可又要走啦,咱们可真舍不得。说句老实话,像你这位,从老远的地方来,那儿终年积雪,就像咱们大家说的,那里的狼呀、野猪呀,还有另外一些危险的小动物呀,就跟俺们这儿的山鸟一样平常,结交你这位远道来的客人,可真不是天天都有的事;像你这种人一开口,俺们这些守着家门转的人可真能长知识呀。"

"不是,你可把我们家乡说错了,"年轻人悲戚呆滞地看了看四周,然后忽然他的眼睛又明亮起来,两颊豁然开朗,充满热情地纠正他们的错误,"那儿根本不是终年积雪,也根本没有狼,只是冬天才下雪——嗯——偶尔在夏天也下一点点,还有一两个四处游荡要饭的,你们也许可以把他们叫做危险的,啊,不过你们应当夏天去逛逛爱丁堡,看看阿瑟宝座山①,还有周围的一些地方,然后再去游游苏格兰的那些湖,看看高地的景致,要在五月份和六月份去,那么你就再也不会说那是一个狼群出没、终年积雪的地方了!"

"当然不是,你说的挺在理儿,"巴兹福德说,"那完全是愚昧无知才说出那种话。他是个简单、粗糙的人,和他待在一起真没意思,先生,你对他可别在意。"

"你带了鸭绒褥子和被子吗?带了锅碗瓢盆吗?或者就像我说的,光杆一条?"克瑞斯托弗·柯尼问。

---

① 阿瑟宝座山为爱丁堡东部一著名的景点,从山上可以俯瞰全城。

"我的行李已经都运走了,——尽管不多;因为这段海路挺长。"唐纳德·法夫瑞的眼睛凝视远方,接下来又说,"可是,我对我自己说:'如果不走这一着儿,我将一事无成!'于是我就下定决心要去啦。"

大伙显然都感到惋惜,伊丽莎白-简的惋惜更不在众人之下。她从长靠背椅后面注视着法夫瑞,心中断定:他的言谈说明他善于思考,正不下于他演唱迷人曲调所透露出来的热烈诚恳、满腔激情。他考虑严肃问题时所抱的那种严肃态度,让她钦佩。他没有像卡斯特桥那伙醉鬼那样,说些似是而非的话和干些调皮捣蛋的事来寻开心;显然没有那样,丝毫没有那样。她厌恶柯尼和他那伙人所说出的那种令人讨厌的玩笑;他也不欣赏这种玩笑。他似乎和她一样,对生活和周围环境抱有同感:认为这些都是悲剧而不是喜剧;认为人们偶尔也可能感到欢乐,但是欢乐的时刻却不过是些插曲而已,并不是真实的人生戏剧的一部分。他们的看法如此类似,确实非同寻常。

这时虽然天时尚早,年轻的苏格兰人却表示希望告退了,于是老板娘悄声招呼伊丽莎白快上楼去给他铺床。她拿了蜡烛台,去做吩咐她做的事,这不过是几分钟的事。她手拿着蜡烛,走到楼梯口,正要再下楼的时候,法夫瑞先生刚好走到楼梯底下正要上楼。她不好退避;于是他们就迎面而遇,在楼梯拐弯的地方交臂而过。

尽管她衣着朴素,但是从某个方面来说,她一定是引人注目的;也可能正是由于衣着朴素,才会显出这种效果,因为她一看就是个性格端庄明达的姑娘,这种仪态与衣着朴素恰是相得益彰。这样迎面相遇,也让她有点尴尬,立刻满面绯红。她手中拿着蜡烛走过他身边的时候低下了双眼,正好对着鼻子下面的烛火。就这样在他们刚好面面相对的时候,他微微一笑;此时他歌兴尚浓,难以自制,正如一时兴起的人那样,情不自禁地轻声哼出了一首似乎是因她而想起的古老小调。①

> 我走进小屋的门扉,
> 白日将尽觉得劳累,
> 啊,是谁轻盈地走下楼来,
> 是健美的帕格,我的宝贝。

伊丽莎白-简有些心慌,急忙走下楼去;苏格兰人的歌声一路消逝。他回到屋子里关起门来,还在哼着同一支曲调。

这一番情景暂时告一段落。不久女儿又回到母亲的身边,这时母亲还在想心事,不过想的不是年轻人的歌声,而是另一回事儿。

"我们犯了一个错误,"她母亲悄悄地说,免得让苏格兰人无意中听见,"今天晚上你绝不应该在这里去帮忙侍应。不是因为我们,而是因为他的缘故。如果他要善待我们,帮衬我们,然后又发现你待在这里的时候干了些什么,那会伤他的心,也自然会伤了他身为市长的自尊。"

伊丽莎白要是知道了他们之间真正的关系,对这件事大概比她母亲还要更加感到惊恐不安,可是像现在这样,她对这件事就并不很担心了。她的"他"是另一个人,不是她可怜的母亲的那一个。"略微侍候了他那么一下,"她说,"我可一点儿也不在意。他是那么值得尊敬,而且受过教育——比这个客店里其余的人都高得多。他们认为他非常简单,不懂他们本地人谈起他们自己来那种狠毒粗俗劲儿。不过他当然不懂,——他心灵那么文雅,哪能懂得这些事情呀!"她就这样认认真真地抗辩了一番。

这时她母亲心目中的那个"他",甚至并不像她们以为的那

---

① 本书原文最初在杂志上分期连载时,曾表明这首小调是根据苏格兰诗人伯恩斯的一首歌词《健美的帕格》改编而成,哈代曾从母亲那里学会了许多苏格兰民歌。

样,离她们那么远。他离开三水手客店以后,一直在空空荡荡的主大街头上来回漫步,在客店门前走过来又走过去,苏格兰人唱歌的时候,歌声穿过窗户活动挡板上的心形洞眼,传到了亨察德的耳朵里,吸引他在窗外停留了好大一会儿。

"是真的,是真的,这家伙怎么就把我吸引住了!"他自言自语,"我想,这是因为我太孤独了,我那时要是把我经营的买卖给他三分之一的分成就好了!"

九

第二天早晨,伊丽莎白-简打开带拉绳的窗户,清香的空气带来一种秋天临近的感觉,几乎与她原先在那个边远小村落的感觉同样明显。卡斯特桥和周围的农村生活相辅相成,而不是城镇与农村相生相克。城市尽高头麦地里的蜜蜂和蝴蝶,想要飞往城市尽底下的草地上,根本不必绕路,只要直下主大街,丝毫也不会感到是在越过什么生疏的地带。而在秋天,一团团轻盈飞舞的蓟花绒毛又随风飘进这同一条大街,流落在商店门脸上,吹送进沟渠里。还有无数褐色、黄色的落叶,沿着人行道轻轻掠过,偷偷穿过人家的门口,溜进走道,宛如畏缩不前的客人,衣裙擦在地上,窸窣作响。

她听到有人在说话,其中一个还近在耳边,于是缩回头来,在窗帘后面张望。亨察德先生——这时候衣着不再像是个大人物,而是一个生意兴隆的商人,正往大街中间走着,刚好站住了脚;那个苏格兰人则正在从紧靠伊丽莎白-简的那个窗口向外看。亨察德先生显得好像是原来已经略微走过了这家客店,然后才注意到头天晚上认识的这个人。他往回走了几步,唐纳德·法夫瑞把窗户又开大了一点。

"我想,你马上就要动身了吧?"亨察德朝上说。

"是的,先生,差不多就此刻,"那一位说,"也许我可以走一段,一直到驿车赶上我。"

"哪条路?"

"你正走的那条路。"

"那么,我们可以一起走到城的尽高头去呀?"

"要是你愿意等我一分钟。"苏格兰人说。

过了几分钟,苏格兰人出来了,手上拿着袋子,亨察德眼睛盯着那个袋子,就像盯着个仇人,因为袋子表明这个年轻人要离开这里是准确无误的了。"喂,我说小伙子,你本来应该是个聪明人嘛,跟我留下来。"

"是呀,是呀,那本来可能是更聪明一些。"唐纳德一边说,一边仔细端详着最远的那些房屋,"我告诉你,我的计划还都是模模糊糊的,我这说的可都是老实话。"

他们这时已经走过了客店一带地方,伊丽莎白-简也听不见更多了。她看见他们还在继续说着,亨察德不时转向那一位,做着手势加重一些话。他们就这样走过了王徽旅馆、市场大厅、圣彼得教堂墓地墙边,走到这条长长的大街地势较高那边的尽头上,直到他们看来像两颗麦粒大小;然后他们突然转向右边,走上布里斯托大道,看不见了。

"他看来是个好人——可是他走了。"她自言自语道,"我对他什么也不是,他也就没有理由一定要来向我告别。"

这种单纯的想法,其中暗含着遭到了轻慢的感觉,是由这样一件小事引起的:苏格兰人出来走到门外的时候,偶然向上看了她一眼,然后既没点头,又没微笑,也没说一句话就又把眼睛转开了。

"你还在想心事呀,妈妈。"她转身对着屋里说。

"是呀,我在想,亨察德先生突然喜欢起那个年轻人来了。他老是这样。说真的,要是他现在对一个和他非亲非故的人都这样热心,难道对自己的亲戚倒会不是同样热心吗?"

就在她们谈论这个话题的时候,接连过去了一溜五辆大车,车上装满干草,堆得很高,都够到卧房的窗口了。它们是从乡下来的,马身上热气腾腾,大概走了大半个晚上。每辆车辕上都挂有一个小木牌,上面漆着白色的字:"亨察德粮草商行"。这种场面又唤起了他妻子的坚定信心:为了女儿的缘故,她应当委曲求全,和他重归于好。

吃早饭的时候她们还在继续商量,结论是亨察德太太决定,不管是好是坏,先派伊丽莎白-简送一封信给亨察德先生,大意是说他的亲戚,一个水手的寡妻苏珊,已经来到了这个城市。由他决定是否认她。主要是两件事让她下了这个决心,就是人们一直说他是独身的鳏夫,而且他对过去的一宗交易表示愧疚。凭这两件事就有希望。

伊丽莎白-简戴好帽子,站在那里,准备动身。这时候,亨察德太太又嘱咐她:"要是他说不认,要是他认为,认这门远亲,让我们作为远亲去拜访他,对他在这个城市里已经达到的高位不合适,那么,就说:'既是这样,先生,我们不愿打扰,我们会像我们来的时候一样,不声不响地离开卡斯特桥,回我们自己的乡下去。'……我差不多有这样的感觉,我宁愿他真是这么说,因为我已经有那么多年没见过他了,而且我们又是那么——与他没有多少的密切关联!"

"要是他说认呢?"比较乐观的这一位问。

"要是那样,"亨察德太太小心谨慎地回答说,"就请他给我写一个字条,说他在什么时候,怎样见我们——或者见我。"

伊丽莎白-简朝楼梯口迈出了几步。"并且告诉他,"母亲接着说,"说我完全懂得,我并没有权利要求他,说我知道他现在正在飞黄腾达非常高兴;说我希望他幸福长寿。好啦,去吧。"这个可怜的、不念旧恶的女人,就这样怀着一种半是心甘情愿,又是竭力抑制的勉为其难,打发她那个还蒙在鼓里的女儿去完成这个差使。

伊丽莎白走上主大街的时候,大约在上午十点钟,又正是赶集的日子,她走得并不十分匆忙,因为对她来说,她所处的地位不过是受一个穷亲戚委派,去抓获一个阔亲戚。在这种暖和的秋天,私人住宅的大门多半敞开着,不用担心偷伞的小偷来破坏那些和平恬静的市民的心境。因此,穿过一条条又长又直没有关闭的门厅走道,就像穿过一条条隧道一般,这样就可以看到后面青苔处处的花园,旱金莲、倒挂金钟、红色天竺葵、"红色武士"①、金鱼草、大丽花争奇斗艳,五彩缤纷,背后衬托着古色古香的灰暗石头建筑,这些遗物同在街道上能够看见的那座历史悠久的建筑相比,属于卡斯特桥更古老的年代。这些住宅有老式的门脸,而它们的后身则要更加古老,门脸从人行道边拔地而起,那些凸窗好像碉堡一般突出到人行道上,使匆忙赶路的行人每走几步就不得不东躲西闪,像在跳那种人们喜欢的进退舞②一样。而台阶、刮鞋板、地下室的门窗、教堂的扶壁和悬在空中的墙角这些原先并不挡路的东西,因为已经变形成了罗圈腿或是叉形腿,行人也只得做出特普斯柯瑞恩③的姿势了。

这些固定的障碍令人多么欣慰地说明了个体对种种界限而言是不受拘束的,除此之外,还有一些可以挪动的东西,也占据了大大小小的道路,达到令人纠结难解的程度。首先是运货人的货车在卡斯特桥出出进进,他们吆喝着从麦斯托克、天气堡、辛托克、舍顿-阿巴斯、王陴、奥沃康姆和附近的其他一些城镇和村落赶来。车主很多,足以把他们当做一个部落,而且与众不同,几乎可以把他们当做一个种族。他们的货车刚刚到达,拉到街道两边,这样,有些地方就形成了一堵墙,挡在人行道和大路之间。不仅如此,每一家铺子还都把自己货物的一半摆在人行道界石边的货架和货箱上,尽管那两个衰老的巡警谆谆告诫,可是陈列的货品却每个星期都一点点地占向街道中心,结果在街心就只剩下了一条羊肠小道,给赶车的操缰御马的技巧提供了大好机会。街道向阳那边的人行

---

① 当地人把香萝兰叫做"红色武士"。
② 跳着快滑步前进后退的一种法国舞。
③ 希腊神话中司歌舞的女神。

道上,扯起了商店的凉棚,可以不知不觉就把行人头上的帽子掀走,仿佛是著名传奇小说中克软斯顿的妖魔仆人①,用那双隐形手把它们摘掉了。

准备出卖的马匹一排排拴着,前腿搭在人行道上,后腿站在大街道路上,它们站成这种姿势,有时就夹住了过路上学小孩子的肩膀。要是某所房子表现出某些节制,比通常保持的那条线靠后一些,那么房子前面这一块诱人的空当,猪贩子就会用做关猪的猪圈。②

自耕农、农牧场主、奶品商和城市居民,都到这些古老的街头来办理商务,说话不是用清楚明白的字句,而是用另外的方式。在大都会的中心地区,不听到同你交谈的人说出的话语,你根本不懂得他的意思。可是在这里,脸面、胳臂、帽子、手杖、身体,跟舌头一样全能说话。卡斯特桥市场里的生意人要表示称心如意,除了口说以外,还要加上一咧嘴,一眯眼,双肩向后一挺,哪怕在街的另外一头也可以一目了然。要是他感到惊讶,即使亨察德所有的双轮大车和四轮货车都轰隆轰隆地从他眼前经过,你只要从观察他那张开的鲜红口腔和他那靶圈似的环眼就完全知道了。谁在深思熟虑,就导致会用他的手杖尖头对着墙接缝处的青苔胡捣乱戳,把戴得周周正正的帽子拉得歪歪斜斜;表示厌烦的感觉,就把双膝向外一撇露出一个菱形的空当,然后弯起胳臂,让整个人变矮。欺骗诡诈在这个诚实的自治市大街上,显然难以找到容身之地;可是据说有些律师在附近的法院里提出自己的论据的时候,偶尔纯粹出于宽大为怀(不过显然是一时失误),反而给对方提供了强有力的论据。

---

① 见瓦尔特·司科特的长诗《最后的行吟诗人之歌》。克软斯顿勋爵有一侏儒善使魔法,好恶作剧,捉弄别人(见该书第6章)。
② 原注:读者将来也许并不需要提醒那个时代及其后已经从那座市镇消逝的此处所列举的许多或大部分的老式面貌。

如此卡斯特桥在许多方面都成了周围农村地区生活的磁极、焦点或神经节,而许多工业城市却不是这样,它们像异类一样坐落在一片绿色世界之中,宛如平原上的巨大石块,与这片世界毫无共同之处。卡斯特桥则靠农业生存,它与农业本源的间隔比起周围的村庄只有一线之差,如此而已。这些城里人,对乡下状况的每一次波动都了解,因为这种波动对他们收入的影响,和对干体力活儿的人一样大;他们和方圆十英里以内的贵族家庭,由于同样的理由,也是同忧患,共欢乐。即使在专门职业人士家庭的晚宴上,话题也是小麦、牲口病、播种收割、围篱植树;他们看待政治,也较少有他们自己那种看重权利和特权的自治市市民观点,而更多的是他们本郡乡里乡亲的观点。

在这个少有的古老集贸城镇里,所有那些历史悠久的奇技淫巧和颠倒混乱,都以它们那种离奇有趣和在某种程度上又合情合理而令人赏心悦目,这在不久前还在海边村舍结织渔网的伊丽莎白-简那双未谙世事的眼里,都成了大都会的新奇事儿。她一路上几乎不需要打听指引。亨察德的房子是最好的房子当中的一所,墙面上砌着红灰相间的砖,年代久远,色彩单调。前门开着,而且像其他人家一样,她可以穿过过道一直看到后面的花园尽头,差不多有四分之一英里远近。

亨察德先生不在房子里面,而是到货栈院子里去了。她给引进长满青苔的花园,穿过墙上一道门,墙上留有一些生了锈的钉子,这说明果树曾经一代代在那里被牵引着有序成长。这个门开向院子,她给撂在那里自己设法去找他。这个地方在干草仓库侧面,成吨的干草都打成一捆捆的,正从这天早上她曾亲眼看见客店门前经过的大车上卸下来,往仓库里送,院子的另外几面有几个架在石座上面的麦仓,登着弗兰芒式①梯子可以上去,另外还有一座

---

① 指源自荷兰一种带室外楼梯的传统建筑模式。

几层楼高的库房。这些地方只要是门开着,就可以看到鼓鼓囊囊的麦袋垛得密密麻麻的,那股神气好像是在等待一场未必会到来的饥荒。

她在这块地方来来回回地转,想到正在逼近的这次会面,感到局促不安,直到后来她自己找得厌烦了,才斗胆去问一个男孩儿,在哪块地方可以找到亨察德先生。他指引她来到她以前并没有看到的一间办公室门口,随着敲门声,有人大喊着应了一声:"进来!"

伊丽莎白转开了门把手;站在她面前俯身观看桌上几个样品袋的,不是那位粮商,而是年轻的苏格兰人法夫瑞先生,——其实他是在把一把麦粒从一只手折到另一只手里。他的帽子挂在他身后的帽钩上,毛织手提袋放在屋子的一个犄角,绣在上面的那一束玫瑰花鲜艳夺目。

她原本已经设置好的心境和到嘴边的现成话,都是对亨察德先生,而且只是对他一个人的,一时之间她就不知所措了。

"啊,有什么事?"苏格兰人说,仿佛他是一直在那里主事似的。

她说,她想见亨察德先生。

"嗯,那好;你可以等一会儿吗?他现在正忙着。"年轻人说,他显然没有认出她就是客店里的那个姑娘。他给她递过来一把椅子,请她落座,又转身去看他的样品袋。趁伊丽莎白-简坐着等候,面对那个年轻人感到大为惊讶的时候,我们可以简明扼要地解释一下,他是怎样到这里来的。

这两个新交当天早上转上去巴思和布里斯托的大道看不见的那个时候,他们沉默不语地走着,只是偶尔说上一两句老生常谈的话,最后他们一直走到城墙上的一条林荫道,名叫白垩道,它通向北面和西面两个陡坡交会的地方。从这个方块土堡高高的犄角,可以望见一片广阔的乡间地带。沿着绿色的斜坡有一条陡峭的人行小道,从城墙上人们散步的绿荫如盖的地方,通到陡坡底下的一条大道。苏格兰人就是要沿着这条小路下去的。

"好吧,那祝你成功!"亨察德一面说,一面伸出右手,同时用左手倚在把住下坡路口的摇摆门上。这种举动,露出了一个情绪受挫、希望破灭的人的那种落拓相。"我会常常想到这个时候,想到你怎样刚好在这个时刻到来,把我碰到的困难清清楚楚地摆明了。"

他停了下来,把年轻人的手还握着不放,经过深思熟虑之后又接着说:"我可不是就因为少说一句话就让事情告吹的那种人,所以,在你还没有一去不复返之前,我还得说。再问一次吧,你愿意留下吗?问题就是这样,简单明了。你可以看得出来,并不完全是出于自私让俺强逼你;因为我的买卖还没有达到那种科学的地步,不一定非要一个出类拔萃的人不可,别人来顶这个位置,准保也成。也许也有点自私,可是事情还不仅是这样;用不着来反复唠叨。跟我一起来吧——提出你的条件来。我会心甘情愿同意的,决不说一个不字;因为,唉,真该死,法夫瑞,俺真的喜欢你!"

年轻人的手稳稳地留在亨察德手中有那么一阵子。他眺望在他们脚下展开的那片肥沃的田野,然后掉过头,沿着绿荫匝地的走道一直看到市镇的最高处。他的脸涨得通红①。

"我从来没想到这一点——确实没有!"他说,"这是天意!谁能违反天意呢?不能;我不到美国去了;我留下来,当你的人!"

他那只手,原来握在亨察德手里,毫无活力,这时也报以一握。

"成啦。"亨察德说。

"成啦。"唐纳德·法夫瑞说。

亨察德先生脸上顿时容光焕发,显出如愿以偿的神气,甚至是

---

① 脸红易冲动是凯尔特人的气质特征,苏格兰、爱尔兰中有很多人的祖先即来自这个民族。

一种凶猛的力量。"现在你是我的朋友了!"他兴奋地大喊起来,"回到我家里去吧;咱们马上一清二楚地讲好条件,把它敲定,好让咱俩都安心。"法夫瑞抓起自己的提包,像来的时候一样,又同亨察德一起走回西北大道。亨察德现在是信心十足。

"我要是不中意一个人的时候,我就是世界上最冷漠的人,"他说,"可是,一个人要是让我迷上了,那就迷得要命。现在我相信,你准能再吃下一顿早饭吧?他们那儿没有什么东西,即使他们有什么东西给你,刚才那么早,你也吃不下多少;所以,还是到我家里去,咱们可以实实在在滴水不漏地大吃一顿,而且要是你愿意,咱们就白纸黑字把条件订出来;不过我是说话算话的。我老是每天早晨就能美美地大吃一顿。我现在刚巧准备了上好的冷鸽子肉馅饼。要是你愿意,你知道吧,你还可以来点家酿的酒。"

"大清早就喝酒,太早了。"法夫瑞微笑着说。

"啊,当然,我可不知道。我不喝酒是因为我起过誓;可是我为感谢给我干活的人而酿些酒。"

他们就这样边谈边走了回来,从后门,或者说大车门,走进了亨察德的房子。在这里一顿早饭就把事情定妥了,吃早饭时亨察德在这个年轻苏格兰人的盘子里堆得满满当当。后来直到法夫瑞写好信从布里斯托要行李,又派人把信送到邮局,亨察德这才满意地安下心来。这些事办完了,这个感情强烈、极易冲动的人郑重其事地说,他这位新朋友应当在他家里住下,至少也得等找到了合适的住处。

于是他领着法夫瑞到处转了一圈,给他看了整个地方,看了那些麦仓和其他库存;最后进了这些办事房,伊丽莎白就是在这里发现了两个人当中这年轻的一位。

十

伊丽莎白还坐在苏格兰人的眼前,直到有一个男人来到门口,刚好亨察德打开里面那间办事房的门往里让伊丽莎白,新来的人却像毕士大的捷足先登的瘸子①一样快步上前,抢在她之前进去了。她可以听到他对亨察德说:"先生,我是乔书亚·焦普——预约的——新经理。"

"新经理!——他已经上任了。"亨察德硬邦邦地说。

"已经上任了!"他带着一副尴尬的神气说。

"我提出星期四,"亨察德说,"因为你没有遵守约定,我聘请了另一位经理。开头我以为他必定是你。生意正在紧要关头,你想我能够等吗?"

"先生,你说的是星期四或星期六。"新来的人一边说,一边抽出一封信来。

"行啦,你来得太晚了,"粮商说,"我没有什么可说的了。"

"你实际上已经雇用我啦。"这个男人嘟嘟囔囔地说。

"还得面谈才能定呀。"亨察德说,"对你,我很抱歉,的确非常抱歉。不过也没有办法。"

再没有什么可说的了,那个男人出来了,走过时刚好碰上伊丽莎白-简。她可以看出来,他气得嘴直抽搐,满脸上都写着大失所望。

---

① 耶路撒冷有一水池,希伯来语叫毕士大,天使按时下池搅动池水,然后谁先下池,任何疾病都可痊愈,有一瘸子等了三十八年,每次都因别人先他下水而错过机会,直到耶稣到来才将他治好。见《圣经·新约·约翰福音》第5章。

伊丽莎白-简这时走进去站在房子主人的面前。他那一对黑色的瞳仁,似乎总有红色的火花在里面闪耀,虽然很难说真有个实质性的东西在里面,现在它们在那对浓眉下面漫不经心地向周围打量,最后才落在她身上。"那么现在,这位年轻的女子,有什么事吗?"他态度和蔼地问道。

"先生,我能和你谈谈吗?不是谈生意。"她说。

"我想可以吧。"他思想稍稍集中了一些说道。

"有人打发我来告诉你,先生,"她胸无城府地往下说,"你的一门远房姻亲,水手的寡妇苏珊·牛森现在到了这个城市,问问你是否希望见她。"

他那红与黑①的脸膛于是微微起了变化。"啊——苏珊——一直还活着?"他吃力地问道。

"是的,先生。"

"你是她的女儿吗?"

"是的,先生,是她的独生女儿。"

"怎么——你怎么叫自己——你的教名?"

"伊丽莎白-简,先生。"

"姓牛森?"

"伊丽莎白-简·牛森。"

这马上提醒了亨察德,他早年婚姻生活中发生在韦敦集市上的那次交易,并没有记录在家史上。这是已经远远超过了他向来所能期盼的事。他的妻子仁至义尽,以德报怨,而且从来没有向她的孩子或世人表露过她的委屈。

"我——我对你带来的消息非常感兴趣。"他说,"这不是一件生意方面的事,而是令人高兴的事,我想,咱们还是到内宅去吧。"

他带路请她走出办事房穿过外屋,态度和善,体贴入微,这使

---

① 红与黑原文为法文。此处指皮肤与毛发的颜色。

伊丽莎白感到惊讶。唐纳德·法夫瑞正在那里用一个刚刚经管事务的人那种深入探究的态度,详细检查贮藏箱柜和种种样品。亨察德领着她走过墙上的那道门,进入突然变成花园和各种花木的景物中,他们继续向前,走到住宅。他把她让进餐厅,他给法夫瑞上的那顿极其铺张的早餐的残汤剩饭还摆在那儿。餐厅里摆满了沉重的桃花心木家具,颜色红得发紫。几张彭布若克式的桌子①靠墙摆着,它们两边的那种活板垂到很低的地方,几乎够到地面,桌子脚和桌子腿的形状同大象的腿脚一样。一张桌子上摆着三部对开的大书:一本《家庭圣经》、一本《约瑟菲斯》②和一本《人生义务大全》③。在壁炉边上装有炉格,背部有半圆形竖凹槽,上面有瓮形和花穗形的浮雕,而那些椅子的式样,则自从问世以来,就给齐木德尔和薛瑞顿④这些名字增添了光彩,尽管事实上它们的花式都是这两位名闻遐迩的木工见所未见、闻所未闻的。

"坐下吧,——伊丽莎白-简,——坐下吧。"他说出她的名字,声音有点颤抖。他自己也坐下了,让两手耷拉在两膝中间,同时眼睛看着地毯。"你母亲,嗯,身体可好?"

"她旅途劳累,先生,简直累垮了。"

"水手的寡妻——他什么时候死的?"

"父亲是今年春天没的。"

亨察德听到"父亲"这个词被这样用着,浑身缩了一下。"你和她都是刚从国外回来的?——美洲,还是澳大利亚?"他问。

---

① 彭布若克式桌子为当时折叠桌中最著名的一种,在四条腿的方桌两边各装一活板,与方桌以合页相连,用时以活动腿支起,不用时垂直放下。
② 弗拉维斯·约瑟菲斯(37—95)为著名犹太历史学家,他的著作英文译本在十八、十九世纪常列为英国家庭祈祷书。
③ 《人生义务大全》初次印行于一六五九年,风行达一个世纪,十七、十八世纪曾多次再版。作者至今尚未有定论。
④ 托马斯·齐木德尔(1717—1779)和托马斯·薛瑞顿(1751—1806)都是著名的设计师,以设计古典式家具著称。

"不是,我们在英国好几年了。我们从加拿大回到这里的时候,我十二岁。"

"哦,正是这样。"他从这样的谈话中发现,为什么他的妻子和孩子那样音信杳然的实情,他甚至早就以为他们是进了坟墓了。这些事弄清楚了,于是他又回到眼前。"那你母亲现在住在哪儿?"

"在三水手客店。"

"那么你就是她女儿伊丽莎白-简?"亨察德又问了一次。他站起来,走到她近前,对着她的脸扫了一眼。"我想,"他一边说着,一边眼里满含着泪水,突然转过身去,"你可以从我这里带一个字条给你母亲。我很想见她。……她丈夫死了,没有给她留下很多东西吗?"他的目光落在伊丽莎白的衣服上,她虽然穿的是一套体面的黑色衣服,而且是她最好的,但是即使在卡斯特桥人的眼里,也肯定是过时的老款式了。

"留下的不很多。"她说,很高兴还没等她不得已非说出来不可,他自己就先觉察到了这一点。

他坐在桌子前面,写了几行字,然后从钱包里拿出一张五镑的钞票来,和信一起放进信封里,随后又想起了什么,另外又加上了五个先令。他把所有这些都仔细封好,又写上"送交三水手客店牛森太太收",然后把小包递给伊丽莎白。

"请把它送交她本人亲收。"亨察德说,"噢,伊丽莎白-简,在这里看到你,我真高兴——非常高兴,我们一定要好好长谈一次,不过,现在还不行。"

分手的时候,他握着她的手,并且握得那么热情。她从来没有尝到多少友情的温暖,所以深受感动,天灰色的眼睛里热泪盈眶。她一离开,亨察德的状态就表露得更加显著了。他关上门,直挺挺地坐在餐厅里,眼睛死死盯住对面的墙壁,好像从那里读他自己的历史。

"糟糕!"他突然跳起来大声嚷道,"我怎么没想到呢,她们可能都是冒名顶替的——而且苏珊和孩子都死了!"

然而,伊丽莎白-简身上的某种东西,马上又使他肯定至少对她不可能有什么怀疑。而且几小时之后她母亲究竟是谁的问题就可以解决了;因为他在便条里已经安排了当天晚上要去见她。

"雨是不下则已,一下就大!"亨察德说。他得了苏格兰人这个新朋友,已经是兴高采烈了,现在却已经让这件事遮得暗淡无光。而唐纳德·法夫瑞在那一天的其余时间里简直没有见到他的面,因此对他这位老板情绪的忽冷忽热觉得纳闷。

这时候伊丽莎白已经到了客店。她母亲一见到信,不是像一个盼望接济的穷女人那样好奇而是大为感动。她并没有立即读信,而是要伊丽莎白描述她受到的接待还有亨察德先生所有那些原话。母亲打开信封的时候,伊丽莎白转过身去。信是这样写的:

如有可能,在今晚八点在蓓口路圆场①来见你。这个地方很容易找到。现在我不能说更多。这消息简直叫我心乱如麻。这姑娘看来还一无所知。先让她这样,直等到我见过你。

迈·亨

他只字未提这附上的五个畿尼的事。这个钱数意味深长;它可能是和她心照不宣,表示他又把她买回来了。她心神不安地等待白日已尽,告诉伊丽莎白-简:她应邀去见亨察德先生;而且她要单独去。但是她根本没有提到,会面的地点不在他的家里,她也没有把便条给伊丽莎白看。

---

① 此圆形剧场,以位于今多切斯特市南头、韦默思路边古迹为原型。

十一

卡斯特桥圆场仅仅是当地人叫的名字,它如果不算是古罗马在英国遗留下来的最精美的竞技场,也要算是最精美的之一。

卡斯特桥的每一条大街、小巷和分区,都让人知道它是古罗马遗风。① 它的样子像罗马,专门制作罗马工艺品,掩埋着罗马的死者。在城市的场地和庭园,只要向下掘一两英尺深,就不可能不发现这个帝国的高个儿士兵或其他什么,他在那里无声无息默默无闻地安息,已达一千五百年之久。他多半都是侧着身子,躺在白垩土坑里,好像蛋壳里的小鸡;他双膝蜷缩在胸前;有时胳臂上还抵着他的残戟;胸口或者额头上放着一个铜制的衣扣或别针;双膝中间有一口瓮,喉头有一个罐子,嘴上有一个瓶子。卡斯特桥街上的孩子和成人路过这里,对这种见惯的景物转身注视片刻,他们的眼睛就要对它加以神秘莫测的揣度。

富于想象的居民,如果在自己的园子里发掘出一具比较晚近的尸骨,会觉得大煞风景,可是对于这种远古的形态,却能泰然处之。他们活在那样久远以前,他们的时代与现实那样迥然不同,他们的希望和意向同我们的距离那样遥远,因而在他们和这些生者之间,仿佛隔了一道无比宽阔的鸿沟,连鬼魂亡灵都无法越过。

竞技场有一圈巨大的圆形土岗围墙,围墙直径的南北顶端各

---

① 哈代一八八四年在多塞特自然史及考古协会发表演说,题为"在多切斯特麦克斯门所发现的英国古罗马遗物"(见《托马斯·哈代个人著作集》)。此处细节描述与该文极为相近。

有一道豁口。从它内侧逐渐倾斜的样子看来,早可以把它称为约东①的痰盂了。它对于卡斯特桥来说,正如残存的斗兽场②对于现代的罗马一样,而且接近同样的规模。黄昏薄暮正是领略这个发人幽思之地真实印象的大好时光。在这种时刻置身场地中央,就可以逐渐体会到它真正的广阔庞大,而在日丽中天的时候从高处仓促一瞥,则容易使人觉得不过尔尔。这个有历史意义的圆形场地,令人伤怀、难忘,孤寂荒凉却又是城市里四通八达的地方,所以常常成为偷偷摸摸一类约会的所在。阴谋诡计在那里筹划过,试图化解隔阂和怨仇的会商在这里举行过。不过有一种约会,而且就其本性来说是最为普通的一种,却很少在这个竞技场里进行,那就是快乐情侣的约会。

呃,既然那里是逍遥自在、四通八达、隐蔽幽静的绝妙会晤所在,那么最令人兴奋鼓舞的那种事件,却为什么从来不肯赏光惠临那块作为历史陈迹的土地,这就成了一个令人大惑不解的问题。也许是因为在那里会联想到某种邪恶可怕的事情吧。它的历史证明了这一点。姑不论原先在那里进行比赛的那种血腥,这样一些事件还与它的过去牵连在一起:这个市镇的绞刑架曾经在一个角落里安放了好几十年;一七〇五年,一个谋害亲夫的女人在万人争睹之中在这里先是吊到半死再烧死。根据世代相传的说法,烧到一定的火候,她的心突然从她身上迸跳出来,吓得所有人都失魂落魄,以致从此以后,这一万名观众中再也没有谁还有兴致吃烧烤了。除了往日这些悲惨的故事以外,直到最近,那个隐僻的场地上

---

① 约东为斯堪的纳维亚半岛神话中的巨人族。他们与天神战斗,争夺统治世界的权力。
② 斗兽场为著名的罗马古建筑之一,建筑年代为公元七五至八〇年。可容纳观众八万七千人,当时常以猛兽之间,猛兽与人或人与人之间流血搏斗作为娱乐,直到公元四〇四年才废止。它的遗址是今日罗马最为壮观的古迹之一。多切斯特的圆形竞技场据说可容纳一万观众。

还多次发生险些致命的殴斗,外面的世界除非有人爬到围墙顶上,根本看不见。整天忙于生计的城里人才少有工夫去找这种麻烦。因为这个缘故,虽然它紧靠税卡门①,哪怕在日中,在那里也可能发生罪恶勾当而无人知晓。

有些男孩近来利用中央的角斗场地作为板球场,想给这个废墟带进一点欢快的气氛。可是这种游戏常常由于上述原因而变得索然无味,——周围的土墙给它笼罩上的晦暗隐秘的气氛,把每一个有眼力的过路人的目光和局外人的每一点品评赞赏——每一件事都一概拒之墙外,除了长天一隅。在这种情况下举行这些比赛,不啻在空无一人的剧场里演戏。当然也有可能是这些孩子胆小害怕,因为某些老人说:夏季某些时刻,有人坐在角斗场地拿本书或是打盹儿,偶尔抬起头来,竟在光天化日之下看到周围的斜坡上排列有哈德良②军团的士兵,宛如在列队观看角斗士的搏斗,并且还听到他们雷鸣一般兴奋喝彩的声音;还说这种景象只有一会儿工夫,仿佛闪电转瞬即逝。

据说在南面入口处的下面,还留有几个挖凿的洞穴,专为容纳参加比赛的野兽和大力士。角斗场地面至今仍然光滑,呈圆形,仿佛不很久以前还用于初始的目的。观众以前入席所用的那些斜坡走道,现在依然如故。不过现在全都野草丛生,而在这夏末的时节,长成枯梗,经风刷扫,形成层层波浪,倾耳谛听,宛如埃俄罗斯③弄出的抑扬音调,团团飞舞的蓟花羽绒,有时也在它们身上做片刻逗留。

亨察德选择这个地方来和他久已失散的妻子见面,这是他能想到的一个最保险的地方,可以避免别人觉察,同时这又是一个外地人天黑以后也容易找到的处所。身为这个市的市长,要保持名

---

① 为收缴过往行人路费而在交通要道设置的栅栏门。
② 哈德良为古罗马皇帝,公元一一七年即位,一三八年去世,曾在公元一二二年巡视英国。他的政绩对古罗马帝国巩固在当时英国的统治有很大作用。
③ 希腊神话中的风神。

誉声望,不先把某些确切的步骤确定下来,他不能请她到他自己家里去。

恰在八点钟以前,他走到了那个荒废的土堡,从南面的小道走进去,这条道正在以前那几个洞窟遗迹的顶上。过了一小会儿,他可以认出,有一个女人的身影从北面那个大缺口,也就是公用的正门,悄悄闪了进来。他们在角斗场地的正中相遇。开头两个人谁都没有说话——也没有说话的必要——这个可怜的女人靠在亨察德身上,他用双臂扶着她。

"我不喝酒啦,"他说,声音低弱、嗫嚅,满含歉意,"你听见了吧,苏珊?——我现在不喝酒啦——从那天晚上以后,我就没喝过。"这是他开头说的话。

他感到她低下头,表示她理解了。过了一两分钟,他又开始说:

"要是我早知道你还活着就好了,苏珊!可是我用各种道理,我推测,都是你和孩子死了,没了。我用各种可能的办法去找你们——到处走——登广告。最后我的判断是你已经和那个人朝着哪一个殖民地去,中途淹死了。你怎么这样一点音信也没有呢?"

"啊,迈可!因为他——还能有什么别的理由呢?我觉得我应该对他忠心到底,直到我们两人中间有一个死了为止——我真愚蠢,认为那次买卖是件神圣的事情,有约束力;我以为就是从信义方面说,他诚信不欺地为我花了那么多钱,我也不敢抛开他呀。我现在来见你,只是用他的寡妇的身份——我认为,我自己就是这样,也没有什么权利来要求你。要是他没死,我绝不会来,绝不会!你可以相信我这些话。"

"哎呀!你怎么这么简单呀?"

"我不知道,可是,要是我没有那么想,那可就太邪恶啦——"苏珊说,几乎都要放声痛哭了。

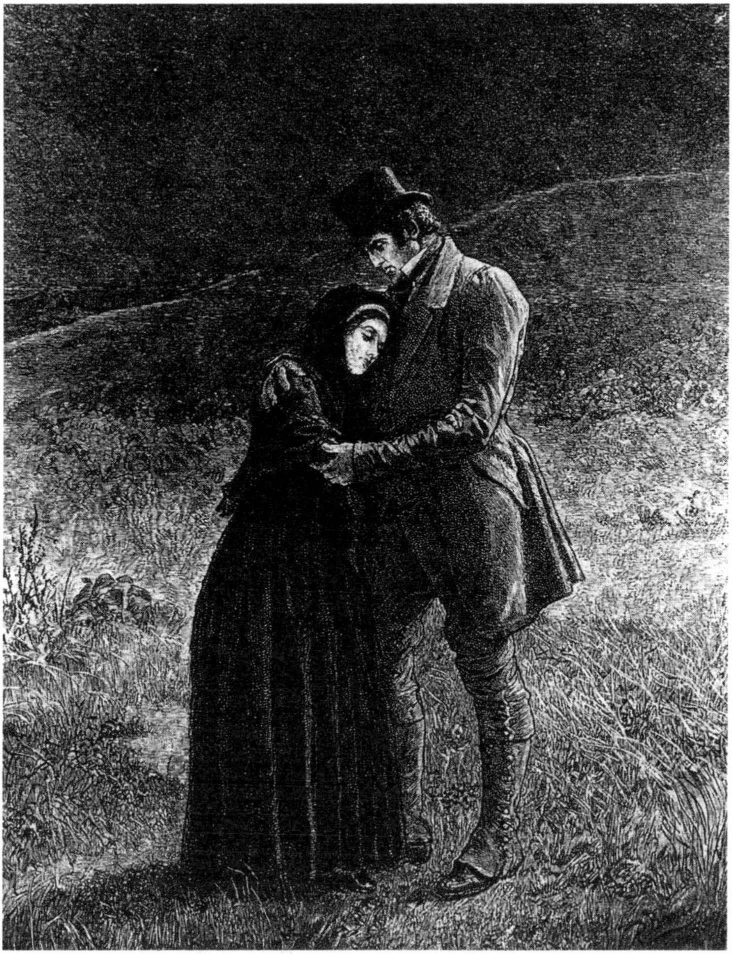

"是呀——是呀——那也是。也正是因为这样,才使我觉得,你是个无辜的女人。可是——却把我弄到这个地步。"

"什么,迈可?"她惊慌地问。

"哦,这个咱们再在一起生活的困难,还有伊丽莎白-简。这些都不能告诉她——不然,她会那么轻蔑咱们俩,以至——这我可真受不了!"

"也就是因为这个缘故,养了她这么大,还不知道有你。我也受不了呀。"

"那么——咱们得说出一个办法来,好让她继续相信现在的这个样子,且不管这一点,先直接把事情安排妥。你听说过吧?我现在在这儿做着大生意——我是这个城市的市长,还是教会里的教区委员,我不知道别的还有些什么。"

"知道。"她低声说。

"这些事情,再加上害怕这个姑娘发现咱们丢人的事儿,就必须得特别小心,谨慎行事。就因为这样,我还不知道你们俩,我以前虐待过又给赶走的母女俩,作为妻子和女儿,怎么才能够光明正大地回到我家里来;难就难在这里。"

"我们马上就走。我只是来看看——"

"不,不,苏珊;你们不要走,你误解我啦!"他既亲切又严厉地说,"我想出了这么个计划:你和伊丽莎白在城里弄一所小房儿住下来,就当寡妇牛森太太和女儿;然后我去见你,向你求婚,跟你结婚,伊丽莎白-简也一起住到我家里来,当我的继女。这件事既自然,又顺当,所以,一想出这个办法,就有一半把握啦。这样就可以让我年轻时候那段见不得光、刚愎自用、丢人现眼的身世,绝对不会翻腾出来了。这桩秘密仅仅是你和我的;我应当得到这种快乐,眼见我自己的独生女还有我的妻子回家团圆。"

"我全听你一手安排,迈可,"她温顺地说,"我来这儿是为了伊丽莎白;至于我自己,要是你让我明天早晨就走,永远也不要再回到你身边来,我会心甘情愿地走。"

"唉,唉,咱们不要再提这些啦,"亨察德温和地说,"当然你不要再走啦,花几个钟头考虑考虑我想的办法,要是你想不出一个更好的办法,咱们就用这个办法。很不巧,我有点生意上的事得离开一两天;不过,你可以在这段时间找个住处——在城里唯独适合你们的,只有主大街上瓷器店那边的几处——你也可以找一所小房儿。"

"住所要是在主大街上,我想,那一定很贵吧?"

"没关系——要让咱们的计划顺利实现,那么一开头你就必须很体面。要钱可以找我。在我回来以前,你带的钱够用吗?"

"足够的。"她说。

"你在客店里还自在吗?"

"还自在。"

"那姑娘管保不知道她和咱俩那段丢人的事吧?——就这件事最让我着急了。"

"要是你发现她做梦都不大会梦到真相也会感到意外。她又怎么能猜想出这样的事来呢?"

"真是!"

"我们重结一次婚,我挺喜欢这个主意,"亨察德太太待了一会儿说,"所有这些事之后,这大概是唯一可行的路子。我想现在,我得回到伊丽莎白-简那儿去,告诉她,说我们的亲戚亨察德先生很仁义,希望我们就留在这个城里。"

"很好——你自己去安排这些事吧。我陪你走一段。"

"不,不。不要冒任何危险!"他妻子急切地说,"我可以找到路回去的——现在还不晚。请让我一个人走吧。"

"对,"亨察德说,"不过,就还有一句话:你原谅我吗,苏珊?"

她嘟囔了点什么;可是好像感觉很难拿出一句整话来回答。

"没关系——到适当时候再说,"他说,"看我将来所做的再对我下判断吧——再见!"

他退了几步,站在竞技场的上首,这时他妻子从下面的小道走出去,沿着树底下向城中走下去。亨察德自己随后往家中走去。他走得非常快,等到走近自己门口的时候,已经差不多紧跟上他刚刚分手的那个女人了,不过她并没感觉到。他望着她往那条大街的上头走了,才转身进入自己的家。

十二

市长一直望到他妻子走得看不见,才进了自己的家门,他穿过隧道式的过道走进花园,又从那里穿过后门走向那些库房和粮仓。办事房的窗户里射出了一道亮光,因为没有挡板把里面遮住,所以亨察德能看到唐纳德·法夫瑞仍然坐在他离开的时候所坐的那个地方,通过仔细查阅账本,使自己对这家商行的管理工作入门。亨察德走进去,只说了一句话:"如果你要工作得很晚,那么我就不打扰你了。"

他站在法夫瑞的椅子背后,看着他麻利地清理这些数字的杂草,它们一直在亨察德的账本上肆意疯长,甚至连这个精明的苏格兰人,都差不多给弄糊涂了。粮商的神情是半带赞赏的,然而看到一个人有兴致全神贯注在这种极其琐碎的事情上,又不能不带一点怜惜。亨察德本人在身心两方面都不适宜干这种在烂纸堆上精打细算的苦活儿;按照现代的看法,他受的是阿契里斯式的教育①,而且发觉舞文弄墨是一种可望而不可即的技艺。

"今天晚上你不要再干了,"最后他一边说,一边把他那只大手捂着账本,"明天有的是时间。和我一起进里边去,吃点晚饭。现在你得吃饭!我就这么定了。"他友善地强行把账本合上了。

唐纳德本来想回自己的住处;不过他早已看出来,他这位朋友兼雇主就是这种人,提出要求,心血来潮,是从来不知道有节制的,于是他也就宽容地让步了。他喜欢亨察德那种热情,尽管这使他

---

① 阿契里斯是希腊古代英雄,他以半人半马的喀戎为师,学成骁勇猎手和武士。

不便;这种性格的迥然不同,却使他们相互更加喜爱。

他们锁上了办事房,年轻人跟着自己的伙伴,走过了私宅的小门,这里直接通向亨察德的花园,一步之间,就可以使一条通道成为从急功近利走向幽雅美丽之路。园中万籁无声,露华点点,芬芳四溢。花园通到房子后面很远的地方,先是草地和花坛,然后是果园,那里长期扎绑的棚架树,和老房子本身一样古老,已经长得那样粗壮强劲,而是枝干虬曲,节瘤累累,把埋在地下的桩子都拔了出来,这些树就像长了叶子的拉奥孔①,显出植物也会因痛苦而扭动痉挛的样子。这些花的香气那样馥郁,使人难以分辨清楚。他们就穿过这些花丛,走进屋子里。

当天早晨那种丰盛慷慨的款待又重复了一遍,吃完晚饭后,亨察德说:"好伙计,把椅子挪到壁炉这边来,咱们把壁炉点起来——哪怕是在九月天,也没有什么东西像黑乎乎的壁炉那样叫我讨厌的了。"他把预先码放好的燃料点着,于是散发出了一片叫人心神振奋的光亮。

"真是奇怪,"亨察德说,"两个人像咱们俩这样,纯粹是为了做生意碰到一块来了,而且临到第一天结尾,我却居然希望和你谈谈家务事。不过,真见鬼,我是孤零零的一个人,法夫瑞;我没有什么别的人可以说说话;那么,我干吗不把这事告诉你呢?"

"要是我能有所效劳,我是高兴听听的。"唐纳德说,让眼睛巡视着壁炉架上花样繁杂的木雕,在一个个扎有彩饰的牛头骨两边刻的是饰有花环的七弦琴、盾牌和箭囊,两个侧翼分别是阿波罗和狄安娜的浅浮雕头像。

---

① 拉奥孔为特洛伊祭司,因揭露希腊大军的木马计,得罪了偏袒希腊人的海神,海神派蟒蛇去咬死他和他两个儿子。罗马大诗人维吉尔的史诗《埃涅阿斯记》中对此有所描述。此外罗马皇帝提图斯皇宫曾收藏有一著名的拉奥孔雕像群,描绘拉奥孔父子遭到巨蛇缠绕持久挣扎痉挛的痛苦情景。雕像群后失落在罗马废墟中,为后人发现,现藏梵蒂冈。

"平时我并不常常像现在这样,"亨察德接着说,他那种专断深沉的语气一向是几乎难以通融的。他显然是处在一种不同寻常的影响力之下,这种情况有时候使人们对老友闭口不谈的事情,对新交却能尽情倾诉。"我这辈子开头干的活儿是捆草,十八岁那年,我由着一时兴起结了婚。你会想到,我结过婚吗?"

"我在市里听说,你是个鳏夫。"

"啊,是呀——你当然会听到。唉,十九年以前,或者差不多那个时候吧,我丢了妻子。——因为我自己的过错……这就是事情怎么会这样发生的:一年夏天傍晚时分,我正奔走着找工作,她走在旁边,怀里抱着孩子,我们唯一的孩子。我们走到乡村集市的一个摊位上。那个时候我是个好酒贪杯的人。"

亨察德停了一会儿,身子向后靠了靠,好把一只胳膊肘搁在桌子上;他一只手遮着前额,原原本本地叙述了他和那个水手做成的那笔交易的详情,可是他脸上表现出的那种内心反省时刻板僵硬的神情,还是难以遮掩。苏格兰人开头露出的那股漠不关心的情调无影无踪了。

亨察德继续讲述,他想方设法找自己的妻子,他起誓;在随后的岁月里他过着孤寂的生活。"我遵守自己的誓言已经十九年,"他接着说,"我飞黄腾达直到你现在看到的样子。"

"唉!"

"噢,那么长一段时间,我听不到妻子的任何消息;我天生就有点讨厌女人,所以我一向觉得离开异性远点,并没有什么难的。我说,我听不到妻子的任何消息,是指就在今天以前。可现在——她回来了。"

"她回来啦!"

"今天早晨——正是今天早晨。那么怎么办呢?"

"难道你不把她留下,和她一起生活,做些弥补吗?"

"我正是这么计划,这么提出的。可是法夫瑞,"亨察德忧愁地说,"要对苏珊弥补,可我又得委屈另一个无辜的女人啦。"

"你不是这么说的吧?"

"这是理所当然的事,法夫瑞,像我这号人,会在这二十年生活当中一直鸿运高照,没犯过不只一次的错误,那差不多是不可能的。多少年来,我有个老习惯,特别是在收获土豆和各种块根的季节,为了做生意总要去泽西。在这桩买卖上,我和他们的生意做得很大。有一年秋天,我在那里停留,得了一场大病。我家里的生活很寂寞,有时感到抑郁,那次生病,我又陷入了抑郁的心情,感到世界漆黑一团,就和地狱一样,那时我也像约伯一样,诅咒我降生的那一天。①"

"啊,是吗?我可从来没有这样的感觉。"法夫瑞说。

"那么,年轻人,祷告上帝吧,让你永远不会那样。在这种情况下,有一个女人可怜我——我应该把她称做年轻的女士,因为她出自好人家,教养良好,受过很好的教育——一个轻薄浮浪的军官的女儿,他父亲陷入一些麻烦,闹得停了薪。那会儿他已经死了,她母亲也死了,她和我一样孤独。这个小可怜儿那时住在膳宿公寓里,刚好我也在那儿有住处。我给拖垮了,她主动承担起护理我的事。从此以后,她就没头没脑地喜欢上我了。天知道是为什么,其实我不值得她爱。可是,住在一所公寓里,她的感情又那么温柔,我们自然就亲密起来了。我们的关系怎样,我就不必一一细说了。只这么说就够了:我们诚心诚意打算结婚。那时传起了闲话,这没伤着我什么,可是当然把她毁了。法夫瑞,咱俩都是男人,说句心里话,我庄严地宣告:玩弄女人既非我的恶习,也非我的长处。她根本不在意宣扬出来,我可能更不在意,因为我正处在意气消沉的状态;就是因为这样,闲话就出来了。最后,我的病好了,就离开

---

① 据《圣经·旧约·约伯记》:约伯是一个善人,屡遭撒旦欺弄,极感痛苦,于是诅咒自己的生日,说:"愿我生的那日和说怀了男胎的那夜,都灭没。"

了。我走以后,她因为我受了很多罪,而且还没有忘怀,一封又一封地写信把这些事告诉我;直到后来,我觉得我欠了她些东西,而且我还想到,我那么长没有听到一点苏珊的消息,所以我也只有在这另一个人身上来作出报答了,于是我问她:是不是愿意冒一下险,就是冒着苏珊可能还活着的险(我相信这是很小的),是不是还愿意嫁给有那样一个过去的我这个人。她高兴得都跳起来了,所以我们本来毫无疑问马上就可以结婚了——可是,你看,苏珊又出来了!"

唐纳德对于这样一种远远超过了他那简单经验范围的复杂情况,表示了深切的忧心。

"现在你看看,一个人在自己的周围,可能造成多么大的伤害!哪怕就是年轻的时候在集市上铸成了那样一桩大错,以后,要是我再也没有那么自私,没让泽西的这个轻率的姑娘对我那么忠心耿耿,以免伤害了她的名誉,那么现在可能一切还都好办。可是像目前这样的状况,我就得叫这两个女人中的一个大失所望,而这一定就得是那第二个。我首先要对苏珊负责——这是毫无疑问的。"

"她们俩都处在一种令人十分伤怀的境地,而且真是这样!"唐纳德小声说。

"他们是这样!我自己倒无所谓——这事反正总得用一种方式了断。可是这俩。"亨察德把话打住,陷入冥想,"我觉得,在这样的事情上,我愿意对待第二个也不比对第一个差,像个男子汉那样尽可能厚道。"

"唉,可是,这是没有法子的!"唐纳德带有理性的悲伤腔调说,"你一准得给那位年轻的小姐写信,在信里面,你必须明明白白、老老实实告诉她眼下的情况是,她不能做你的妻子了,因为第一位已经回来了;告诉她你不能再和她见面;还要告诉她你希望她好。"

"这不行。上帝保佑,我必得做得比这更多点儿!我必须——虽然她常常显摆她有阔叔叔,或者阔婶子,而且她还巴望着他们的遗产——我想,我必得送给她相当大一笔钱——只是作为一点补偿,可怜的姑娘……嗯,你愿不愿意在这方面给我帮帮忙,起草一封信,根据我告诉你的整个情况,给她解释清楚,柔和委婉地透露给她,行吗?我写信写得太糟啦。"

"那我愿意。"

"对了,我还没有把所有一切都讲完。我妻子苏珊还有我女儿和她在一起——就是在集市上抱在她怀里的那个孩子,可这个姑娘现在除了知道我是某位姻亲外,一无所知。她从小长到大,一直以为水手——就是我把她母亲让给他的那个水手,现在已经死了——以为那个水手是父亲,是她母亲的丈夫。她母亲一向认为,现在她母亲和我都认为,我们不能让她知道事情的真相,不能在姑娘面前公开我们这件不体面的事。要是你会怎么办?我想听听你的意见。"

"我想,要是我,我就愿意冒这个险,告诉她真相。她会原谅你们俩的。"

"绝不!"亨察德说,"我不准备让她知道真相。她母亲和我准备再结一次婚;这还不仅仅是要帮我们保持孩子对我们的尊敬,而且这样做是更妥当的。苏珊把自己看做是那个水手的寡妇,要是不再举行一次宗教仪式,她就不愿意像从前那样和我一起过日子——而且她这是对的。"

法夫瑞因此没再说什么。他细心地草拟了给那个泽西年轻女人的信,这次会面就结束了。苏格兰人离开的时候,亨察德说:"法夫瑞,和一个朋友谈谈这个问题,我觉得心里舒坦多了!现在你看得出来,卡斯特桥市长的心情可并不像他的钱包那样宽裕。"

"我看得出来。而且我很为你难过!"法夫瑞说。

他走了,亨察德把信抄写出来,在里面放进一张支票,送到邮局,然后满腹心事地从邮局走回来。

"这事真能这么轻易地就解决啦,能吗?"他说,"可怜的小东西呀——老天知道!那么现在该给苏珊补偿啦!"

十三

迈可·亨察德为了实行他和他妻子苏珊的计划,用她的姓牛森为她租了一所小房儿。这所房子坐落在城市的高处,也就是市区的西部,靠近古罗马城墙,在林荫路掩映之下。这年秋季黄昏的太阳在那里似乎比其他任何地方的显得更黄。——随着时光渐晚,它的光芒穿过梧桐树最下面的枝丫铺洒在带绿色护窗板的居室底层的地板上,使上边部分被树叶遮蔽的房子基层满室生辉。在这些城墙上的梧桐树下,从起居室可以看到远处高地上的古冢和土堡。往事陈迹展现眼前,惯能发人忧思,使整个景致更加引人入胜。

母亲和女儿安顿下来,还雇了一位身穿白围裙的仆役,一切都安排就绪,亨察德马上就来拜访,并且一直逗留到喝午茶。在款待客人的时候,谈话都是时兴的极平常的口吻,小心谨慎地把伊丽莎白蒙在鼓里,——其过程亨查德似乎颇有兴致,而他的妻子在其中则并不特别自在。市长毅然决然煞有介事地一而再,再而三前往拜访,好像是要拘管自己,严格地循规蹈矩,向着这个拥有优先权利的女人,不惜牺牲后来的那一个,也牺牲他自己的感情。

一天下午,亨察德来访的时候,那个女儿不在家,于是他就干巴巴地说道:"苏珊,现在正是大好机会,我要请你定下办喜事的日子。"

这个可怜的女人淡然一笑;她并不感到当前这种情势有多么幽默有趣,因为她只是为了她女儿的名誉才陷入其中。她的确对此不感兴趣,这就足以留有令人奇怪的余地:她何苦要赞成这种骗局,何必不勇敢地把她的历史告诉女儿。但是,肉体是软弱的①,说明真情自会在适当时机到来。

"唉,迈可!"她说,"我恐怕所有这些都是在耗费你的时间,还要给你找麻烦,因为我一点儿也没想得到这种东西!"于是她注视着他和他那身阔人的装束,还有他给这间屋子置办的家具——在她眼里,这些都是浮华奢侈的。

"根本不是,"他粗鲁而又宽厚地说道,"这只不过是一所小房儿,——这一点儿花费,在我差不多就是没花。至于说耗费我的时间吗——"说到这里,他黑里透红的脸膛透出心满意足的神气,"现在我有一个绝妙的高手来掌管我的生意了,——像他这号人,我以前还一直没有找到过。很快我就可以把一切事情都交给他,那么,我就会有比过去这二十年当中更多的时间来招呼我自己的私事了。"

亨察德到这里拜访得那么经常、那么准时,在卡斯特桥很快就引起了窃窃私语,随后是公开议论,说是本市这位独断专行颐指气使的市长,给那个温文有礼的寡妇牛森太太抓住了,软化了。他对妇女社交界一向出名地冷漠高傲,他的沉默寡言,避免同女性谈话,反而给本来根本算不上是风流韵事的关系,也增加了令人开心逗乐的意味。像这样一个贫苦瘦弱的女人,居然让他挑中,真是不可理喻,只能说这件婚事是亲上加亲,根本说不上什么热烈的感情,因为大家都知道,他们是有某种亲戚关系的。亨察德太太面色那么惨白,所以一些男孩子叫她"女鬼"。有时他们一起走过步行街——是城墙上林荫道的名字,亨察德听到就会对着叫的人铁青着脸,露出一副欲置人于死地的样子,这让他们看到了不好的兆头;可是他什么也没说。

---

① 《圣经·新约·马太福音》第26章,耶稣对彼得说:"你们心灵固然愿意,肉体却软弱了。"

他加紧准备,要和这个面色苍白的可怜人结合,或者不如说再结合。他那种顽强固执、坚持不懈的精神,说明他很讲良心。从他显露在外的举止行为来看,谁也没想到,他在那座冷冷清清的深宅大院里不停地忙忙碌碌,根本不是受到炽热欲火或是浪漫冲动的鼓舞刺激;别无其他,仅有三大决心:第一,对他遭冷遇的苏珊,要给以补偿;第二,以他那慈父的关爱,给伊丽莎白-简提供一个安乐的家;第三,以这一系列复婚行动所带来的后果的棘条鞭笞自己①,其中包括和一个这样不般配的女人结婚而贬低自己在公众心目中的尊贵。

婚礼的那天,一辆朴素的布如姆式轿车②赶到门口来接苏珊·亨察德和伊丽莎白-简到教堂去。这是她生平第一次登上这种车厢。这时是十一月一个暖和、无风的早晨,温和的秋雨像麦片似的纷飞而下,落在帽子和衣服的绒毛上,像是洒上了一层白粉。教堂门口没有什么人,不过里面却挤得满满当当。那个苏格兰人担任男傧相,除了男女主角以外,出席的人当中当然只有他一个知道结婚双方的真实情况。然而,他却经验过于缺乏,推敲过于认真,考虑过于周密,对这件事的严肃方面感觉过于强烈,所以无法逢场作戏。而这需要的是克瑞斯托弗·柯尼、所罗门·朗威斯、巴兹福德那一伙人的特殊天才。但是他们对这个秘密却一无所知;然而,等到人们逐渐离开教堂的时候,他们就聚集在附近的人行道上,按照他们自己的眼光对此事加以诠释。

"俺在本地这个市定居已经有四十五年啦,"柯尼说,"可是压根儿也没见过一个人等了那么长时间到头来可得到这么一点点,这可真把俺弄糊涂了!从今以后,南斯·莫克瑞治,就连你这样的说不定也会有好机会啦。"这话是对站在他身后的一个女人说的,

---

① 以荆棘鞭条抽打自己是古代基督教信徒修行中自残惩罚的一种传统方式。
② 布如姆式轿车为一种一匹马拉的有篷轿车,因布如姆勋爵而得名。

就是伊丽莎白和她母亲进入卡斯特桥的时候,当众把亨察德的坏面包亮出来的那同一个人。

"俺要是嫁给像他或是像你这号人,那才真是下贱货了,"那个女人回答。"再说你呀,克瑞斯托弗,俺们都知道你是块什么料,还是少说为妙。要说他吗——嘿,人家——(她放低了声音)人家说他本来是教区里一个穷学徒——这个话俺可对谁都不说的——不过,他可真是教区里一个穷学徒,他开头发达的时候,那点儿身价儿,连一个啄臭肉的黑老鸹还都不如呢。"

"可是现在呀,他一分钟都值那么多钱,"朗威斯嘟囔着说,"要是人家说一个人一分钟值那么多钱,那你对他可就得好好掂量掂量啦!"

转过身来,他看见一个皱纹纵横的大圆盘子,认出来这是在三水手客店要求再唱首歌的那个大胖子女人的一副笑脸。"哎,考克松大妈,"他说,"这是咋回事?这位牛森太太瘦得像个骷髅架子,可又弄到一个丈夫来养活她,可是像你这样个大吨位,咋倒没有。"

"俺没有,也就没有另一个揍俺啦……唉,是呀,考克松过世了,哪一个穿皮过膝裤①的都要过世的!"

"是呀,老天保佑穿皮过膝裤的都得要过世。"

"俺都老成这样啦,哪值得还想再找个丈夫呢,"考克松太太接着说,"不过俺能压上俺的性命起誓,俺出身和她一样体面。"

"真是,你妈是个挺好的女人,——俺还记得她。她生了那么一大群壮实的孩子,没让教区帮一点儿忙,还做了别的一些让人惊奇的好事,为了这个还得了农业协会的奖赏呢!"

"可不就因为这个,害得俺们都穷到底儿了——没吃没喝的那么大一家子。"

---

① 指当时英国干体力活儿的男子最常穿的裤子。

"咳,猪养的多了,泔水就变稀啦。"

"不记得吗,克瑞斯托弗,俺妈唱歌多好听呀?"考克松太太回首往事,越说越有兴致,"你还记得吗,俺们跟她一起上麦斯托克去参加聚会?——在农场主希纳的姑妈雷娄老太太家里,你还记得吗?——俺们老把她叫做癞蛤蟆皮,因为她的脸那么黄,还有雀子①,你还记得吗?"

"记得,嘻嘻,俺记得!"克瑞斯托弗·柯尼说。

"俺记得可清楚啦,因为俺那时候已经长得老爷们儿那么高了——就像人家说的,一半大姑娘,一半小媳妇儿啦,你还记得,"她手指尖戳着所罗门的肩头,一边迷缝眼里转着眼珠,"你还记得那雪利酒,还有那银烛剪吧。俺们回家的时候,琼·邓梅特犯了病,杰克·格瑞克没办法,扛着她走过那片泥滩;后来把她撂在开牛奶场的斯威特埃普的奶场上,俺们还得用草把她那身脏衣服擦干净——再没见过那样一团糟的啦!"

"咳,俺记得,嘻嘻,那些乌七八糟的都是老辈子的事,定准儿!啊,那会儿,俺常好几英里地走,可现在,连跨一条沟都不成啦!"

那重圆的一对儿走出来,把他们这段回忆打断了。亨察德用他那令人捉摸不定的眼光,扫视周围那些看热闹的闲人,一会儿好像是表示心满意足,过一会儿又像是强烈蔑视。

"嗯,虽然他把自己说成是绝对滴酒不沾的人,他俩还是不一样,"南斯·莫克瑞治说,"在她和他吹台以前,还会想着她那做糕点的发面团呢。那儿有个蓝胡子②正打量着他俩;到时候就会露馅儿了。"

"废话——他可是够好的啦!真是人心不知足,有些人还想

---

① 雀子,雀在此处读音为 qiāo。雀斑之土语。
② 蓝胡子为欧洲传奇中人物,他多次娶妻并加以杀害。法国作家查理·佩罗(1628—1703)曾根据这个传说写成故事《蓝胡子》。

给他们的好运道上加黄油①。要是俺呀,从人海里挑俺也不会想着能挑出一个比他更好的人来啦。像她那样一个悲悲切切别别扭扭的女人,连一套贴身的内衣和睡衣都不见得有——这可真是天赐的福分。"

那辆朴素的布如姆式小轿车在迷蒙的雨雾中赶走了,于是那些闲人也都散了。"唉,这个年月,俺们简直都不知道怎样看事情啦!"所罗门说,"昨天有个人倒下来死了,就离这儿不太远;这是咋回事呀?这种潮乎乎的天气,今天简直打不起精神来干点值得干的事儿。俺都提不起精神来啦,这一两个礼拜就只喝过九便士一扎的,别的什么酒都没喝上,所以我过三水手的时候,要顺便去暖和起来。"

"俺也不知道,不过俺也可以和你一起去,所罗门。"克瑞斯托弗说,"俺身上冷冰冰、黏糊糊的,就像只乌蛤蜗牛一样。"

---

① 那个年代的英国,黄油算是美食。

十四

亨察德太太跨进她丈夫的那所大宅院和体面的社交环境,就开始进入了她生命中的圣马丁夏日①。而且它也真和夏天一样地明媚②。唯恐她渴求那种比他所奉献给她的更为深刻真挚的情感,他便特别在表面行动上努力,装做好像是那种样子。除了其他种种事情之外,他还把八十年来带着死气沉沉的铁锈色惨笑的铁栏杆漆成鲜亮的绿色。而那栏杆结实、格子窄小的乔治式推拉窗③用上三层白漆也显得更有生气。他对她温和有礼,竭尽一个男人、市长和教区委员之所能。这所宅院宽大,房屋高朗,楼梯转口宽敞,多住进了这两个不会矫揉造作的女人,几乎并未使人知觉到增添了内容。

对于伊丽莎白-简来说,这是最为春风得意的时刻。她所感到的自由,她所受到的娇宠,都出乎她的意料。她母亲的婚姻给她带来的这种恬静、安适、富裕的生活,事实上对伊丽莎白来说,还不过是一场巨大变化的开始。她发现,只要她提出要求,她就可以得到精美的个人所有物品和装饰品,正如中世纪的格言所说的:"拿来,得到,保存都是愉快的词。"心境平和促进了发育成长,而发育成长又带来了美丽姣好。知识——对大自然洞悉的结果——她并

---

① 圣马丁夏日指圣马丁节(十一月十一日)前后一段暖和时期,以后即进入冬季。为节约饲料牧草英国习俗在此时大量屠宰牛羊等;同时圣马丁节也是每年的大结账日之一。
② 英国气候温和,四季温差小,夏日大多时日并非酷热。
③ 乔治式活推拉窗,是十九世纪初英王乔治时代通用的一种长方形有格的窗户,分上下两扇,用升降来开阖。

不缺乏;学问和才艺——这些,哎呀,她没有;不过冬天和春天一过去,她瘦削的面容和身体,出现了丰满柔和的曲线,她年轻的眉宇间皱纹、缩瘪消失不见了;灰暗无华的皮肤,她一向以为是天然生成,而今变成物华的宝藏;她的脸庞泛出了鲜花的色泽。或许她那灰色沉思的眼睛有时也会流露出一股淘气得意的神情,但是这并未习以为常;这种轻浮的神态,与她那对瞳孔中透露出来的聪颖,其实并不相称。正如一切懂得艰难时日的人一样,无忧无虑、轻松愉快,对她来说似乎过于不可理喻、荒诞不经,不宜沉溺其中,除非是时不时偶尔一梦,因为她已经过早地习惯于焦急地左思右想,所以很难突然改变这种习惯。她从来没有像许多人那样,无缘无故地就情绪忽高忽低难以自制;从来没有——借用最近一位诗人的话来说,在伊丽莎白-简的心灵里,从来没有抑郁,除非她知道这种抑郁是怎么来的。而她现在这种欢快,同样是与她在这方面所得到实在的保障恰成比例的。

  人们也许可以设想,一个年轻的姑娘,如果迅速出落得好看,处境安宁舒适,而且又生平第一遭有现成的钱可以随意支配,她会去当傻角把自己打扮一番;但是不。伊丽莎白-简遇事几乎都做得合情合理,而在衣着打扮的问题上,则更加明显。在耽于安逸方面,遇有机会就甘居后位,在事业进取方面遇有机会则牢牢抓紧,这两者都是同样宝贵的习性。这个质朴无华的姑娘根据与生俱来,几乎可说是天生的敏锐感悟行事。因此那年春天她克制着没有像一朵水生花那样突然开放,也没有像大多数处于她那种环境的卡斯特桥姑娘们那样让自己穿戴得蓬松鼓胀首饰琳琅。她的那种春风得意由于小心谨慎而冲和了;纵然前景光明,她仍然像田鼠一样对命运的犁刀怀有恐惧[1],这在早年遭受过贫穷、压抑的那些有见地的人当中,很为普通。

---

[1] 见苏格兰诗人罗伯特·伯恩的诗《致田鼠》。

"无论如何我都不要过分花哨,"她常自言自语地说,"那会招惹上天,让他把妈妈和我都击倒,又像他从前那样经常来折磨我们。"

现在我们看见她头戴黑色的绸帽,身穿丝绒披风或者丝绸短上衣,黑色的长袍,拿一把遮阳伞。拆掉了穗子,把它的边取齐,用一个小象牙圈把它箍紧。她现在需要用那把阳伞,说来也真是莫名其妙。她发现随着她的肤色变得光洁,脸颊生出粉红,她的皮肤对太阳光也越来越敏感了。她从此以后就开始保护脸颊,认为纯洁无瑕是女人味的要素。

亨察德已经变得非常喜欢她了,现在她陪他出门比陪她母亲更经常。有一天她显得非常引人注目,致使他不禁带着责备的眼神打量她。

"刚好我身边有一条缎带,所以就把它系上了。"她支支吾吾地说,心里寻思,她第一次戴上颇为亮丽的装饰品,他也许不大满意。

"是呀——当然——说真的,"他用他那种威风凛凛的派头回答,"你爱怎样就怎样——或者你妈妈告诉你怎样就怎样。嘿——对这种事情,俺没啥可说的!"

平时在家里,她总是留一个分缝儿把头发梳成两半,从这个耳边到那个耳边弯弯地像一道白虹。所有这道分缝的前面,覆盖着一道浓密的卷曲的穗帘儿;后面则梳得又光又顺的,拢成一个发髻。

有一天,这一家三口坐着吃早饭,亨察德像平常那样一声不响地注视着这一头头发,它的颜色是棕色——不是深棕而是浅棕。"我以为伊丽莎白-简的头发——她还是婴儿的时候,你不是告诉过我吗,伊丽莎白-简的头发,长大了会变黑的?"他对妻子说。

她看来吓了一跳,赶紧把他的脚踢了一下表示警告,并且含含糊糊地说:"我说过吗?"

等伊丽莎白-简刚一往她自己的屋子走去,亨察德立刻又接下来说:"糟糕,刚才我差一点儿就忘了本啦!我的意思是说,这孩子还是婴儿的时候,她的头发看起来确实颜色像是更深一些。"

"当时是,可是现在变成这样了。"苏珊回答。

"人家的头发越长颜色越深,我懂——可是我还不知道,还能越长颜色越浅?"

"啊,是的。"她脸上又露出了那种同样惶惶不安的神情,关于这点将来才能打开谜底。随着亨察德继续说下去,这种神色才消失了。

"嗯,这样更好。我说,苏珊,我想让大家叫她亨察德小姐,不要叫牛森小姐啦。好多人无意之中已经这样称呼她了——亨察德是她合法的姓——所以通常大家也可以这样称呼她——我根本不愿意我自己的亲骨肉用另外那个姓。我要在卡斯特桥报纸上登一个广告——他们都是这么办的。她不会反对的。"

"不会。啊,不会。不过——"

"好,那么,我就这么办,"他毅然决然地说,"说真的,要是她愿意,想必你也会和我一样希望这么办吧?"

"啊,是呀——要是她同意,那我们就一定么办。"她回答。

接下来亨察德太太的行动却有点先后不一,这也可能会给称做弄虚作假,不过她的态度却又是充满激情,像一个冒着极大风险想把事情办好的人那样满怀热诚。她上楼去找伊丽莎白-简,看见她正在自己的起居室里做针线活儿,于是告诉她,就她姓什么的问题,提出了什么建议。"你能同意吧?——这不是不尊重牛森——他已经死去了。"

伊丽莎白沉思了一会儿,"妈妈,这件事我得想一想。"她答复说。

随后,伊丽莎白当天见到亨察德,马上提到这件事,说话的口气说明,她让母亲激起的那股感情还照旧没变。"先生①,你非常非常希望这样改变吗?"她问。

"希望?哎呀,我的老天爷,你们女人真是小题大做!我提过这个建议——也不过就是这个意思嘛。好啦,伊丽莎白-简,随你的高兴办吧。你怎么办,我要是计较,让上帝咒我。好啦,你明白,不要为了讨好俺你就同意。"

这个问题到此为止,再没有多说,而且什么也没有做,伊丽莎白-简还是以牛森小姐,而不是以她法定的姓出现。

就在这个时期,亨察德经营的粮食草料生意,由唐纳德·法夫瑞经管得前所未有地兴旺发达。以前曾几经颠簸,现在则是加油快转。亨察德那老一套口头吆喝的原始办法,一切事情靠他脑子记,种种成交以口说为凭,现在都一扫而光。从前是"我打算收购"和"你可以买走",现在则由来往信件和各类账目取而代之了;不过,正如一切这种进步常有的情况一样,老办法所带有的那种稚拙情趣,也和它那种不便一起化为乌有了。

伊丽莎白-简的屋子位于这所房子较高的地方,所以它是越过花园俯临干草库和粮仓——使她有机会精确观察那里发生的事情。她看到唐纳德和亨察德先生形影不离。他们一起走的时候,亨察德总是亲热地把胳膊搭在他那位经理的肩上,好像法夫瑞就是他的小弟弟。他那细瘦的身子不胜重负,给压得弯了下来。有时她还听到唐纳德说了些什么把亨察德逗得哄然大笑,而唐纳德却显得呆板木讷,一笑不笑。在亨察德多少有些枯燥寂寞的生活中,显然他觉得这个年轻人不但商量问题很有帮助,而且搭伴解闷也是同样合心合意。唐纳德天资聪敏,初次见面就赢得这位粮商的赞赏,一直不变。他对细瘦的法夫瑞的体格、力气和闯劲那种不屑一顾并不多加掩饰,但是他对他头脑聪明所怀有的无限尊敬,却

---

① 旧时英国上层人家子女对即使是亲生父亲,也惯称"先生"。

比这种看法重得多。

伊丽莎白冷眼旁观,觉察出亨察德对这个年纪较他为轻的人怀有一种暴烈的情感,他常常欢喜让法夫瑞待在身边,因而不时流于专横霸道;然而,每当唐纳德表现出真正气恼的迹象,这种势头就立刻又有所收敛。有一天她从高处往下看到他们站在花园和场院中间的过道上的身影,听见唐纳德说,他们老是这样一起散步,一起驾车外出,本来有些地方,亨察德本人不在,法夫瑞本应充当另一对眼睛的意义就给削弱了。"去它的吧,"亨察德喊着说,"管它怎么样!俺喜欢有个伙伴聊天。来吧,跟俺去来顿晚饭,别对什么事情都用心思太多,不然你就要把俺逼疯啦。"

另一方面,伊丽莎白-简和她母亲一起散步的时候,常常看到那个苏格兰人用带着好奇的兴趣看着她们。他在三水手遇见过她,可是这一件事不足以说明问题,因为她走进他的房间的时候,他在那种场合眼睛连抬都没抬一下。除此之外,他更加特别瞩目的是她母亲,而不是她,这使伊丽莎白-简有意无意之间生出一种半痴半傻头脑发昏,也许还是情有可原的失望。因此,她不能说这种兴趣归因于她自己的魅力,于是她断定这显然不过是——法夫瑞先生特有的一种回眸流盼的方式。

她并非完全抛开了个人的虚荣心来揣摩他那种态度最能说服人的缘由;而事实上却是唐纳德得到亨察德的信任,知道亨察德过去曾经如何对待现在走在伊丽莎白-简身边的她那面色苍白、饱经历练的母亲。伊丽莎白-简对那个过去的种种猜测,最多不过是根据她偶尔所见所闻而模模糊糊得出的一些——仅仅猜想亨察德先生和她母亲在年轻的时候可能是一对情人,因为发生口角而各奔东西。

卡斯特桥正如已经提过的,是位于一大片麦地中间的一个地方。它没有现代意义的郊区,没有城镇与乡村之间过渡性的中间地带。它干净利落,线条分明地立在周围一片宽广辽阔、肥沃富饶的土地上,就像一个棋盘摆在一块绿色的台布上面。农家的小男孩儿可以坐在大麦堆下,把一块石头扔进市政府公务员办公室的窗户里;在麦捆丛中干活儿的割麦人,就向站在石铺路拐角上的熟人点头招呼;身披红袍的法官在宣判一个偷羊贼的时候,小偷剩下没有偷走的羊群就在附近吃草,从窗口传进来的咩咩叫声,与他宣读判决的声音相互呼应;执行死刑的时候,等着观看的人群站在紧邻绞刑架活动踏板前的草地上,事先已经把牛群从这里临时赶出去,以便给看热闹的人腾出地方。

在城市高地那边种的小麦,由住在东边叫做杜诺沃那个区里的农民收割入仓。在这里,麦垛高高地堆在古老的罗马式街道上,垛檐顶到教堂的钟楼;绿色的草顶谷仓门洞和所罗门的圣殿①大门一样高,直接开在主要的通衢大道上。谷库的确很多,沿街每隔六家就有一座。这里住的市民,每天都路过休耕的农田;羊倌也挤在市内尊贵的人群当中。这是一条农夫住家的街道——一条由市长和城市当局管理的街道,可是回响着脱谷机脱谷的声音、风车簸麦粒的声音、牛奶倒进大木桶的声音。这是一条完全没有城市风貌的街道:卡斯特桥的杜诺沃区就是这样。

亨察德自然是和近在身边的这个小农生息繁育的地方做大量交易,他的那些大车也经常跑这条路。有一天,从上面谈到的一个农庄正往家里运送麦子的时候,伊丽莎白-简收到了一封由专人送来的短柬,请她赏光立刻到杜诺沃山上一个粮仓去见写这封信的人。亨察德当时正在搬运这个粮仓的存货,所以她认为,请她见面大约和他的生意有关,于是戴上帽子马上就动身到那里去。粮仓就在农庄的场院里面,架在几根石柱上面,高度足够让人在下面走过。大门敞开着,但是里面没有人。不过她还是走了进去,就等

---

① 以色列王所罗门为耶和华所建的圣殿,极为宏大,殿高三十肘(每肘为十八至二十二英寸)(见《圣经·旧约·列王纪(上)》第6章)。

在那儿。这时,她看见一个人来到大门跟前——原来是唐纳德·法夫瑞。他抬头看了看教堂上面的钟,然后走了进来。她怀有一种无法解释的羞怯,不大愿意单独在那里见到他,于是赶紧登上通向粮仓门的阶梯。他还没看见她的时候,她就进门了。法夫瑞走过来,以为只有他独自一人在这儿。天上开始落下几滴雨来,他走了几步,挪到她刚才站过的地方躲雨。他靠在一根石柱上,只是让自己耐心等着。显然他也在盼着什么人来;难道那就是她自己?如果是,又是为什么?过了几分钟,他看了看自己的表,然后掏出一张短柬,刚好和她接到的那张一模一样。

情势于是显得十分尴尬,而且她等的时间越久,就越发显得尴尬。要是从他头顶上的那个门里出来,走下梯子,表示她一直躲在那儿,那该显得多么愚蠢,所以她还是继续等着。紧靠她身边放着一台簸谷机,为了解脱自己那种紧张不安的心情,她轻轻地转了一下机器的摇柄;于是一阵麦糠飞出来,迎着她的脸扑过来,落在她的衣服和帽子上,并且钻进她的毛皮披肩的毛里面。他想必是听见了那样轻微的响动,因为他抬头看了看,然后上了梯子。

"啊——原来是牛森小姐,"他刚刚能看到粮仓里面马上就说,"我不知道你在那里。我在等着个约会,现在为你效劳。"

"哟,法夫瑞先生,"她结结巴巴地说,"我也是。不过,我并不知道是你想见我,不然,我——"

"我想见你?啊,不——至少,那是,我看这里可能是弄误会了。"

"难道你没有要我到这儿来吗?这不是你写的吗?"伊丽莎白-简把她那张短柬亮出来。

"不是。说真的,我绝对没有想到这件事!可是你呢,你没有请我来吗?这不是你写的吗?"他把他那张短柬也亮出来。

"绝不是。"

"难道真的是这样!那么,那就是有个什么人想见我们俩。

也许我们最好还是再等一会儿。"

他们就根据这个想法行事,于是继续留在那儿,伊丽莎白-简的脸上摆出一副异乎寻常的镇定自若的神情,而那个年轻的苏格兰人每逢听到外面街上的脚步声,就从粮仓下面向外张望,看那个过路的人是不是要走进来,声称他本人就是邀集他们来的人。他们注视着一滴一滴的雨水顺着对面草垛顶慢慢往下流——流过一根草又一根草——一直流到垛底下;但是,没有人来,而且粮仓屋顶开始漏雨了。

"那个人好像不会来了,"法夫瑞说,"大概是谁在捣鬼,如果真是这样,那么像这样浪费我们的时间就太可惜了,而且还有那么多事情要做。"

"真是太放肆了。"伊丽莎白-简说。

"牛森小姐,确实是这样,我敢说,总有一天我们会弄清这件事,而且知道究竟是谁干的。我不会让这种事打扰我的;可是你,牛森小姐——"

"我不在意——不大。"她回答说。

"我也不在意。"

他们再次陷入缄默不语。"法夫瑞先生,我想,你急于想回苏格兰吧?"她问道。

"啊,不,牛森小姐,为什么我想呢?"

"因为你那天在三水手客店唱的那首歌,我才这样想的——我指的是歌唱苏格兰和家乡的那首歌——看起来你好像心里感受很深;所以我们大家都同情你。"

"噢——我是在那儿唱过歌——我唱过——不过牛森小姐,"唐纳德的声音像唱歌似的在两个半音之间抑扬,他变得认真的时候一向都是这样的——"是这样,你感受一首歌,在几分钟之内,你不觉就热泪盈眶;不过,你一唱完,也就过去啦,也就无所谓了,很长时间你再也不会想起它啦。嗯,不,我不想回去!可是,什么时候只要你喜欢,我会很高兴再给你唱那首歌的。现在我就可以唱,根本无所谓!"

"谢谢你,真的。不过,我想我恐怕得走了——不管还下不下雨。"

"哦!那么,牛森小姐,今天这个骗局,你最好什么也不说,要是那个家伙对你说点什么,不管是男是女,你都彬彬有礼,仿佛你毫不在意——这样,你就会让那个狡猾的家伙,笑也笑不起来了。"他一边说着眼睛突然盯上了她的衣服,那上面一直还有麦糠,"你身上有麦糠和土,你大概不知道吧?"他说,声调非常温柔体贴,"衣服沾上糠末,遇上雨水挺不好。雨水渗进去就把衣服毁了。让我帮你——最好是吹掉。"

伊丽莎白-简未置可否,唐纳德·法夫瑞就开始吹她背后的头发,两边的头发和她的脖子,吹她的帽顶和皮披肩上的毛,他每噗一下,伊丽莎白-简就道一声"噢,谢谢你"。最后,她总算相当干净了,而此时法夫瑞却已经摆脱这种处境起初给他带来的顾虑,好像一点也没有要赶紧离开的样子了。

"噢——现在我去给你找一把伞来吧。"他说。

她谢绝了这个美意,出了大门,走了。法夫瑞跟在后面,慢慢走着,若有所思地看着她那逐渐消失的身影,小声打着口哨,吹起《我经坎诺比下来的时候》[①]那支曲调。

[①] 这是根据苏格兰诗人伯恩斯一首歌《健美的帕格》改编的一支小调,口哨吹的是其中一行不同版本的变体,参见第八章注。

十五

牛森小姐的含苞待放之美,起初在卡斯特桥还没有受到什么人很大的注意。法夫瑞的目光现在可真是给市长的这位所谓的继女吸引住了,不过他也是唯一的一位。这个道理就在于,尽管先知巴茹克①下了一个俏皮的定义"闺女爱浪",可是她这个实例却最不足以解释这个定义。

她走在外面的时候好像完全给内心深处的思想所占据,于是不大需要可见之物。在穿着之类上面,她下了有悖常情的决心,要制止放荡浮华的癖好,因为一旦有了钱就打扮得花枝招展,这和她过去的生活格格不入。但是仅只癖好就会演变成希望,而且仅只希望就会演变成要求,没有任何东西比这种演变更阴毒了。春天里有一天亨察德给了伊丽莎白-简一盒浅色的手套。她想戴上它们对他的慈爱表示感激,但是她没有相配的帽子。出于艺术的趣味,她想她得有一顶这样的帽子。等她有了可以配得上手套的帽子,她又缺可以配帽子的衣服。现在非得一配到底不可了;她订购了这种必需品,然后又发现她没有遮阳伞同这身衣服相配。花了一个便士,就得花一个英镑。她买了遮阳伞,最后全套装备才算齐全了。

所有的人都给吸引住了。有些人说,她那已成过去的简单朴素,属于那种深藏不露的机谋技巧,也就是若瑟弗考所说的"精巧

---

① 巴茹克是预言书《耶利米书》作者,该书列为伪经,未收入《圣经》中。

的欺诈"①。她制造了一种效果,一种对比,并且还是精心制造的。而事实上,情况并非如此,可是结果却是如此;因为卡斯特桥一旦认为她有手腕心计,马上就认为她值得注意。"我受到这么多的赞美,这还是我生平第一遭。"她自言自语,"虽然表示这种赞美的人的赞美,大概是毫无价值之处的。"

但是,唐纳德·法夫瑞也赞美她,故此总而言之,这个时期是令人兴奋的时期,在她身上,女性的特征从来没有表现得这样强烈,因为在以往的岁月里,她大概一直是一个过于缺乏个人特征的人,没有轮廓分明的女性特点。有一天,她取得了前所未有的成功之后,回到家里走到楼上,脸朝下趴在床上,完全忘了这样可能把衣服弄皱弄坏。"天哪!"她悄声说,"真能够这样吗？我在这里都要成为全市的美人啦!"

经过反复思量,她对于炫耀外貌一向怀有的那种恐惧,生发出了一阵深切的忧愁。"整个这件事总有点什么不对头,"她默默思考着,"要是他们哪怕只知道我是怎样一个没有受过完全教育的姑娘——知道我不会讲意大利语,或是用地球仪,或是表演他们寄宿学校里学到的任何一种才艺,他们该会多么看不起我呀！最好还是卖掉所有这些华丽的服饰,给自己买几本文法书和字典,还有一本所有各种学科的历史书吧。"

她从窗口望出去,看见亨察德和法夫瑞在堆放干草的院子里谈话,市长急躁热诚,年轻人则和悦谦恭,现在在他们的交往当中通常可见的都是如此。男子汉与男子汉之间的友谊,正如这两个人所显示的,这是一股多么粗犷的力量啊！然而,就在这个时刻,将来要掀翻这一友谊基础的种子,却已经在它的结构的接缝间暗暗地生了根。

---

① 此语出自若瑟弗考(Rochefoueauld,1613—1680)《格言集》,该书一六六五年出版,论述人的性格与社会。

大约是六点钟的光景,人们正一个一个地往家的方向散去。最后走的是一个溜肩膀、眨巴眼的年轻人,大约十九或二十岁,他那张嘴受到一点点刺激就会微微张开,好像没有下巴来撑住似的。他刚刚走出大门,亨察德就大声叫他:"这儿来——阿贝·卫特!"

卫特转过身来,往回跑了几步。"是,先生。"他说,憋住气,死命地不情愿,好像他已经知道紧接着什么事要临头了。

"再说一遍——明天早晨要准时。你知道该怎么办,你也听到我怎么说,你明白我再也不会让人家耍着玩儿啦。"

"是,先生。"阿贝·卫特说完就走了,然后是亨察德和法夫瑞;伊丽莎白就再也看不见他们了。

从亨察德这方面来说,这样吩咐一番是有充分理由的。可怜的阿贝——大家都这样叫他——积习难改:睡觉总是过头,上工总是迟到。他诚惶诚恐想要跻身最早一拨的,为了这个目的,他总是给脚上的大拇指拴一根绳子,另一头吊在窗户的外面,可是如果他那些伙伴忘了拉那根绳,他的愿望就得告吹。他难得准时上班。

阿贝常常给别人当下手秤干草或者帮起重机吊运麻袋包,或者跟着大车队到乡下去运回买好的粮草垛,他这种毛病就造成了很多不便。在这个星期里就有两个早上,他让别人等了将近一个小时,因此才惹得亨察德警告他。现在就要等着看明天情况如何了。

钟敲六点,卫特没有到。六点半,亨察德走进场院,阿贝要跟的那辆车已经套好了马,其他人已经等了二十分钟。亨察德于是开口咒骂,正在这时,卫特气喘吁吁地来了,这位粮商对他大发雷霆,发誓说,这是最后一次了,要是再一次迟到,老天在上,他就要去把他从床上拖出来。

"俺一下生就有些毛病,大人①!"阿贝说,"特别是在身体里

---

① 这是对市长的尊称。原文为 worshipful。

边儿,俺念祷告还没念上一星半点,俺这可怜的笨脑瓜,就弄得像块死木头疙瘩了。就是——俺还是个小不点儿的时候,就成了这样啦,那还是在俺拿大人的工钱以前呢,俺可从没享过睡觉的福,因为俺刚一上床就睡死了,还没醒就起床了。俺让这事儿折磨得都发青了,东家,可是俺有什么办法呢?就说昨个晚上吧,俺上床以前,只吃了一丁点儿干酪和——"

"我不想听这一套!"亨察德大吼一声,"明天大车一定得四点钟动身,到时候你要是没来,你就滚开!为这个俺要治治你这身皮肉!"

"大人,你让俺把事情说清楚呀——"

亨察德转身走了。

"他对俺又审又问,可是又不听俺的道理!"阿贝朝着院子里大伙说,"你们瞧,今儿夜里俺可得跟钟上的秒针一样,整一夜都得哆嗦,因为俺怕他呀!"

大车队次日的路程很远,要到布莱谷去,因此四点钟的时候,灯笼就在院子里四处晃了,但是阿贝缺席。谁也还没来得及跑去警告他,亨察德就在花园门口露面了。"阿贝·卫特在哪儿?我说了那番话,他还是没来?好,我对天起誓,我一定要说到做到——除此以外,还有什么别的能对他有用!我现在说做就做。"

亨察德走了。他进了阿贝的房子,这是后街的一座小房儿,门从来不上锁,因为住在里面的人没有什么东西可丢。粮商走到卫特床边,大声一喊,那低沉的声音十分响亮,阿贝立刻惊醒了,看见亨察德站在眼前,吓得打着拘挛乱动,可是和穿衣服没多大关系。

"起床,先生,到粮仓去,要不,从今天起你就别在我这里干了!这是给你个教训。快走,过膝裤就别管啦!"

这位倒霉的卫特匆匆忙忙披上他那件短上衣,到了楼梯下面才设法穿上靴子,这时亨察德把帽子给他往头上一扣,卫特于是在后街上小跑起来,亨察德恶狠狠地跟在后面。

正在这个时候,法夫瑞从亨察德家的后门出来了,他刚才到他家里去找过他。晨光熹微中,他看见一件白色的东西飘来飘去,他立刻认清原来是从阿贝短上衣下面露出来的衬衣下摆。

"天哪,这是怎么一回事?"法夫瑞一边说,一边跟随阿贝走进了院子,这时亨察德在后面离他们有一段路。

"你看呀,法夫瑞先生,"阿贝咕咕噜噜、含混不清地说,脸上露出担惊受怕而又无可奈何的笑容,"他说,要是俺不早点起来,他就要治治俺这身皮肉,这会儿,他正在这么治呢!你看法夫瑞先生,真是没办法呀;有时候,事情真邪性!是呀——俺得像这样半光着上布莱谷去,因为他是这样下的令;不过,回头俺可得把自己宰了;这样丢人,俺可没法儿活了;因为这一路上,那些娘儿们都会从窗户里朝外看俺受的这份治啦,还要笑话俺,瞧不起俺大男人不穿裤子啦。法夫瑞少爷,你知道这事儿俺该咋想,俺该满心都是灰心丧气的想法呀。是呀——俺准得把自己谋害了——俺觉着这事儿就快啦!"

"回家去吧,快套上你的过膝裤再来干活儿,像个男子汉的样儿嘛!你要是不去,你就是站在那儿让自己等死!"

"俺怕俺不能走!亨察德先生说了——"

"我可不管亨察德先生或是别的什么人说了什么!这样做简直就是愚蠢。卫特,马上去,穿好。"

"喂,喂!"亨察德从后面走上前来,"谁打发他回去的?"

大家全都朝法夫瑞看。

"是我,"法夫瑞说,"我看这个玩笑已经开得够大发的啦。"

"可我看还没有!卫特,上车!"

"除非我不当经理,"法夫瑞说,"要么让他回家,要么我就永远离开这个院子。"

亨察德眼睛盯着他,板着通红的脸。但是他停顿了一下,他们的目光对到了一起。唐纳德向他走过去,因为他看出了亨察德的神色,开始为此后悔了。

"得啦,"唐纳德心平气和地说,"先生,像你这种地位的人何必这么干!这太专横了,你不值得。"

"这不是什么专横嘛!"亨察德嘟嘟囔囔像一个生闷气的孩子,"这是要让他记住!"他接着又说,声音里带着受到极大伤害的那种调子,"你为什么当着大家的面像那样对我说话,法夫瑞?你本来可以停一停,等到只有咱们俩再说。啊——我知道为什么啦!我把我身世当中的秘密告诉你了——真傻呀,我当时这样做——现在你就用来整我啦!"

"这件事我都忘了。"法夫瑞轻描淡写地说了一句。

亨察德看着地上,什么也没有再说,就转身走了。那一天白天法夫瑞从工人嘴里知道,亨察德头一年冬天一直给阿贝的老母亲供应煤和鼻烟,这使他对这位粮商没有那么大的对抗情绪了。但是亨察德仍然闷闷不乐,沉默不语,有一个工人问他有些燕麦是不是应该吊到楼上去,他简短地回答:"去问法夫瑞先生。他是这里的主人!"

从精神道义方面来说他的确是,这毫无疑问。在此以前,亨察德一直是他这个圈子里最受推崇的人物,现在已经不再最受推崇了。有一天杜诺沃一个去世农夫的女儿想知道他们的干草垛能值多少钱,于是派了一个人带信来问法夫瑞,麻烦他去给估个价。传信儿的是一个孩子,在院子里遇见的不是法夫瑞,而是亨察德。

"很好,"他说,"我一定来。"

"可是,请问法夫瑞先生会来吗?"孩子问。

"我正要去那边,……为什么要法夫瑞先生呢?"亨察德聚精会神地想着说,"为什么大家总是想找法夫瑞先生?"

"我想,是因为他们真喜欢他——这是他们说的。"

"噢——是呀——这是他们说的——嗯?他们喜欢他,因为他比亨察德先生更聪明,还因为他懂得的更多;还有,一句话,亨察德先生没法和他比——嗯?"

"是——正是这样,先生——差不多是这些。"

"噢,还有呢?当然还有!别的还有什么呢?来,这是六便士,给你买小玩意儿的。"

"他们说:'他脾气更好,亨察德跟他比是个傻瓜。'还有,有些女人回家的时候,一边走一边说:'他是块金刚钻——他福星高照——他是最棒的——他这匹马,值得我出钱。'他们这么说。还有,他们说:'他最能体谅人,就这上头说他们两个差得远啦。我希望他是主人,而不是亨察德。'他们这么说。"

"都是胡说八道,"他满脸罩着乌云说,"好吧,现在你可以走啦。我马上就来给干草估价,听见了吗?——我。"那个男孩儿走了,亨察德嘟囔着,"希望他是这里的主人,他们真希望吗?"

他动身去杜诺沃了。他在路上赶上了法夫瑞。他们一起往前走,亨察德几乎总是低头看着地上。

"今天你心情不大好吧?"唐纳德问道。

"没有,我挺好。"亨察德说。

"不过,你是有点心情不好——真的,你心情不大好吧?嗐,有什么可生气的!我们从布莱谷弄到的,全是好极了的货色。顺便告诉你,杜诺沃有人想给他们的干草估估价。"

"是的。我就是到那里去。"

"俺和你一起去。"

亨察德没有回答,于是唐纳德就低声哼起一段曲子,一直快到那户居丧人家的门口,他才打住不唱。

"啊,他们父亲去世了,我可不该这样往下唱,我怎么能忘了呢?"

"难道你就这么小心,生怕伤别人的感情?"亨察德半带冷笑地说道,"你是这样,我知道——特别是我的感情!"

"要是我伤了你的感情,先生,那真对不起。"唐纳德回答,站在那儿一动不动,脸上一时间表露出那同样后悔的神情。"你为什么要那么说——那么想呢?"

亨察德眉宇间的阴云消散了。唐纳德刚说完,粮商就转身对着他,看着他的胸脯,而不看他的脸。

"我刚刚听到一些让我发火的事,"他说,"这件事让我失礼——让我不想你其实是怎样的人。现在,我不想进去看这堆干草了——法夫瑞,你干这件事比我还高明。他们也请过你了。我十一点钟要去参加市议会的一个会议,时间快到了。"

他们就这样在重归于好之后分手了。唐纳德忍住没有追问亨察德那些他不大明白的意思。至于亨察德,现在心情又舒坦了;不过每逢他想到法夫瑞,总还是怀有一种隐隐约约的担心;而且他还常常感到后悔,觉得不应该向这个年轻人袒露整个心怀,不应该向他倾诉自己身世中的秘密。

十六

正是出于这种原因,亨察德对法夫瑞的态度就不知不觉变得有所保留了。他显得客客气气——过于客气,法夫瑞本来一直认为这个人固然热情真诚,但没受到严格的调教,现在他却第一次显露出,除了这些特点之外,他还具有良好的教养,因此法夫瑞感到大为出乎意料。粮草商从此很少,或者说不再像以前那样把自己的胳膊搭在这个年轻人的肩头,那种机械式的友谊的重力几乎都要把他压倒了。他不再到唐纳德的住处去,而且朝着过道里边大声喊:"嘿,法夫瑞,小子,来和咱们吃顿正餐!别一个人孤零零地关在这儿!"不过在他们的日常例行活动方面,则没有什么变化。

生活如潮滚滚向前,直到后来有一天,由于新发生了一件全国性的大事,提出要举国广泛进行公众欢庆。

卡斯特桥本性迂缓,一时迟迟未作反应。后来有一天,唐纳德·法夫瑞就这件事向亨察德提起动议,问他是否同意借一些大块帆布给他和另外几个人,他们期待在定好的一天,为此举办某种娱乐活动,并且,还需要一个场地,他们可以按人头儿酌收门票。

"你们爱要多少布就拿多少。"亨察德回答。

他的这位经理已经去奔走这一营生的时候,亨察德激烈的争强好胜之心也给激活了。他想,他身为市长,在这以前没有召集会议讨论应当举办什么活动来庆祝这一个节日,确实是粗疏大意。不过法夫瑞也实在可恶,行动如此迅速,让当权的这批老派人物根本没有采取主动的机会。不管怎样,时间还不算太晚,他又琢磨了一番,决定如果其他市议员愿意把事情交到他手里,他就把组织某些娱乐活动这件事挑在自己肩上。市议员多数都是些地道的老古板人物,喜好一成不变不添麻烦的生活,因此都欣然同意。

亨察德于是着手筹备一件真正光耀卓绝的大事——一种像是能使这座历史悠久的古城名实相符的大事。至于法夫瑞的那桩小手段,亨察德几乎已经忘在脑后;只不过时不时偶然想到,他就自言自语:"按人头儿酌收门票——真像一个苏格兰人!——谁会按人头儿付什么钱?"大相径庭的是市长打算提供的游乐分文不取。

他已经变得十分依赖唐纳德,所以几乎不禁想要请他来商议,但他还是竭尽全力克制住自己。不行,他思忖,法夫瑞会用他那聪明绝顶的鬼花招儿,提出那样的改进,于是他亨察德就会沦于二把小提琴手的地位,而只能吱吱嘎嘎地迎合他那位经理的才艺了。

人人都为市长提议的这场游乐活动喝彩,特别是大家渐渐知道了,他打算完全自己出钱操办。

紧靠城市,有一片隆起的绿草地,四周有一圈古老的方形土围子——在这一带,方形和不成其为方形的土围子,就像黑莓子一样比比皆是——卡斯特桥人每逢举行游乐活动、集会或羊市,需要较大场地而市内街道又容纳不下,就在这里举行。它的一边是斜坡,通向芙仑姆河,无论从哪一点眺望过去,都可以看到方圆数英里的乡野景色。这一片赏心悦目的高地,正是亨察德要办大事的场所。

他在市内到处张贴粉红色的长条海报,广而告知要在此地举行各式各样的游乐,他还亲自监督一批人展开工作。他们竖起了供人向上爬的杆子,顶上挂着烟熏火腿和本地干酪。安置了一排排跳栏。在河面上架起了一根滑溜溜的杆子,在河对面的那一头拴上附近出产的一口活猪,谁能从杆子上走过去抓住这口猪,就归谁所有。还准备了赛跑用的手推车、赛跑用的驴,还搭起一座拳击、摔跤以及通常最能吸引人血性勃发的擂台;还备有跳袋①。除此之外,亨察德念念不忘他那些老规矩,准备了一次规模盛大的茶会,邀请住在本市的每一个人免费参加。顺着土堡围墙内侧的斜坡,又摆了一些桌子,顶上扯起了一溜天篷。

市长走过来走过去的时候,看到了法夫瑞搭的那个会场,外表一点也不起眼,就在西步行街,一些大大小小、五颜六色的帆布,搭在一些交叉成拱形的树上,根本没考虑外部的观瞻。这时他心里感到怡然自得,因为他自己筹备的,远远地超过了这些东西。

那天早晨终于来了。本来直到前一两天始终都是晴空万里,这时却阴云密布,天气险恶,风中肯定无疑带着雨意。亨察德心想,如果他不是那样十拿九稳,认准好天气会继续有,那就好了。不过这时要修改或是推迟都为时已晚,于是继续进行。到十二点钟,雨开始下了,很小,可是继续不停。雨是不知不觉开始,不知不觉大起来,所以很难确切说晴天是什么时候结束,雨天又是什么时候开始的。一个小时之内,濛濛雾气变成滂沱大雨,好像老天在以万钧雷霆之力猛烈轰击地面,无法预言何时是个了结。

有些人先已奋勇地会聚在这块草地上,不过到了三点钟,亨察德就看得出来,他的计划命定要以失败而告终了。爬杆顶上的火腿,烟熏部分经雨一淋,向下滴着黄褐色的汁子。那口猪在寒风里瑟瑟发抖。天篷挡不住雨,任凭雨水在下面随意溚打,桌布湿透了,那些松木板桌面透过桌布露出了木纹。而在这个时刻要把四边遮盖严实,看来是徒劳无功。河上的风光消失得无影无踪;风在帐篷的绳索上弹奏着埃俄利亚②的即兴曲,最后高调呼啸,使整个搭起来的东西都倾斜倒地,里面躲雨的人只好手脚并用,从下面爬将出来。

---

① 这是供一种赛跑用的口袋,赛跑者先在两腿套上口袋,然后跳跃前进。
② 埃俄利亚,希腊名埃俄罗斯,古希腊神话中之风神。

不过快到六点钟的时候,暴风雨消退了,一阵比较干燥的微风抖干了草梗上的水汽。最后,看来总算有可能表演节目了。天篷又搭起来;乐队又从躲雨的地方召集过来,下令开始演奏,原来摆桌子的地方也清理出来,准备跳舞。

"可是人都到哪儿去了?"过了半个钟头,亨察德问道。在这段时间,只有两个男人和一个女人站起来跳舞。"商店都关门了,为什么他们不来?"

"他们都在西步行街参加法夫瑞的活动。"和市长一起站在场地上的一个市议员回答。

"少数人吧,我猜想。可是他们大伙儿都到哪儿去啦?"

"所有出了家门的人都在那儿。"

"那么,他们比傻瓜还傻!"

亨察德快快不乐地走开了。有一两个年轻人抖擞精神前来爬那几根爬杆,想救出那几块火腿,不让它们糟蹋了;但是,根本没有观众,整个场地一派凄凉,所以亨察德下令,一切节目停止,游艺活动结束,食品都散给市内的穷人。一会儿工夫,场地上除了几个栅栏、几座帐篷、几根杆子以外,什么东西都没有了。

亨察德回到家里,和妻子、女儿一起吃过茶点,然后又走出来。这时已经是黄昏时分。他马上看出来,所有外出游逛的人全都朝着步行街里一个特别的地方去了,最后他自己也向那里走了过去。弦乐队的声音从法夫瑞搭起的那个四周都围起来的场子里传出来,——法夫瑞把它叫做游艺篷。——市长走到跟前的时候才看到,原来这个庞然大篷造得十分巧妙,根本没用柱子和粗绳。选择的场地正是枫树大道浓荫密布的地点,树枝紧密交叉在头顶上形成了一个拱顶;帆布就扯在这些树枝上,结果搭成了一个桶形的屋顶。迎风的一面围起来,另一面则敞开。亨察德在外面走了一圈,而且看到了里面。

它的格局像是一座去掉了三角顶的教堂中殿,但是里面并没有一点点虔敬的气氛。人们正在跳瑞乐舞①或者某种弗令舞②；法夫瑞一向沉着冷静，这时却身穿粗放的苏格兰高地人服装，混在其他一些跳舞的人中间跳来跳去，合着音乐的节拍旋转。一时间，亨察德不禁大笑起来。随后他觉察到，那些妇女的脸上流露出对这位苏格兰人深深的赞美。这一轮表演结束以后，又有人提出跳一种新舞，唐纳德有一会儿不见了，回来的时候换上了平常的衣服，他能无拘无束地挑选舞伴，像他这样一个透彻理解舞蹈动作的诗意的人，每一个女孩子都有意随之起舞。

人们倾城而出都拥到了这段步行街上。舞厅这样一种令人高兴的设想住在这里的人以前从来就没有过。其余那些在旁边看的人当中还有伊丽莎白-简和她母亲。伊丽莎白-简若有所思而又兴趣盎然，她的眼睛闪着留恋期待的光芒，好像大自然是经科瑞吉奥③授意创造出了这对眼睛。跳舞继续进行，大家的兴致有增无减。亨察德就踱着步，等着看他妻子打算什么时候回家。他不愿意待在亮的地方，而走进暗处更糟，因为在那里他听到某种议论，近来这种议论正在越来越过于频繁了。

"亨察德先生的娱乐节目，和这里的根本不能同日而语，"有一个人说，"一个人必定是个自以为是的糊涂蛋，才会想到大家今天会到那个冷清荒凉的地方去。"

另一个人接应着说，大家都说，市长还不仅是在这样一些事情上显得无能。"要是没有这个年轻小伙儿，他那个买卖会弄成什么样？真是司命神把他送到了亨察德手里。法夫瑞先生刚来的时候，他那些账目真像一堆乱草。他从前计算多少袋粮食，全靠粉笔画道，摆成一排白道道就像花园的栅栏，量草垛大小靠伸胳膊，称

---

① 瑞乐舞是一种轻快活泼的苏格兰对舞，通常由两对舞伴共舞。
② 弗令舞是一种热情奔放的苏格兰高地舞蹈，通常由一个人独舞。
③ 安东尼奥·科瑞吉奥（1494—1534）是意大利著名画家，他画的妇女形象以温柔秀雅见长。

草捆轻重靠手掂,判断干草好坏靠嘴'嚼',确定价钱靠骂骂咧咧。可是现在呢,这个神通广大的年轻人,办事全部靠字码,靠秤称、尺量。再说那小麦吧,从前有的时候把它做成面包就有一股子很厉害的耗子味儿,大家一尝就知道是怎么一回事,可是法夫瑞有一种弄洁净的办法,净化到了大家做梦都想不到那种最小的四条腿畜类还在上面爬过。噢,对了,每个人都心里装满了他,说真的,亨察德先生可得小心把他留住!"这位先生结束了他的话。

"可是,老天爷,他留他也留不了多长久。"另一个人说。

"不留!"亨察德在一棵树后自言自语,"要是把他留下,那么他这十八个年头建立起来的名誉地位,就会给淘得像蜂窝似的一干二净啦!"

他返回舞篷。法夫瑞正同伊丽莎白-简在跳一种优雅的舞步——一种老式乡间的东西,她只会跳这一种。虽然他对她很体贴,把动作放慢下来就合她那比较犹疑的步子,可是连他皮靴底上那些闪闪发光的小钉子的样式,都使每一个旁观者觉得顺眼。是这支曲子诱使她加入跳起来的。这是一支快速回旋奔腾跳跃的曲子,每一把小提琴上的 G 弦先奏出几个低音,然后在 E 弦上跳动,就像在梯子上跑上跑下,——法夫瑞先生说过,这支曲子名叫《埃尔的穆辽德小姐》[①],在他自己的家乡非常流行。

这支舞曲很快就结束了,姑娘看着亨察德,希望得到他的赞许;但是他并没有给予。他好像并未看她。"注意,法夫瑞,"他说得像个心不在焉的人,"我明天要亲自到布瑞迪港大市场去。你可以不去,把你衣箱里的东西整理整理,你干了这些异想天开的事,也该让你的腿脚恢复恢复力气了。"他开始本来是对唐纳德微笑的,到后来却成了满怀敌意地对他瞪着眼。

另有几个市民走上前来,唐纳德退到了一边。"这是咋回事,

---

① 哈代早年是故乡闻名的业余小提琴手,这是他自幼喜爱的一首古老舞曲。

亨察德，"长老议员塔博一边说，一边用大拇指指着粮草批发商，好像一个品评干酪的，"一场闹腾和你唱对台戏，嗯？伙计和东家一样棒，嗯？他把你打垮了，是不是？"

"你看，亨察德先生，"另一个脾气温厚的律师朋友说，"你犯的错误就在跑了那么远到野地里去。你本来应该从他那本书里摘出一页来，把你的那些游艺安排在一个有遮拦的地方，像这里一样。可是，你看，你没有想到这一点；他就想到了，所以就在这儿他把你打败了。"

"他很快就成为你们两个当中爬到顶上的那个锯木头的，把所有的都锯下来啦。"爱开玩笑的塔博先生又加了一句。

"不会，"亨察德阴沉沉地说，"他办不到，因为他很短时间就要离开我了。"他朝着法夫瑞望过去，这时他又走得靠近了，"法夫瑞先生给我做经理的时间快结束了——是这样吧，法夫瑞？"

这位年轻人如今连亨察德脸上由岁月镂刻的累累皱纹和褶痕都能看懂了，就像它们是写得清清楚楚的铭文，所以他态度安详地表示赞同；而大家觉得这件事十分可惜，问他究竟是怎么一回事，他只是简单回答说，亨察德先生不再需要他帮助了。

亨察德回到家里，显然感到如愿以偿。但是到了第二天早晨，他那股忌妒劲儿过去之后，因为自己的所言所行他的心又变得很沉重。他发觉法夫瑞这一次肯定是拿他的话当真了，他就更加心神不宁。

十七

伊丽莎白-简从亨察德的态度揣度,她应邀跳舞,是出了什么差错。她心地单纯,开头并不明白是怎么一回事,直到一个点头之交才给她挑明:在这样一个各色人等麇聚杂处的舞场,她作为市长继女混迹其中踏节而舞有失身份。

由此她醒悟到她的情趣和她的地位不够相称,而且常使她丢人现眼;于是她的耳朵、脸腮、下巴都烧得通红,就像着透的煤炭。

这使她非常难过,于是她四处寻找母亲;但是亨察德太太不像伊丽莎白-简本人有那么多世俗传统的考虑,早已走了,留下自己的女儿,听凭她自己高兴什么时候回去。伊丽莎白走上那隐蔽幽暗枝叶森森的林荫古道,或者不如说是一个个用木料搭建的,一直沿着城市的边界向前伸展的拱洞,她站下来仔细思量。

几分钟之后,一个男人也随后走过来。她的脸正对着帆布篷里射出的亮光,他认出她来了。他是法夫瑞,他刚刚和亨察德谈过的那段话表明他给解雇了。

"是你呀,牛森小姐?俺一直在到处找你呢!"他克制着因为和粮草批发商生分而引起的伤心,"我可以陪你一直走到你那条街的拐角吗?"

她心想这样做可能有点不大合适,但是没有说出任何不愿意的话。这样他们就一起向前走了。首先走到西步行街,然后走进保龄球场,这时法夫瑞才说:"看来好像我很快就要离开你们了。"

她颤颤抖抖地问:"为什么?"

"啊——仅仅由于生意上的问题——没有别的。可是咱们不要把自己搅进去——这样最好。我本来希望和你再跳一场舞呢。"

她说她一点儿也不能——按照规矩跳。

"不,可是你跳了!这是一种感觉,它让跳舞的人跳着高兴,并不在乎学什么步法……我怕是因为做了这点而得罪了你父亲!现在也许我总归得到世界上另外一个地界儿去啦!"

这样看来是一种令人多么忧伤的前景,伊丽莎白-简于是叹了一口气——一点一点地把它叹出来,好不至于让他听见。但是,黑暗使人们真实,这个苏格兰人冲动地一路说下去——也许是他到底还是听见了她那声叹息吧:

"牛森小姐,我希望我更有钱;而且你继父也没受到冒犯;我不久会问你一些事——是的,我今天晚上就会问。不过,这不是为了我!"

他会问她什么,他一直没说;她也没有催促他说,只是无奈地保持沉默。他们就这样怀着彼此害怕对方的心理,继续沿着城墙游逛,一直走到靠近保龄球场的尽头;再走上二十步,树就没有了,就会看到街拐角和路灯了。他们意识到这一点,于是站住了。

"我一直没弄清楚,那天是谁骗我们傻瓜似的到杜诺沃谷仓跑一趟,"唐纳德用他那抑扬顿挫的声调说,"你那方知道了吗,牛森小姐?"

"不知道。"她说。

"我真奇怪他们干吗要那样做!"

"也许是开开玩笑。"

"也许不是开开玩笑。可能他们是想让我们在那里一边等着,一边互相聊聊天;唉,行啦!我希望,要是我走了,你们卡斯特桥的人不要忘了我。"

"我敢保,我们不会的!"她热诚地说,"我——希望你根本就不要走!"

他们这时已经到了灯光下面。"嗯,我再考虑考虑,"唐纳德·法夫瑞说,"那么我不到你门上了,还是就在这里和你分手吧,免得让你父亲更加生气。"

他们分手了,法夫瑞转身走进暗黑的保龄球场,伊丽莎白-简走上大街;她开始竭尽全力跑起来,根本没意识到自己在干什么,一直跑到她父亲的家门口。"啊,天啊——我这是在干什么呀?"她上气不接下气地停下来的时候这样想。

回到家里,她开始揣摩,法夫瑞想问而又没敢问她的那些暧昧不明的话,究竟是什么意思。伊丽莎白-简,这个不声不响察言观色的人,很久就注意到他越来越赢得全市居民的欢心;而且她现在了解亨察德的性格,所以一直担心,法夫瑞当经理的时间屈指可数。所以这种宣告,并没有使她怎么惊奇。既然法夫瑞这么说了,她父亲也把他辞了,那他还会待在卡斯特桥吗?看他在这个问题上的去向,也就可以把他对她吐露的那些深藏玄机的口风破解了。

第二天有风——风刮得很大,她走在花园里的时候,拾到了唐纳德·法夫瑞写的业务信件的一部分草稿,是从墙那边办公室里吹过来的。她把这张废纸片带回屋里去,开始模仿他的字体,她对这种字体非常欣赏。信的开头是"亲爱的先生",于是她马上在一张单放的纸条上写下了"伊丽莎白-简",然后把纸条蒙在"先生"这两个字上面,结果就成了"亲爱的伊丽莎白-简"。虽然没有任何人在那儿看到她所做的这些事,可是她一看到这个结果,马上就有一阵满脸通红,浑身发烧。她赶紧撕了那张字条,把它扔开。在这以后她慢慢冷静下来,自己笑话自己,在屋子里走来走去,然后又大笑起来;不是轻松愉快,而是十分苦闷。

在卡斯特桥很快就都知道,法夫瑞和亨察德已经相互辞退。伊丽莎白-简急于知道法夫瑞是不是要离开这个城市,已经达到心神不宁的地步,因为她再也无法自己对自己掩饰个中原因了。终于,传到她这里的消息是,他不打算离开这个地方。学着亨察德做起生意的一位同行,不过规模很小的,把他的字号卖给了法夫瑞。法夫瑞于是着手自立门户,当起粮食干草批发商来。

听到唐纳德的这一步骤,她的心颤抖了。这件事证明,他确实打算留下了;不过,一个男人要是对她有点滴情意,怎么会另开一家买卖和亨察德对着干,来使自己求婚有危险呢?肯定不会;那么,就一定是一时兴起的冲动引导他对她那样款语绵绵。

在跳舞的那天晚上,是不是她的外貌能够使人生发一见倾心的爱情呢?为了解决这个问题,她把自己打扮起来,同那天一模一样;薄纱衣服、紧身上衣、便鞋、阳伞,然后对着镜子照。照她自己的看法,镜子里的形象,显然是引人生发转瞬关注的那种,仅此而已。"只足以让他一时发痴,不足以让他永远痴情。"她透彻明了地说。于是伊丽莎白-简以如此低得多的调子设想,到如今他已经发现,那副可人的外表所传递的精神内涵是多么地平淡无奇。

于是,她一感到她的心朝向他飞去的时候,就自言自语,自嘲自讽地说:"不,不,伊丽莎白-简——这种梦不是你做的!"她竭力使自己不看见他,不想念他;在不看见他这一点还相当成功,在不去想他这一点,可就不是那样完全彻底了。

亨察德自从发现法夫瑞决意不再容忍他那种脾气,就一直感到很伤心;现在听说这个年轻人另有它就,更是怒火中烧。那是在市政厅里举行了一次市议会会议之后他才第一次知道法夫瑞背地使拳,自己要在这个城市独立门户创办事业,他向他的几个议会同僚表示他的反感,声音之大,连远在市内抽水泵那边都可以听见。虽然经过了漫长的自我克制以后他当了市长和教区委员等等,他那种腔调表明,在他那层表面之下仍然潜藏着难以管辖的火山岩浆,和他在韦敦集市上卖妻的时候还是一样。

"哼,他是我的朋友,我也是他的朋友——要说我们不是,那我们又是什么?上帝在上,要说我向来不是他的朋友,那么我但愿知道,谁是?难道不是他到这里来的那时候,脚上连一双像样的鞋也没有吗？难道不是我把他留在这儿——帮助他有了活路？难道不是我帮他挣到钱，弄得他要什么有什么？我尽可能做到无条件——我说：'说出你自己的价码吧。'有一阵子，我都快要和那个小伙子分吃我最后的一片面包了，我那样喜欢他。可现在，他这样惹着我！该死的，现在我要和他拼一拼——公买公卖，听我说，公买公卖！要是我干不过他这样一个毛孩子，那么我就一文不值了！俺们要叫大家看看，俺们懂得怎样做买卖，比满世界上哪个人都不差！"

他在市政机关的同僚，并没有特别附和他。将近两年以前，他们看到亨察德精力出奇地旺盛，选他当了首席行政长官，现在他已经不如以前那样有人缘了。一方面，他们这个集体由于这位粮草商的那种素质而受惠；另一方面，他们每个人又不止在一种场合退缩不前；如此他就单独走出了市政厅，一个人走上大街。

到了家里，他好像是怀着一种酸溜溜的快意想起了什么事，他叫来了伊丽莎白-简。她进门的时候看到他那股神气，显得惶恐不安。

他看到她那种战战兢兢的样子便说："不是找什么茬儿。我只是想提醒你，亲爱的。我说的是——那个男人，法夫瑞，俺看见过，他和你谈过两三次话——他和你在游艺会上跳过舞，还和你一起回家。你听着吧，听着吧，并不是责怪你。可是，你得听我说，你傻乎乎地答应过他什么没有？除了哼哼哈哈以外，别的一点儿什么也没有？"

"没有，我什么也没有答应过他。"

"好。结果好就什么都好。我特别希望你不要再见他。"

"很好，先生。"

"你答应了？"

她犹豫了一下，然后说：

"是的，要是你很希望这样。"

"我很是。他是咱们家的敌人!"

她走了以后他坐下来,用一种粗重的笔迹给法夫瑞写了一封信:

> 先生:我提出请求,从此以后,你和我的继女要像生人一样相待。在她这方面已经保证不欢迎你再追求;因此我拜托你不要想把那些个强加给她。
>
> 迈·亨察德

一个人大约都会以为亨察德还有那种谋略能够看得出来,除了鼓励法夫瑞成为自己的女婿,没有其他更好的可以和他通融的手段。但是,采取这样一种收买竞争对手的伎俩,以市长那种刚愎倔强的官能来说,是毫不足取的。所有这类雕虫小技与他都格格不入,要么爱一个人,要么恨他,他打交道的办法就和水牛一样认死门;连他妻子也不敢斗胆提出她出于多种理由而非常愿意采取的步骤。

正在这个时候,唐纳德·法夫瑞在杜诺沃山上一个地方,自己单独开了一家门脸,尽量离亨察德的店铺远一些,而且一心一意撇清他和以前的朋友兼老板的那些主顾间的关系。看来这位更年轻的人认为,这儿有容得下他们两个人的空间,而且还绰绰有余。这座城市虽小,可是按比例来说粮食和干草生意却很大;因此,他以他天生的精明,看出了可以分一杯羹的机会。

他下定决心,不做任何看来好像在与市长饯行的买卖,所以他拒绝了他的第一个主顾——一个卓有信誉的大农户,因为亨察德前三个月里一直在和这个人打交道。

"他一度是我的朋友,"法夫瑞说,"从他那儿抢生意我不适应。让你失望我很抱歉,可是一个人对我那么好过,我不能损害他的生意。"

尽管采取了这种值得称赞的方针,苏格兰人的生意还是增加了。不管是因为他那种北方人的劲头,在威塞克斯那些贪图安逸享受的大人物中间成为压倒群雄的力量,还是因为纯属幸运,反正事实就是,他一抓什么,什么生意就兴隆。正如雅各在巴旦亚兰一样,他恭谨谦虚地使自己只限于有斑有点的生意,他一接手,有斑有点的就兴旺起来。①

但是,幸运与此多半没有什么关系。诺瓦利斯说过:性格就是命运②。法夫瑞的性格恰与亨察德的截然相反,如果用形容浮士德的词句来形容亨察德,可能不会离题太远:这是一个情感激烈、性格沉郁的人,他脱离了粗俗鄙陋之徒的境地,没有灵光指引他走上更加美好的道路。

法夫瑞及时收到了那封请他不要继续向伊丽莎白-简献殷勤的来信。他的这类举动本来就很轻微,所以这个请求几乎是多此一举。不过,他的确感到对她曾经相当有兴趣,因此经过一番深思熟虑,他决定,为了自己,同样更是为了那个年轻的姑娘,在目前还是以不扮演罗密欧这个角色为妙。刚刚萌发的恋情就这样压下去了。

法夫瑞虽然尽量避免和他从前的朋友发生冲突,可是后来到了一个时候,纯粹出于自卫,他被迫和亨察德在殊死的商战中短兵相接了。他再也不能仅用单纯的闪避来招架亨察德的猛烈攻击。他们的价格战一开始每个人都很关注,而且有少数几个人已经猜想到了事情的结局。在某种程度上,这是北方人的远见卓识和南

---

① 据《圣经·旧约·创世记》:雅各为了逃避哥哥以扫的杀害,去巴旦亚兰投靠母舅拉班。他为拉班牧羊十四年,讲定以所有次等"有斑有点"的羊作为牧羊的工钱,雅各精心放养,他自己的羊群兴旺,远远超过其余的羊群。

② 诺瓦利斯(1772—1801),德国浪漫派诗人、小说家,原名弗瑞德里希·莱奥波尔德·封·哈登堡。引文 Character is Fate 出自他未完成的小说《亨利希·封·奥弗特丁根》中的一句话:"命运与性格是同一个概念。"但此言最早出自古希腊哲人赫拉克利特语,英译为 Character is Destiny。

方人的坚忍顽强在相互抗衡——匕首①对大棒——而亨察德的那件武器,如果在头一两下没造成毁灭性的打击,随后也就无计可施,只好听任对手的摆布了。

几乎每个星期六,农夫都定期为他们每周一次的生意往来聚集到市场上来,这时这两个对手就要在人群中彼此碰面。唐纳德总是乐于,甚至是急于,要说上几句友好的话;可是市长却老是愤懑地瞪着他过去,正像一个人由于他而受苦、倒霉,绝不会忘怀他这种过错一样;法夫瑞那种受到冷落而不知所措的神情,丝毫也不能使他宽解。大农户、粮食批发商、磨坊老板、拍卖商等等,在粮食市场的交易厅里,都各有一个正式的摊位,刷上了他们的名字;看到一连串熟悉的名字"亨察德""埃维登""席纳""达通"等等之后,又加了一个写着"法夫瑞"这几个显眼的新字,亨察德刺痛难忍,他就像柏勒洛丰②一样从人群中溜达出来,心灵受着咬噬。

自从那一天开始,在亨察德家里很少提到法夫瑞的名字。在早餐或正餐的时候,如果伊丽莎白-简的母亲无意中提到女儿心爱的人的行动,姑娘就会递给她一个眼色,请她住口;而她的丈夫则会说:"怎么——你,也是,我的敌人?"

---

① 这是穿苏格兰短裙(男服)时插在袜子口上的一种小刀。此处暗指苏格兰和英格兰两种武器的交锋。
② 柏勒洛丰为希腊神话里的英雄,格劳科斯之子,因遭众神忌恨,愤而避开人迹,四处飘零,在孤独忧郁中度过晚年。

十八

终于发生了一件令人震惊的事,而伊丽莎白-简已经预料到有些时候了,这恰如车厢里的乘客预见到即将遇到横在大路上的沟壑会带来颠簸一样。

她母亲病了——病得很重,出不了房门。亨察德除了偶尔发一阵脾气,对她一直很好,立刻延请了最富最忙也是他认为最好的大夫。到了就寝的时候,他们通宵点着灯。一两天之内她病情好转了。

伊丽莎白-简整夜未眠,在第二天的早晨没有出来吃早餐。亨察德独自一人坐在那儿。他突然看见从泽西寄给他的一封信,不觉大吃一惊;信上的笔迹他是极其熟悉的,而他一点也没有想到,会再次看到这种笔迹。他把信拿在手中,看着它,仿佛在看一幅画、一个幻影、一连串过去表演的场景;然后他看起信来,仿佛看一个不出意料无关紧要的结尾。

写信的人说,既然他已再婚,她现在终于悟出,他们之间再继续通信是万万不可能了。她不得不承认,像这样一次破镜重圆,是摆在他面前唯一的康庄大道。"故此,经过冷静的思考,"她接着说,"虽然你让我陷入进退两难的困境,我还是完全原谅你,因为我记得,在我们不明智的交往之前,你对我毫无隐瞒;而且你确实以你那种严酷的方式告诉我,和你发生亲密关系的确存在危险,虽然在你的妻子那方面音信杳然已达十五六年之久,这种危险性看来微乎其微。因此我把整个这件事情看做是我自己的命运不济,而不是你的过错。

因此,迈可,我在感情炽烈的时候,一天又一天地给你写信,纠缠你不放,我必须要请你对此宽大为怀。当时我给你写那些信,正是我认为你对我态度冷酷的时候。可是现在,我对你当时的处境了解得更加详尽了,所以我感到,我从前对你的指责是多么地不为他人着想。

现在,我相信你会看得出来,要我将来还有可能得到什么幸福,必须有一个条件,这就是我们过去生活中的那段关系,在这座小岛以外的任何地方都要保密。我知道你不会说到它,而且我相信你也不会写到它。应提到还有一件事须加提防:我写的东西,或者属于我的一些零零碎碎的东西,绝不可由于粗心或者健忘而留在你手里。为此,我愿请求你把所有可能还留在你那儿的这类东西,特别是我最初在感情恣意放纵的时候写的那些信,归还给我。

为了治疗我的创伤,你寄来一笔数目可观的款子,我为此对你衷心感谢。

我现在要去布里斯托,看望我唯一的亲戚。她很富,我希望能为我做些什么。我回来的路上要经过卡斯特桥和蓓口,再从那里改乘班轮。你能带着那些信和其他种种零碎东西来和我见见面吗?星期三下午五点半,我乘坐的马车要在羚羊饭店换马;到时我会披一件佩兹利披巾①,当中是红色的,便于你找到我。我希望这样安排来收到这些东西,而不是把它们寄来。我至今仍然是你的朋友,

　　　　　　　　　　　　　　　　　　露塞塔"

亨察德喘着粗气。"可怜的人儿呀——你要是不曾认识我该多好!我凭着我的心与灵发誓,如果我给丢在了能够允许和你结婚的境地,我就应该这样做——我的的确确应该这样做!"

---

① 一种带花柔软毛织披巾。

当然,他心里想到的意外情况,是亨察德太太去世。

他按照露塞塔的请求,把她的那些信封存起来,搁在一边,等待她约定的日子。这个亲手归还书信的计划,显然是这位年轻女士所耍的一个小小的花招,好借此和他就过去的事情交谈一言半语。他本来不大愿意去见她,不过他认为到现在为止同意这样做也不可能有多大害处,于是他还是在黄昏时分去了,站在马车票房对面。

晚上冷凄凄的,马车到迟了。换马的时候,亨察德横穿街道走向马车;但是车内车外都没有露塞塔。他断定一定是发生了什么事使她改变了自己的安排,于是就抛开这件事回家了,心里并无如释重负之感。

在此期间亨察德太太显然是越来越虚弱了。她再也不能走出屋门。有一天,她思虑了很久,这似乎使她更加消沉,然后她说她想写点东西。他们在她床上放了一张小桌,上面有笔和纸,按照她的请求,只留下她一个人。她写了一小会儿,小心翼翼地把她的那张纸折起来,叫伊丽莎白-简拿来一支细蜡烛和火漆,然后仍然不让别人帮助,把那张纸用火漆封好,写上收件人,并且把它锁在自己的桌子里。她写的收件人是这样一些字:

> 迈可·亨察德先生。在伊丽莎白-简结婚日之前请勿开启。

伊丽莎白-简一个晚上又一个晚上尽力支撑,坐守在她母亲的身边。要学会认真地对待宇宙万物,没有什么办法比守候更快的了——这正是乡下所说的"守夜人"。在最后一个酒鬼已经走过去而第一只麻雀还没有抖动翅羽的这一段时间,除了偶尔有更夫的声音以外,卡斯特桥一片沉寂。在伊丽莎白的耳朵里,打破这片沉寂的只有卧房里的时钟和楼梯口的大钟相互应和,发狂般地滴滴答答作响,这声音越来越重,后来竟变得像是当当的锣声。在整个这段时间里,这个心灵精细的姑娘都在自问:为什么要生下她来呢,她为什么要坐在一个屋子里,眼睛时睁时闭地看着蜡烛呢,为什么她周围的东西是目前的形象,而不是别种可能的形象呢。这些东西为什么都绝望地注视着她,像是在等待一个什么魔杖来碰一下,好把它们从尘世的束缚中解救出来;这个名为意识的杂乱无章的一团,在这一霎时像有一个陀螺在她心里猛烈旋转,它要转到哪里去,又是怎样转起来的呢。她的眼睛完全闭上了;她醒着,可是昏昏沉沉。

她母亲说了句话,把她惊醒了。亨察德太太突如其来地,像是紧接着正在她心里展现的一幕场景,没头没脑地说:"你还记得吗,那次送给你和法夫瑞先生的纸条——要你们到杜诺沃农庄去见一个什么人——你们以为是有人开玩笑捉弄你们吗?"

"记得。"

"那不是捉弄你们——那样做是要把你们凑到一块儿,是我干的。"

"干吗?"伊丽莎白-简吃了一惊。

"我——想让你嫁给法夫瑞先生。"

"噢,妈妈!"伊丽莎白-简低下头来,低得像是快要埋进自己怀里了。可是她母亲并没有接着说下去,于是她问:"有什么理由呢?"

"嗯,我当然有理由呀。总有一天你会明白的。我多么希望能在我活着的时候办成这件事啊!可是,唉——什么事也不能让你称心如意!亨察德恨他。"

"也许他们还会变成朋友的。"姑娘嘟囔着说。

"我不知道——我不知道。"说完这句话,她母亲不再说话,然后睡着了;她对这件事再没说什么。

稍稍不久以后,法夫瑞在一个星期日上午走过亨察德的住宅,这时看到护窗板都关着。他轻轻地拉了一下门铃,因此门铃只是大声地响了一下,然后又轻轻响了一下;于是有人告诉他:亨察德太太去世了——刚刚去世——就在这个钟点。

他经过市水泵的时候,有一小伙老居民聚在那儿。他们像现在这样一有闲空就到那里去打水,因为这个源头水比他们自己家里的井水纯净。考克松太太带着她那个水罐,已经在那里站了不知多久,正在把从护士嘴里听来的亨察德太太去世的事情,一五一十地讲给大家听。

"她白得像大理石一样,"考克松太太说,"也是个肯花心思的人——啊,可怜的人儿——管它啥鸡毛蒜皮的事情,凡事要照管的,她都顾到了。'是呀,'她说,'我走的时候,等我咽了最后一口气,你在后屋靠窗的那个柜子最上面的抽屉里看看,就可以找到我所有的寿衣了,一床法兰绒毯——那是铺在我身子底下的,还有一小块,是枕在头底下的;还有那双新袜子,要穿在我脚上——袜子叠好了的,就在那旁边放着,还有我所有别的东西。还有四个重一盎司的便士①,这是我能找到的分量最重的便士了,都扎在亚麻布包里;当做压眼钱②——两个压在我右眼上,两个压在我左眼上,'她这么说,'等你把它们用来压在我眼睛上,我的眼睛再也不睁开了,你就把这几个便士埋了,我的好人哪,你不要再花这几个便士了,我不愿意那样。把我抬出去以后,马上就把窗户都打开,你要尽量弄得让伊丽莎白-简高兴一些。'"

"唉,可怜的心肝宝贝呀!"

"是呀,玛瑟么办了,还把那几个一盎司重的便士埋在花园里了。可是,看你信不信吧,那个家伙——克瑞斯托弗·柯尼去把那几个便士挖出来,到三水手客店去花掉了。'说真的,'他说,'为啥要让死人抢走活人的四个便士呢?死人算不上什么好议论

---

① 英国旧时有些钱币是为私人做买卖而铸造,分量一般较国家铸币厂正式铸造的钱币重。

② 英国旧时风俗,人死后用钱压在死者眼睛上使之瞑目。

的,不值得俺们敬重到那份儿上。'他这么说。"

"这真是吃人生番的行为!"听她讲话的人也表示反感。

"天哪,这种钱俺可不会要,"所罗门·朗威斯说,"俺今天说这个话,今天是礼拜天早晨,就这个时候,就是给俺一个六便士的银币,俺也不会说没有良心的话。俺看不出这么办有什么害处。尊敬死人是合神道的;俺不会卖死人骷髅——至少是可尊敬的死人骷髅——拿去解剖,除非俺失了业。可是钱币金贵,嗓子眼又干。干吗应该让死人抢走活人的四便士呢?依俺说,这么干没有什么大不了的罪过。"

"唉,可怜的人儿呀;她现在也没办法挡住这件事,也挡不住别的事啦,"考克松大妈回答,"她那些锃亮的钥匙都得给下走啦,她那些橱柜都得给打开啦;她那些不愿让人看见的小玩意儿,都会给人看见啦;她那些希望,她那些做法,全都会是一场空啦!"

十九

亨察德和伊丽莎白-简坐在炉火边交谈。时隔亨察德太太的葬礼三个星期,室内没有点蜡烛,悬在煤火上面的火苗花演杂耍似的不停跳跃忽闪,使一切能够反光的形体——有镀金柱子和巨大顶盘的老式穿衣镜、画框、各式各样的球形把手和把柄、壁炉架两边每根拉铃丝带头上的那个玫瑰花形铜饰,都在屋子四周阴暗的墙壁上绽开笑容。

"伊丽莎白,你对过去的日子想得很多吗?"亨察德问。

"嗯,先生,常想。"她说。

"谁让你想得最真切呢?"

"妈妈和爸爸——几乎没有别人。"

亨察德每逢听到伊丽莎白-简把瑞查德·牛森称做"爸爸"的时候,总像是个拼力忍住痛苦的人。"唉,我是不算在内的,是不是?"他说,"牛森是个慈爱的爸爸吗?"

"是的,先生,非常慈爱。"

亨察德的脸上罩上了一股呆滞落寞的神情,随后又慢慢变得比较缓和一些了。"假设我是你的亲爸爸,你会像爱瑞查德·牛森一样一直爱我吗?"

"我没法那样想,"她很快回答,"除了我爸爸以外,我没法把别人想成我爸爸。"

亨察德的妻子和他生分是因为她去世了;他的朋友和帮手法夫瑞和他是因为意见不和;伊丽莎白-简则是因为不明真情。在他看来,他们这三个人之中好像只有一个可以挽回,那就是这个姑娘。他想向她揭开自己的身份,又想还是听其自然吧。他的心神在这两种想法中间摇摆不定,终于弄得他坐不安席了。他踱来踱去,后来走过来,站在她的椅子背后,低头看着她的头顶。他再也克制不住自己的冲动。"你妈妈怎么跟你谈到我——我的身世的?"他问。

"说你是我们的姻亲。"

"在你见到我以前,她要是多告诉你一些就好了!那么我的任务也就不会这样困难了……伊丽莎白,你的爸爸是我,不是瑞查德·牛森。只是因为怕丢脸,你那可怜的爸爸妈妈在他们两个人全都活着的时候才没有把这件事告诉你。"

伊丽莎白的后脑勺一直一动不动,她的肩头甚至连呼吸的动作都没有显出来。亨察德继续说:"我宁愿让你轻蔑,害怕,什么都行,就是不愿意让你不明真情;俺厌恶的就是这个!你妈妈和我年轻的时候就是夫妻俩。你见到的是我们第二次结婚。你妈妈太老实了。我们彼此都一致以为对方死了——于是——牛森成了她的丈夫。"

这是最接近亨察德所能讲出的整个事实真相的话了。从他本人来说,他本来不愿掩藏任何事情,但是他得不愧为一个改好了的男人,对这个年轻姑娘的性别和年龄,要显出尊重。

他继续说了许多详情,她过去生活中一连串细枝末节、未加注意的事情,都出人意料地证实了他说的情况。简单一句话,她相信他讲的都是真的,这时她变得十分焦躁,于是转过身来,把脸扑在桌子上哭了起来。

"别哭——别哭呀!"他满怀强烈的怜悯说,"我没法忍受这个,我受不了这个。我是你的爸爸;你干吗哭呢?我看着,就是那么可怕,那么可恨? 不要拗着我嘛,伊丽莎白!"他一边喊一边抓起她那湿漉漉的手,"不要拗着我——我固然一度是个酒鬼,对你妈妈也很粗暴——可是我对你一定要比他过去对你还更加慈爱!只要你把我看做你爸爸,我什么都愿意干!"

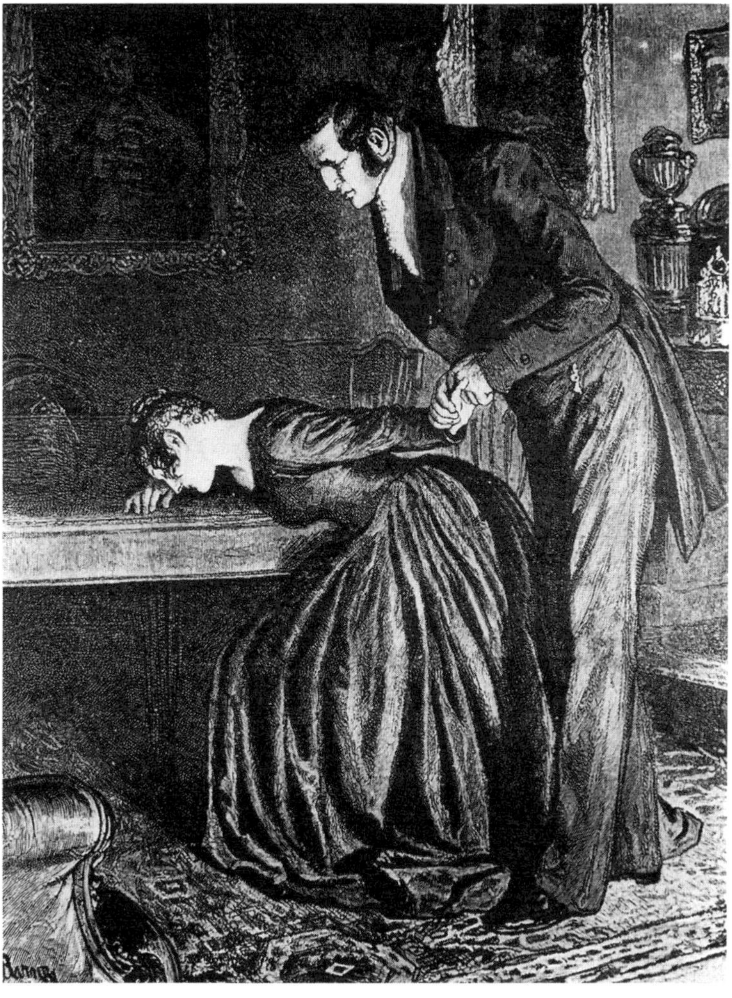

她试图站起来,完全信任地和他面面相对;但是她不能,她在他面前感到惊慌,正像约瑟的弟兄们听到约瑟的宣告①时一样。

"我并不要你突然一下就转到我这边来。"他说话时身体不断抽搐,像一株大树在风中抖动,"不,伊丽莎白,我不要那样。我这就走,等到明天再见你,或者等到你愿意见我的时候;那时候俺再给你看一些文件,证明我说的这些话。好啦,我走啦,不再打扰你啦……我的女儿,是俺给你起的名儿;你妈妈本来是想让你叫苏珊的。可别忘了,是俺给你起了你这个名儿!"他走出门外,轻轻地关上门,让她待在里边;她听到他往花园里去了。可是他并没有去。她还一动也没动,也还没来得及摆脱他吐露的那些话对她的影响,他又进来了。

"再说一句,伊丽莎白,"他说,"你现在要姓我的姓了吧,嗯?你妈妈以前反对这样做,可是这样做会让我感到高兴得多。你知道,按照法律来说,这就是你的姓,可是,谁也不需要知道那些事。你可以姓这个姓,好像是自己选择的。我要和我的律师谈谈——我还不大知道法律究竟是怎么说的;可是你愿意这样做吗——让我在报纸上登上几行,说你现在该姓这个姓?"

"如果这就是我的姓,那我就一定要姓这个姓,难道不应该这样吗?"

"好呀,好呀。每件事在这种情况下就得按照通常的习惯办。"

"我很奇怪,为什么妈妈不希望这样做?"

"啊,这个可怜的人儿有那么些奇奇怪怪的念头。好,找张纸来吧,我来告诉你,你就把我说的记下来。可是我们先点上

---

① 雅各的儿子约瑟年轻遭哥哥忌恨,被他们暗暗卖给商人,后又转卖给埃及法老的内臣。法老后来任命约瑟治理全埃及,存粮备荒,拯救埃及免于饥饿,雅各派约瑟众兄弟到埃及向约瑟借粮,约瑟宣告自己的来历,众兄弟在他面前极为惶恐无言以对。事见《圣经·旧约·创世记》第37—45章。

灯吧。"

"就着炉火的亮光,我能看得见,"她回答,"是的——我倒愿意这样。"

"很好。"

她找到一张纸,伏在壁炉的拦板上,他说什么,她就写什么。这些话显然都是他从广告或者别的什么东西上背下来的,意思是说,她,写这个声明的人,以前名叫伊丽莎白-简·牛森,今后改名为伊丽莎白-简·亨察德。声明写完,封好,然后写上卡斯特桥记事报社的地址。

"好啦,"亨察德心满意足,喜气洋洋地说,每逢他办成了想办的事,总是这样得意洋洋——不过这一次因为有爱心柔情而表现得更温和一些——"我到楼上去找找文件,给你证明所有这一切。不过我现在不愿意用这些东西来打扰你了,等明天再说吧。晚安,我的伊丽莎白-简!"

这个给弄得晕头转向的姑娘还没来得及弄清楚所有这一切事情的含义,或者使自己那种亲子意识①调整到适应这个新的重心,他就走了。她很感激他让她这一晚上自己一个人待着,于是坐到壁炉跟前。她坐在那里一直一声不响,然后哭了起来——现在不是哭她妈妈,而是哭那个和蔼亲切的水手瑞查德·牛森,她好像做了一件对不起他的事情。

与此同时亨察德已经上楼去了。家务性的文件,他都放在自己卧室的一个抽屉里,于是他打开它的锁。他还未动手翻找这些文件以前,先仰面躺在椅子背上,悠闲自在地思考起来。伊丽莎白终于是他的了,而且她又是这样一个通情达理、心地善良的姑娘,所以她一定会喜欢他的。他是这样一种人,差不多总是必须要有一个人作为他倾注热情的对象,不论这种热情是出自动情还是出

---

① 原文 filial sense,直译应为子代意识。

于动怒。他妻子活着的时候,他心里一直就强烈渴望重建这种人类最亲切温柔的联系,而现在他已经毫不勉强、毫无畏惧地沉浸在这种感情之中了。他重新俯身在抽屉上,开始搜寻起来。

他妻子小书桌里的东西,已经和其他各种文件放在一起,钥匙已经按照她的请求交给他了。这里就有写给他的那封信,上面还附了一条限制:"在伊丽莎白-简婚礼之日前请勿开启。"

亨察德太太虽然比她丈夫有耐心一些,可是无论做什么事情都不很干练。她按照老式的办法,不用信封,只是把那张纸折叠起来,在加封的时候,把一大块火漆倒在接缝的地方,可没有把底下粘牢,封漆裂开了口,信打开了。亨察德没有什么理由要把这条限制看做事关重大,而且他对他亡妻的感觉也并非属于非常尊重的那种性质。"我想,这又是可怜的苏珊耍的什么小玩意儿。"他说;于是他无所谓地随意把这封信浏览了一番:

> 我亲爱的迈可:为了对我们三个人都有好处,有一件事我一直到现在都对你保守了秘密。我希望你能理解这是为什么。我想你会,虽然你大概不会原谅我。不过,亲爱的迈可,我一直都是尽力把它朝最好处去做。等你读到这封信的时候,我已经在坟墓里,伊丽莎白-简也会有个家了。迈克,请不要骂我——请想象我那时的处境吧。我简直没法写出来,可是事情是这样的。这个伊丽莎白-简不是你那个伊丽莎白-简——你卖掉我的时候我抱在怀里的那个孩子。不是,她在那以后三个月就死了;这个活着的孩子是我另一个丈夫的孩子,我把我们给第一个孩子起的名字给了她,这样她就填补了我失去了另一个孩子而感到的伤痛。迈可,我就要死了,我要是闭口不言就好了;可是我不能。至于是不是把这件事告诉她的丈夫,就由你去裁断吧。如果你能够的话,请原谅一个你曾经严重错待过的女人吧,就像她原谅你一样。
>
> 苏珊·亨察德

她丈夫把这张纸看得就像是一个玻璃窗,透过它可以看到几英里以外的地方。他嘴唇抽搐着,而且好像是在缩紧自己的身体,以便更好地忍受这种负担。他一向的习惯是不去思考命运对他是否严酷,在遭受痛苦的时候,他的想法仅是阴沉的愤恨:"我都知道,我就是受苦的命。""那么这场大灾大难不就是冲着我来的吗?"可是现在,在他情涛澎湃的脑海里翻腾的是这样一种想法:这霹雳一声揭开真相,正是他罪有应得。

他妻子极不愿意让这个姑娘从姓牛森改为姓亨察德,现在是真相大白了。这件事又提供了一个例证,说明她在其他许多事情上所共有的特点,就是寓诚实于不诚实。

他身心交瘁,茫然无措地在那儿待了几个钟头;后来他突然说:"啊——我怀疑这是不是真的!"

他猛的一下跳起来,踢掉脚上的鞋,端起一支蜡烛走到伊丽莎白-简的屋门口,把耳朵贴在钥匙孔上仔细听。她呼吸深沉。亨察德轻轻地转动把手,走进屋里,遮住烛光,走近床边。他从幔帐后面逐渐把蜡烛移过来,端到让它斜照在她脸上,好不晃她的眼睛。他死死盯着端详她的相貌。

她的脸浅淡,而他的深黑。不过这还只是一个无关紧要的开始。一个人在睡觉的时候,那些掩藏不露的种种的遗传真相、先辈的轮廓、逝者的品性都浮现到表面上来,而在白天生动活泼变化流转当中,这些都给遮盖、淹没了。现在这个年轻姑娘像一尊雕像似的安睡的面目,分毫不爽地反映出瑞查德·牛森的。他受不了她的这个样子,急急忙忙地走开了。

苦难教给他没有别的,只有以忍耐相抗。他妻子已经死了,他第一个复仇的冲动,因为想到她已经是他力所不能及的,于是就打消了。他注视着外面的黑夜,就像在注视一个魔鬼。亨察德和所有他这类人一样,还很迷信,他不能不想,今天晚上发生的一连串事件,是一心想惩罚他的某个恶煞施展的诡计。不过它们又进展得很自然。如果他没有把自己过去的历史透露给伊丽莎白,他就不会到抽屉里去找那些文件,如此等等。捉弄人的地方是他刚刚开导一个姑娘,说她有权利得到他作为父亲的庇荫,就立刻发现,她和他并无血缘关系。

事情演变到这样令人啼笑皆非,就像有个熟悉的家伙对他耍了个调皮的把戏,使他大为恼怒。正如约翰神父①一样,他的餐桌刚刚摆放好,女面鸟身的地狱魔鬼就把饭菜抢走了。他走出家来,闷闷不乐地沿着石铺路往前走,一直走到主大街尽头的桥边。这里有一条河蜿蜒流过市区的东北角,他就走上了这条河边的一条小路。

这些地区体现了卡斯特桥生活中许多悲惨的方面,正如南部的那些林荫道体现了它欢快的氛围。整个这一路也不见阳光,即使是夏天;春天,别的地方都洋溢着暖流,白霜却在这里流连不去;而冬天,这里则成为一年里各式各样病痛、风湿和折磨人的痉挛滋生的渊薮。如果没有东北这边的风土组合,卡斯特桥的医生一定都会由于缺乏足够的脂膏而形销骨立了。

这条河——缓慢、无声而又幽暗——卡斯特桥的黑水潭②——在一座不高的峭壁下流过。河流和峭壁一起形成了一道防线,于是这一面就不需要城墙和人造围子了。这里有座方济各会③小修道院的遗迹,还有附属于它的一座磨坊,河水通过闸门,呼啸而下,声音凄凉。在河那边峭壁上面耸立着一排房屋,房屋前

---

① 传说约翰神父是世上最大的富豪,因为想把天堂霸为己有而遭到天神的惩罚,他面前摆有一桌丰盛的宴席,但每当他要吃的时候,魔鬼就把桌上的饭菜全部卷走,他因而饿死。事见意大利诗人阿里奥斯托(1474—1533)的《疯狂的罗兰》和古罗马诗人维吉尔(公元前70—公元前19)的《埃涅阿斯纪》。
② 芙仑姆河的这一段名黑水潭,原文为德文 Schwarz wasser,据丹但尼斯·凯-罗宾逊的《对哈代的威塞克斯重新鉴定》(1972),哈代这处所描述的监狱的原型,在河的上游。
③ 方济各会为十三世纪圣方济在意大利阿西西所创立的天主教派。

面耸立着一座方形的大高台子,界天而立,就像一个没树雕像的基座。这个缺少的形象,其实就是一具人的尸体,没有它,这项设计就不完整了:因为这座方台子就是安放绞刑架的底座,背后那一大排房屋是本郡的监狱。亨察德现在踩着的草地,是乱七八糟的人群惯常聚会的地方,每逢执行绞刑的时候,他们就面对拦水坝的呼啸声,站在那里观看行刑的景象。

幽暗大大增强了这个地区阴森愁惨的气氛,给亨察德的印象是他事先没有料到的。对他来说,这个地方同他的家里所显出来的那种阴郁完全一致。他无法忍受这些印象、景物和提示。这种气氛使他从怒火中烧变成了抑郁忧伤,于是他大声喊:"什么鬼让我上这儿来了?"他继续向前走,经过一所小房子,本地那个老绞刑吏在这所房子住过,后来死在那里。此前的时代,这种行当在全英格兰是由唯一一位绅士垄断的。后来他沿着一条很陡的小道儿走进了市区。

那天夜里,由于极度失望,他所遭受的痛苦令人对他实在是要心生怜悯的。他就像一个半昏厥的人,既不能苏醒过来,又不会完全昏过去。他在口头上可以责怪他妻子,可是在内心里又不能。因为如果他遵照她在信外面所写的明智的指示办事,他本来可以长期,——很可能永远,不会遭受这种痛苦,因为伊丽莎白-简看来并未表现出任何意向,要摆脱她现在这种安稳幽闭的闺中生活,而去踏上结婚成家那种不无风险的道路。

度过了这一个不安之夜,清晨终于到来,而同时而来的是需要制订一项计划。他这个人过于固执己见,决不肯从一个阵地上退却,特别是在那种会招来羞辱的情况之下。他既然已经断言她是他的女儿,那么不管这是怎样的弄虚作假,她也应该永远认为自己是他的女儿。

但是,在这种新境况中怎样走出第一步,他还准备得尚欠周全。他一走进早餐室,伊丽莎白-简就开诚信任地迎上前来,挽住他的胳臂。

"我整个一晚上把这件事想了又想,"她率真地说,"我明白所有的一定都是像你所说的那样。我现在就要拿你当做你本来就是的爸爸来对待,再也不叫你亨察德先生了。现在这件事对我来说是这样的清楚明白。的确,爸爸,就是这样。当然,如果我只是你的继女,你就不会待我那样好,连一半也不会的,不会完全听凭我愿意怎么干就怎么干,也不会给我买那么多礼物!他——牛森先生——我可怜的妈妈犯了那样一次莫名奇妙的差错,嫁给了他!(亨察德这时很高兴,他已经把这段事掩饰起来了。)很是慈爱——啊,那样慈爱!(她眼里含着泪说。)可是,真正的爸爸,那可到底不是一回事。好,爸爸,早饭备好了!"她高高兴兴地说。

亨察德俯身亲了亲她的脸。多少星期以来,他一直满怀愉快激动的心情,早就描绘出这样一副样子;然而,现在它终于到来,却令人难受地乏味。他和她母亲离而复合,主要是为了这个姑娘的关系,而这整个运筹策划的结果,却是像这样地灰飞烟灭。

二十

一个女孩子所遇到过的所有困惑不解之事当中,简直从来都没有哪一件像亨察德宣称自己为伊丽莎白之父接踵而来的那种事情的了。他做这件事的时候,热烈而又激动,那的确还只表达了他对她的情爱的一半;可是,你看,他从第二天早晨往后,态度就拘谨起来,这是她以前从来没有见过的。

冷淡突然变成了公开呵斥。伊丽莎白有难以容忍的弱点,就是偶尔爱俏皮生动地用点方言土语里的词汇,而真正的上流社会则视之为粗野的标记。

一天吃晚饭的时候——除了吃饭,他们从不见面——他刚要离开饭桌,她想让他看一件什么东西,无意之中说道:"你能不能呆你那儿一会儿,爸爸,我去拿给你看。"

"'呆你那儿①,'"他尖刻地学着她的话说,"俺的老天呀,难道你只配去给猪槽倒泔水,居然用起这种字眼来?"

她羞愧难当满脸通红。

"我的意思是'在那儿再坐一会儿',爸爸,"她低声下气地说,"我本来应该更加小心留神才对。"

他不作回答走出了餐厅。

这种严厉的斥责,对她并没有白费,于是不久她终于做到能够不说"中了",而是说"成了";她不再说"大马蜂"而是说"野蜂";

---

① 原文 bade,其实为古英语中词汇,正如汉语方言中常保留古汉语词语。哈代所用多塞特方言中,也有类似情况。其实亨察德说话也常带土话,尤其在用人称代词时。

不再说青年男女"一块儿溜达",而是说"订婚了",她开始把"洋水仙"叫做"野风信子";她没有睡着觉,第二天早上对仆人不用俏皮话说她给"巫婆魇住了",而是说"受消化不良之苦"①。

不过,这些进步多少总有些使这个故事超前之嫌。亨察德本人并没受过什么教育,可是对于这个并无过错的姑娘可能出现的些许闪失,也要批评得体无完肤,——这些闪失真是微不足道,因为她已经在博览群书了。在她的字迹方面,还有一场莫名其妙的严峻折磨在等着她。一天傍晚,她走过餐厅的门前,忽然想起进去取点东西。她打开门才知道,市长正在那里和一个人谈生意。

"来,伊丽莎白-简,"他转过身周身打量着她说:"就按我告诉你的记下来——几个字的一份协议,要我和这位先生在上面签的。耍笔杆子我不在行。"

"真该死,俺也一样。"那位先生说。

她拿出吸墨纸、纸张、墨水,然后坐下。

"现在写吧:'本协议定于十月十六日'——先把这些写下来。"

她开始用笔在纸上着力地写起来。这是她独出心裁的一种浑圆雄劲的字体,在最近这些年月,女人写这种字体,人们会说真不愧为米涅娃②的手笔。但是在那当场却受另外意见支配:亨察德的信条是,正派的年轻姑娘,应当写闺秀体③——不仅如此,他还认为,写又细又密的小字也同性别本身一样,是高尚文雅的女性美德中与生俱来、不可分割的一部分。伊丽莎白-简写的不是像艾达公主④那样——

---

① 此为当时英国上流淑女失眠后常用语。
② 米涅娃为罗马神话中司才智的女神,又与希腊神话中司才智与战争的女神雅典娜合二为一,因而她也是有男人气概的妇女的保护神。
③ 指那种笔画纤细、整体倾斜向右方的字体。
④ 艾达为英国桂冠诗人丁尼生(1809—1892)的长诗《公主》(1847)中的女主人公,这两行诗句即引自该诗。但哈代此处有误。原诗叙述一个追求艾达的求婚者男扮女装,混入她所创办的女子大学,以便接近她,并学女性字体给她写信。哈代所引的这两行诗是描述那个求婚者假冒的字体,而不是描述艾达的字体。

用这样一种字体宛如一片小麦
在咆哮的东风面前都一一垂下了穗子,

而是写出了一行字字相连、粗大沉重的字体,这时她让他恼羞成怒,满脸通红,用专横的口吻说:"不用你管了——我会把它写完。"当场就这样把她打发走了。

她那体贴周到的性情,现在也成了使她倒霉的陷阱。必须承认,她有时喜欢自己揽上一些体力劳动,这样做有时会惹起麻烦,而且也没有必要。她常要自己跑到厨房去,而不愿拉铃,"别让菲比又往楼上跑一次。"猫把煤斗弄翻了,她就拿起煤铲,自己跪在地上收拾;不仅如此,客厅女仆做了每一件事她都一定要道谢,直到后来有一天女仆刚一走出客厅,亨察德就突然发作起来:"老天,你干吗老是不停地向这个丫头道谢,好像她天生是个仙女似的!难道俺不是每年付她十二镑来给你干活儿的?"伊丽莎白让这一阵叫嚷吓得缩作一团,以至只过了一会儿他又变成抱歉,并且说他并不是有意要这样粗暴。

家庭生活中的这些表现,只是冰山一角,不过是略微暗示在下面有东西而已,谈不上尽显无遗。对她来说,他大发雷霆还不像他冷若冰霜那样可怕。这种越来越经常出现的冷淡态度,传给她的是这样一种可悲的信息:他讨厌她,而且越来越讨厌。她现在可以运用,而且以她的聪明才智也的确运用了那种使人温柔和悦的感化力量,在这种力量的影响下,她的仪容和举止越来越引人注意,然而她却和他越来越疏远。有时她突然瞧见他用一种恶狠狠的厌恶眼光盯着她,觉得简直难以忍受。她改姓了他的姓,反而破天荒第一次激起了他的敌意,而她对他内心的秘密又一无所知,这真是一种残酷的捉弄。

但是,最可怕的折磨即将到来。伊丽莎白近来惯于在下午拿着一杯苹果酒或啤酒,再加上一点干酪和面包,送给在院子里打草绳的南斯·莫克瑞治。起初南斯接受这些东西心存感谢,后来则视做当然。一天,亨察德在那些房子上面,看到他的继女为了这件事进了干草库;那里没有一块干净的地方可以放那些吃食,她立即动手收拾,把两捆草拼起来当桌子,而莫克瑞治这时却站在一旁,她的两手叉在后臀上,安安逸逸地看着她给自己收拾。

"伊丽莎白,到这儿来!"亨察德说。于是她听从了。

"你,怎么竟浑得这样自轻自贱?"他强压怒火说道,"俺不是告诉过你都有五十次了吗?嗯?让自己当苦力,侍候像她这样品性的粗下女工!哼,你给俺丢人现眼算是到了家了!"

这些话说的声音高得让仓库门里边的南斯听见了,对这种对自己人格的侮辱马上就发起火来。她走到仓库门口,不顾一切地大喊:"提到这种事呀,麦克·亨察德先生,俺能让你知道,她侍候过的比这还差的呢!"

"那必定是她太慈善不明理。"亨察德说。

"噢,才不呢,她可不是那样。那不是慈善,是挣钱;还是在本城一家客栈呢!"

"这是瞎说!"亨察德气愤地大喝一声。

"你问问她吧。"南斯一边说,一边把两条光膀子那么一叉,可以随随便便就抓到自己的胳臂肘。

亨察德对伊丽莎白-简看了一眼,她这时因为无处可藏而窘得脸上红一阵白一阵,几乎完全失去了本来的颜色。"这是什么意思?"他问她,"有这么回事儿,还是没有?"

"这是真的,"伊丽莎白-简说,"不过那只是——"

"你干过,还是没干过?是在哪儿?"

"在三水手,一天晚上,只一小会儿,我们住在那儿的时候。"

南斯扬扬得意地看了亨察德一眼,摇头晃脑神气活现地走进了库房;因为她以为她马上就要给开除了,所以下定决心要扩大战果。然而,亨察德根本没说要开除她的事。由于自己过去的历史,他对这种问题过分敏感;看他的神色是完全让这最严重的侮辱打击得一败涂地了。伊丽莎白像一个罪犯似的跟着他走回屋里;可是她一进到里面就看不见他了。而且那一天她再也没有见到他。

这件事他虽然以前连听都没听见过,可是他深信它必定对他在当地的声誉和地位造成了严重的损害,因此每逢他碰到这个并非他亲生女儿的时候,都流露出一股厌恶她在自己面前的神情。他大多是到市内两家首要的旅馆当中一座的交易室里去,和那些农夫一起吃饭,留下她一个人冷冷清清。要是他能看到她是怎样利用这些静寂时刻的,他也许早会找到理由,改变他对她素质的判断了。她孜孜不倦地读书,记笔记,刻苦勤奋掌握种种事实,在自己定下的任务面前,从不畏缩。她住的这个城市有古罗马的特点,这又激励她开始学起拉丁文来。这些教科书中,有许多地方莫名其妙地晦涩难懂,使她感到相当困惑,有时不禁泪湿桃腮,这时她就会自言自语:"如果说我孤陋寡闻,这绝不是我自己的过错。"

她就这样生活下去,一个人默默无言,感情深藏不露,睁大眼睛注视着众人,不为周围任何一个人理解,以一种坚忍的耐性压抑着自己对法夫瑞初萌的情怀,因为这好像只是单相思,不合闺范,也不明智。真的,自从法夫瑞给解雇以后,出于她自己内心最清楚的种种理由,她搬出了后排那个可以俯视后院的自己那几间屋子(她曾经怀着那么炽热的兴趣住在那儿),搬进可以鸟瞰大街的一个前排居室;可是那个年轻人走过这所房子的时候,却很少,或者说从不转过头来。

差不多就要到冬天了,天气变幻无常,她只好更多地依靠种种室内的消遣。但是在卡斯特桥也有一些初冬的日子——那种西南方向袭来的狂风暴雨过后天青气爽的日子,——这时如果阳光普照,空气就像天鹅绒一般。她抓紧这样的时光,按期去探访她母亲安葬的地方——那座古罗马—不列颠城市沿用至今的墓地。这块地方特异的地形,使它始终不断成为埋葬死者的茔地。亨察德太太的骨殖同许多男男女女的骨殖混杂相处,那些女人躺在坟墓里,头上插着玻璃发簪,颈上带着琥珀项链,男人则在口中含着哈德良、波斯鸠摩斯和康斯坦丁①的钱币。

上午十点半左右,就是她去探访这个地方的时间,这时市内的林荫道上,正如卡纳克②的林荫道上空无一人。自从经营交易使经过这些地方进入它那每天的隐蔽所在,还有长时间闲暇悠游还没有到来。就这样伊丽莎白-简是一边走路,一边看书;或者眼睛离开书本,想着心事,就这样,来到了教堂墓地。

在这里,她快走到母亲坟墓的时候,看到一个孤独的黑色人影,站在石子路的中间。这个人影也正在念着,不是从书上;使这个人影全神贯注的字句是刻在亨察德太太墓碑上的铭文。此人像她一样穿着丧服,大致是她这种年龄和身材,如果这位女士不是衣着比她漂亮得多,简直可以说是她的影子或鬼魂,而事实上这是一位穿着打扮比她更漂亮的女士。确实,比较而言不像伊丽莎白那样对穿着打扮不太在意,除非她一时心血来潮或是确有所图。可是这位女士的外表精致完美,抓住了她的目光。这位小姐也是步履柔韧,辗转腾挪之间,毫不僵硬呆板,这与其说是矫揉造作,还不如说早已是天性使然。一个人在外形上能够培养发展到了这样一种地步,这对伊丽莎白不啻是一种启示——是她从来没有想到的。她感觉到,有这样一个素不相识的人比肩而立,自己身上的清新和优雅立刻就给劫掠一空了。而且这也是不可回避的事实:伊丽莎白现在已经可以给描写作匀称端庄,而这位年轻女士则真是俊美俏丽。

如果她妒忌心强,她就会讨厌这个女人;可是她并不这样——她任凭自己感受销魂之乐。她弄不清这位女士来自何处。本地人走起路来通常大多是诚实质朴的人那种笨重实在的步子。周边一

---

① 波斯鸠摩斯,公元三世纪中叶企图篡夺罗马帝国,于二六七年被杀。康斯坦丁大帝(288—337),罗马皇帝。
② 指埃及尼罗河上游古代底比斯城,现已废毁。

带有两类服装式样,一类简单朴素,一种很不得体,即使她手中拿着的一本好像旅游手册之类的书并未提醒什么,也同样可以断言:此人不是卡斯特桥女人的样子。

这个陌生人此时从亨察德太太的墓碑那儿走开,拐过墙角,不见了。伊丽莎白自己走到了墓前,那儿有两个脚印,清清楚楚地印在土地里,表明那位女士在那儿曾经站了很长时间。她转身回家,一路上对刚才所见冥思浮想,宛如面对一道彩虹或者一片北极光,一只珍稀蝴蝶或一块玉石浮雕。

走出家门,许多事情都新鲜有趣,可是一回到家里,她糟糕的日子又来了。亨察德两年一届的市长任期眼看就要结束,已经有人给他透信,他不会选入长老议员的候补名单;而法夫瑞则大有可能成为市议会的一员。他本来就已经发现,她在他担任市长的这个城市里当过侍女,这件事则使他心中对这桩不幸发现的怨恨更加刻毒,他亲自查问早已知道,那时候原来是因为唐纳德·法夫瑞——那个忘恩负义的暴发户——才使她把自己弄得那样丢人现眼,虽然斯坦尼治太太似乎并未赋予这件事多少重大意义——三水手客店那些快快活活的人们也很早就把这件事的方方面面都议论穷尽了——只是亨察德骨子里的那种高傲,才把这件单纯是为了省钱的事,看得比一场社会大灾难都轻不了多少。

恰恰就从他妻子带着她女儿到达的那天晚上起,冥冥之中就一直有一些什么东西,改变了他的好运。亨察德和他那些朋友在王徽旅馆举行的那次晚宴,成了他的奥斯特里茨①:他从那以后还取得过一些成就,但是一直再也没有走上坡路。他不会像他原来料想的那样,列名长老议员——市民中的贵族。如今想起这件事,他的脾气就更加乖戾。

---

① 指拿破仑率领法军于一八○五年十二月二日在法国奥斯特里茨大败奥俄联军,向被视为其军威鼎盛的象征。

"呃,你上哪去了?"他随口用简洁的方式问了她一句。

"爸爸,我在步行街和教堂墓地走了一会儿,后来我觉得都瘪了。"她把手捂在嘴上,可是已经来不及了。

亨察德这一天碰到了种种烦恼的事情,这句话就足够点起他的怒火了。"我不准你这样说话!"他大发雷霆,"真是,'瘪了'。人家还以为你是刚在庄稼地里干活儿了呢!那天我听说你在酒店里打下手,现在又听到你说话像一个大老粗,我真气死了,要是再这样下去,这所房子里就再也容不下咱们俩啦。"

在这件事以后,要想还有一点愉快的心情去睡觉,就只有回忆她当天看见过的那位女士,并且希望还能够再见到她了。

与此同时,亨察德则一直没有睡觉,反复思索他因为忌妒而愚蠢地禁止法夫瑞追求这个并不属于他的姑娘,如果他当时允许他们继续下去,他本来可以不至于受到她的牵连。最后,他一下跳起来,走到写字台那里,美滋滋地自言自语:"啊!他会以为这是同他讲和,而且还有一笔嫁妆——不会想到,是我不愿意让她在我这个家里惹麻烦,而且根本没有嫁妆!"他写了这样一封信:

致法夫瑞先生

先生:经过考虑,我想如果你对伊丽莎白-简有意,我不想干涉你向她求婚,因此我撤销我的反对意见;只有一件事情除外,这就是不要在我家里进行这件事。

迈·亨察德启

第二天,天气晴和,伊丽莎白-简又在墓地出现;但是正在她寻找那位女士的时候,法夫瑞的影子从门外走过去,让她吓了一跳。他从一个小记事本上抬起眼睛,向上望了望,看来他是在一边走一边计算数字。不管他是否看到她,反正他没有注意,随后就走得不见踪影。

她因为觉得自己是一个多余的人而极其郁闷。她想,他大概是看不起自己了,于是灰心丧气地在一把长椅上坐下来。她想起自己的处境,感到非常痛苦,最后用相当大的声音说了一句:"唉,我真希望和我亲爱的妈妈一起死了!"

在长椅后面,墙边有一条散步小道,有时人们不走石子路,就走这条小道。好像有什么东西碰到了长椅,她回头一看,有个人正俯身看着她,脸上带着面纱,但是仍然能看清楚,就是她昨天见到的那位年轻女人。

伊丽莎白-简知道这个女人听见了她说的话,一时显得有些惊慌失措,不过她在慌张之中还是感到高兴。"是的,我听见你说话了,"这位女士看出了她的神情,用一种轻快活泼的语声应答道,"会是出了什么事呀?"

"我不——我没法告诉你。"伊丽莎白一边说,一边用手捂住脸,掩饰住立时泛起的红晕。

有一小会儿时间,谁也没有动一动,或是说一句话;后来这姑娘觉出来这位年轻女士在她身边坐了下来。

"我猜得出你怎么了,"这一位说,"那是你妈妈。"她用手指了指墓碑,伊丽莎白抬头看着她,好像是问自己,这儿是不是应该说心里话。这位女士的态度是那样渴望了解,那样为她焦虑,所以这姑娘决定,这儿可以说知心话。"那是我妈妈,"她说,"是我唯一的朋友。"

"可是你爸爸,亨察德先生呢,他还活着吗?"

"是的,他还活着。"伊丽莎白-简说。

"他待你不好吗?"

"我不愿意抱怨他。"

"是意见不合?"

"有一点儿。"

"也许得怪你吧。"陌生人提示她。

"怪我——在许多方面都怪我,"温顺的伊丽莎白叹了口气,"我把煤扫起来,这本来是应该让用人去做的;我说我瘆了——他就对我发火。"

这个答复似乎使这位女士对她产生了温情。"你知道你这些话给了我什么感觉吗?"她坦率地问道,"这就是:他是一个脾气火暴的人——有一点儿骄傲——大概还很有抱负;可是,不是一个坏人。"她这样极力既不谴责亨察德,又支持伊丽莎白,很是奇怪。

"是呀,确实不坏,"这个忠厚的姑娘表示同意,"而且,他一直也没有对我不好,直到最近——妈妈去世以后。可是这一段时期,叫人真够受的。我觉得,这都是因为我的缺点,而且我的这些缺点又得怪我的身世。"

"你的身世怎么啦?"

伊丽莎白-简沉思地注视着问她的人,她发觉,问她的这个人也在注视她;她把眼睛垂下;然后好像忍禁不住又抬起来看着她。"我的身世并不美好,也没有意思,"她说,"不过,要是你真想知道,我也可以告诉你。"

那位女士对她说,她确实想要知道;于是伊丽莎白-简就按她自己所了解的,把自己有生以来的故事告诉了她。那大体上都是真实的,只有在大集市上拍卖的那件事没有包括在内。

和姑娘的预料相反,她这位新朋友并没有感到惊讶。这使她高兴起来;直到后来她又想起要回那个近来对她那样粗暴的家,她的情绪才又低落下来。

"我真不知道该怎样回到家里去,"她嘟囔着说,"我想走开。可是我能怎么办呢? 我能上哪儿去呢?"

"也许很快就会好起来的,"她的新朋友轻声细语地说,"所以,要是我就不会走远。你看,这么办怎么样:我很快就需要有一个人到我家里来和我住在一起,半做管家,半做伴当;你愿意到我这儿来吗? 可是,也许——"

"哎呀,真好,"伊丽莎白眼里含着泪喊着,"我愿意,真的——只要能够独立,干什么我都愿意;因为到那时候,也许我爸爸就会爱我了。可是,嗐!"

"怎么?"

"我没有受过良好的调教。给你做伴当一定得是那样的。"

"哪里,不必要。"

"不必要?可是我有时不由得要说些乡下话,都是无心中说出来的。"

"别在意,我还愿意懂得这种话呢。"

"还有——啊,我知道我干不了!"她惨笑着喊了一下,"我偶然学会了写浑圆体字,而不是闺秀体,当然,你想要那种能写闺秀字体的人吧?"

"唉,不是。"

"怎么,并不一定要写闺秀体的字?"伊丽莎白兴高采烈地喊着说。

"根本不要。"

"可是,你住在哪儿?"

"住在卡斯特桥,或者应该说,今天十二点过后,我就要住在这里了。"

伊丽莎白露出惊讶的样子。

"这几天我一直住在蓓口①,等着给我把房子收拾好。我要住进去的那所房子他们叫它高台大厦——那座老石头房子朝下看就是通往市场的那条小巷。有两三间屋子还适合住,并不是所有的;今天夜里我第一次睡在那儿。你好好考虑我的建议,下星期头一个好天儿在这儿见我,那时你再告诉我,你是不是一直没改主意行吗?"

伊丽莎白看到一个可以改换这种难忍的处境的前景,高兴得两眼发亮,欢欢喜喜地表示赞同。两个人就这样在墓地的大门分手了。

---

① 哈代小说中常用的地名,原型为多切斯特以东海岸的伯恩茅斯。

二十一

就像一句格言从童年就漫不经心地说来说去,直到在成年的经历中才致使它得以实践,同样的是,高台大厦伊丽莎白-简的耳朵听到已经足有上百次了,如今才第一次在她面前崭露真容。

当天剩余的全部时间,她心里没有别的,只是装满了那个陌生人和那所房子,还有她自己能在那里住下的机遇。下午,她乘机在市里付清了几笔账款,购买了一点东西,这时才知道对她来说的那个新发现早已成了街谈巷议的话题。高台大厦正在翻修;一位女士不久就要来住在那里;开店的人全都知道这件事,并且早已经盘算着让她成为顾客的机遇。

这些消息对于伊丽莎白-简来说多半都是新闻,可是她却能在这一大堆中添上最后的一笔。这位女士,她说,已经在当天到达了。

现在灯火初上,而天还没有黑到看不见烟囱、阁楼和房顶,伊丽莎白差不多是怀着一个恋人的心情,想去看看高台大厦的外貌。她沿着大街朝那个方向走上去。

大厦的正面①和护墙是灰色的,在这一类住宅中,只有这一座离市中心这么近。首先,这座大厦常有乡村宅邸的种种特点——烟囱上搭着鸟窝,潮湿的旮旯生了各种苔藓,墙面上在大自然的抹刀泥铲舞弄之下显得凹凸不平。到了晚上,过往行人的身躯给灯光一照,就在这些灰白的墙上映出幢幢黑影。

---

① 原文为法文。

这一天晚上,房子周围有些碎草屑,还有一些其他表明无序状态的迹象。每逢搬进一家新租户,这种情况总会发生。这所房子完全是用石材,形成一种规模不大却很有气派的范例。它根本不是贵族派头,更说不上盛气凌人,不过老派的外行人尽管对那些附加设备也许都弄不清楚,仅仅出于直觉就会说:"鲜血盖起它,财富来享受。"

然而说到去享受这个问题,外行的话可以说是错误的,因为直至就是这一天晚上,这位新来的女士到达的时候,这所房子已经空了一两年,而在这段时间以前,也不是经常有人居住。这所房子所以不受欢迎的原因,很快就显露出来。它的有些屋子居高临下,正对市场;这样一所房子的这样一种前景,可能来住的房客就会认为不合意,或者似乎不合意了。

伊丽莎白的眼睛搜寻着上层的那些房间,看到里面点着灯。那位女士显然已经到了。这个女人比较练达的做派,在这个勤奋好学的姑娘心里留下了极其深刻的印象,所以她站在对面的一座拱门下面,寻思着这位迷人的女士就在迎面这几堵墙里面,揣摩着她正在干什么事情,心里也觉得非常高兴。她欣赏这座建筑物的前脸,完全是因为它遮挡着里面那个人。固然就事论事,这座建筑物是值得欣赏的,或者从它本身来说,至少也是值得研究的。它是帕拉迪奥式①的建筑,它与继哥特式②时期以来修建的多数建筑一样,与其说是一项创意构思,不如说是一种攒聚编凑。但是,它以其合情合理而感人。它虽然并不富丽堂皇,但也还是足够富丽,由于及时觉察到人类建筑方面的华而不实已经达到极致,毫不

---

① 这是意大利建筑师安德里亚·帕拉迪奥(1518—1580)倡导的建筑风格,力图恢复希腊和罗马建筑的古典严肃风格,后取代了哥特式建筑风格,它由伊尼奇·琼斯引进英国,十八世纪后期和十九世纪非常流行。哈代早年从业建筑行,对此颇有见识。
② 哥特式是十二世纪末在法国北部开始出现的建筑风格,流行广泛绵长。

亚于其他人类的事物，从而防止了艺术上的叠床架屋。

直到最近人们还拿着大包小捆在那里出出进进，把其中的门户和厅堂翻改得像是通衢大道。伊丽莎白在晦暗中迈步走进了敞开的大门，可是又对自己这种冒犯也吃了一惊，于是迅速从后院高墙下开着的一扇门里走了出来。她发现自己走进了市内一条无人问津的僻巷，大感出乎意料。借着小巷中设置的那盏孤灯的亮光，回头再看看给她的那个出口，她才看出原来那是拱形的而且很古老——甚至比这座房子本身还要古老。门上装有大头饰钉，拱券正中的拱心石是一个面具像，本来是一副斜着眼看人的滑稽相，现在依稀可以辨认出来；但是，卡斯特桥一代又一代的男孩子们对着这个面像扔石头，瞄准它那张开的嘴，所以把嘴唇和下巴都砸掉了，好像生病烂掉了似的。给昏暗的灯光忽闪忽闪地照着，那副模样极为瘆人，以致让她感到惨不忍睹——这是她来访的第一个令人不愉快的形象。

这座奇特古老拱门所处的位置和怪异地出现在那儿的这个斜眼看人的面具像，令人首先想起在所有与这座府邸过去的历史有关事情中的一桩——阴谋诡计。从城里各式各样的地方——老游乐场、老逗牛桩①、老斗鸡栏和常常让来路不明的婴儿消失得无影无踪的池塘，沿着所经过的小巷都有可能不知不觉地来到这个地方，高台大厦毫无疑问可以夸口它有种种便利之处。

伊丽莎白转过身来，想走小巷下头最近的路回家，可是正在这时候，她听到有人从那边走过来的脚步声，她不大愿意让别人在这样一个时刻这样一个地方看见她，就赶快退回来。这里没有别的路可以出去，她于是站在一根砖砌的柱子后面，好让那个突如其来的人走过去。

如果她当时仔细看看，就会大吃一惊。她会看到过来的这个

---

① 此地名由来，可参见本书第二十七章第十段所述。

人一直朝那个拱形门洞走去。他站住用手去拉门闩的时候,灯光照出了亨察德的脸。

但是,伊丽莎白-简紧紧贴在她藏身的旮旯里,所以什么也没有看见。亨察德像她没有看见他是谁一样根本不知道她在那儿,走进门里,在黑暗中消失了。伊丽莎白再次出来,走到小巷里,找到回家最顺的路。

亨察德的呵责,使她产生了一种唯恐做出什么有违淑女身份之事的神经过敏,因此就像鬼使神差一样,在一个紧要关头使他们互相都没有发现对方。如果认出来了,大多结果会出现——至少双方都会问一个而且是一模一样的问题:他或她能在那里干什么呢?

亨察德不管是在那位女士的家里有何贵干,回到家里的时间只比伊丽莎白-简晚几分钟。她计划这天晚上就透露离开他的家的问题;当天发生的种种事情已经促使她走到这一步了。但是,如何执行却还要看他的心绪,因此她急切万分地等着,看他对她态度如何。她发现他的态度有所改变。他显得不想再发脾气了,他显出了某种更糟的迹象。完全无动于衷代替了烦躁不安;而他那促使她离去的冰冷态度,甚至比火暴脾气还更能催促她这样做。

"爸爸,我要到别处去,你不会反对吧?"她问。

"到别处去!不——不管是哪儿。你要到哪里去呢?"

她想,向一个这样不关心她的人在目前说自己的去向既不知趣又无必要。他很快就会足够清楚了。"我听说了有一个好机会,可以得到更多的栽培和教养,还可以不这样懒散。"她犹犹豫豫地回答,"有一户人家有个工作的机会,我在那里可以得到学习的条件,并且见识一下高雅的生活。"

"那么,看在老天的分上,充分利用这个机会吧——如果你在现在这里得不到栽培的话。"

"你不反对吧?"

"反对——我？嚄——不！一点儿也不。"待了一会儿,他又说,"可是,要是得不到帮助,你就不会有足够的钱来实行这个令人兴奋的计划了,你知道吗？如果你愿意,俺很乐意给你一笔津贴,这样,你就不必靠工钱过日子了,那些高雅人士给你的那点很难糊口的。"

她对他的这番善意表示感谢。

"这件事要做得大方得体,"他待了一会儿又说,"我想让你有一小笔年金,——让你可以从俺这里独立开,这样俺也可以从你那里独立开,这让你高兴吗？"

"当然高兴。"

"那么我今天就去料理这件事。"用这种安排把她摆脱掉,他好像如释重负,而就他们两个人来说,到此问题已经解决了。她现在只等再去会见那位女士。

那一天那一时刻到了;可是天上下着蒙蒙细雨。伊丽莎白-简现在把自己的轨道从自在逍遥转变为劳动自给,所以认为这样的天气对于她这种风光不再的景况,也就足够好了;只要她的那位朋友正经面对此事——颇可怀疑的事。她走进放靴鞋的屋子里,自从她一步登天以来,她的木套鞋就一直高高挂起。她把木套鞋取下来,在发霉的皮子上刷上黑油,然后像往日一样套在鞋上。她这样穿好套鞋,披上斗篷,打起雨伞,就动身向约定的地点走去。——一路还盘算着,如果那位女士不在那儿,她就登门拜访。

教堂墓地的一边——顶风冒雨的一面,挡着一道旧泥墙,上面盖着草,墙檐向外探出足有一两英尺。墙后面是一个存放粮食的场院,里面有粮仓和草料库——几个月以前就是她和法夫瑞在里边见面的地方。她看见一个人影在草檐下面。那位年轻女士已经来了。

她一到来,使这位姑娘的种种最高希望这样超乎寻常地变实在了,这使她几乎对自己的好运道都害怕了。奇思怪想在最坚强的头脑里都找得到容身之地。在这里,在这片同文明一样古老的教堂墓地,在这样一种最恶劣的天气,来了一个珍稀娇媚,在其他地方从未见过的陌生女人,她的出现莫不是什么妖魔作祟吧。不管怎样,伊丽莎白仍然向教堂钟楼走去,钟楼顶上,旗杆上的绳子在风中猎猎作响,她就这样走到了墙边。

那位小姐在蒙蒙细雨中现出那样一副欢快的神气,伊丽莎白立时就把自己的奇思怪想忘怀了。"喂,"小姐说,洁白的牙齿吐出这个字的时候从罩在脸上的黑面纱网眼中露出了一点点,"你决定了吧?"

"是的,完全定了。"那一位急切地回答。

"你爸爸愿意吗?"

"愿意。"

"那么来吧。"

"什么时候?"

"嗯——你愿意多快就多快。我本来以为在这种刮风下雨天,你不敢到这里来,还打好了主意,要派人请你到我家里去呢。可是我喜欢到户外来,所以我想先到这里来看看。"

"这也是我的想法。"

"这说明,我们会合得来。那么,你能今天来吗?我那所房子那么空落落、冷清清的,所以我想得有活生生的东西做伴。"

"我想,我能够。"这姑娘边说边琢磨。

正在这时,风和雨点把墙那边说话的声音带到了她们这里。传来的是这样一些只言片语:"口袋""夸特""打谷""谷糠""下星期六的市场",每一句话都给一阵阵风雨吹得断断续续,就像一个破镜子照出的面相。两个女人都在倾听。

"那是些什么人?"小姐问。

"一个是我爸爸。他租了那个场院和仓库。"

这位小姐倾听这场粮食生意的行话,好像忘了眼前办的事。

最后她突然问道："你告诉过他你要到哪里去吗？"

"没有。"

"啊——那是怎么一回事？"

"我想，还是先离开比较保险——因为他的脾气是那样变化无常。"

"也许你是对的……另外，我一直还没告诉你，我姓什么。我是谭普曼小姐。……他们走了吗——墙那边的？"

"没有。他们只是进到谷仓里面去了。"

"啊，这里越来越潮了。我盼着你今天来——今天晚上，比如说六点钟。"

"我走哪条道进去呢，小姐？"

"正面那条道——从大门旁边绕过来。我没见到还有别的。"

伊丽莎白-简心里原来想的是在小巷里的那个门。

"你既然还没提到你的目的地，也许在你没有完全离开以前，还是保持沉默为好。谁知道他会不会改主意呢？"

伊丽莎白-简摇摇头。"仔细想想我倒不怕什么，"她凄楚地说，"他已经变得对我十分冷淡了。"

"好吧。那么就六点。"

她们走出来，上了宽敞的大路才分手，这时候她们费了很大的劲儿才把住顶着风撑起的伞。尽管如此，那位小姐经过谷仓场院大门的时候，还是朝里面张望，并且还踮起一只脚停了一会儿，但是，除了一垛一垛的干草，长满厚厚青苔的驼峰式草料库，和背后衬着教堂钟楼高高耸立的谷仓，旗杆上的绳子还在继续抽打着旗杆，别无其他。

此时亨察德可丝毫也没有猜想到，伊丽莎白-简的行动竟会如此急促。因此，他刚在六点钟以前快到家的时候，看到王徽旅馆的一辆轻便马车停在门前，他的继女带着她所有那寥寥无几的袋子和箱子正在上车，猛然大吃一惊。

"可是,爸爸,你说过,我可以走呀?"她透过马车窗口,向她父亲解释。

"说过!——那是,可是我以为你的意思是下个月,或者明年呢。老天,抓得真紧——你把时间抓得可真紧呀!我为你费尽心思,现在你却要这样来对待俺呀?"

"噢,爸爸,你怎么能这样说呀?你这样不公道。"她兴冲冲地说。

"好,好,由着你自己的性吧。"他回答。他进到屋子里去,看到她所有的东西还没有都拿下来,就上楼到她的屋子里再去看。自从她住进这间屋子以后,他从来没有到过那里。里面摆着书籍、草稿、地图和为了欣赏而陈列的小摆设,从这些实物,到处都可以见到她呕心沥血提高自己的证据。亨察德以前对这些努力一无所知。他注视着这些东西,突然转身下楼,来到门口。

"喂,我说呀,"他说,嗓音都变了——近来他从不叫她的名字——"别离开俺。也可能我对你说话太粗暴了——但是,从来没有什么事像你这样让我伤心的——出了这种事是有些缘由的。"

"是我?"她怀着深切的关怀说,"我做了什么?"

"现在我没法告诉你。可是,如果你不走,接着住下去做我的女儿,到时候我会全都告诉你。"

可是这个主意提晚了十分钟。她已经坐在轻便马车里——准备停当,心已经到了那位小姐的家中,而那位小姐的举止风度在她心目中又是那样风情万种。"爸爸,"她说得尽量体贴周到,"我想,我现在就走,对我们俩都是最好不过的了。我不需要待很长时间,我不会走远,而且如果你非常想要找我,我可以很快再回来。"

他只是轻轻地点了点头,表示认可她的决定,仅此而已。"你说你走不远。你的地址是哪儿,要是我想写信给你的话?或许你不想让我知道?"

"噢,你当然可以知道。就在市内——高台大厦。"

"哪儿?"他的脸即刻定住了。

她又重说了一遍。他既没动弹,也没说话;她则竭尽全力友好地向他摆摆手,然后对车夫示意赶车上了大街。

二十二

我们暂且回到头一天晚上,述说亨察德这种态度的缘由。

伊丽莎白-简正在盘算到她热衷的那位女士的住处去偷偷探察的这个时刻,亨察德收到一封手书,是他所熟悉的露塞塔的笔迹,这使他可不是小小地吃了一惊。以前通信中那种自我克制和容忍退让的心情已经无影无踪;她在笔端又流露出他们刚刚结识时的那种轻松自然。

我亲爱的亨察德先生:

请不要惊讶。我已经到卡斯特桥来住下了。我希望这对你和对我都有好处——至于要住多久,我却没法说。这得看对方;而他是一个男子汉,又是一个生意人,又是一个市长,又是第一个有权利得到我的盛情的人。

我亲爱的①,认真说来,我并不像这封信所能表现出来的那样轻松愉快。我到这里来是听到你的妻子去世的结果——在若干年以前,你一向认为她是早已死了的!可怜的女人,看来她一直在受苦受难,可是没有一句怨言,虽然智力较差,但也并非蠢笨。我很高兴你待她公道。一听到她已经不在了,我凭自己的良心强烈感到,我应当竭诚努力,请你履行你对我的诺言,以此来驱散由于我的轻率疏忽②而落在我名誉上的阴影。我希望你与我是同样心思,而且会采取一些步骤来达

---

①② 此处原文为法文。泽西历史上向为英法争议之地,其民言语、作风与英国本岛多有不同。

171

到目的。不过,因为我不了解你的处境如何,或者说自从我们分手以后发生过什么事,所以我决定先在这里安置好自己,再和你联系。

对于这件事,你大概和我会有同感吧。一两天之内我就可以见你了。暂时告别!

你的露塞塔于高台大厦

又及:那天我经过卡斯特桥,无法践约和你一晤。此计划由于一件家务事我不得不更改。你听说这件事定当大为惊讶。

亨察德事先已经听说过,高台大厦那里正在为一位租户做准备工作。他碰到头一个人就带着莫名其妙的神气问:"谁要到这座大厦来住?"

"先生,我想是一位姓谭普曼的女士。"这个知情人告诉他。

亨察德又想一遍。"我猜露塞塔和她有关系。"他自言自语,"是的,我必须让她得到她应有的地位,这是毫无疑问的。"

如今这已绝非从前在亨察德脑海中萦回不去的那种他视为道德需要窘迫感;说实在的,即使不说这是出于热情,也是兴趣。亨察德自从发现伊丽莎白-简不是自己的女儿,自己成了一个无儿无女的人,大为失望,这给他留下了一个感情上的虚空,他不知不觉地切望弥补。在这种心情之下,虽然并没有强烈的感情,他还是信步走到那条小巷,从后身进入高台大厦,在那儿,伊丽莎白曾经差一点和他不期而遇。他从那里往前走进庭院,看见一个工人正从柳条箱内往外拿瓷器,于是问他,勒絮尔小姐是否住在那儿。当年他认识露塞塔——那时她又自称"露塞特"——的时候,她用的就是这个姓氏。

那个工人的回答是否定的,说只有谭普曼小姐到了。亨察德便走开了,断定露塞塔还没有住进去。

第二天他看着伊丽莎白-简离家的时候,正处在这种怀着兴趣打听的阶段。他一听到她说出那个地址,突然满脑子都让一个奇怪的念头占满了,那就是露塞塔和谭普曼小姐是同一个人,因为他还能回想起,在她和他关系亲密的时期,她的那位有钱的亲戚,那位他认为多少带些神秘色彩的人物,就被叫做谭普曼。虽然他并不是为财求婚的人,可是露塞塔经由这位亲戚慷慨赠与的遗嘱而擢升为颇有财力的上流女士,则给她的形象增添了非此则无从获得的魅力。他正在走向中年的最后极度,物质方面的东西越来越多地占据了他的头脑。

但是,亨察德这种猜疑不定的时间并不很长。露塞塔是个醉心于信笔涂写的人,在他们当时准备结婚的种种安排惨败①以后滔滔奔来的信件就说明了这一点,而现在伊丽莎白刚刚离家,另一封短柬又从高台大厦给市长家里送来了。她写道:

　　我已经住下了,而且舒舒服服地,虽然搬到这里来可真是一件叫人精疲力竭的事情。你大概知道我要告诉你什么事情,或者你不知道?我那位好姑妈谭普曼,银行家的遗孀,你一向怀疑是不是真有其人,更怀疑她是不是真够富有,最近去世了,把她的一部分财产遗赠给了我。我不必详说,只告诉你,我已经改用她的姓——用以避开我自己的姓和它受到的冤屈。

　　我现在成了自己的主人,而且已经决定住在卡斯特桥——做高台大厦的租户,这样,如果你希望来看我,至少不会碰到麻烦。我最初打算根本不让你知道我生活中起了种种变化,直到你在大街上碰到我以后再说,可是我想还是像目前这样为好。

　　你大概已经知道我和你女儿一起做的安排,你无疑会笑话这种——我该管它叫什么呢?——实在是闹着玩儿式

---

① 源于意大利文。

地弄她来和我同住(完全出于情爱的)。不过我第一次和她见面纯属偶然。我这样做,迈可,你该懂得其中的一部分道理吧?——就是为了给你一个到这里来的借口,好像是来看她,这样自然而然造成和我相识。她是一个可爱的好姑娘,她认为你待她严厉得难以忍受了。我相信,你那样做是出于粗疏大意,而不是刻意而为。既然结果是把她送到我这里来了,我也就不打算怪罪你了。

永远是你的露塞塔　匆草

讲明这些情况,在亨察德郁闷的心灵中引起的激动,对他真是莫大的欢欣。他久久坐在餐桌边,如在梦中。自从他与伊丽莎白-简和唐纳德·法夫瑞生分以来,他那付诸东流的感情如今在尚未枯竭之前,仿佛像是机械般地一下就转移到露塞塔的身上了。她明摆着是越来越希求结婚。不过,像她这样一个可怜的女人,在往昔已经那样不顾一切地把自己的青春和爱情奉献于他,以致为此丧失了名誉,现在除了结婚她还能希求什么呢?大概是良心,也不亚于爱情,把她带到这里来了。总而言之他不责怪她。

"这个诡计多端的小女人!"他一边说一边微笑(他想的是露塞塔对伊丽莎白-简耍的这个机巧而又有趣的花招)。

亨察德是怀着一种希望见到露塞塔的心情动身去她家的。他戴上帽子就走,到她门口是八九点钟。传给他的回话是谭普曼小姐那天晚上有约会;不过她很高兴在第二天见他。

"她这倒像是摆架子!"他想,"要是想想我们以前——"但是,归根到底,她明摆着是并没有期待他,于是他默默吃下了这口闭门羹。不过他决定第二天不去。"这些可恨的女人——浑身上下没有一处没长刺!"他说。

让我们权且将亨察德先生的思路作为线索,看看具体这一特别的晚上高台大厦内部的情景吧。

伊丽莎白-简一到,一个上了岁数的女人不冷不热拖泥带水地请求她上楼,并且脱掉外面的衣饰①。她极其诚挚地回答,她不想弄得那么麻烦,并且立刻就在过道里脱掉了帽子和斗篷。那个女人领她走到楼道的第一个门边,让她一个人自己再继续往前走。

迎面展现的这间陈设漂亮的屋子,像是闺房,或是小客厅。一张摆着两个圆筒形靠枕的长沙发上斜倚着一个黑头发、大眼睛的漂亮女人,准确无误有来自父亲一方或母亲一方的法国血统。她大概比伊丽莎白年长几岁,目光炯炯有神。沙发前面是一张小桌子,桌上散乱地放着一副扑克牌,正面朝上。

那副姿态是那样绝对地放任自由,所以一听到开门的声响,她就像弹簧似的一跃而起。

她看出那是伊丽莎白,就又放松下来,不拘礼仪地连蹦带跳向她扑去,因为生来优雅,才没有使她显得疯张。

"嘿,你来晚了。"她一边说,一边拉起伊丽莎白-简的双手。

"有那么多零零碎碎的事要料理呢。"

"看你半死不活又困又乏的模样儿。让我来玩一些好玩极了的花样给你提提神,我学着消磨时间的。坐在那儿,别动。"她收拾好那堆扑克牌,把桌子拖到自己跟前,开始迅速发牌,告诉伊丽莎白挑了几张。

"好,你挑好了吗?"她一边问,一边把最后一张牌甩在桌子上。

"没有。"伊丽莎白正在出神,一下清醒过来,结结巴巴地说,"我简直忘了——我在想——想到你,还有我——多奇怪呀,我竟在这儿。"

---

① 当时英国上流人家有客来访,惯于请女客上楼后落座前先对镜脱去随身室外衣饰以至梳妆。

谭普曼小姐颇感兴趣地注视着伊丽莎白-简,放下扑克牌。"哎,没关系,"她说,"我躺在这儿,你坐在我旁边;我们好聊聊天。"

伊丽莎白不声不响但却很高兴地靠近沙发头上。看得出来,从年龄上说,她比招待她的人年轻,可是从举止和一般见识来说,她却显得更加老成。谭普曼小姐躺在沙发上又恢复了原先弓身斜倚的姿态,把一只胳膊支在额头上方——有些像是提香一幅名画的构图①——调转过头和手臂和伊丽莎白-简聊天。

"我得告诉你一些事。"她说,"我不知道,你是不是已经猜想到,我刚刚很短时间才成了一座大楼和一笔财富的主人。"

"啊——刚刚很短时间?"她嘟囔着说,脸上显出有点丧气。

"我还是一个小姑娘的时候,就老是和爸爸一起住在他的军队驻扎的那些城镇和别的一些地方,到后来我变得没准性子,心都野啦。他是陆军军官,我本来不想提这件事,不过我又想,还是让你知道真情为好。"

"那是呀。"她若有所思地环顾那间屋子——看那架黄铜镶嵌的小方形钢琴,看窗帘,看灯,看牌桌上浅色和深色的王牌和后牌,最后又看着露塞塔·谭普曼翻过来的脸,那一对晶莹闪烁的大眼睛从头上看过去使人感到很特别。

伊丽莎白-简一心扑在获取学识方面,几乎达到了病态的程度,她说:"毫无疑问,你说法语和意大利语都很流利,我现在还只能懂得可怜的一点点拉丁文。"

"嗯,这方面呀,在我们家乡那个小岛上,说法语算不了什么。倒不如说刚好相反。"

---

① 提香(1477?—1576)意大利画家,属威尼斯画派。有研究者认为他的名作中仅有《乌尔比诺的维纳斯》所画的姿态与此相似,但手的位置不符,可能哈代当时所指是乔治昂所作《入睡的维纳斯》,乔治昂也属威尼斯新画派名家。

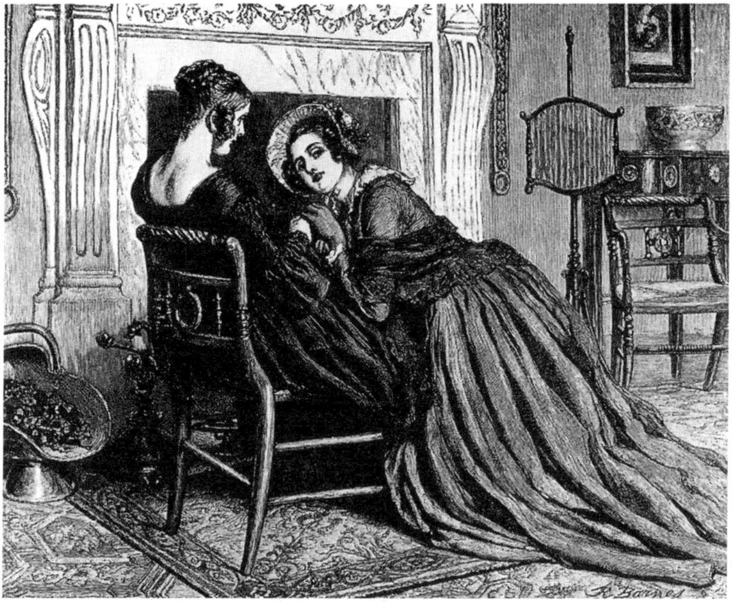
R. Barnes

"你家乡那个小岛是哪儿?"

谭普曼小姐颇为勉强地说:"泽西。在那儿,大街上的一边讲法语,另一边讲英语,在路中间则讲一种混合语。可是我住在那儿,还是很久以前的事。真正说来,我们这一些人都属巴思①,虽然我们在泽西的祖先,同在英格兰的任何人比,都是毫不逊色的。他们是一个古老的家族勒絮尔,在他们当年,他们是干过大事来的。我爸爸去世后,我又回去在那儿住过。不过我并不把这些过去的事情看得很有价值,从我的感情和爱好来说,我是一个地地道道的英国人。"②

露塞塔的嘴一时说漏了她小心提防的事。她是以巴思女士的身份来到卡斯特桥的,为什么要把泽西从她生活中一笔勾销,理由很明显。可是伊丽莎白引得她信口直言,结果她那考虑再三做出的决定就给打破了。

不过,要是做伴当比较稳妥谨慎,这个决定也许是不会打消的。露塞塔透露的话到此打住了。这天以后,她小心防范,再也不让人有机会认出她正是在那个紧要关头,曾经是亨察德良朋爱侣的那个年轻泽西女人。她坚决避免使用任何一个法文词汇,偶尔有个法文词汇比同一意义的英文词汇更流利地到了嘴边,也要小心提防,虽然这一点也不是轻松愉快的事儿。她就像那个软弱的使徒听到别人说"你的口音把你露出来了"③的时候一样,顿时感到惶恐不安。

第二天上午,露塞塔身上明显地表现出期待的神情。她为亨察德先生打扮了一番,中午以前一直在坐立不安地等待他来访问;

---

① 巴思向以温泉度假胜地著称,是文明时髦的城市。
② 泽西在历史上因是英、法纷争之地,因此语言、人种混杂。勒絮尔为法国普通姓氏。
③ 耶稣由于犹大出卖而被捕,受审时有人指责门徒彼得是耶稣同党,彼得否认,其中一人说:"你的口音把你露出来了。"见《新约·马太福音》第26章。

因为他没有来,于是又继续等了整个一个下午。但是她并没有告诉伊丽莎白等待的这个人就是这个姑娘的继父。

在露塞塔那座石头大府邸的同一间屋子里,她们在两个并排相连的窗口坐着,一边编织,一边俯视外面的市场,那里的场面热火朝天。伊丽莎白能够看到下面其余人中间她继父的帽顶,而没有注意露塞塔更加聚精会神地注视着这同一个目标。他继父在人群中挤来挤去,这个地点活跃得好像一座蚂蚁堆,在另一些地方则显得安稳一些,被水果和蔬菜的摊棚隔开。那些农夫宁愿在四通八达的十字街头做买卖已成一定之规,哪怕推推搡搡十分不便和车辆来往易出危险,他们也毫不在意,也不愿到专为他们准备的有遮拦的昏暗交易室里去。他们在每星期一次的这一天蜂拥前来,汇成一片数不清的绑腿、软鞭和样品袋的海洋;大腹便便的人肚子挺起像座山坡;走起来脑袋摇摇晃晃的人就像十一月间大风天的树;他们谈话的姿势变化多端,把腿叉开身子矮了半截,把手伸进贴身上衣的口袋。这些人脸上赤热的温度,因为固然他们在家里的面相随一年四季而变化,可是在市场上的脸,却一年到头都闪耀着小小的火光。

在这里,所有人的外衣仿佛都穿着很不合适,是一件必不可少的累赘。也有些人穿着讲究,但是大多数人在这方面都毫不在意,显出一副记录着穿它们的人过去多少年来举止言行、烈日灼烤和每日奋争史的样子。然而他们许多人的衣兜里都揣着皱巴巴的支票簿,在附近银行里的存款余额绝不少于四位数字。事实上,这些脊背高隆的人形所体现的,正是现款——即付现款——不是贵族世家那种来年交付的现款——往往还不仅是那些专业人士存在银行里的现款,而且还是攥在他们肥厚的手中的现款。

刚巧今天在他们中间竖起了两三棵高大的苹果树,好像是从那里长出来的;仔细一看,原来它们是由苹果酒制造区来的人扶着,这些人来卖树,靴子上还带着他们本郡的泥土。伊丽莎白-简

179

常常看到它们,于是说了一句:"我很怀疑,每个星期运到这儿来的是不是那同样的几棵树?"

"什么树?"露塞塔问,她在专心致志地盯着亨察德。

伊丽莎白含含糊糊应了一下,因为这时有一件事让她愣住了。一棵树后面站着法夫瑞,正在兴致勃勃地和一个农夫谈论样品袋里的东西。亨察德走过来了,和这个年轻人不期而遇,年轻人脸上那样子似乎是在问:"我们相互谈谈吗?"

伊丽莎白看见她的继父目光一闪,回答是:"不!"伊丽莎白-简叹了一口气。

"你是不是对外边那儿的什么人特别感兴趣?"露塞塔问。

"噢,没有。"她的同伴说着,脸上立刻泛起一阵红晕。

幸好这时法夫瑞的身影立刻让那棵苹果树挡住了。

露塞塔死死地盯住她。"十分肯定?"她问。

"啊,是。"伊丽莎白-简说。

露塞塔又朝外面看。"我想,他们都是农夫吧?"她说。

"不,那边有巴吉先生——他是一个酒商;还有本杰明·布朗莱特——马贩子;齐岑——养猪的;姚帕——拍卖商;另外还有做麦芽的、开磨坊的——这个那个的。"这时法夫瑞清清楚楚地站出来了,可是她没提他。

星期六下午就这样散散漫漫地度过了。集市上展示样品的时间,变成了闲聊天,等话都说完了,就动身回家了。亨察德虽然站得那么近,可是并没有来拜访露塞塔。他必是太忙了。她想,他会在星期天或星期一来。

星期天和星期一来了,尽管露塞塔三番两次地精心打扮,可是,客人并没有来。她感到心灰意冷。这样也许可以立刻断言,露塞塔对亨察德再也没有他们初次相识的时候她所特有的那种死心塌地的温情;因为那随后而来的种种不幸事件,早已经使纯粹的爱情大大冷却。但是,既然现在已经没有什么障碍了,她还是一心一意地希望和他结合——使自己的处境名正言顺——而这本身也正是她朝思暮想的幸福。在她这方面,从社会的角度考虑,有充分的理由说明他们应当举行婚礼;而在他那方面,从世俗的角度考虑,自从她继承了大笔财产之后,就不存在任何理由认为应该拖延婚事了。

星期二是圣烛节①大集的日子。早餐的时候,她冷冷淡淡地对伊丽莎白-简说:"我想你爸爸今天可能来看你吧。我估计他就站在附近,和另外的粮商一起在集市上吧?"

她摇摇头说:"他不会来。"

"为什么?"

"他已经不待见我了。"她声音沙哑地说。

"你跟他失和已经比我所了解的更严重了。"

伊丽莎白-简希望保护她认为就是她父亲的那个人,不想让任何人指责他那种不喜欢她有悖情理,所以说"是"。

"那么,不论什么地方,只要是你在那儿,他就要避开那儿吗?"

伊丽莎白-简难过地点头。

露塞塔显得嗒然若失,皱起秀丽的双眉,噘起可爱的嘴唇,突然神经质地抽泣起来。这下可是大难临头了——她真是机关算尽落得个一场空!

"哎哟,我亲爱的谭普曼小姐——这是怎么回事呀?"她的同伴大声说。

"我非常喜欢你做伴!"露塞塔一等到能够开口说话,马上就说。

"是呀,是呀——我也一样喜欢你做伴!"伊丽莎白-简和着腔

---

① 圣烛节:圣母玛利亚产后净秽,于二月二日携耶稣前往圣殿,俟后罗马天主教徒在此日以蜡烛队奉献圣坛一年所用的蜡烛,故名。

调安慰她。

"可是——可是——"她没法把话说完,这当然是说,照目前的这种情况看来,亨察德既然对这个姑娘的恶感如此根深蒂固,那就非把她打发走不可——这该是多么令人并不情愿而又不得不做的事啊。

她灵机一动想出一个临时应急的办法。"亨察德小姐——吃过早饭,你可以马上去给我办件事吗?啊,你真是太好了。请你去给我订购——"她列举了要到各种商店去办的一些事情,这至少要占去伊丽莎白随后的一两个钟头时间。

"你去看过博物馆吗?"

伊丽莎白-简没有去过。

"那么,你应该马上就去。你可以去那儿。把上午的时间过完。博物馆是在哪一条后街的一座老房子里——我忘了在哪儿——可是你一定会找得到——那儿有好多好多有趣的东西——骷髅架子呀,牙齿呀,旧罐旧盘呀,古鞋古靴呀,鸟蛋呀——全都又招人爱又让人长见识,你准会待在那里,直到觉得很饿了才走。"

伊丽莎白-简匆匆忙忙穿戴好就出去了。她一边走,一边愁闷地说:"我真不明白,她为什么今天要把我打发走!"伊丽莎白-简一眼就看出来,这与其说是要她去办事或是增长见识,还不如说是要她腾开地方,尽管她似乎单纯,而且要想找出这种愿望的动机确实困难。

她走了还不到十分钟,露塞塔就派一个仆人给亨察德送去一封短柬。内容很简单:

亲爱的迈可:

今天你做生意的时候,要在我这所房子跟前站两三个钟头,请务必前来会我。你一直没来,让我大失所望,我和你的关系像这样不明不白的,我怎么能不焦虑呢?——特别是现在我继承了姑妈的财产,我在社会上不是已经更加引人注目了吗?你女儿在我这儿,可能是你不来的原因;因此我今天派她出去待一个上午。你就说你是有事来的——我单独一个人等你。

露塞塔

这个送信的人回来的时候,女主人吩咐他:如果有一位先生来访,立刻要引他上来,然后就坐下等待结果。

从感情上来说,她并不是很想见他——他的拖延使她感到厌烦;可是这件事又非做不可;于是她叹了一口气,摆出优美的姿态坐在椅子上;先是这种样子,然后又换另一种样子;随后又让阳光照在自己的头上。后来她又斜倚在卧榻上,现出波浪花样①的曲线,这个姿态对她非常合适,然后她再把一只手臂放在额头上,眼睛看着房门。最后她确定这是最优美的姿势;于是她就继续这样,直到听见楼梯上有一个男人的脚步声。这时露塞塔忘了她的曲线(因为自然本性毕竟比艺术做作更为有力得多),一跃而起,怀着一种莫名其妙的胆怯心情,跑去藏在一幅窗帘后面。尽管热情有所消减,可是此情此景仍然令人心旌摇动——自从亨察德在泽西暂时(当时以为如此)离开以来,她还没有会过他。

她可以听见仆人把来客让进屋内,在他身后关上门走了,好像是去寻找女主人。露塞塔甩开窗帘,激动地迎上前去。可是站在她面前的这个人不是亨察德。

---

① 原文 cyma-recta,是曾为建筑师的哈代借用的建筑学名词。

二十三

露塞塔正要一下子冲出来的时候,脑子里确实突然闪过一个念头:来客可能是另外什么人,可是要退回去已经来不及了。

他比卡斯特桥市长年轻好多岁;金发白肤,很有精气神,高挑英俊。他打着绅士派头钉着白扣子的布绑腿,油亮的靴子上有许多带眼,上穿黑平绒上衣和背心,下穿浅色灯心绒过膝裤,手里拿着一根镶银头的软鞭。露塞塔满脸绯红,说话的时候脸上带着又恼又嘲的奇特表情:"啊,我弄错了!"

来客与此相反,丝毫没有笑容。

"不过,我很抱歉!"他用一种不敢恭维的语气说,"我是来打听亨察德小姐,他们就把我领到这儿来了,要是我早知道,我绝对不会像这样没有礼貌地撞见你!"

"是我没有礼貌。"她说。

"可是,小姐,是不是我走错了门?"法夫瑞先生说,他眨着眼睛,有点儿不知所措,还神经质地用软鞭敲着自己的绑腿。

"啊,没有,先生,——坐吧。你是得到这儿来,现在你既然来了,就请坐吧。"露塞塔和颜悦色地回答,想缓和他那种窘困,"亨察德小姐马上就来。"

这句话严格说来并不确实;可是这个年轻人身上的那些东西——那种北方人的爽快、严谨,还有魅力,就像一件调好了弦的乐器,当年曾使亨察德、使伊丽莎白-简、使三水手客店那快快活活的一伙刚刚看见就为之一振,现在他出人意料地在这里出现,对露塞塔也富有吸引力。他犹豫了一下,看了看那把椅子,认为里面没有什么危险(然而确有危险),坐了下来。

法夫瑞之所以突然闯入,纯粹是因为亨察德表示,如果他有意追求伊丽莎白-简,他许可他见她。法夫瑞起初并没理会亨察德那封唐突的信;可是他做了一笔特别走运的生意,使他对每一个人都好心相待,并且也使他看到,如果他相中,他确定无疑地就能结婚。那么,还有谁像伊丽莎白-简那样可人、旺夫、又在一切方面都那样令人满意呢?除了她本人的种种可取之处以外,这种联姻还可以随着事情的发展顺理成章地同自己以前的朋友亨察德重归于好。因此他原谅了市长的粗率无礼;于是,他这天早晨往集市走曾经顺路到她家里去看她,这才知道她住在谭普曼小姐家。他发现她并不是时刻准备等他光临——男人都是这样痴心妄想!——受了一点刺激。于是就匆匆忙忙赶到高台大厦,可是没有碰见伊丽莎白-简,却碰见了女主人本人。

"看来今天是个大集,"她说,他们这时自然而然地转换了话题,目光都集中到窗外那种忙忙碌碌的场景上,"你们这许许多多的大集小市,一直叫我觉得很感兴趣。我从这儿观望的时候,想起了多少事情啊!"

他好像不知道怎样回答是好。他们坐在那儿,外面的嘈杂传到他们身边来——声音就像微波激荡的海,起伏不停。"你常常向外看吗?"他问。

"是的——经常。"

"你是找你认识的什么人吗?"

她何必要如实回答呢?

"我只不过是像看一幅画那样。不过,"她以一种令人舒畅的姿态转向他,接着说,"现在我就可以这么做了——我可以找你,你经常在那儿,不是吗?啊——我不过是随便说说罢了!不过,在一大群人里面,找一个自己认识的人,哪怕你并不是要找他,也是挺有意思的。要是一大群人围在你四周,又没有一个人来和这群人沟通,你就会感到极其郁闷,仅仅有一个认识的人,就可以打消这种感觉。"

"唉,小姐,或许你是非常孤独吧?"

"没有人知道有多么孤独。"

"不过,你很富哇,他们说?"

"即便是,我也不知道怎样享受我的财富,我到卡斯特桥来,本来是想我会喜欢在这儿住下来。可是现在我却不知道,我是不是会。"

"小姐,你是从哪儿来的?"

"巴思那边。"

"我从爱丁堡附近来。"他低声说,"还是待在家乡好,这是真话;不过男人嘛,哪儿能挣钱,就必得到哪儿去住。这可真是一大憾事,可是一向都是这样!今年我干的倒是很好。嘿,是的,"他坦率热切地说下去,"你看见那个男人了吗,穿褐色开司米上衣的?秋天麦价下跌的时候,我从他手里大量买进,后来麦价上涨了一点儿,我就把我所有的全卖掉了!这样我只赚了一小笔;那时候,农夫都把麦子留着,想等价钱上涨——是的,哪怕耗子正在掏他们的粮堆呢。我刚刚卖掉,行市就下跌了,于是我又从一直囤着不卖的那些人手里,把粮食全买进了,价钱比我第一次买的时候还低。到后来,"他满面生辉,激动地大声说着,"过了一两个星期,刚好价钱又看涨,我又卖掉了!就这样,不嫌赚钱少,生意勤着做,我很快就让自个儿足足捞到了五百镑——是呀!"——(一边说一边把手一下按在桌子上,完全忘了他是在什么地方)"可是别的人把麦子攥住不放,什么也没有落着!"

露塞塔带着一种褒贬的兴趣注视着他。在她看来,他是个相当新派的人物。最后他的目光落在这位女士的目光上,他们相对而视了。

"哎呀,我让你腻烦了!"他惊呼起来。

她说:"没有,真的没有。"脸上泛起红晕。

"那怎么样?"

"刚好相反。你有意思极了。"

这次是法夫瑞脸上显出羞赧的粉红。

"我是指你们所有的苏格兰人,"她赶快改口说,"完全摆脱了南方人那种爱走极端。我们一般人全都是要么这样要么那样——要么冷,要么热;要么热烈,要么冷淡。你们则是同时有两种温度。"

"可是你说的这是啥意思呢?小姐,你最好明明白白地解释一下。"

"你兴头十足的时候——那么你就想继续干下去。待一会儿你灰心丧气了——那么你就想到苏格兰和朋友们啦。"

"是呀,有时我就想家!"他坦率地说。

"我也是这样——不过是只要能想就想。不过我出生的地方是一座老房子,为了改善环境,人家把它拆掉了,所以我现在好像没有什么家可想了。"

露塞塔本来还应该添上一句,那座房子是在圣赫利埃①,不是在巴思,可是没有。

"可是那山峦,还有那雾霭和岩石,它们都还在那儿呀!它们不就像是家吗?"

她摇头。

"我看就是——我看就是,"他嘟囔着说。可以看出来,他的心正在向北方飞去。不论那根源是来自民族还是来自个人,露塞塔说的那番话还是相当真切;法夫瑞的生命线中那两股奇特的线——商业的和浪漫的——有时非常清晰。正如在杂色绳子中一样,可以看出有各种颜色搓捻在一起,而且不是混成一色。

---

① 位于英吉利海峡泽西岛东南部的一座小城。

"你是在盼望着又回去呀。"她说。

"啊,不是,小姐。"法夫瑞猛地回过神儿来。

此时窗户外面的集市上喧哗越来越稠密、响亮。这一天的集市是一年当中雇工的主要集市,与几天前的市场大不相同。实际上,这是一个浅褐色的人群,其中夹着星星白色——这是一伙等待受雇的劳工。女人戴的那种高顶软帽,正像马车上的帆布,她们的棉布长袍和方格披肩,和那些赶车的干活儿穿的罩衫混在一起;因为她们也进入了佣工之列。在其他一些人中间,有一个老羊倌站在便道的拐角上一动不动,吸住了露塞塔和法夫瑞的目光。他显然是一个饱受磨难的人。对他来说,人生的战斗一直是艰苦的,因为首先,他体格矮小,艰辛的工作和岁月压弯了他的腰,现在要是从背后看他,简直就看不见他的头。他把他那根牧羊钩杖的长杆戳进街边的水沟里,倚在它的弯头上休息,他的手长期摩挲钩头,把它摸得锃亮。他低着头,两眼盯着地上,完全忘了他现在是在哪里,他来是为干什么。离他不远的地方,正在就他讨价还价;可是他听不见,似乎只有一些愉快光景,在他的脑子里一一闪过,那就是他年轻力壮的时候找活儿总是成功,那时因为他那一身技术,任何一家农庄只要他一张口就会对他打开大门。

从远处一个郡里来的一个农场主和这个老人的儿子正在讨价还价。中途遇到了一个困难,那个农夫在成交中不愿意只得到面包皮而得不到面包心,换句话说,就是只得到那个老人而得不到这个年轻的。可是儿子现在所在的农庄里有一个心上人,她正站在一旁,嘴唇煞白,等待谈判的结果。

"唉,奈丽,俺离开你很难过,"年轻人动情地说,"可是,你瞧,俺不能让爹挨饿呀,他到报喜节①就没活儿干了。那儿也不过就只三十五英里地。"

---

① 报喜节为天使加百列宣告耶稣诞生的节日,在三月二十五日。

那个姑娘的嘴唇直哆嗦,"三十五英里地呀!"她嘟囔着说,"啊!真够呛!俺再也见不着你了!"说真的,丘比特少爷的吸力可没指望能扯这么远啊;因为在卡斯特桥也和在别的地方一样,年轻小伙子就是年轻小伙子。

"啊,不,不,我再也见不到你了。"他紧紧握住她的手的时候,她一个劲儿说,然后,把脸转过来对着露塞塔的这面墙,不让人看见她哭。那个农夫说,他给年轻人半个钟头的时间,等他答复,说完就走开了,让这几个人留在那儿发愁。

露塞塔眼泪汪汪的眼睛碰上了法夫瑞的眼睛。使她感到惊讶的是,他的眼睛见到这种情景也泪水模糊了。

"这真难受,"她带着强烈的感情说,"一对恋人不应该像这样给拆散!啊,如果我能实现我的愿望,我就让大家按照自己的心意去生活,去恋爱!"

"我也许可以找个办法,让他们不至于分离,"法夫瑞说,"我想要一个年轻车夫;而且多半还能把那个老人留下——是的;他也花不了多少钱,而且他管保还能多少给我干点活儿。"

"啊,你真太好啦!"她高兴地叫道,"去告诉他们吧,然后让我知道你是不是办成了!"

法夫瑞出去了,她看见他跟那一伙人说话。他们的眼睛全都亮了起来;这桩事马上定下来了。事情一有了结果,法夫瑞立刻回到她这里。

"你的心肠真好,"露塞塔说,"在我这边已经做了决定,我所有的仆人,只要他们想要和恋人在一起就可以在一起。你也做一个同样的决定吧。"

法夫瑞看来比较认真,把头摇了半个圈,"我必须要比那更严一点。"他说。

"为什么?"

"你是一个——一个正走红的女人;我可是个还在整天苦干

的粮草商。"

"我是个很有抱负的女人。"

"啊,是吗?我可说不上来。太太小姐们,有抱负还是没有,我都不知道该怎么对她们说话,真是这样,"唐纳德怀着深深的歉意说,"我对所有的人都文明有礼——仅此而已!"

"我看得出来,你就是你说的这样。"她敏感到在这些思想感情交流之中,自己占了上风,于是这样回了一句。法夫瑞这样透露了自己的心曲,又向窗外望着集市上那熙熙攘攘的人群。

两个农场主见面握了握手,他们离窗户很近,所以他们说的话也和前面那些人的一样可以听见。

"今天上午你见到年轻的法夫瑞先生了吗?"一个人问,"他应许十二点整在这里和俺碰头;可是俺在集上来来回回,转来转去总有五六圈了,也没见到他的人影儿;本来他这个人是最说话算话的。"

"我把这个约会完全都忘了。"法夫瑞小声说。

"那么你必得走了,"她说,"不必吗?"

"是必得走。"他回答,可是还待在那儿。

"你最好还是走,"她催促着,"要不,你就要丢掉一个主顾了。"

"没事,谭普曼小姐,你这样要让我生气了。"他大喊着说。

"那么或许你就别走,再多待一小会儿?"

他焦急不安地盯着那个找他的农场主,看来不妙,那位农场主正好朝着亨察德站着的地方走过去,于是他转向室内对着她看着说,"我很乐意留下,可是我恐怕必得走啦!"他说,"生意不应该马虎,对吧?"

"一分钟也不。"

"真是这样。我下次再来——是不是可以,小姐?"

"当然,"她说,"我们今天遇到的事真是非常奇怪。"

"有些事,等我们独自一人的时候要好好想想,好像是这样吧?"

"啊,这我不知道。这毕竟也是普普通通的事。"

"不,我可不这么说。啊,不!"

"好啦!不管它是不是,反正现在已经过去了;市场在招呼你去呢。"

"是呀,是呀,市场——生意,我真希望世上根本就不做什么生意。"

露塞塔差一点笑出来了——她本来是会大笑一场的——可是这时她心里动了一点感情。"看你变的!"她说,"你不应该变成这样子。"

"以前我从来没有希望过会有这种事情,"苏格兰人说,对自己的弱点露出坦率、羞愧和抱歉的神情,"只是到这地界儿来,看见你以后,才有这种情况。"

"如果真是这个原因,那么你最好还是别再看着我了,天哪,我觉得,我已经快把你引坏了!"

"不管看不看,我心里都会看到你的。好啦,我走了——这次访问真愉快,谢谢你。"

"多谢光临。"

"很可能我一出去,过不了几分钟就会换上我的生意脑子了。"他嘟囔着说,"可是,我不知道——我不知道!"

他走出去的时候,她急切地说:"再往后你在卡斯特桥可能会听到有人说起我。如果他们告诉你,说我是一个爱卖弄风情的女人,有人可能会借我生活中的一些偶尔发生的事那么说,你别相信这种话,因为我不是那种人。"

"我发誓,我不会!"他激动地说。

这两个就是这样。她燃起了这个年轻人的热情,引得他柔情荡漾;而他呢,仅仅给她提供了一种消愁解闷的新方式,进而引起了她真切的挂肚牵肠。这是为什么呢？他们谁也没能说出来。

露塞塔还是一个年轻姑娘的时候，是不大会去理睬生意人的，可是，她在上下浮沉，最后扣上个和亨察德越礼失检，这使她对社会地位不再苛求。她在穷困的时候，遭到她曾所属的那个社会的冷遇，时至今日，她对之并不急切再图。她的心渴望进入一只能够飞行的方舟，并安安静静地将息。是风吹雨打还是风平浪静，她都不在意，只要它温暖。

法夫瑞给引出门外，他来拜访本是要见伊丽莎白-简，这已经完全溜出了脑海。露塞塔在窗口看着他在农场主和农场主的工人的迷宫中穿来穿去。她从他的步履上看得出来，他意识到她的青睐，而她的心则因为他那种谦和有礼的态度而向他飞出去——她本来还因为允许他再来而感到不得体，由此也找到了托词。他走进了市场大厅，她就再也看不到他了。

三分钟之后，她刚离开窗户，一阵敲门声响彻了整幢房子，次数并不多，但是有力，侍女小跑上来。

"市长。"她说。

露塞塔已经歪下了，正从自己的指缝中迷迷糊糊地看着，她没有马上回答，这时侍女又通报了一遍，还加了一句："他还说，他恐怕抽不出时间多待。"

"噢！那么告诉他，因为我头痛，今天我就不耽搁他了。"

这个口信传下去，她听见关门。

露塞塔到卡斯特桥来，是要激起亨察德对她的感情。她已经把这种感情激起来了，而现在又对这个成绩不以为然。

早上她把伊丽莎白-简看成一种干扰因素，现在这种看法改变了。她不再为了她继父的缘故痛感有必要摆脱这个姑娘了。这个年轻姑娘进来的时候，懵然不知情势发生了变化，露塞塔迎上前去，十分真诚地说：

"你来了，我真高兴。你要和我一起住很久，不是吗？"

把伊丽莎白当做一条看门狗,让她父亲躲开——多新鲜的花招儿。然而,这也并非令人不快。亨察德过去使她遭到难以言传的伤害之后,自始至终对她怠慢。他发觉他自己已经自由,她也已经富裕之后,本来至少应该做的是,衷心接受她的邀请,并且立即来访。

她的情绪时而高涨,时而低落,起伏不定,突然使她心中充满了胡思乱想。露塞塔那一天的种种经历就这样过去了。

二十四

可怜的伊丽莎白-简听到露塞塔让她留下的话很高兴,丝毫也没想到她的灾星已经下手,要摧毁她已经从唐纳德·法夫瑞那里赢得的刚刚萌发的关注。

在这里,除了可以把露塞塔的这所房子当做家以外,它还提供了可以俯视市场的地方,这对她也同对露塞塔一样,具有很大的吸引力。这个十字路口就像那些场面壮观的戏剧中设定的广场一样,在那里发生的各种事件,总是关联到附近居民的生活。农夫、商人、奶场主、江湖医生、走街串巷的小贩,一个星期又一个星期总在那里露面,到午后则流失无踪。这里是生活轨道的交结点。

从星期六到星期六,现在对于这两个女人,就像从一天到一天一样。从一种感情的意义来说,在这些空当,她们可以说是完全没有过日子。在其他的日子,她们可以随便到什么地方去游逛,可是在有集的这一天,她们肯定是留在家里。两个人都是冷不防向窗外对法夫瑞的肩膀和头顶偷偷看上几眼。他的脸她们很少看到,因为或者是出于羞怯,或者是不愿扰乱自己经商的心境,他总是避免朝她们这边看。

事情就这样继续下去,直到有一个赶集日的上午,来了一桩轰动性的新鲜事。伊丽莎白和露塞塔正在用早餐,这时候从伦敦给露塞塔寄来了一个包裹,里面是两套女服。伊丽莎白还在吃饭,露塞塔就叫她了,她走进自己朋友的卧室,看见床上摊开两件长袍,一件深樱桃红色,另一件浅一点,每个袖口都摆着一只手套,每个领口放着一顶帽子,手套上横放着两把阳伞,露塞塔站在这两个假想的人形旁边,显出一副沉思的样子。

伊丽莎白看到露塞塔聚精会神地反反复复问一个问题:究竟是这一件还是那一件最合适,于是就说:"我对这种事是不会这样费心去想的。"

"可是挑选新衣服是那么难办,"露塞塔说,"春天就要到了,在这整个季节里,你究竟是这样一个人呢(指着两套衣服当中的一套),还是这样一个完全不同的人呢(指着另一套衣服)?这两个中间可能有一个,你又不知道是哪一个,会变得非常让人反感。"

谭普曼小姐最后做出决定,不管要冒多大风险,她都要成为穿樱桃红颜色衣服的人。她断定这身衣服很合身,于是穿上它走到前面的屋子里去,伊丽莎白跟在她后面。

这天早晨是一年当中这个时间里晴朗得出奇的一天,太阳那样直直地射到露塞塔住宅对面的房屋和铺石路,亮光又反射到她那些屋子里。一阵车轮隆隆滚过之后,天花板上原有的亮光里又突然增添了一连串不断旋转的奇妙光影,于是这一对伙伴又转向窗口。即刻对面开过来一辆奇形怪状的车停了下来,好像是放在那里展览似的。

这是时新的农业机器,名叫马拉播种机,在这一带地方,直到这时还是用古老的播种耧播种,正像七国①时代一样,所以这种时兴的样式谁也不认识。这台机器到来所引起的轰动,就仿佛是一架飞行器在查灵十字街②所引起的一样大。农夫围着它转,女人挤到它跟前,孩子爬到它下面,或者进入里面。机器漆上了耀眼的绿色、黄色和红色,整个看来是一个庞然大物,就像把放大了许多许多倍的大黄蜂、蚱蜢和虾放在了一起。它或者也像是一架去掉

---

① 指公元六世纪到八世纪英国七个王国(肯特、苏塞克斯、威塞克斯、埃塞克斯、东英吉利、默西亚、诺森布里亚)争雄并峙的时代。
② 查灵十字街为伦敦市中心一条有名的书肆云集的繁华街道。

了正面的竖立式乐器。它给露塞塔的印象就是这样的。"嘿,它就是一种农业上用的钢琴。"她说。

"它和小麦有些关系。"伊丽莎白说。

"我猜不出,是谁想到要把它引到这儿来的?"

她们俩心里都想到,唐纳德·法夫瑞是这个创新人,因为他虽然不是农夫,可是与农事活动有密切的关系。而就像是应答她们的心思似的,他恰好在这时到来了,仔细看了看机器,围着它走了一圈,使了使它,仿佛懂得一点它的构造。这两个观看的人见他来了,都心中猛地一惊。伊丽莎白离开窗口,走到屋子的里面,站在那里好像是专心致志地在看护墙板,几乎没有意识到她自己会这样做;而露塞塔由于她这身新装束再加上看到了法夫瑞,正在兴头上,喊着说:"管它是什么,我们去看看这台家伙吧!"这才唤醒了伊丽莎白。

伊丽莎白-简立刻把帽子和披肩匆匆披戴上,她们就走出去了。许多务农的人都围在四周,在所有这些人中间,好像只有露塞塔才够资格掌管这台新机器,因为只有她在色彩上才可以和它匹敌。

她们好奇地对它仔细查看。仔细看那一排又一排、一个套一个的喇叭形管子,还有那些小勺子,它们就像旋转的盐匙,把种子送进那些管子的上端,然后经由这些管子撒进地里。后来有什么人说了一句:"早上好,伊丽莎白-简!"她抬头一看,原来是她的继父。

他这声招呼有点干涩,而且瓮声瓮气,打乱了伊丽莎白-简的平静,让她不知所措,慌乱之间结结巴巴说了一句:"爸爸,这就是我和她住在一起的那位小姐——谭普曼小姐。"

亨察德把手伸向自己的帽子,摘下来大大地摆了一下,一直碰到他身上膝盖的地方。谭普曼小姐躬身施礼。"亨察德先生,和你认识,十分高兴。"她说,"这真是一台奇妙的机器。"

"是的,"亨察德回答,于是他接着讲解,而且更加着力的则是对它讽刺挖苦。

"谁把它弄来的?"露塞塔问。

"啊,别问我了,小姐!"亨察德说,"这个东西——哼,说它灵,那不可能。是那个自以为是的跳梁小丑他给咱们的一个机器工推荐,这样才弄来的,那家伙以为——"他的眼睛瞥见了伊丽莎白-简那种带着恳求的脸色,大概是想到求婚的事儿也许正在进行,他就打住了。

他转身走开了。这时似乎有点事让他的继女觉得想必是她自己的幻觉。从亨察德的嘴里吐出了一句嘟嘟囔囔的抱怨,她听出来,是用责备的口气对露塞塔说了一句:"你拒绝见我!"她没法相信,这句话出自他继父之口;说真的,除非是对她们身边一个穿着带黄绑腿靴子的农场主说的。然而,露塞塔似乎是一言未发,随后好像是从机器里面发出的哼一首歌的声音,把所有关于这件事情的想法都给驱散了。这时亨察德已经走进市场大厅里看不见了,于是两个女人都朝播种机那边看。她们可以看见,在机器后面有一个人弯着腰的背影,他正把头伸进机器里边,想弄清机器并不复杂的秘密。那首歌还在继续哼着:

  这——是夏——天的一个下——午,
  太——阳马——上要下——山休——息。
  身穿漂——亮新——长袍的吉蒂
  翻——过一座座小——山走——向高瑞。①

伊丽莎白-简立刻就悟出唱歌人,而且她自己也不知道是什么原因竟显得有些歉疚不安。露塞塔随后也认出了他,她更能自持一些,于是狡黠地说:"播种机里面唱出了《高瑞姑娘》——真是

---

① 这是赖恩夫人(1776—1845)创作的一首苏格兰歌曲。哈代在此选用这首歌,带有一点讽喻的意味,因为露塞塔当时穿了一件"漂亮的新长袍"。

个稀奇事儿!"

这个年轻人对于自己那番调查,终于感到满意了,于是挺身直立起来,隔着机器的顶部和她们的目光接上了。

"我们正在看这台奇妙的播种机,"谭普曼小姐说,"可是实际上它却是一堆废物——是不是?"她受到**亨察**德那些话的影响,又加了这么一句。

"废物?啊,不是!"法夫瑞一本正经地说,"它会让这一带的播种来一场革命!那些播种的就不用再拿手撒种子了,这样就不会有些种子落在路旁,有些落在荆棘丛里①,要一颗麦粒到哪儿,它就到哪儿,绝不会到别的地方去!"

"那么,那个播种人的传奇故事就永远不会有啦。"伊丽莎白-简说。她觉得至少在读《圣经》方面自己和法夫瑞是一致的。"'看风的必不撒种',传道者是这样说的;可是他的话以后就不对了,事情变化多么大呀!"②

"哦;哦……必定是这样的!"唐纳德认可了,他的目光盯着远处一个空白地方,"可是在英格兰东部和北部,机器已经很普通了。"他又带着辩解的意味添了一句。

露塞塔似乎和这种情怀沾不上边。她对《圣经》中的箴言妙语了解相当有限。"这台机器是你的吗?"她问法夫瑞。

"啊,小姐,不是。"他说。他一听见她的声音就感到窘迫不安,而且变得毕恭毕敬,可是他和伊丽莎白-简在一起则自在安适,"不,不——我只不过是推荐说,应该把它弄来。"

接着是一阵沉默,法夫瑞似乎心中只剩下露塞塔;已经感觉不到伊丽莎白的存在,进到一种非她所属、更为光辉的生存领域了。

---

① 《圣经·新约·马太福音》第 13 章第 4—7 节:"撒的时候,有落在路旁的,……有落在荆棘里的……"

② 《圣经·旧约·传道书》第 11 章第 4 节:"看风的必不撒种。望云的必不收割。"

露塞塔觉察到他那天半是生意经、半是浪漫情的那种交错的心态,便对他甩下一句:

"得啦,别为我们丢了机器哟。"说着便和自己的同伴回到家里去了。

伊丽莎白感到她自己刚才有些碍事,可是又说不上是为什么。她们又回到起坐间的时候,露塞塔对这件事稍作解释,说了这么一句:

"前不久我有机会和法夫瑞先生说过话,所以今天早晨我就算是认识他的了。"

那天露塞塔对伊丽莎白非常和蔼亲切。她们在一起,观看集市上的人越来越挤,然后随着太阳慢慢下沉,人也越来越少,后来太阳逐渐向城市较高的那个街头下落,整个通衢大道从头到尾都笼罩在落日的余晖里。单马车和运货车一辆接一辆都不见了,到后来街上一辆车也没有了。车骑世界的时间过去了,又给徒步行人世界占满,庄稼地里的雇工带着老婆孩子从村子里成群结队涌来,开始了一星期一次的购物。早先是车轮滚滚,马蹄嗒嗒,这时则除了步履橐橐之外,别无其他。所有的器具家什,所有的农场主,所有的有钱阶级全都走了。市上的交易都从批发变成了零售,这时过手的是一个个便士,而白天早些时候过手的则是一个个英镑。

虽然天色已晚,街灯都亮起来了,可是她们还没有关上护窗板,所以露塞塔和伊丽莎白朝外面看到了这些。在壁炉微火闪烁中,她们的谈话就更加无拘无束了。

"你爸爸和你很疏远。"露塞塔说。

"是的。"她把亨察德好像是跟露塞塔说话而一时产生的莫名其妙已经忘了,所以又接着说,"这是因为他认为我不够高雅。你都难以想象,我为了做到那样,是多么地尽心竭力,可都是白费!我妈妈撇下了我爸爸,使我很不幸。你不知道,在你生活中笼罩着那种阴影,是怎么回事。"

露塞塔看来是在退避。"我不——不完全是那样,"她说,"可是,你可能感到某种——不光彩的感觉——羞愧——在另外的一些方面。"

"你是不是有过随便哪一种这样的感觉?"年轻的这位天真地问。

"啊,没有,"露塞塔急忙说,"我是在想——有时候,有些女人本人根本没有什么过错,可是却使自己处于受世人另眼相看的境地,那会怎么样。"

"那以后一定会使她们非常不幸。"

"那使她们焦虑不安,因为难道别的女人不会小看她们吗?"

"并不会全都小看她们;不过也不会喜欢她们,或者尊重她们。"

露塞塔又在退避。即使在卡斯特桥,她的过去也不是经得起调查的。只说一件事吧,她起初趁着一股热火劲,给亨察德写过一大堆信,他一直还没退还给她。这些信有可能已经销毁了;可是她却希望,要是自己从来没有写过这些信就好了。

与法夫瑞邂逅以及他面对露塞塔的举止态度,使爱动脑筋的伊丽莎白更加注意观察她这个光彩照人而又和蔼可亲的同伴。几天之后,露塞塔正要出门,伊丽莎白的目光和她的碰在了一起,伊丽莎白不知怎么就料到,谭普曼小姐心中正怀着想见到那位引人注目的苏格兰人的希望。事情就明明摆在露塞塔脸上和眼睛里,任何人都会像伊丽莎白-简已经开始看出来的那样,对此一目了然。露塞塔走了过去,随手关上了街门。

一种占卜者的灵气摄住了伊丽莎白,驱使她在炉边坐下,用她自己已经掌握的材料,那么确切地参事件的发展,简直像是亲自目睹的一样。她就这样在心中跟随着露塞塔——看到她和唐纳德仿佛是在什么地方不期而遇——看到他带着遇到女人时那种特别的神情,还因为这次遇到的是露塞塔所以更加强烈。她描绘出他那热情洋溢的言谈举止;见到他们俩既不愿分离又不想让人看出来那种犹疑不决的神气;描绘出他们握手的情景;他们在分别的时候如何整个的外表和动作也许显得冷冷淡淡,而只在脸上一些细微的表情中才显露出星星点点的感情,因此除了他们自己谁也难以察觉。这个明察秋毫却寡言罕语的鬼丫头,还没来得及把这些情景一一想完,露塞塔就不声不响地来到她的背后,把她吓了一跳。

事情真的完全像她所想象的那样——她本可以就此发誓。露塞塔的目光在她那早已绯红的脸颊上面炯炯闪烁。

"你见到了法夫瑞先生?"伊丽莎白认真地说。

"是呀,"露塞塔说,"你怎么知道的?"

露塞塔跪在壁炉前面,激动地把她同伴的手握在自己的手里;但是露塞塔到底还是没有说,她在什么时候或是怎样见到他的,或是他说了些什么。

那天夜里露塞塔变得烦躁不安;到了早晨更是浑身发烧;吃早饭的时候,她告诉她的同伴说,她心里有事——事关她非常关注的某个人。伊丽莎白真诚而又同情地倾听着。

"这个人——一位小姐——曾经十分仰慕的一个男子——十分仰慕。"露塞塔犹犹豫豫地说。

"啊。"伊丽莎白-简说。

"他们很熟——相当熟。他在心里没有把她像她把他放得那样重。但是他一时冲动,纯粹是想要做些弥补,提出娶她为妻。她同意了,可是在事情进行当中,出了一块意想不到的绊脚石;然而她那时已经和他取得谅解,所以她觉得,她永远也不能属于另一个男子,即使她希望也不能,这纯粹是一个良心上的问题。从那以后,他们简直是一刀两断,很长一段时间,彼此音信杳然,她也就感到,她的生活几乎已经完结了。"

"啊——可怜的姑娘!"

"她因为他的缘故,受了很多苦;不过我也应该说,发生了这种事情,并不能完全怪罪他。谢天谢地,那个拆散他们的障碍,最后消除了;于是他就来娶她。"

"多么叫人高兴!"

"可是,在这个当口,她——我可怜的朋友——又看见了一个比那一个她更喜欢的人。现在就说到点子上了:从道义上说,她能抛掉那头一个人吗?"

"她更喜欢新来的那个人——那可糟了!"

"是呀,"露塞塔痛苦地望着一个在摇公共水泵的把手的男孩儿,"那是很糟! 不过你别忘了,那是因为一次偶然事件,她才被迫和第一个男人陷进一种暧昧不明的境地——而且他还不像第二个那样受过良好教育,或者说教养有素,而且她还发现头一个有些品性,致使他做丈夫不像她起初想的那样合意。"

"我可没法回答,"伊丽莎白-简若有所思地说,"这件事太难了。这得要一个教皇来裁定!"

"也许你是不大愿意回答吧?"露塞塔用一种恳求的口吻表示她是多么想依赖伊丽莎白的判断。

"是的,谭普曼小姐,"伊丽莎白承认,"我还是不说为好。"

然而,事实明摆着,露塞塔既然已经把这种情势透露出了一点,她似乎就得到了缓解,头痛也就渐渐好转了。"递给我一面镜子吧。叫人家看着,我是个什么样子呀?"她有气无力地说。

"嗯——有点儿疲倦。"伊丽莎白一边说,一边端详她,就像鉴定家端详一幅真伪难辨的画似的。她把镜子拿来,好让露塞塔能够打量自己,这是露塞塔急于要做的。

"时间一天天过去,我真不知道,我是不是还会显得像个样儿!"过了一会儿她说。

"不错——挺像样儿的。"

"我什么地方最差?"

"你眼睛下面——我看出来,那儿有一点发暗。"

"是,那是我最差的地方,我知道。你觉得,再过多少年,我就会难看得没指望了?"

这种事也真有些怪,伊丽莎白虽然更年轻,可是在讨论这种事的时候,却不由得担起了富有经验的贤哲的角色。"可能五年,"她判断说,"要是过一阵安安静静的生活,可能长到十年。要是不恋爱,你可以打算上十年。"

露塞塔似乎是把这句话当做一个铁定公正的判决来琢磨着。关于她过去的那场恋情,她不过是作为他人的经历轻描淡写地勾画了一下,也没有对伊丽莎白-简多说。而伊丽莎白尽管贤达明哲,但却心肠很软,那天夜里躺在床上,想着她那位又漂亮、又阔气的露塞塔,在那番自白中对她因为并未完全信赖,而没有把人名和地点和盘托出,还是不禁唉声叹气。因为伊丽莎白并没有被露塞塔故事里的"她"给哄骗住。

二十五

亨查德在露塞塔的心中被取而代之的下一个阶段,是在法夫瑞显然带些诚惶诚恐地访问她时做了试探之后。按照传统的说法,他是在同谭普曼小姐和她的同伴两个人谈话①;可是事实上伊丽莎白坐在屋子里却更像是隐身的一样。唐纳德显得似乎是根本没有看见她,她说上一两句很有见地的话,他总是简单冷淡地敷衍几声,他的身心感官全都贯注在另一个女人身上,而那个女人可以大言不惭地说,在外表形貌、心境情调、见解主张以及本性节操等等方面,堪称比普罗特斯②更加变化多端,伊丽莎白-简是望尘莫及。露塞塔一直竭力要把伊丽莎白拉到那个圆圈里去,可是她始终像是一个尴尬的第三点,让这个圆圈总是难以触及。

苏珊·亨察德的女儿硬着头皮顶住这种冰冻般疼痛难挨的冷遇,正如她以前在更恶劣的境遇中一样,而且想方设法在他们不知不觉当中尽可能快快地离开这间气氛不融洽的屋子。这个苏格兰人几乎完全不像原来的那个法夫瑞,那个在半似爱情、半似友情的微妙关系中和她跳舞、和她散步的法夫瑞——那是一场在恋爱史上也只有那个时期才可以说是没有掺杂着痛苦。

她淡泊超脱地从自己卧室的窗口向外眺望,反复琢磨自己的命运,仿佛它就写在附近那座教堂的钟楼上。"是的,"她最后用手掌在窗台上轻轻一拍,同时说了一句,"他就是她给我讲的那个

---

① 按英国旧习俗,青年男女相处,需有第三者陪伴。
② 普罗特斯为希腊神话中的海神,又名海中老人,他的形象可以随意变化。

故事里那第二个男人!"

在这整个期间,亨察德对露塞塔的感情正如冒着烟的闷火,给这件事的种种情况煽得火苗越来越高。他对这个年轻的女人,一度怀有温情怜悯,后来经过反省,他的这种温情已经冷却殆尽,如今她出落得有点难以企及,也更添了成熟之美,他也就逐渐发现,她才是能使他生活感到满足的那个人。一天又一天,她用沉默向他证明,想用欲擒故纵的办法来迫她就范毫无用处,所以他让步了,趁伊丽莎白-简不在的时候,又去拜访她。

他从屋子这头一直向她走过去,脚步沉重得有些不大得体。他对她强烈热情的凝视——和法夫瑞那种谦和顾盼两相比较,就像是月亮旁边的太阳——还带着某种老相好的表情,不过说实在的,也并非不是自然。但是,她好像由于地位变化而变了质,只是那么冷冷淡淡地伸出了友谊之手。这使他变得谦恭起来,带着明显可见泄了气的样子坐了下来。他对于衣着的款式本来所知无几,但是也足以感觉出,自己的外表在她身边显得不入流,而他在自己的梦想中,又一向都是把她几乎当做自己的财产看待的。她说了几句非常客气的话,对他的拜访表示感谢。这让他恢复了镇静。他摆脱了心中的忐忑,直眉瞪眼地盯着她看。

"哦,露塞塔,我当然是来拜访你了,"他说,"说这种废话有什么意思?你知道,如果我有什么心愿——这就是说,如果我还有一点点善意,我就不能不做。我来拜访你,是要告诉你,我已经准备停当了,一旦风俗习惯允许①,我就给你名分,好报答你对我的忠贞,你对我考虑得那么多,为自己考虑得那么少,为了这个又受到那么大的损失;我是说,只要你认为什么时候合适,你可以决定哪一天,或者哪一个月,我完全同意;这些事情,你懂得的比我多。"

"这事儿还完完全全早着呢。"她闪烁其词。

---

① 指亨察德需在丧偶后经过一段居丧期后才宜再婚。

"是的,是的;我想也是这样。可是,露塞塔,你知道,我那时一心只觉得,我那可怜受屈的苏珊不在了,而我无法想象要再次结婚,可是在你我之间发生过种种事情之后,我就有义务把一切事办妥,不要再有任何不必要的拖延。不过,我还是不想匆匆忙忙来看你,因为——唉,你能够猜想到,你得到的那笔钱,给了我什么样的感觉。"他的声音慢慢低下来了;他意识到,在这间屋子里,他那种腔调和举止显得粗俗;而在市井长街上,这是不大容易觉察的。他四下打量这间屋子里那些把她包围在其中的时新帐幔和精巧的家具。

"我敢打赌,我知道,在卡斯特桥以前买不到像这样的家具。"他说。

"现在也买不到,"她说,"往后也一样,除非这个城市再经过五十年文明的发展。这是费了一辆车和四匹马的力量才弄到这儿的。"

"哼,看来你好像是在钱堆上活着。"

"啊,不,我可没有。"

"那就更好了。不过事实上,你摆出这么一副姿势,让我对你感到很难堪。"

"为什么?"

回答并不真正需要,他也没有提供。"嗯,"他继续说,"在这个世界上,我从来没有期望过看到任何人能得到你眼前的这一大笔财富,露塞塔,而且我敢保,也没有任何人更配得上。"他带着祝贺赞羡的神情转身对着她,那股热火劲儿使她也有点畏缩,尽管她对他那么熟悉。

"对你说的所有这些话,我不胜感激之至。"她这样说话,颇有一股讲客套的神气。这种酬对当中矜持的感觉,亨察德觉察出来了,他顿时表示恼怒——没有人会比他更快地做这种表示。

"对这你可以感激,也可以不感激。尽管我说的这些东西,可能没有你最近才生平第一次懂得想要的那种光鲜,可是,我的露塞塔女士,这些都是大实话。"

"这样对我讲话,真是一种粗野无礼的方式。"露塞塔板起面孔,怒目圆睁。

"一点也不!"亨察德火暴地回答,"不过,得,得,俺不愿意和你争吵。我来这里提出一个老老实实的建议,为的是要让你在泽西的那些仇人闭住嘴,你本来应该心生感激。"

"你怎么能这样说话!"她立即发着火回答,"你自己知道,我唯一的罪过就是为了你而沉溺于一种傻姑娘的情感,对于是非有欠考虑,而且别人说我有罪的时候,我一直都是像我所说的那样清白无辜,所以,你就不应该这样刻薄!你写信告诉我,你老婆回来了,而我的结局就是给打发掉。在那段愁闷的日子,我受够了苦。如果说我现在还有一点点独立自主,这肯定也是我应当有的权利!"

"是呀,是这样,"他说,"不过,现实人生,人家评判你,并不是本来什么样就是什么样,而是表面什么样就是什么样。正因如此,我想,你应该接受我——为你自己的名誉起见。在你老家泽西弄得满城风雨的事情,在这里也会同样弄得满城风雨。"

"你怎么老说泽西!我是英国人①!"

"是呀,是呀,得啦,你对我的建议怎么说吧?"

从他们结识以来,露塞塔第一次可以棋先一着;然而她还是退缩了。"目前就让它这样吧,"她有点不知如何是好,"把我当做一个熟人看待;我也一样看待你。时间会——"她打住了;他并没有在这一会儿接上茬说什么。既然彼此半生不熟,如果相互都不在乎,也就不必非要把话说完了。

"情势就是这个走向了,是吧?"他最后恶狠狠地说,同时点了

---

① 正因历史上泽西曾经属于英、法两国,居民国籍、血统亦有纷纭。

点头,肯定了自己的想法。

一阵黄色的阳光不过一闪之间反射进屋子里来。这是一辆从乡下运来新干草捆的大车经过时发出的,车上标着法夫瑞的姓。法夫瑞本人就在车旁的马上。露塞塔的脸上起了变化——正如女人看到自己心爱的男人幻影似的出现在眼前时脸上的变化。

转过头来,从窗口看上一眼,亨察德就可以揭开露塞塔那么难以接近的秘密了。但是他只顾估量她说话的口气,正低垂着头直直地向下看着,所以没有注意到她脸上那种脉脉温情。

"我竟会没想到这种事——我竟会没想到女人的这种事!"他一面说着,口气越来越重,一面站起身来,抖擞精神,正要有所动作;与此同时,露塞塔则急着转移他对真相起疑,请他不要忙着走。她又拿出几个苹果,一定要削一个给他。

他不肯要。"不要,不要,这种东西不是给我的。"他生硬地说着,朝门口挪动。刚要走出去的时候,他又转眼盯住她。

"你完全是因为我的缘故才住到卡斯特桥来的,"他说,"可是现在你到了这儿,对我的提案却一直什么也不肯说!"

他还没有下完楼梯,她就一下倒在沙发上,然后,又带着一股不顾死活的劲头跳起来。"我就要去爱他!"她动情地大声说,"至于他——脾气又火暴又严厉,既然知道了这个,还要把我自己和他绑在一起,那才真是发疯了。我决不当过去的奴隶——我在哪儿选中了谁就爱谁!"

人们也许会设想,既然露塞塔决心和亨察德一刀两断,她本来是能够瞄上一个比法夫瑞更高的。可是她没有加以思考:她害怕早先结交的人种种难听的话;她没有剩下什么亲属;于是就以天生的轻浮,顺其自然地接受了命运的安排。

伊丽莎白-简以她那坦诚头脑的水晶球,测算露塞塔夹在两个情郎之间的处境,不是没有看到她的父亲——她这样称呼他——和唐纳德·法夫瑞一天比一天更加不顾死活地迷恋上了她的朋友。在法夫瑞这一方面,这是青年人自然勃发的热情;而在亨察德那方面,则是比较更成熟年纪的人在人为刺激之下而起的痴心妄想。

他们这一对儿表现出来的那种把伊丽莎白的存在几乎一点也不放在心上,使她感到难过,不过她时不时对这件事的滑稽之感,又使这种难过减轻了一半。露塞塔的手指扎破了,他们深表关切,似乎她就要一命呜呼;她自己生了重病,或者处于危险,他们听到后吐出一句半句表示同情的客套话,然后马上忘得干干净净。不过对于亨察德,她觉察到的这种情况,也引起她做儿女亲人的某些悲伤。她不禁要问:在亨察德做了那些使人挂肚牵肠的坦白以后,她究竟做了什么要受到这样的冷遇呢。至于法夫瑞,经过平心静气的思考以后,她觉得这是相当自然的事。与露塞塔相形之下,她算得了什么呢?——不过是在天空升起了月亮的时候,"夜间的小小繁星"[①]中的一颗而已。

她已经得到过被遗弃的教训,像看惯每日太阳落山一样,现在又习惯了每天希望破灭。如果说她的尘世经历没有教给她什么书本上的哲理,那么它至少在这方面使她受到了很好的磨炼。不过组成她的经历的一连串全盘失望还是少于沉浮否泰交相更迭。她连续不断地遇到的是,她所想望的她没有得到;她所得到的又不是她所想望的。于是她怀着一种几近听天由命的心情,回顾唐纳德还是她秘而未宣的恋人时那些如今删除了的日子,心中纳闷:不知道上天会把一个什么意想不到的东西送给她来替代唐纳德。

---

① 出自亨利·沃顿爵士(1568—1639)的诗《关于他的情妇波希米亚女王》。

二十六

　　一个春天的早晨,天气晴朗,亨察德和法夫瑞在城市南面城墙旁边那条栗树步行街上不期而遇。他们都是很早一吃了饭就出门的,附近一个其他人影也没有。亨察德正在看露塞塔来的一封信,是为答复他的一封短柬写给他的。信上她找了一些借口,说她不能马上应许他所希望的第二次见面。

　　唐纳德和自己这位以前的朋友目前正当关系紧张,既不愿和他交谈,也不愿横眉竖目一声不响地从他面前走过去。他点了点头,亨察德也同样点了点头。他们各自刚走过去几步,就有人叫了一声:"法夫瑞!"这是亨察德叫的,他站住了,看着唐纳德。

　　"你还记得,"亨察德说,好像让他开口的是他眼前的那个想法,而不是那个人,"你还记得我说的那第二个女人的故事吗?——就是那个,因为欠考虑就和我有了亲密关系,遭了罪的。"

　　"我还记得。"法夫瑞说。

　　"你还记得吗,我告诉过你,事情是怎样开始,又是怎样了结的?"

　　"记得。"

　　"哼,我现在能办了,我就向她提出要和她结婚,可是她却不愿意嫁给我。那么我提请你考虑,你会对她怎么看?"

　　"嗯,你现在再也不欠她的了。"法夫瑞诚心诚意地说。

　　"这倒是真的。"亨察德说,又继续向前走去。

　　他是在看信的时候抬起头来向他提问的,所以法夫瑞心里完全没有想到,那个受到质询的嫌疑犯就是露塞塔。的确,她目前的地位和亨察德的故事里那个年轻的女人截然不同。这就足以让他绝对不会确认,她就是那个人。至于亨察德,则是法夫瑞的言语态度打消了他脑子里闪过的一点疑惑,放下心来。他们都还不是那种已经明确意识到的情敌。

不过,亨察德还是不由得坚信,肯定有个什么人在和他作对。这一点,他可以从露塞塔周围的气氛中感觉到,从她的行文用笔上看出来。有一股抵触的力量在运作,所以他千方百计想和她靠拢的时候,总觉得像是站在迎面冲来的逆流里。他越来越肯定,这绝不是他自己心里的胡思乱想。她的窗户里灯光忽闪,似乎不愿见他;她的窗帘像是挂得诡谲,似乎在遮掩一个占了他的位置的人。为了弄清这个人究竟是谁——果真是法夫瑞,还是别的一个什么人——他使出浑身解数,要再见她一面,而且终于办成了。

拜会当中,露塞塔给他上茶的时候,他抓住这个时机,小心谨慎地发出提问:她是不是认识法夫瑞先生。

"噢,是的。"她声称她认识他;她高高在上,住在这样一个俯临市中心和周围一带的瞭望塔里,怎么能不认识几乎卡斯特桥的每一个人呢。

"挺招人喜欢的小伙子。"亨察德说。

"是的。"露塞塔说。

"我们俩都认识他。"好心眼儿的伊丽莎白-简说,她想帮她的同伴摆脱这种可想而知的狼狈处境。

这时有人敲门;说得准确一些,是先重敲三下,最后轻敲一下。

"这种敲门法就表示是一半对一半——这号人准是一半斯文一半粗鲁,"粮食商对自己说,"所以如果说这就是他,我不应该觉得有什么奇怪。"还不到几秒钟,果然不错唐纳德走进来了。

露塞塔极其明显地现出一阵心绪不宁,坐立不安,这就加重了亨察德的怀疑,虽然并没有提供任何特别的证据来证明,这种怀疑准确无误。他一想到自己和这个女人的关系落到这种莫名其妙的地步,几乎就要暴跳如雷。这个女人在受到诽谤的时候,谴责他遗弃她,再三催促要求他就此做出考虑,一直等着他,一等到第一次有了得体的时机,马上就来要求他娶她,好改变她因为他的缘故而陷入的难堪处境;以前她一向如此。可是现在,他却坐在她的茶桌旁,切望博得她的青睐,而且在欲火难平之中,觉得在场的另一个男人是坏蛋,正如任何身为恋人的年轻大傻瓜所感觉的一样。

现在照在茶桌上的光线越来越暗,他们俩一直挺挺地并排坐在桌旁,就像托斯卡纳派①的某幅画,其中两个门徒正在以马忤斯村吃晚饭②。露塞塔成了那头上有光圈的第三个人③,正对着他们;伊丽莎白-简是局外人,置身这一场景之外,能够从远处观察一切,正像那位要把事迹记载下来的传教士一样。有很长一段时间谁都一声不响,只有茶匙碰到杯盘的声音,户外的种种嘈杂也安静下来,窗下行人鞋跟踏着石铺路的哒哒声,手推车或者运货车走过的辚辚声,车夫的口哨声,对面公共水泵把水压进家家户户水桶里的哗哗声,邻里之间互道寒暄声,还有他们用弯弓似的扁担担走他们晚间的所需发出的吱嘎声。

"再来块黄油面包吗?"露塞塔一视同仁地对亨察德和法夫瑞说着,把一满盘码着的长面包片举在他们两人中间。亨察德抓起一片面包的这一头,法夫瑞抓起另一头;两人都觉得她准是对自己说的;谁也不肯撒手,于是这片面包扯成了两半。

"啊——我真抱歉!"她喊了起来,同时神经紧张地扑哧一笑。

---

① 托斯卡纳派即文艺复兴初期的佛罗伦萨画派,常以《圣经》故事为绘作题材,人物多形体僵直,表情呆板。
② 据《圣经·新约·路加福音》第24章第13—31节,耶稣钉上十字架以后第三天,有两个门徒到离耶路撒冷七英里的以马忤斯村去,路上遇到一人与他们同行,一路上同他们谈《圣经》上的道理,直到同席吃晚饭时把饼掰开递给他们的时候,他们才认出他是耶稣,而这时耶稣却突然不见了。
③ 指画中的耶稣。

法夫瑞也想付之一笑,可是他爱之太深,所以除了以祸事之光来看待这件事之外,别无其他。

"他们这三个人多么滑稽可笑!"伊丽莎白自言自语。

亨察德离开这所房子时心里有一大堆怀疑,觉得法夫瑞正是那种拖后腿的力量,不过还没有一星半点证据;所以他还狐疑不决。然而,对于伊丽莎白-简来说,事情就像公共水泵一样明摆着,唐纳德和露塞塔是爱情初萌的恋人。露塞塔虽然小心翼翼,可是却不止一次情不自禁地让自己的秋波流向法夫瑞的眼睛,就像小鸟归巢。但是亨察德生来粗心大意,在黄昏晦暗时分,觉察不到这种精微琐细的事情。这对他来说,就像小昆虫的窸窸窣窣,超出了人类听觉的范围。

但是,他还是心烦意乱。这种在情场暗斗的劲头,大大助长了他们在商场上的明争,这种劲头还给那场粗俗的物质争斗添加了一种如火如荼的热情。

这种由此增添了激情的对抗心理,终于付诸行动,亨察德于是派人去找焦普。这个人原定要做经理,因为法夫瑞到来而被挤掉了。亨察德经常在街头巷尾碰到他,从他的衣着看得出来他很潦倒,听说他住在米克森巷——市镇背后的贫民窟,卡斯特桥聚居区权作①栖身之地的陋巷——这件事本身差不多就足以证明,一个人已经到了不拘泥于细枝末节的境地。

焦普是在天黑以后来的,他经过仓库院子的大门,摸着黑穿过干草和麦秸走到办公处,亨察德独自一人枯坐在那里等候他。

"我现在又缺一个领班的了,"粮商说,"你现在有活儿干吗?"

"差不离就是干叫花子的活儿啦,先生。"

"你要多少钱?"

焦普说了个价钱,数目微薄。

---

① 原为法文。

"什么时候你能来？"

"此时此刻就能来，先生。"焦普说。他经常把手插在衣袋里，站在街头巷尾，久而久之，太阳把他上衣的两个肩头都晒成吓鸟草人的那种绿色；他经常在市场上观察亨察德，琢磨他，打听他，尽一个闲着的人在闲着的时候之所能去了解一个忙人，比忙人自己还更了解自己。焦普还有一个现成的经验：在卡斯特桥，除了亨察德和守口如瓶的伊丽莎白以外，唯有他知道露塞塔一点不错是泽西人，只是新近才从巴思来。"我也熟悉泽西，先生，"他说，"你过去常到那里去做生意，那时候我就住在那里。啊，对了——在那里常常看到你。"

"确实！很好。那么这件事就定下了。你第一次来找活儿干的时候，给我看的证明就足够了。"

亨察德可能根本没有想到，人到贫困的时候，品格会堕落。焦普说了"谢谢你"，在那儿站得更稳了，他意识到，他终于正式属于那个地方了。

"嗯，"亨察德目光炯炯地盯住焦普的脸，"在这一带我是最大的粮草批发商，对我来说有件事非办到不可。那个苏格兰人胆大包天，正在把全市的买卖弄进他手里，得把他打住。听清了吗？俺俩，势不两立——这是清清楚楚、明明白白的。"

"这我全看到了。"焦普说。

"当然，我说的是用光明正大的竞争，"亨察德继续说，"不过，既然是光明正大，同样就要猛烈、敏锐、不屈不挠——甚至更要这样。用这种拼命竞争的办法和他抢农夫顾客，就会把他在地上辗碎——让他完全饿死。你记着，俺有本钱，这，俺能办到。"

"我的想法和你一模一样。"新领班说。焦普因为法夫瑞以前篡了他的位而讨厌他，这让他成了一个心甘情愿的工具，同时也让他，从做生意上说，成了亨察德可能挑到的一个不牢靠的伙计。

"我有时候想到，"他又加上几句，"他一定有什么镜子，能预见来年的事。他有那么一个窍门,能让他干什么事都赚钱。"

"老实正派的人都看不透他;可是我们一定得弄得他不那么高深。我们要比他低卖,比他高买,这样把他挤出去。"

然后他们就开始研究完成这件工作的一些具体细节,直到很晚才分手。

伊丽莎白-简一次偶然听说她继父雇用了焦普。她完全相信,他不是一个适于这个职位的人,所以他们会面的时候,她冒着惹亨察德生气的危险,向他表示了自己的担心。亨察德对她严加斥责,封住了她的嘴。

这一个季度的气候好像眷顾他们的计谋。当时正是发生外国竞争①的前几年,粮食贸易还没有改革,仍然和最早的那些年代一样,小麦一个月又一个月的行情,全都是依国内的收成而定。歉收或者可望歉收,粮价在短短几个星期之内可以加倍;而丰收在望,也会同样快地落价。价格就像当年的道路一样,陡起陡落,反映出各个时期当地的情况,没有经过治理、平整或是填平补齐。

农夫的收入受制于他自己眼界所及地区内的小麦收成,而小麦收成又受制于天气。如此从个人来说,他就成了一种肉身的晴雨表,老是把触角伸出去探测天空和他周围的风向。当地的气压②对他就是一切,其他国家的气压则不关痛痒。人们,即使不是农夫,那广大乡民也比现在那些人更重视气候之神。确实,当时的农民在这方面的感觉如此强烈,这在目前比较平稳的时代,几乎不可思议。每当遇到淫雨狂风,他们感情冲动得几乎要匍匐在地,忧心如焚。有些人家自己本无罪过,唯有贫穷,每逢风雨袭来,也宛如阿拉斯托③降临一般。

---

① 英国一八四六年取消谷物进口税,外国竞争随之加强。
② 指以气压变化预测风云雨变化。
③ 阿拉斯托为家宅中凶神恶煞,亦即希腊的复仇女神,能令父辈过失祸延子孙。哈代敬爱雪莱,写作此章时心中可能留有雪莱《阿拉斯托》一诗的回忆。

215

人们在仲夏之后就守望着房顶上的风向标,就像他们在接待室守望穿号衣的仆人一样。晴天太阳使他们兴高采烈;无声细雨使他们清醒稳重;连绵风雨则使他们失魂落魄。那些天象如今大家只是认为令人不快,可那时他们就得当做是大祸临头了。

六月到来,气候非常不利。卡斯特桥一向就像一块铃板,近邻每个村子庄子都在上面敲出它们自己的声调,这时的调子确切无疑是沉闷的。商店橱窗缺少新鲜货色,而是把去年夏天卖不出去的那些陈货又摆列出来;替换下来的镰刀,不成样子的耙子,在店里摆旧了的绑腿,老化变硬的防水衣具,都打磨得差不多像新的一样,重新露面了。

亨察德估摸着要有特大歉收,又得到焦普的支持,于是根据这种估摸制定出对付法夫瑞的战略。但是他在行动之前,总希望——那么多人都怀过这种希望——对目前这种还只是大有可能的事,能有确实的把握。他有些迷信——刚愎自用的情格往往如此——所以就这件事情他心中盘算出了一个主意;一个他甚至对焦普都深藏不露的主意。

离市镇不过几英里地处有一个偏僻的小庄子——荒凉得连通常所谓的荒村相形之下都可以说是富裕的了——那里住着一个人,有个善于推测或者说预报天气的古怪名气。到他家去的那条路曲折蜿蜒,泥泞不堪——而在眼前这种风不调雨不顺的季节,就更是寸步难行了。一天傍晚,大雨滂沱,雨水打在常春藤和月桂上,发出回响,就像远处在打枪一样,这时一个人出门在外,如果全身裹严,只露出耳朵和眼睛,别人也不会觉得奇怪,就是这样一个全身裹得严严实实的人,也许有人会看见,正徒步向一片遮掩着那位术士小房子①的榛子树丛走去。税卡大道变成了大车道,大车道变成了车轨道,车轨道变成了马行小路,马行小路变成了人行小

---

① 哈代中篇小说《萎缩的胳臂》中对此类人更有精细描绘。

径,人行小径杂草丛生。这位独行人时不时失足打滑,而遍地荆棘宛如天然的陷阱,使他跌跌撞撞,好不容易才走到那户人家。这里有个花园,周围是又高又密的树篱。这所农舍比较大,是主人亲手用灰泥堆筑起来的,屋顶也是他自己用草搭盖的。他一直都住在这里,而且可以设想,他也会死在这里。

他依靠人们看不见的供给活着,因为这的确是一桩不同寻常的事。固然附近一带几乎没有人对他所说的那一套不是佯为一笑,脸面上还摆出一副千真万确的样子说出那句口头禅:"胡说八道而已",而在内心深处却很少有人是真不相信的。不论何时他们来请教他,总是说是来"闹着玩的"。他们付钱是依具体情况而定,或者说"只是过圣诞节的一点小意思",或者是"过圣烛节"。

而他则宁愿他的那些主顾更实在一点,少来些这种虚假的嘲弄,但是表面奚落而从根本上相信,这使他得到了宽慰。正如前述,他能够就此活命;人们背转身去扶持他。他有时十分吃惊,人们在他家里能够装做不信的那么少,而信的那么多;在教堂里的时候装做信的那么多,而不信的那么少。

人们因为他名气很大,在背后叫他"万事通",而当着他的面则称他佛落①"先生"。

他花园的树篱在入口处盘成一个拱顶,中间嵌了一扇门,仿佛是砌在墙里一样。这位高个子的行人在门外站住了,用一条手绢把脸包扎起来,好像在闹牙疼,然后走上那条小径。护窗没有关上,所以他可以看到,那位术士正在屋里做晚饭。

佛落听到敲门来到门口,手里端着蜡烛。来客往后闪了闪避开烛光,用一种郑重其事的口气问道:"俺能和你谈谈吗?"那一位说请他进去,得到的回答却是乡下常说的客套话:"谢谢你,这儿就行了。"这样一来,主人没有其他的办法,只好走出来。他把蜡

---

① 原文 Fall。

烛安放在碗柜的角上,从钉子上取下帽子,到门洞生客这里,随手把门带上。

"我从很长时间就听说了,你会——做某些事情吧?"客人开始说,尽量不暴露自己是谁。

"也许是,亨察德先生。"这位善测天气的人说。

"啊——你干吗这样叫我?"客人愣了一下。

"因为你就姓这个嘛。俺感觉到你会来,一直在等你呢;想到你一路走来把肚子都走瘪了,所以俺摆好了两个晚餐盘——你瞧这儿。"他一下把门打得大开,露出那张晚饭桌,还有另外一把椅子、刀叉、盘子和带把的缸子,正和他声称的一样。

亨察德觉得就像扫罗坐在撒母耳摆的席上①一样;他沉默片刻,然后把到这时还没卸掉、假装御寒的那身穿戴甩开,说:"那么俺这趟没有白来……那俺是打个比方说,你能祛瘊子吗?"

"毫不费力。"

"治好瘰疬?"

"俺干过——得加附带条件——要是他们不但白天带着癞蛤蟆包②,晚上也带的话。"

"预言气候?"

"要费很大劲儿,花很多时间。"

"那么,把它收下吧,"亨察德说,"这是一个五先令的硬币。那么,收获期那两个礼拜的天气怎么样?俺啥时候能知道?"

"俺已经测出来了,你马上就可以知道(事实上这里乡下已经有五个农夫为了这同一件事从四面八方来过了)。按照日、月和

---

① 扫罗奉父命去寻找丢失的几头驴,遇见先知撒母耳,先知得到上帝的指示,预先得知他的来意,并请他入席,款待他。见《圣经·旧约·撒母耳记(上)》第9章。
② 哈代曾在日记上记载,一个老巫师把癞蛤蟆腿装在小包里,给瘰疬患者挂在脖子上治病。

星星,按照云、风、树和草、烛火和燕子,草木的气味;同样按照猫眼、乌鸦、蚂蟥、蜘蛛和粪堆,八月份最后两个礼拜要有——狂风暴雨。"

"当然,你并不是十分有把握吧?"

"而今这世界,万事无常,俺这也是尽人力而为之。今年这个秋天,要说是生活在英国,倒不如说是生活在《启示录》①中间。俺给你用图像把它画出来吧?"

"啊,不用,不用,"亨察德说,"我再仔细想想,我并不完全相信预测天气,不过,我——"

"你不信——你不信——这很容易理解,"万事通说,语声里没有带一点点轻视的意思,"你给了俺一个五先令的硬币,因为这你有的是。不过,难道你不愿意和我一起吃顿晚饭吗,全都准备好了,正等着呢。"

亨察德本来是很喜欢和他一起吃的;因为炖肉的香味从屋里一直冒到门洞里来,令人馋涎欲滴,他用鼻子都可以把肉、洋葱、胡椒和各种香料的味道一一品辨出来。可是亲亲热热在那儿坐下来,那就好像是明目张胆地表示,他成了这位术士的信徒,他谢绝了,径自走开了。

下一个星期六,亨察德大量卖出小麦,数量之大,引得他的那些邻居、律师、酒商和医生议论纷纷。再下一个星期六,以及所有能够进货的日子,他都是大量买进。他的谷仓装得满满当当无法再装的时候,卡斯特桥所有的风向标全都嘎吱嘎吱地响起来,转到了另一个方向,好像对西南方向已经厌倦了。气候变了,几个星期来一直灰蒙蒙的太阳光这时现出黄澄澄的色彩,苍空的性格也由无精打采变成乐观开朗了,一个大丰收差不多已成定局:结果是粮

---

① 《启示录》为《圣经·新约》最后一章,其中叙述世界末日,人类遭到各式各样的灾祸。

价猛跌。

所有这些变化对那个局外人来说是很惬意的,对这个犟脾气的粮商来说则糟糕透顶。他早就清楚知道的事情,现在可能提醒他了:在一方方绿色田地上也和在赌场的绿色台布上一样,可以随随便便地赌博。

亨察德押的是坏天气,显然输了。他看错了潮汐,把涨潮当成了落潮。他的买卖做得太大,不能长期拖延而不结账;而要结账,他就不得不以低价售出这些只是几星期前以每夸特高许多先令的价格购进的粮食。有许多粮食,他根本还没过目,甚至还没有从许多英里以外堆放的粮垛搬运过来。就这样他损失惨重。

在八月初一个赤日炎炎的大热天,他在市场上遇见了法夫瑞。法夫瑞知道他做的那几笔买卖(虽然他并未猜想到,这些买卖是打算对付他的),就向他表示怜惜。因为自从在南步行街交谈过几句以后,他们一直是关系紧张,互不答理。这时亨察德显然对他的同情感到愤懑;不过他突然又变得满不在乎了。

"嗬,没啥,没啥!——没啥了不起的,伙计!"他发疯似的高兴得大叫起来,"这些都是常有的事儿,是不是?我知道,有人说,最近那些价码弄得我手头很紧;可是这是什么稀罕事吗?情况大概不像人家猜想的那么糟。见鬼去吧,一个人要是做生意都不敢冒点普普通通的风险,那保准是个大傻瓜!"

但是他那天因为某些缘故却不得不走进卡斯特桥银行,而以前他从来也没有因为那种缘故去过那里——而且还带着一副局促不安的神情在那些股东的屋子里坐了很久。在那以后不久就传开了,亨察德名下的许多房地产和大量农产品库存,包括在本市和附近一带的,实际上已经转为他的那几位银行家所有了。

他从银行的台阶上走下来,刚好碰上焦普。他本来就因为把法夫瑞当天上午对他表示的同情误认为是暗含讥讽,从而受到刺激,而刚刚在银行里面办完的那些令人丧气的交易更是火上加油,所以碰到焦普就没有一点温文有礼的态度了。焦普当时正摘下帽子,擦着脑门对一个熟人说了一句:"好热的天呀!"

"你就会擦来擦去,说什么'好热的天呀!'"亨察德用一种低沉的声音粗野地呵叱着,同时把焦普逼到了银行的墙根上。"要不是因为你那些馊主意,那就会是一个足够好的天气啦!你为啥让俺一直干下去,嗯?——只要是你,或者别的什么人,哪怕只说一句表示怀疑的话,我也就会再考虑一下了!因为不等到事后,谁也绝不会对天气有什么把握的呀。"

"先生,我当时的意见是,你觉得怎么样最好就该怎么干呀。"

"一个多么有用的家伙呀!你就那样帮助别人去吧,越快越好!"亨察德继续用类似的话对焦普叫嚷,直到最后在当时当地把焦普辞掉才算罢休,然后亨察德转过身来,离开他扬长而去。

"先生,你要为这件事后悔的;而且是要多后悔就多后悔!"焦普脸色煞白,站在那里一面说,一面盯着这位粮商,看着他的身影消失在眼前那些赶集的人群之中。

二十七

时日已经到了收获的前夕。粮价很低,法夫瑞正在买进。和往常一样,当地农民原来的自信心过了头,料定是个饥荒年景,随后又走上另一个极端(在法夫瑞看来),不问青红皂白地大量抛售——又多少有点过分地估计有个大丰收了。法夫瑞于是以比较起来低得出格的价钱,继续购进陈粮;因为去年的产品数量虽然不大,质量可是上好的。

亨察德以吃大亏的办法扯平了自己的亏空,蒙受巨大损失处理了过多购进的粮食。正在此时收获开始了。前三天,天气极好,后来——亨察德说:"要是那个装神弄鬼的人说对了,该怎么办!"

事实是,刚刚开镰,大家就突然感到,空气里好像不需要再加什么其他养料,就能长出水芹菜了。人们走出家门,就好像有湿漉漉的法兰绒在脸上摩擦。起了一阵又猛又热的狂风。稀稀拉拉的雨点打在远处的格子窗玻璃上,像闪烁的星星。阳光像迅速打开的折扇不时洒落在屋内地板上,投下淡淡模糊的窗影,接着又像出现的时候一样,突然消失了。

从那一天那个时刻起就看得很清楚,收获终究不会那样好。亨察德只要能够再等足够长的时间,即使不能赚钱,至少也可以避免损失。但是他性格中有一股冲动,根本不懂得稳住。在形势发生这种转折的关头,他一直沉默不语。他的内心活动似乎是在想:有某种魔力在与他作对。

"我疑心,"他在心惊肉跳地自己问自己,"我疑心是不是有什么人给我做了个小蜡人在烧我?或者闹什么邪性的阴谋在咒我?

我并不信这种魔道;可是——要是他们真是在这样干,那又咋办呢?"连他自己也不接受,如果真有其事,那兴妖作怪的人会是法夫瑞。他那练达开阔的眼光逐渐消失殆尽,心情处于郁闷沮丧之中。就在这样孤立无助的时刻,迷信向他走来。

也就是与此同时,唐纳德·法夫瑞兴旺起来了。他在市场十分疲软的时候购进,现在价格略有回升,就足够使他在原来抛出一小笔钱的地方,堆起大堆金子了。

"嚙,他马上就要当上市长啦!"亨察德说。的确很难让说这话的人和大家一起,去跟在这位发迹的人耀武扬威的马车后面,到卡彼托山①去朝拜。

主人之间竞争角逐,手下的人也都随着干了起来。

九月的夜幕已经笼罩着卡斯特桥。时钟敲过八点半,月亮已经升起。在这样一个还比较早的时刻,市内的各条大街都显得异样寂静。一阵叮叮当当的马铃声和沉重的车轮声,响彻了那条街。露塞塔房子外面紧接着响起了愤怒的叫嚷声,她和伊丽莎白-简于是赶忙跑到窗前,打开了护窗。

附近的市场大楼和市政厅紧紧毗连隔壁的教堂,只在下层才有一条拱形通道,通向一个叫做逗牛桩的大广场。广场中间竖着一根石柱,从前把牛送进附近屠宰场去宰杀以前,总是先把它们拴在石柱上,让狗去逗牛,好使牛肉鲜嫩。在一个犄角里,立着那些畜牲。

通往这个地方去的通道,这时让两辆四匹马拉的大车和马匹堵死了,一辆车上装着干草捆,两辆车的领头马已经互相错过去了,头和尾纠缠在一起。两辆车如果都是空车,那还可以错开过去,可是现在有一辆车上装的干草,堆到卧室的窗口那样高了,根

---

① 卡彼托为罗马七丘之一,公元前六百年,在其上建朱庇特神殿。古罗马历代将军得胜回朝,都摆设盛大仪仗队前往谢神感恩表示庆祝,失败一方的首领也被迫跟随前往。

本无法通过。

"你准保是成心这么干!"法夫瑞的赶车夫们说,"像这样一个晚上,隔上半英里地远,你也能听见我的马铃声呀!"

"你要是留神点自己的营生,不这样愣头愣脑地横冲直撞,你就会瞧见俺啦!"亨察德的代理怒气冲冲地反击。

然而按照严格的交通规则,亨察德的人更显得理亏,因此他想退回主大街上去。他正这样办的时候,车的左后轮撞上了教堂庭院的墙壁,于是堆积如山的整车干草掀翻了,四只车轮有两只悬了空,那匹辕马也弄得四脚朝天。

两个人不去考虑怎样把干草收拾起来,反而互相凑近,抡起拳头来了。还没等打完第一个回合,亨察德就来到了现场,是有人跑去把他叫来的。

亨察德一只手抓住一个人的衣领,把两个人左右分开,让他们跟跟跄跄倒退回去,然后靠近那匹翻倒的辕马,费了些劲才把它解脱出来。他于是盘问究竟,看到他那辆大车和干草的情况,便猛烈申斥法夫瑞的人。

露塞塔和伊丽莎白-简这时已经跑下楼来,到了大街的犄角,从那里借着月光看到翻在地上亮晃晃的干草堆,在亨察德和车夫的身边走去走来,这两个女人看到了别人谁也没看到的情况——这场事故的起因;于是露塞塔说话了。

"亨察德先生,这事儿我全看到了,"她大声说道,"你的人更理亏。"

亨察德停止责骂,转过身来:"啊,谭普曼小姐,我没注意到你,"他说,"我的人理亏吗?嘿,肯定是,肯定是!不过我还是得请你原谅。另一边是空车,他往前赶,那一定更该骂。"

"不,我也看见了,"伊丽莎白-简说,"我可以向你担保,他确实身不由己。"

"你不能听信她们的那些见识。"亨察德的人小声说。

"为什么不能?"亨察德厉声问道。

"唉,先生,你看,所有的女人都向着法夫瑞——那个该死的花花大少——他就是那号人——他钻到姑娘的心里,就像晕头病虫子①钻到羊的脑子里去了一样啦——叫她们的眼睛一看,弯的都像直的啦。"

"可是你知道吗,你用这种腔调说的那位小姐是谁?你知道吗,我在对她打主意,而且已经有些时候啦?你可得小心着点儿!"

"俺不知道。先生,除了每个礼拜八先令以外,俺啥也不知道。"

"而且你知道,这件事法夫瑞先生也知道吗?他做生意是精明厉害,可是,他还不至于做你暗示的那种偷偷摸摸的勾当吧。"

不知道是因为听见了还是没听见这场低声的对话,反正露塞塔那白色的身影在她那门口消失不见了,亨察德还没来得及走到门口去和她再说几句,门就关了。这使他怅然若失,因为那个工人说的事儿搅得他心神不安,所以他想更靠近地和她谈谈。就在这个间歇,那个老警察走过来了。

"你注意点,斯塔伯德,今晚上别让谁赶车过来撞了干草和大车,"粮商说,"这得等到明天早晨,因为所有的人手都还在地里。要是有什么马车或是大车要经过这里,告诉他们得绕道走后街,真是该死! ……市政厅明天有什么案子吗?"

"有,先生。总共只有一件,先生。"

"噢,是什么案子?"

"是一个老流浪妇,先生,嘴里骂骂咧咧,在教堂的墙边犯了严重亵渎罪,先生,好像那里是个下流小酒店似的!就这些,先生。"

---

① 似指脑包虫之类的寄生虫,食入后可引起神志紊乱,并导致死亡。

"噢,市长不在城里,是吗?"

"他不在,先生。"

"很好。那么俺去出席。别忘了盯着那堆干草。祝你晚安!"

就在这个时候,他下了决心,尽管露塞塔躲开了,他还是要穷追不舍,于是去叩门求见。

他得到的答复是谭普曼小姐表示抱歉,不能再见他,因为她有约会要外出。

亨察德离开了门口,走到街对面去,那个警察这时已经溜达到别的地方去了,马也牵走了,于是他一个人站在他那堆干草旁边沉思默想。这时月亮还不很亮,灯都没有点起来,那里有两道突出的侧墙,形成通往逗牛桩广场的通道,亨察德走进一道侧墙的阴影里,从这里瞭望露塞塔的门口。

蜡烛光在她的卧室里闪进闪出,显然她是在穿戴打扮,准备去赴约会。在这样的一个时刻,这究竟是个什么性质的约会呢。烛光都不见了,钟敲九点,几乎正在这个时刻,法夫瑞沿着对面那个墙角拐过来敲门。她一直在里面等着他,这是肯定无疑的,因为她立刻亲自开了门。他们一起沿着后面一条小巷往西走,避开前面的大街。他猜到他们是到哪里去,于是决心尾随其后。

变化莫测的气候使收获大大推迟了,所以只要一出现好天气,人们就使出一切力气,来挽救遭了灾害但还能挽救的收成。因为日子一天天很快缩短,收获的人便借着月光干活儿。卡斯特桥市是个正方形,两边毗邻的麦地里,今天晚上因为有许多人手在收割,显得热火朝天。亨察德站在市场大楼等候的时候,他们的叫喊声和欢笑声就传到了他的耳朵里,他从法夫瑞和露塞塔所拐的方向,就认准他们是朝那个地方去的。

差不多是倾城出动下地去了。卡斯特桥的居民古风犹存,在急需的时候互相帮助;因此小麦虽然属于住在杜诺沃区这个务农的小区,可是其余的人也是同样热心,不惮辛劳把小麦运送回去。

到了小巷口,亨察德穿过城墙上阴影掩盖的林荫道,沿着绿色的防护墙溜下来,站在麦茬地里。那一道道窄垄,或者说一堆堆麦捆,就像一道道帐篷树立在黄色宽广的田野上,远处,在朦胧月色的雾霭里则逐渐看不见了。

亨察德走进一块地方,离开正在干活儿的现场很远,可是另外那两个人也走进了这块地方,他可以看到他们迂回婉转地在麦垛间漫步。他们信步逶迤而行,并没有注意走的方向,不久就走向亨察德这里来了。这样相遇会显得很尴尬,于是他几步跨进最近的那垛麦堆凹窝里坐了下来。

"我准许你,"露塞塔轻快地说,"你喜欢说什么就说什么吧。"

"好,那么,"法夫瑞用一种准确无误只有纯粹是恋人的那种声调回答道,亨察德以前从来没有听到过他嘴里发出过这样回肠荡气的回答,"肯定有很多人为了你的地位、财富、才能和美貌,拼命追求你。但是,你能抗得住诱惑,不去当那种有一大帮崇拜者的女士——呃——而只满足于一个平凡无华的人吗?"

"而且就是说这个话的那个人吗?"她笑着说,"很好,先生,下面还要说什么呢?"

"啊!我恐怕我所感受到的东西,使我忘掉了礼貌!"

"如果你仅仅因为这个缘故缺少礼貌,那么我倒是希望你将来绝不要有什么礼貌。"随后有几句话断断续续,亨察德没有听清,她又接上一句,"你有把握你不会忌妒吗?"

法夫瑞好像是握住了她的手向她保证说他不会。

"你可以完全放心,唐纳德,别人我谁都不爱,"她这时又说,"可是有些事情,我愿意按我自己的路数去做。"

"在每一件事上!你指的是什么特别的事情呢?"

"比方说吧,要是我发觉住在卡斯特桥不快活,我就不愿意老住在这里呢?"

亨察德没有听到回答。他本来可以这么办,而且还可以听更

227

多,可是他不爱当一个溜墙根的人。他们向割麦子的现场走去了,那里正在传递麦捆,每分钟装十二捆,装到大车和马车上,由它们运走。

他们走到靠近干活儿的人的时候,露塞塔极力要和法夫瑞分开。他有点事要找他们,就请她等几分钟,但她硬是不肯,径自单独走回家去了。

亨察德于是也离开了麦地,跟随着她。他是处在那样一种心理状态来到露塞塔的门口,并没敲门,但是把门打开了,直接上楼走到她的起居室,打算在那里找到她。但是屋子里空空如也,这时他才发觉,他刚才走得匆忙,在路上已经超过了她。然而他并没有等多久,因为他很快就听到她的衣服在大厅里窸窣作响,接着是轻轻关门的声音。一会儿她就露面了。

灯光很暗,所以开头她没有注意到亨察德。等她一看见他,几乎吓了一跳,轻轻喊了一声。

"你怎么能这样吓唬我?"她满脸通红大喊起来,"现在都过十点了,你没有权利在这样的时候在我这儿吓唬我。"

"我还不知道我没有这种权利。不管怎么说,我有理由。难道真有那种必要我非得站住先想想礼貌和习俗吗?"

"时间晚得太不合礼数了,这会害了我的。"

"我一个钟头以前来看你,你不愿意见我,现在我来看你,我本来以为你会在家里。是你,露塞塔,在害人。你这样甩开俺才是不合礼数。我有点小事儿要提醒你,好像你把它忘了。"

她一下倒在椅子里,脸色煞白。

"我不想听——我不想听!"她用双手捂着脸说,这时他已经站在她的长袍下摆前边,开始提起泽西那段日子来了。

"但是你应该听听。"他说。

"那早已烟消云散了,而且就是你造成的。那么,我用那么多痛苦换来的自由,为什么一定不让我享受呢!我要是觉得,你纯粹是为了爱情才向我求婚,我现在就会有约束了。可是我很快就懂得了,你仅仅把它当做施舍——几乎是当做一种不愉快的义务——因为我护理过你,而且使自己受损,于是你就认为,你应当报答我。自那以后,我才不像从前那样深切地把你放在心上了。"

"那么,你为什么到这里来找我?"

"自从你自由了以后,我觉得,凭良心说我应当嫁给你,虽然我——并不那么喜欢你。"

"那么,你现在为什么又不那么想了呢?"

她不做声了。这太明显不过了,只是在新的爱情插足并侵占了统治地位之前,良心才有足够的力量驾驭一切。她自己一感觉到这一点,就一时忘掉了她本来还有一定道理的那个论据——她发现了亨察德性情中那些不牢靠的毛病,所以她的确有某种理由,不必在已经躲开之后,又冒险把自己的幸福交到他的手中。当时她唯一说得出来的一句话就是:"那时候我是个可怜巴巴的姑娘,现在我的环境变了,所以我差不多已经不是原先的那个人了。"

"这倒是真的。而且这使我处在了很难堪的境地。但是,我并不想沾你的钱。我完全心甘情愿,你把你的财产的每一个便士都留着自己个人用。而且那个辩解也什么都不是。你心里正惦记着的那个人,一点儿也不比我好。"

"你要是真和他一样好,就离开我走吧!"她十分激动地大声说。

这句话不幸惹恼了亨察德。"从道义上讲,你不能拒绝我,"他说,"你要是今天晚上不当着一个见证人的面答应嫁给我做妻子,我就要把咱们俩的私情揭开——对那些别的男人,这也是公平合理的!"

她脸上露出了一副屈从的神情。亨察德看出了它所暗含的痛苦。要是露塞塔的心不是给了法夫瑞,而是给了别的随便哪一个男人,那么他大概就会可怜她了;但是取代他的这个人竟是那个暴发户(亨察德这样称呼他),而且还踩着他的肩膀飞黄腾达,所以他绝不能让自己慈悲为怀。

她一句话没说就打了铃,吩咐去把伊丽莎白-简从她屋子里请过来。伊丽莎白当时正在灯下苦心钻研阅读,听到呼唤不觉一惊,走了过来。她一见到亨察德便恭顺地走到他跟前去。

"伊丽莎白-简,"他握起她的一只手说,"我希望你听到这件事。"然后他转向露塞塔,"你愿意还是不愿意嫁给我?"

"要是你——希望我这样,我就只好同意!"

"你说同意了?"

"我说了。"

她刚刚做出这样的一诺,立刻便向后晕倒了。

"这件事既然让她这样痛苦,那么有什么了不得的事,逼着她非说不可呢,父亲?"伊丽莎白一边问,一边在露塞塔身边跪下,"不要逼迫她做任何违背她意愿的事!我和她住在一起,我知道她受不了这么多。"

"别当个北方佬大傻瓜!"亨察德干巴巴地说,"这个允诺会把他留给你,要是你愿意要他的话,不是吗?"

正在这时候,露塞塔好像猛然从晕厥中惊醒过来。

"他?你们谈的是谁?"她疯狂地说。

"没谁,和我一点关系也没有。"伊丽莎白斩钉截铁地说。

"啊——好吧。那么是我弄错了,"亨察德说,"不过这是我和谭普曼小姐之间的事情。她同意做我的妻子。"

"不过现在不要老说这件事了。"伊丽莎白握着露塞塔的手请求说。

"既然她答应了,我也不愿意多谈。"亨察德说。

"我答应了,我答应了。"露塞塔呻吟道。她的四肢由于极度痛苦乏力,像打谷的连枷似的向下垂着。"迈可,请不要再争论这个了吧!"

"我不会了。"他说,然后拿起帽子就走了。

伊丽莎白-简还跪在露塞塔身边。"这是怎么了?"她问道,"你叫我父亲'迈可',好像你和他挺熟似的?而且他怎么得到了这种摆布你的权力,让你违背自己的意愿答应嫁给他?嗯——你对我隐瞒了许许多多秘密!"

"也许你也有一些瞒着我。"露塞塔闭着眼睛嘟囔着,然而她是那样丝毫没起疑心,根本没有想到,伊丽莎白心中的那个秘密,牵涉的正是给她自己招来了这场祸害的那个年轻人。

"我绝对不会——做任何对你不利的事情!"伊丽莎白结结巴巴地说。她努力控制自己的情感,不露丝毫痕迹,直到几乎都要憋不住了。"我不能理解,我父亲怎么能这样支配你;在这件事情上,我一点也不同情他。我要去他那儿,请求他放过你。"

"不,不,"露塞塔说,"随它去吧。"

二十八

第二天早晨,亨察德到露塞塔的房子下方的市政厅去参加轻罪审判①,凭着他是上一届市长,这一年仍然是一个行政官员。他路过她那几个窗户的时候,抬头往上看,可是并没有看到她的什么。

亨察德作为一个治安推事,初看之下似乎比解陋和塞论斯本人②更不合适。但是他那种粗中有细,那种一针见血的直言不讳,常常使他在法庭上处理落在他手中的这类简单案子,比良好的法律知识更有效。这一天,本年度的市长乔克菲医生不在,这位粮商于是坐上了那第一把交椅,他的眼睛仍然分了神,直望到外边高台大厦那用细方块石砌的正面墙。

这里只有一件案子,犯人就站在他的面前。她是一个老婆子,脸上斑斑点点的,披着一块披肩,说不上是种什么一而再,再而三地变化出来,但绝非人工制造出来的颜色——既不是黄褐色、赤褐色、淡褐色,又不是灰色。她那顶黏糊糊的黑色软帽,就像自从在《诗篇》作者的国土③上一直戴着,在那里,云彩里滴着脂油④。那条围裙,和她身上的其他衣服比较起来,直到前不久都还可以算是比较白的。这个女人在油水里浸泡过的模样,整个看来表明她不

---

① 轻罪审判通常仅有两三个法官出席,对微小过失进行即时裁判。
② 解陋和塞论斯为莎士比亚《亨利四世下篇》中的两个愚昧的乡村法官。这两个姓原义为"浅陋"(Shallow)和"沉默"(Sillence)。
③ 《诗篇》作者传为以色列的大卫王。
④ 参见《圣经·旧约·诗篇》第65章第11节:"你的恩典为年岁的冠冕,你的路径都滴下脂油。"

是本乡本土村子里以至城镇里的人。

她匆匆看了亨察德和第二个治安推事一眼,而亨察德对她一看,不觉愣了一下,好像这个女人使他模模糊糊地想起了一个什么人或是一件什么事,这个印象在他脑子里一闪而过,来得快,去得也快。"嗯,那么她犯了什么事?"他低头看着案情记录问。

"先生,她犯了妇女扰乱治安有伤风化罪。"斯塔伯德轻声说。

"她在何处犯的?"另一个治安推事问。

"在教堂旁边,先生,是在世界上最可怕的犯罪现场!我在她正作案的时候抓住了她,阁下。"

"那么你站得靠后一点儿,"亨察德说,"让我们听听你按规定得说的。"

斯塔伯德宣了誓,治安法官的书记员把笔蘸上墨水,亨察德本人并不做笔录,警察随即开始:

"我主纪元本年本月五日夜间,时间为午夜十一时二十五分,我听到一阵违法活动的声音,当即走上大街。等我——"

"不要说得那么快,斯塔伯德。"书记员说。

警察两眼看着书记员的笔等着,一直等到他草草记完,说了声"行啦",斯塔伯德这才接着往下说:"等我接着走到现场,我看见被告在另一个地点,也就是路边的排水沟。"他打住了,又看书记员的笔尖。

"排水沟,好,斯塔伯德。"

"那地方量起来离我大概有十二英尺九英寸——"斯塔伯德仍然留神不要超过书记书写的速度,又停了下来;因为他已经把他的证词背下来了,对他来说,在哪里停下都无所谓。

"我反对,"那个老婆子高声宣告,"'那地方量起来大概有十二英尺九英寸离我——',这个证词不可靠!"

两个治安推事商议了一番,于是第二位说:法庭认为,一个人宣誓说有十二英尺九英寸,这是可以接受的证词。

斯塔伯德的诚实公正得到承认,因而带着一种隐而不露的得胜神气看了看那个老婆子,继续说:"离我站的地方。她那时很危险地晃晃悠悠地朝那个大通道走过去,我往前靠近的时候,她犯了随地便溺罪,并且还侮辱了我。"

"'侮辱了我'……行啦,她还说什么来着?"

"她说:'把那盏该死的提灯拿走!',她说。"

"好。"

"她说:'听见没,老萝卜头①?把那盏该死的提灯拿走。俺揍过的那些家伙,比你这种该死的傻瓜蛋他妈的不知要体面多少了。你这个母狗养的,俺要是没有揍过,那才真他妈的胡说呢,'她说。"

"俺反对那段话!"老婆子插嘴说,"俺说了什么,俺根本不能听见,俺没听见的话,当不了证词。"

于是又停顿下来商谈了一番,还参考了一本书,最后斯塔伯德又得到允许继续讲。事实是这个老婆子出庭的次数,比这两位推事本人还要多得多,所以他们不得不对他们的审判程序严格把握。然而斯塔伯德扯得离题太远的时候,亨察德便按捺不住打断他:"得啦——咱们不要再听骂妈、骂狗啦!说出话来得像个男子汉,别那么窝窝囊囊的,斯塔伯德,要不,你就别管啦!"他转向那个婆子,"那么,你有什么问题要问他吗,或是有什么话要说吗?"

"有哇。"她目光一闪回答说;书记又把笔蘸了一下墨水。

"二十年前,差不多那个时候吧,俺正在韦敦集市上一个帐篷里卖甜麦粥——"

"'二十年前'——嗯,这是从开头开头呀;干脆你就从开天辟地开始吧!"书记不无讥讽地说。

但是亨察德愣住了,完全忘了什么证词不证词的。

---

① 即老傻瓜之意。英国人在田间树一草人驱赶鸟雀,草人头多用一萝卜代替。

"一个男人和一个女人带着一个小孩子,走进了俺的帐篷,"这个婆子接着说,"他们坐下来,每人要了一碗粥。唉,俺的老天爷!那时候俺的光景可是完完全全比现在体面多了,俺买卖私酒,生意兴隆,总是把朗姆酒对进麦粥里,谁要就卖给谁。俺给那个男人的粥里对了酒,后来他越喝越多,直到最后,他和他老婆吵起架来,提出把她拍卖,谁出最高价就卖给谁。一个水手进来,出了五个畿尼的价儿,交了钱,就把她领走了。用这种做派卖掉老婆的那个男人,就是现在在那儿坐在那把了不起的大椅子上的那个人。"说话的人最后抱起两只胳膊,朝亨察德点了点头。

每个人都注视着亨察德。他的脸看上去完全变了样,而且变了颜色,就像是抹了一层灰。"我们不要听你过去的经历和种种稀奇古怪的事儿,"第二位治安法官填补了接下来的那一阵沉默,态度严厉地说,"要你说的是与本案有关的事情。"

"那就是与本案有关的事情,这证明,他一点儿也不比俺强,所以他没有资格坐在那儿来审俺。"

"你这是编瞎话,"书记说,"还是闭嘴吧!"

"不,这是真的。"这话是亨察德说的,"这就跟大晴白天一样是真的,"他慢条斯理地说,"凭我的良心说,那确实证明,我不比她好!为了避免想对她报复而从严处置她,我把她交给你们来审判。"

法庭上引起的这场轰动,难以言表地强烈。亨察德离开那把坐椅走了出去,从人群中穿过,这时站在台阶上和外面的人比往日要多得多。这个卖麦粥的小贩到这里以后,就一直住在一条小巷子里,看来她早已鬼鬼祟祟地向世世代代住在那个小巷子里的人暗示过,她知道他们当地那位大人物亨察德先生的一两件离奇的隐情,要是她愿意就可以说出来。这才把这些人招引到了这里。

"为什么今天有那么多闲人围在市政厅那儿?"露塞塔在这件案子审完以后问她的仆人。她起床晚了,刚刚朝窗户外面看。

"啊,小姐,你看,那是亨察德先生的事儿,闹得乱哄哄的。一个女人证明,他变成绅士以前,在集市上一个帐篷里把他老婆用五个畿尼卖掉了。"

亨察德从前对她讲过,他和他妻子苏珊分开了那么多年,他相信她已经去世了等等,他可从来没有清清楚楚地解释过,他们分离真正的和直接的原因。她现在还是第一次听到这件事。

露塞塔仔细琢磨头一天晚上她给强逼着答允的事,脸上逐渐现出了愁苦的神情。那么,说到底,亨察德原来是这样的。一个女人要是委身于他,那可真是一场飞来的横祸呀。

那天白天,她去了圆场和其他一些地方,直到靠近黄昏才回家。回到屋子里她一见到伊丽莎白-简,就告诉她说,她已经决定离开家,到海边——布瑞迪港去待几天;卡斯特桥太叫人闷得慌了。

伊丽莎白看到她面带愁容,心神不安,心想变换环境也许会让她放松,就鼓励她照这个主意办。她不免也疑惑,在露塞塔看来似乎笼罩着卡斯特桥的那种沉闷气氛,部分原因可能是出于法夫瑞离家外出。

伊丽莎白送自己的朋友动身去布瑞迪港,在她回返以前负责照管高台大厦。过了孤零零又是连阴雨的两三天,亨察德前来访问了。他听说露塞塔不在家,好像感到失望,他尽管表面上显得满不在乎地点了点头,可是离开的时候,用手捋着胡子,现出一副恼怒的神情。

第二天他又来访。"她现在回来了吗?"他问道。

"是,她今天早上回来了。"他的继女回答说,"不过现在她不在家。她沿着去布瑞迪港的那条税卡大道散步去了。傍晚的时候她会在家。"

他说了几句话,透出了他的不耐烦,然后又离开了那所房子。

二十九

就在这个时刻,露塞塔恰如伊丽莎白告知的,正沿着通往布瑞迪港的大道快步朝前走着。三个小时以前,她沿着这条大道坐马车返回卡斯特桥,现在她又选择了这条大道在下午散步;如果许多单个看来都是顺理成章的现象联系在一起会变得稀奇古怪,我们因此称之为难以理喻,那么露塞塔的这种做法就也是难以理喻的了。这是星期六,一个有大集的日子,法夫瑞也就是这一次没有在交易室里他那个粮食柜台前露面。不过大家都知道,他当天晚上就要到家——按卡斯特桥的说法是"过礼拜"。

露塞塔继续这样散步,最后走到大路两边人行道排树的尽头,这里是通向城外四面八方大道的交界点,这个终点标志着一英里。她在这里站住了。

这个地方是夹在两个平缓斜坡中间的一个峡谷;这条大道仍旧是建在原来罗马时代的路基上,就像一条测量线一样笔直地伸向前方,一直伸到最远的那条山脊才消失不见。从这里往前看去,既没有树篱,又没有树木。大道紧挨着一望无边残留着麦茬的麦地,就像起伏飘逸的袍子上一道条纹。靠近她的地方有一个谷仓——这是她视线之内唯一的建筑。

她极目远眺那越去越窄的大道,可是那上面什么也没有出现——甚至连个小点也没有。她叹了口气,叫了声——"唐纳德!"便转过脸来朝着城里往回走。

在这边,情况便不同了。一个单独的人影正朝她走过来——伊丽莎白-简的。

露塞塔,尽管一个人孤零零的,可是见到她似乎有些腻烦。伊丽莎白-简认出她的朋友来,尽管离得很远还听不见,脸上立刻现出了亲热的笑容。"我突然想起,我应该来接你。"她微笑着说。

露塞塔答话刚要吐出口,却被突然发生的一件事岔开了。在大道上她站的地方,刚好有一条岔路在她右边,从地里斜下到大道上来,有一头公牛正沿着这条岔道摇摇晃晃朝她和伊丽莎白走过来。伊丽莎白面对着另一个方向,所以没有发现。

每年当中的第三个季度,牛立即就成了卡斯特桥和附近家家户户的主要生活来源和祸害,因为那里的饲养繁殖达到了像亚伯拉罕的那样兴旺①。在这个季节,在城市里赶进赶出由当地经纪人贩卖的牲畜,头数非常多,于是所有这些头上长角的畜类都是到处游逛,弄得女人和孩子们只好躲藏起来,别无他法。这些畜牲一路向前走过去大体上都还是安安静静地;可是卡斯特桥的老规矩是,赶牲畜就必不可少地要发出吓人的喊叫声,还必须配上雅虎②的那种古怪滑稽的动作和姿态,还得挥舞大棒,招来野狗,总之做的每一件事都很可能把那些顽劣的激得狂怒,把那些驯顺的吓得乱逃。一家主人走出他的客厅,发现他的门厅或过道里挤满了小孩子、保姆、老大妈或是女子学校的师生,他们因为进到别人家的屋子里而表示道歉说:"有一头公牛从卖的地方跑到街上来了。"这种事在他看来是再平常不过的了。

露塞塔和伊丽莎白犹犹豫豫地看着这头畜牲,这时它正木木呆呆地向她们走过来。尽管它那股沟两边现在溅上了很多污泥点子而显得难看,它毕竟还是一个体形硕大的好品种,全身深褐色。

---

① 参见《圣经·旧约·创世记》第13章第2节"亚伯兰的金、银、牲畜极多";同上第17章第5、6节神对亚伯兰说:"从此以后,你的名不再叫亚伯兰,要叫亚伯拉罕,因为我已立你为多国的父,我必使你的后裔极其繁多。"
② 在英国作家斯威夫特的寓言小说《格利佛游记》(1726)第四章中,雅虎为具有人形而丑陋贪婪的动物。

它的两只犄角又粗又大,角尖上包着铜套;它的两个鼻孔就像是从往昔的透视玩具①中看到的泰晤士河隧道。鼻孔中隔那块软骨上,穿着一个结实的铜圈,铜圈是焊上的,就像葛尔兹式铜项圈②一样无法取掉。铜圈里箍着一根白蜡木棍,约有一码长,牛头一摇摆,这根木棍也像连枷一样跟着摇摆。

这两个年轻的女人直到看见这根摇摇晃晃的木棍,才真正惊慌起来;因为它提醒了她们,这是一头老公牛,非常凶蛮,难以驱使,它想法逃跑过,这根棍子就是赶牛的控制它的工具,好把它的犄角隔开一臂远。

她们四处打量,寻找躲避或是藏身的地方,于是想到了就在近前的谷仓。她们用眼睛一直望着这头公牛的时候,它向她们走过来的样子还显得有些驯顺;可是她们刚刚一转身逃向谷仓,它立刻就昂起头来,下定决心要毫不含糊地吓唬她们了。这两个孤立无助的姑娘一看就发疯似的奔跑,于是那头公牛也就憋足了劲儿猛冲上来。

那座谷仓坐落在一个泥泞浑浊的绿色小池塘后面。谷仓关着,只有面对她们那两扇常用的门当中有一扇用栅栏上的桩子撑开着,她们于是就向这扇开着的门跑去。最近在这里打过一场麦子,里面已经收拾得干干净净了,只有一头还堆着些干苜蓿。伊丽莎白-简看清了这种情势,就说:"我们必须爬到那上头去。"

可是就在她们还没有赶到那儿之前,已经听见那头公牛飞快地蹚过外面那个小池塘,一眨眼就冲到谷仓里面来,一路上把那根栅栏桩子撞倒,那扇沉重的门也就在它身后砰的一声关上了;他们三个就全都给圈在了谷仓里。这头昏了头的生灵看见了她们,便

---

① 十九世纪初英国,也在欧洲大陆流行的一种玩意儿,能显现风景和建筑的立体形象。
② 葛尔兹为司科特小说《艾凡赫》(1820)中一个人物。他是一个家奴,颈上套有一个刻有本人姓名身份和主人姓氏的铜项圈。

朝着她们逃过去的那一头大步逼上来。这两个姑娘极其灵巧地转身又往回跑,等追她们的那头公牛顶到墙上的时候,这两个逃命的人早已朝着另一头跑了一半路了。到它掉转身又朝那边追过来的时候,她们又折回去了。这场追赶就这样往返不停。从牛的鼻孔里喷出来的热气,就像吹到她们身上一股西洛可风①。伊丽莎白或者露塞塔都得不到一点空闲去开门。如果她们这种局面继续下去,就没法说会发生什么事情了。但是不多一会儿工夫,门咔啦一响,吸引了她们这个对手的注意,一个男人出现了。他对着牛鼻子上那根木栓跑过去,抓住它,拧住这畜类的头,好像要把它扭断似的。这股劲那样地猛烈,把那个又粗又壮的脖子的犟劲好像都拧没了,变成半瘫痪的样子,同时鼻子里还滴着血。当初人类发明制造出这种鼻环,用来对付冲动野蛮的力量,真是太狡猾了,而这种生灵也就屈服了。

在半明半暗的光线里看得出这个男人身材魁伟,果决坚定。他把牛牵到门口,亮光照出了亨察德。他把牛牢牢拴在外面,又进来搭救露塞塔;因为他没有看见伊丽莎白,她已经爬到苜蓿堆上去了。露塞塔发了歇斯底里,亨察德双手把她抱起来,朝门口走去。

"你——救了我!"等她刚能够说话,就大喊起来。

"我报答了你的恩情,"他温和地回答说,"你曾经救过我。"

"怎么——怎么会是——是你呢?"她问道,根本没听见他的回答。

"我出来到这儿找你。这两三天,我老想跟你说些事情;可是你一直不在,我没法说。也许你现在还没法儿说话吧?"

"啊——不行。伊丽莎白在哪儿?"

"我在这儿!"刚才没了踪影的那个人高兴地大声说。还没等到放好梯子,她就从苜蓿堆上面溜到地上来了。

---

① 气象学上对欧洲南部吹来的一种闷热潮湿风的称谓。

亨察德一边搀着露塞塔,另一边搀着伊丽莎白,慢慢地沿着上坡路往前走。他们走到顶上刚要下坡的时候,露塞塔清醒多了,忽然想起她的手笼掉在谷仓里了。

"我跑回去取吧。"伊丽莎白-简说,"我再跑一趟一点也没关系,因为我不像你那么累。"她于是又赶忙下了坡到谷仓去,这另外两个人则继续朝前走。

伊丽莎白很快就找到了手笼,这种东西在那个时代还不是很小。出来的时候,她站住看了一会儿那头公牛,它现在鼻子淌着血,倒让人觉得很可怜。它刚才也许只是想来个恶作剧,而不是真想顶死人。亨察德为了把它拴牢,已经把那根棍子插进仓门口的插销里,还揳进一根木棍,把它塞紧。她沉思片刻,又转身急忙往前走,这时她看见一辆绿色和黑色相间的轻便双轮马车迎面驶了过来,赶车的是法夫瑞。

他来到这里,似乎就可以说明,露塞塔为什么要沿着这条路散步了。唐纳德看到伊丽莎白-简,把马车停下,匆匆弄明白发生了什么事情。伊丽莎白-简提到露塞塔遭到了多么大的危险,他表现出的焦虑不安达到了那样紧张的地步,这是她以前还从来没有见他有过的。他为这件事那样挂肚牵肠,甚至几乎全然不知道他要立刻做什么,才好帮助伊丽莎白上来坐在他旁边。

"你说她和亨察德先生一起往前走了?"他最后问道。

"是的。他正在送她回家。这时候他们差不多都到了。"

"那你准保她能够到家吗?"

伊丽莎白-简准保。

"你继父救了她?"

"全靠他。"

法夫瑞勒马缓行;她猜到了为什么。他是在想,最好现在不要插到这两个人中间去。亨察德救了露塞塔,要在这种时候去撩拨她,她也许会表现出对自己更加深情,这样做既不明智,也不大方。

他们眼前谈论的话题已经说完了,伊丽莎白感到像这样坐在她过去的恋人身边更加困窘,可是不久他们就看见市区入口处那另外两个的人影。那个女人时常扭转脸向后看,可是法夫瑞并不扬鞭策马。等这二位到达城墙边上的时候,亨察德和他的同伴已经走上大街不见了。伊丽莎白-简特别表示希望就在那里下车,法夫瑞帮她下来,然后赶着车转到他住所后面的马厩里去。

　　由于这样一些缘由,他穿过自家的花园进到屋子里,走到他住的那些屋子,发现它们乱成一团,他的箱子拉出来放在了楼梯口,书架分成三部分立在那儿。然而这种现象似乎丝毫没有引起他的惊讶。"什么时候可以把所有这些东西都送过去?"他问那位正在领头干这些事的女房主。

　　"我们八点以前送不去,先生,"她说,"你瞧,直到今天早晨我们才知道你要搬家,要不,我们早就运出去了。"

　　"噢——是呀,没关系,没关系!"法夫瑞兴致勃勃地说,"八点钟,只要不再晚,就够好的啦。行了,你别站在这儿说话了,要不,我想会拖到十二点的。"他一边说着,一边就走出前门,来到街上。

　　在这段时间,亨察德和露塞塔却有一番截然不同的经历。伊丽莎白离开他们去取手笼以后,粮商就直截了当地敞开了胸怀,他把她的手夹在自己的胳臂里,不过她倒是情愿把它抽回来。"亲爱的露塞塔,"他说,"自从上次见到你以后这两三天以来,我非常、非常急着要见到你!我又整个琢磨过那天晚上我是怎样得到你的应允的。你对我说:'如果我是个男子汉,我就不会坚持。'这句话深深刺痛了我。我感到这里面有些道理。我不愿意让你遭到不幸;而现在就嫁给我,就会比任何事情都更让你感到不幸——这是再明显不过的。因此我同意把订婚期拖长——把所有结婚的打算推迟一两年再说。"

　　"可是——可是——难道我就没有别的办法吗?"露塞塔说,"我对你满怀感激——你救了我的命。你对我的关爱,就像堆在我头上的炭石①！我现在是个有钱人了。我确实能做些什么来报答你的恩情——做些切实可行的事吗？"

亨察德陷入了沉思，显然他没有期望这种事。"有件事你可以做，露塞塔，"他说，"不过并不刚好就是那种性质的。"

"那么，是哪种呢？"她怀着新的忧虑问。

"我必须先告诉你一个秘密，才好要求这件事——你也许听说了，今年我不走运？我做了以前从来没有做过的事——冒冒失失地投机，亏了本。这让我真真走进了死胡同。"

"你是希望我给你垫付一笔钱？"

"不，不！"亨察德说，几乎要生气了，"我可不是一个靠女人过日子的男人，哪怕是像你和我这样亲近的。不是，露塞塔，你要做的是这个，而这会救了我。我的大债主是格若沃。如果说我要在谁的手里遭殃，那就是在他的手里；可是他要是宽限两个星期，就足够让我渡过难关了。有一个办法可以让他这样办——这就是让他知道，你就是要嫁我的人——两个星期之内我们就要悄悄结婚——现在别说话，你还没有把所有的听完呢！让他听着是这样，当然，这对于拖长我们之间的订婚期没有任何妨害。别的人谁也不需要知道。你可以和我一起去见格若沃，只是让俺当着他的面和你说话，好像我们就是这样谈妥的。我们要让他保守秘密，这样他就会心甘情愿地等着了。到了两个星期的结尾，我就能顶得住他了。那时我就能不动声色地告诉他，我们之间的一切事情都要推迟一两年。在本市谁也不需要知道，你怎样帮了我的忙。既然你愿意有点用处，这就是你的方法。"

此时正是人们所说一天当中的"粉红天色"，也就是黄昏前的一刻钟，他起初并未看出他自己的那番话对她的效果。

---

① 参见《圣经·旧约·箴言》第25章第21、22节："你的仇敌若饿了，就给他饭吃，若渴了，就给他水喝；因为你这样行，就是把炭石堆在他的头上，耶和华也必赏赐你。"

"如果是任何别的事情。"她开腔了,她的语声就表示出她是口干舌燥的。

"可是这才是这么一点小事儿!"他深切责备着说,"比你提出的还要小——不过是你最近答应过的事情的一个开头罢了!我本来完全可以自己去告诉他,可是他不会相信我。"

"这并不是因为我不愿意——这是因为我根本不能。"她越说越发愁。

"你这是惹人发火!"他突然发作起来,"这完全可以让我强迫你立刻执行你应许过的事情。"

"我不能!"她拼命坚持说。

"为什么?我还不过是在几分钟以前才放过你,让你不要立刻做你应许过的事情。"

"因为——他是证人!"

"证人?什么证人!"

"如果我一定要告诉你——你可别、别责骂我!"

"好吧,让咱们听听,你这是什么意思?"

"我结婚的证人——格若沃先生是证婚人!"

"结婚?"

"是。和法夫瑞先生。噢,迈可!我已经是他的妻子了。我们这个星期在布瑞迪港结的婚。有种种理由,使我们不能在这里结婚。格若沃先生做了证婚人,因为他当时刚好在布瑞迪港。"①

亨察德站在那里好像痴呆了。他一言不发使她惊恐万状,于是嘟囔着什么要借给他足够的钱,好让他度过这凶险的两个星期。

"嫁给他?"亨察德终于说话了,"我的老天——怎么,约定好了要嫁给我的时候,可是却嫁给了他?"

"事情是这样的,"她眼里含着泪水声音颤抖着解释道,

---

① 英国当时习俗,在教堂正结婚的双方可以临时在现场找人做证婚人。

"别——别那么狠心吧！我太爱他了,而且我想,你也许会把过去的事情告诉他——那我就倒霉啦！再加上,在我应许你以后,我又听到谣传,说你曾经——在一个集市上把你的第一个妻子卖掉了,就像卖一匹马,或者一头牛似的！听了这些话以后,我怎么还能信守我的许诺呢？我不能冒险把自己交到你的手里；有了这样一件丑闻以后,我再跟你结婚,姓你的姓氏,那就是自轻自贱。可是我心里明白,如果我不马上保住唐纳德,我就会失掉他——因为无论什么时候,只要你把威胁我的手段使出来,把我们的老关系告诉他,你就还有机会把我留给你自己。但是,你现在不会那样做了,是不是,迈可？因为现在已经太晚了,没法把我们拆散了。"

他说话的时候,圣彼得教堂一阵嘹亮的钟声传进了他们这里；随后那支以不吝惜鼓槌而遐迩闻名的市乐队一阵阵欢快的敲击声沿着大街震荡开来。

"那么,我看他们弄得这么闹闹哄哄的,都是为了这个喽?"

"是——我想是他告诉他们了,或者是格若沃先生……我现在可以离开你走吗？我的——他今天有事在布瑞迪港耽搁下来,让我在他之前几个小时先回来了。"

"那么,我今天下午解救的是他老婆的命喽。"

"是——他会永远感激你。"

"我非常感谢他……噢,你这个虚情假意的女人!"亨察德发火了,"你应许过我的!"

"是,是！可是那是在被迫的情况之下呀,再说我那时候还不知道你过去所有的——"

"现在我打算要让你得到你罪有应得的惩罚！只要一句话告诉你那位刚刚到手的丈夫,你过去怎样对我卖弄风情,你珍惜的幸福就粉碎了！"

"迈克——可怜可怜我,请你宽宏大量！"

"你不配可怜！从前你配,可是现在不配了。"

"我会帮你还清债务。"

"靠法夫瑞老婆的津贴——我不!别再待在我跟前——我可要说出更难听的话来啦。回家去!"

她沿着南步行街①走去,在一排排树后面消失了,这时乐队正拐过街角让一石一木都发出回响,庆贺她的幸福。露塞塔毫不在意,只是跑上后街,神不知鬼不觉地到了自己家里。

---

① 从这里是绕路回家。

三十

法夫瑞对女房东所说的话已经指明,要把他的箱子和其他交托给她的什物从他原先的住宅搬到露塞塔住的房子里去。这个工作并不繁重,可是皆因这个好心的女人只是在几个小时以前才收到给她的那封信,得到简单的通知,她免不了要经常停下来,对这件事发出几声惊讶的慨叹,所以就大大地拖延了。

法夫瑞刚要离开布瑞迪港的最后时刻,就像约翰·吉品①一样,给一些重要的主顾耽搁下来了,而他又是这样一种人,即使在这种非常情势之下,也不愿意怠慢他们。再说,露塞塔首先到家也自有方便之处。在那边还没有任何人知道发生了什么事情,而且也只有她所处的地位,最适于把这件新闻透露给和她住在一起的人,并且对安排她丈夫的起居做一番指点。因此他雇了一辆四轮轿式马车,先把他那位只做了两天新娘的妻子送回来,告诉她,他在当天傍晚什么时候可以到达,然后他就到方圆几英里的范围去察看那些小麦垛和大麦垛。这就说明,为什么在他们分手之后四个小时,她又小跑着出来迎接他了。

露塞塔离开亨察德以后,费了很大的力气才使自己平静下来,做好准备在唐纳德从他自己的寓所搬出来的时候,把他接到高台

---

① 吉品为英国诗人柯柏(1731—1800)同名滑稽歌谣(1782)中的主人公。他计划外出庆祝与妻子结婚二十周年纪念。妻子乘马车先动身,他骑马正要去赶上她时,却来了三个顾客,为了不丢掉生意,只得丢掉时间:"于是他只好下马,/因为丢了时间固然让他心焦/然而丢了金钱,他可完全知道/却要让他更加苦恼。"

大厦来。一个至关重要的事实,使她有了能够这样做的力量,这就是她感觉到,不管会发生什么事,她现在已经把他保住了。她到家半个小时以后,法夫瑞就进来了,她轻松愉快地迎接他,即使是分离了危险重重的一个月,也不会使她觉得比这更加高兴。

"有一件事情我还没做,而且这件事是很重要的,"她谈完了遇到公牛那番危险的遭遇以后热烈诚恳地说,"那就是把我们结婚的消息透露给我亲爱的伊丽莎白-简。"

"啊,你还没告诉她?"他若有所思地说,"从仓库回家的那段路上,我让她搭车来着,可是我也没告诉她,因为我以为她可能已经从城里听到这个消息了,而且不过是因为不好意思之类的原因,所以没有表示贺喜。"

"她不大可能听到。不过我会弄清楚,我现在就去找她。唐纳德,她还是和以前一样和我住在一起,你不会不高兴吧?她是那样娴静,又不装腔作势。"

"啊,不,我的确不会,"法夫瑞回答说,也许隐约有点别扭,"不过我不大清楚,她是不是愿意?"

"啊,愿意!"露塞塔热诚地说,"我敢保她会愿意。再说,一个可怜的人儿,她也没有另外的家。"

法夫瑞端详着她,看出来她没有怀疑她那位比她稳重的朋友的秘密。她这样毫不知情,反而使他更加喜欢她。"你愿意怎么安排她就怎么安排吧,怎么都行,"他说,"这是我到你家里来,不是你到我家里去。"

"我马上去跟她说。"露塞塔说。

她上楼来到伊丽莎白-简的屋子的时候,伊丽莎白已经换下了出门的穿戴,正在埋头念书。露塞塔马上就发现,她还没有听到这个消息。

"我没有下楼去你那儿,谭普曼小姐,"她老老实实地说,"我正要去问问你,你受惊以后是不是完全复原了。可是我发现,你有客人。我不知道为什么敲钟?乐队也在吹打。想必是有什么人结婚;要不,他们就是在排练,准备迎接圣诞节。"

露塞塔含含糊糊说了一声"是呀",就坐到那另一个年轻女人的身边,心事重重地看着她说:"你是个多么孤单寂寞的人儿啊!"她过了一会儿又说,"从来不知道正在发生的什么事儿,也不知道人家正在兴致勃勃地谈论什么事儿。你应当到外面去看看,像那些别的女人一样闲扯扯,那么你就不必问我这样一个问题了。得了,你看,我有件事情要告诉你。"

伊丽莎白-简说她真高兴,并且准备洗耳恭听。

"我得倒回去很长时间说起。"露塞塔说,她很难向她身旁这位喜欢动脑筋的人把自己的情况圆圆满满地解释清楚,而且她每讲一个字,这种困难就更明显一点,"你还记得不久以前我告诉过你的那桩在良心上令人为难的公案吧——先是第一个情人,后来又有了第二个情人?"她东扯西拉、三言两语地把她讲过的那个故事大致又说了一遍。

"啊,对,我记得你那位朋友的故事,"伊丽莎白注视着露塞塔眼睛当中的虹彩,好像是要弄清它们真实细微的色调,同时不动声色地说,"两个情人——旧的和新的:她多么希望和第二个结婚,可是又觉得她应当和第一个结婚;所以她弃善从恶,没走善路,而走上了罪恶的道路,正像我现在一直在读的诗人奥维德所诠释的:'我见到善事并且赞成,但我却追随了恶行。'"[①]

"噢,没有;她并没有真正走上罪恶的道路。"露塞塔赶忙说。

"可是你说过,她——或者我也许可以说是你——"伊丽莎白摘下了假面具接着说,"从道义和良心上说,都有义务和第一个结

---

① 原文为拉丁文,引自奥维德的长诗《变形记》第七卷第一章第二十一行,哈代于一九一二年改订此句,改用奥维德引文,表明他十分注重刻画人物的心理状态,伊丽莎白此时正在自学拉丁文,这里显然暗示她的知识面扩大并以此得意。

婚呀?"

露塞塔给人看穿了,脸上一阵红又一阵白,随后不安地答道:"你永远不会把这吐露出去吧,是不是,伊丽莎白-简?"

"如果你说不,那就肯定不会。"

"那么我就要告诉你,这件事比我在故事里所讲的还要复杂——事实上是更糟。我和第一个男人已经以一种奇特的方式搅在了一起,并且觉得我们应当结合,正像世人议论我们的那样。他以为他是一个鳏夫。他有许多年头一直没有听到他头一个妻子的消息。但是后来他妻子回来了,于是我们就分手了。现在她已经去世了,那个丈夫又来向我献殷勤。说现在我们可以来了却我们的心愿了。但是,伊丽莎白-简,这一切等于是他在从头另向我求婚。因为另一个女人一回来,我就已经完全解除了原来的许诺。"

"你最近不是重新又应许了吗?"年轻的那一位内心猜测着说。她已经悟出第一个男人是谁了。

"那是用威胁的手段从我这里挤出来的。"

"对,是这样的,但是我认为,不管是谁,像你过去所做的那样不幸和一个男人弄到了结对成双,哪怕她这一方并没有罪过,那么她只要可能,就应当做他的妻子。"

露塞塔的脸上黯然失色了。"可原来他是那么一个人,我都要害怕嫁给他了,"她辩解说,"真的害怕!而且是在我重新应允了以后才知道的。"

"那么你想做到正派,就只剩下一条路了。你必须永远做独身女人。"

"但是你再想想!认真考虑一下……"

"我肯定,"她的同伴斩钉截铁地插嘴说,"我已经完全猜到了那个男人是谁,我父亲;而且我说,你要么嫁给他,要么就谁都不嫁。"

对这一点的准确无误如果有一点点怀疑,都会像斗牛场上那块红布一样惹恼伊丽莎白-简。她刻意追求事情进展得毫无偏差,确实有些出格。她由于母亲的关系而在早年受到艰难困苦,所以事情略为偏离正轨,她就会感到惶恐,那些姓氏门第有保障不会引起猜疑的人,是根本不会理解这些的。"你必须嫁给亨察德先生,要不就谁也不嫁——肯定不应该嫁给另外一个男人!"她嘴唇哆嗦着说,她这种动作包含着两重情感。

"那我可接受不了!"露塞塔感情激烈地说。

"接受也罢,不接受也罢,反正这是事实!"

露塞塔用右手蒙住眼睛,好像她无法再辩解了;同时把左手伸向伊丽莎白-简。

"噢,你已经和他结婚了呀!"伊丽莎白-简对露塞塔的手指看了一眼,高兴得跳起来大声说,"你什么时候结的?你为什么不告诉我,还要这样逗我?你多么值得人尊敬呀!他是有一次待我母亲不好,那好像是在喝醉了酒的那一会儿。他有时很严峻,这也是真的。可是你漂亮,又有钱,又多才多艺,我相信,你一定能够完全管住他。你是他会恋慕的女人,我们三个人现在可以幸福地生活在一起了!"

"啊,我的伊丽莎白-简,"露塞塔十分苦恼地大声说,"我已经嫁给的是另外一个人!我是那样走投无路——那样怕要被逼迫着去干另外的事——那样怕真相败露,那会扑灭他对我的爱情,这就让我当机立断,不管会发生什么事情,决心要不惜一切代价,来换取一个星期的幸福!"

"你——已经——嫁给法夫瑞先生了!"伊丽莎白-简用拿单①的声调说。

露塞塔点了点头,她已经恢复了常态。

---

① 拿单为先知,对大卫王所犯的罪行愤怒不满。参见《圣经·旧约·撒母耳记(下)》第7章。

"教堂就是为了这个缘故正在敲钟。"她说,"我丈夫现在在楼下。他要住在这儿,等我们再找好一所更合适的房子再搬,我已告诉他了,我想要你留下和我在一起,正像以前一样。"

"先让我独自想想吧。"姑娘很快地回答说,同时以极大的力量控制住自己感情的激烈骚动。

"你可以先想想。我敢保,我们在一起会很快乐的。"

露塞塔离开她到楼下唐纳德那儿去,见到他怡然自得地待在那儿,心中很快乐,可是又涌上一股隐约的不安,压倒了这种快乐。这倒不是由于她的朋友伊丽莎白的缘故,她对伊丽莎白一简感情骚动的含意,丝毫没有疑惑,而仅只是由于亨察德。

苏珊·亨察德的女儿这时立刻做出的决定便是她不再住在那所房子里了。且不论她对露塞塔的行为举止是否适当自有评价,法夫瑞原本已经都快要成为她公开的恋人了,这就让她觉得难以再住在那里了。

这时候天还只是刚擦黑,她急忙穿戴好走了出去。她熟悉这地方的底细,所以不过几分钟就找到了一处合适的住所,安排好当晚就要住进去。她返回来,无声无息地进到屋子里,脱掉那身漂亮的衣服,拿出一身普通的装扮起来,把那一套收拾起来留作她最好的衣服,因为现在她得十分节俭了。她写了一张告别的字条留给露塞塔,这时她正和法夫瑞把自己严严实实地关在客厅里。随后,伊丽莎白-简叫来一个人带着一辆手推车,看着她的几只箱子装上了车,她就一路小跑走下大街,朝着她的寓所走去。那几间屋子就在亨察德住的那条街上,几乎正对着他的大门。

她在那儿坐下来,思考着如何维持生活。她继父赠给她的那一小笔年金,刚刚够她活命。她童年在牛森家里织过大拖网,学到一手绝妙的手艺,可以编织各种各样的东西,这可能会给她大派用场;而她坚持不懈的学习钻研可能会更加为她大派用场。

到这个时候,业已举行的婚礼在卡斯特桥已是家喻户晓。到处都在议论这门婚事,在马路牙子上是高声喧哗,在柜台后面是窃窃私语,在三水手客店则是谈笑风生。人们兴趣盎然的重要话题是:法夫瑞是卖掉他那份买卖,靠妻子的钱俨然当个绅士,还是保持自己足够的独立性,尽管结了这门光彩夺目的亲,仍然不放弃自己的生意。

三十一

那个卖粥女人在地方法院法官面前反驳的事,已经传开了,亨察德多年以前在韦敦-普瑞厄兹集市上那桩愚蠢荒唐的行为,二十四小时之内在卡斯特桥已经是无人不晓。至于他在以后的日子里所做的那些弥补前愆的事情,由于原先那一行为像演戏似的闪光耀眼,所以大家都看不见了。如果这件事早就尽人皆知,那么到了这个时候,它早就会变得无足轻重,给看做不过是一个年轻人几乎唯一的一次荒唐事儿,他和如今的这个稳健成熟的(即使多少有点刚愎自用)市民,简直已经毫无共同之点了。但是这一行为发生以后就销声匿迹,深深埋藏,多少年过去了一直无人觉察;于是他青年时代的这个污点,就变得像是新近刚犯的罪行了。

治安法庭上的这件事本身固然微不足道,可是却成了亨察德走背运的界线或转折点。就在那一天——几乎就在那一刻,他走过了兴旺和荣耀的山脊,开始向另一面迅速下滑。他那么快就名誉扫地,真是不可思议。从社会地位来说,他是受到猛然一震急转直下;而由于轻率交易,在商业上也早已丧失了上升的势头,于是他在这两个方面下滑的速度,都是与时俱增。

他现在出门走路的时候,更多的是注视着便道地面,而很少是房屋的前脸;更多的是人家的脚和绑腿,而很少是用他从前那种咄咄逼人的目光去一直盯着看到人家的瞳仁里了。

新发生的事情凑到一起使他身败名裂。除了他以外,这一年对其他一些人也是个不好的年景,一个他曾经慷慨信任过的债务人,遭到惨重失败,这就使他那本已岌岌可危的信誉终于一败涂地。而此时在他绝望挣扎的紧要关头,他又失于坚持实际货物与样品要严格相符的原则,而这正是粮食交易的要旨精义。在这件事情上,主要得责怪他手下的一个人。那位仁兄从亨察德手中的大量二等小麦里取样品的时候,极不明智地把其中许多的秕子、灰粒和黑粒都挑了出去。这批产品如果老老实实地出手,本来不会造成什么反感物议,可是在这样一个时刻却添了这样一场弄虚作假的混乱,又把亨察德的信誉弃诸沟壑。

他失败的详细情节倒也平平常常。伊丽莎白-简有一天经过王徽旅馆,正看见人进人出,熙熙攘攘,甚于平常不逢集的日子。旁边一个看热闹的人见她对这件事茫然无知感到惊异,于是告诉她,这是市政专员在开会讨论亨察德先生的破产问题①。她感到眼泪就要夺眶而出了。等到听说他就在旅馆里面,就想进去看他,但是别人劝她还是不要在那天闯进去。

负债人和那些债主们会聚的那间屋子,是靠近前街面的一间,亨察德往窗户外张望的时候,透过铁丝窗罩看到了伊丽莎白-简。对他的盘查已经结束,那些债主就要纷纷离去。伊丽莎白在他眼前出现,让他出了一阵神儿。后来他从窗口转回脸来,他那高大的身躯鹤立于所有其他人之上,他才又有一阵引起了他们的注意。他原来容光焕发的脸上这时有了些变化,那头黑发和络腮胡依然如旧,不过其他地方却蒙上了薄薄的一层银灰。

"先生们,"他说,"除了刚才我们谈到、并且列在资产负债表上的财产以外,还有这些东西。这和俺所有其他东西一样,全都是属于你们的,俺不想留着不交给你们,我不想。"他这么说着,就把他那块金表从口袋里掏出来,放在桌子上;然后又掏出他的钱包——所有农夫和商贩使用的那种黄帆布钱袋——把它解开,把

---

① 哈代描写亨察德在讨论他破产问题的专员会上的行为,实有所本。他在记事簿上曾摘录一八二六年《多塞特郡记事报》上一桩宣告破产的案件,负债人、债主和委员们的动作、发言几乎毫厘不爽。

钱都抖搂出来,放在桌子上金表的旁边。他很快又把表拿回来一会儿,把露塞塔做了送给他的粗毛织物护套脱下来。"好了,俺现在是把所有一切都给你们了,"他说,"而且俺但愿能给你们更多。"

那些债主,这些农夫,大家几乎不约而同地看那块表,还有那些钱,又向街里面望过去,这时天气堡的詹姆斯·埃沃旦说话了。

"不,不,亨察德,"他热诚地说,"俺们不要那个。你这样是值得人敬重的;可是你留着吧。你们说咋样,乡亲们——你们同意吗?"

"咳,当然喽,我们一点也不想要。"另一个债主格若沃说。

"当然是让他自己留着呀。"后面另外一个人小声说道——这是一个沉默寡言、老成持重的年轻人,名叫包德伍德;其余的人都一致随声附和。

"好,"首席专员对亨察德说,"虽然这宗案子是无可挽救的一宗,我还是得承认,我还从来没有遇到过一个负债人的所为比这更正派的。我已经确认过,这份资产负债表是尽可能诚实地做出来的,我们没有遇到任何麻烦,这里没有任何推诿也没有任何偷漏和隐瞒。轻率的交易造成了这种不幸的局面,这是显而易见的;但是就我所能见到的而论,已经做了一切努力避免亏待任何人。"

这使亨察德很受感动,但是他更不愿意让他们觉察到,于是又转过去,面对窗户。这个专员的这番话讲过之后,大家七嘴八舌地表示赞成;于是会散了。大家走了以后,亨察德凝视着他们退还给他的那块表。"从权利上讲,这块表不是我的了,"他自言自语,"真见鬼,他们干吗不把它拿走呢?——我不要不归我所有的东西!"他想起了一件事灵机一动,就拿起表到对面表店里去,在那儿立刻按钟表工人出的价钱把表卖了,接着就拿起这笔钱到他的一个比较小的债主那儿去,这是住在杜诺沃的一个村民,家境困难,亨察德把钱交给了他。

亨察德所有的东西都标上了价码,正在拍卖的时候,市里的人对他倒是有了相当同情的反应;而在这之前,除了对他谴责痛骂就没有别的。现在亨察德的整个事业都清清楚楚地展现在他的街坊邻里面前,他们可以看出,他是如何令人钦佩地施展他那种精力充沛的天赋,从一无所有、白手起家——他作为一个四处流徙的捆草工带着一个装有切草刀和螺丝转的篮子来到这个城市的时候,充其量所能表现出来的确实就是这样——开创出一个富裕的局面,因此大家对他的败落又感到惊讶和惋惜。

伊丽莎白竭尽所能,可是怎么也无法见到他。尽管别的人都不相信他,但是她一直还是相信他;她想得到允许,能原谅他以前对她的粗暴,并在他身处困境时帮助他。

她给他写信,他不回信。她于是到他住的房子去——她曾经那么幸福地在那里住过一段时期的那所大的宅院——暗褐色砖砌的前脸,这儿那儿像玻璃一样地锃光瓦亮,还有那些沉甸甸的窗棂。这位前市长已经离开了他飞黄腾达时候的家,住到小修道院磨坊旁边焦普的那所小农舍里去了——就在他发现她不是自己亲女儿那天晚上,他曾信步走过的那个凄凉的郊区贫民窟。她于是又到那里去。

伊丽莎白想到他隐退定居在这个地方,觉得奇怪,可是也设想到,穷困潦倒也就无所选择。一些很老的树,大概都是当年那些修士种下的,还在周围长着,原来磨坊背后的那座水闸门,现在拦出了一道小瀑布,提高了流水世世代代发出的那瘆人的咆哮声。这所村舍本身是用久已坍塌的修道院那些老石头、刮痕累累的花窗格子、发霉生斑的门窗侧柱和拱形披水石加上那几堵墙的破砖混杂在一起盖起来的。

他在这所农舍里占用了两三间屋子,焦普——他曾经轮番雇用,责骂,笼络,后来又解雇了的那个人,是这所房子的主人。可是即使在这儿,也见不着她的继父。

"难道她女儿也不见吗?"伊丽莎白央告说。

"现在——谁也不见:这是他下的命令。"她被告知。

后来她走过那些粮仓和草库,这些以前一直是她父亲经营生意的总部。她知道,这些地方再也不归他管了,可是她看到那个熟悉的大门,还是禁不住发愣。原有的那个亨察德的姓氏上赫然涂着一层铅灰色的油漆,可是那几个字母还隐隐约约显露出来,仿佛雾中的船舶。在这些字母上面,用白色油漆写的是法夫瑞的姓氏。

这时阿贝·卫特正要侧着他那瘦骨嶙峋的身躯挤进那个小小的腰门。于是她说:"法夫瑞先生是这里的主人吗?"

"是呀,亨切特小姐①,"他说,"法夫瑞先生买下了这个商号,连同俺们所有这些干活儿的工人。这对俺们比以前还好些——你是继女,俺不该当着你的面说这个。俺们现今干活儿累一些,可俺们现今甭担惊受怕啦。就是害怕,才让俺这可怜的头发掉得这样稀稀拉拉的呀!吵吵闹闹呀,摔门呀,干涉别人永生不灭的魂儿呀,这一切的一切都没啦。哪怕一礼拜少挣一个先令,俺现在倒更阔啦。要是你心里老是乱哄哄的,所有那一切又都是为了啥呢,亨切特小姐?"

通常说来,这个道理的确是不错,亨察德的商号陷于破产等待清理的时候,一直处于停顿状态,转到新主人的手里以后,生意又重新兴隆起来了。从此以后,满袋满袋的粮食,用明晃晃的铁链扣住,在锚架上快速地吊上吊下,从各个门洞里伸出一只只毛乎乎的胳臂,把粮食拉进去;一捆捆干草也重新从草库里拉进去,推出来;螺丝转吱扭吱扭地响;磅秤和钢秤开始忙个不停,而从前这个地方的老规矩则是目测心算。

---

① 卫特口齿不清,把亨察德说成亨切特。

258

三十二

卡斯特桥市靠近地势转低的地区有两座桥[1]。第一座桥紧接主大街的尽头,是饱经风雨、苍苔点点的砖桥,大街尽头分出一条岔路,蜿蜒通到低洼的杜诺沃区的那些小巷;因此砖桥一带就成了富贵与贫贱的交会点。第二座桥是石桥,在更远处横跨在大路上——虽然它仍然处在市区的范围之内,事实上却是在草场中了。

这两座桥的外表都很能说明问题。每一座桥上的每一处有棱有角的地方都磨光了,一部分是由于风雨侵蚀,更多地是由于世世代代闲游散逛的人的摩擦。年复一年,这些人站在桥头沉思冥想种种事情的时候,他们的脚趾和脚跟就在这些栏杆上不停地踢来踩去。在这种情况下,有些比较松脆的砖和石头,甚至那些平整的桥面,由于这些同样交互混杂的作用,都给磨得凹陷下去了。顶上石块结构的每个接缝都是用铁板钳住的,因为有些走投无路的人肆无忌惮地藐视那些地方行政官吏,把桥顶的墙帽卸下来扔到河里去,也是屡见不鲜的事。

这座城市里所有失意落泊的人都被吸引到这两座桥上来了。他们都是那些在商场或情场失败的人,还有贪杯无度和有秽行劣迹的人,附近这些不幸的人为什么常常喜欢选择这两座桥来沉思冥想,而不愿上一道栅栏、一座大门或是一堵篱阶去,谁也不怎么清楚。

---

[1] 卡斯特桥市的原型多切斯特市有两座桥,一座砖桥叫闲逛桥,一座石桥叫葛瑞氏桥。至今保存完好。

常到附近这座砖桥上来的人和常到远处那座石桥上去的人之间,身份地位有显著的不同。身份低微的人留恋那座毗邻市区的砖桥;即使众目睽睽,他们也不大在意。他们成功得意的时候,相形之下是无足轻重的;然而他们意气消沉的时候,对自己的败落也并不感到特别耻辱。他们多半把双手插在衣服口袋里,胯骨上或者膝头箍着根皮带,至于长筒靴,本来需要大加缝补,可是看来是永远也不会轮上了。身处逆境的时候,他们不是唉声叹气,而是乱啐唾沫;他们不说他们心急如焚,而是说他们时运不济。焦普落难的时候,时常站在这儿;考克松大妈、克瑞斯托弗·柯尼和可怜的阿贝·卫特也莫不如此。

愿意在远处那座桥上停留的那些穷途潦倒①的人,则属于比较温文有礼的一类。他们之中有破产者、忧郁病患者,是因为有些毛病或者运气不好的所谓"处境欠佳"的人,还有不大称职的专业人士——那些贫寒还要装斯文的人,他们不知道如何打发从早餐到正餐这一段烦闷无聊的时光,以及从正餐到天黑那一段更加烦闷无聊的时光,这些人的目光多半都是越过栏杆俯视桥下的流水。要是看到一个人站在那儿,像这样眼睛死死地盯着河水,那么他准保是这样一个人,由于这种或那种理由,世道待他不善。而一个走投无路的人站在靠近城市的那座桥上,就不在乎有谁看见了他这副模样,还把背靠在栏杆上打量着过往行人;然而站在这座石桥上的一个走投无路的人,绝不面对大路,听到脚步声传来也绝不扭过头来,而只是痛切感受自己的境遇,什么时候一有生人走近,就俯视流水,好像有什么不同寻常的鱼引起了他的兴趣,尽管各式各样长了鳍的东西多年以前就被偷偷地抓走了。

他们就这样在那里漫天遐想。如果他们的苦恼是由于遭受压迫,他们就会希望自己成为君王;如果他们的苦恼是由于贫穷,他

---

① 原文用法文。

们就会希望成为百万富翁;如果是罪孽,他们就会希望自己是圣人或者天使;如果是遇到失恋,他们就会希望自己是全郡驰名、令人艳羡的阿都尼①。大家都知道,有些人因为凝神站立思索太久,终于使自己那副可怜的躯体也随同凝视的目光一起投下,第二天早晨,人们要不就在此地,要不就在离这条河不远处那段名叫黑水的深潭里发现了他们,而那些苦恼愁烦也就再也找不上他们了。

就像在他以前来的其他许多倒霉的人一样,亨察德来到了这座桥上,他是沿着阴凄的城根那条小道到这儿来的。这是一个刮风的下午,他站在这儿的时候,杜诺沃教堂的时钟敲着五点。阵阵大风刮过中间那片潮湿的平滩,把钟声送到他的耳边,这时一个人从他身后走过来,叫着亨察德的姓招呼他。亨察德稍一转身,看到来的人是焦普,他原先的领班,如今在另外的地方干事。亨察德虽然厌恶他,可是还是住到他那里去了,因为在卡斯特桥,只有对焦普这一个人的看法和意见,这位破了产的粮食商人是轻蔑到了不屑一顾的地步。

亨察德对他点了一下头,轻微得简直都看不出来了。

"他和她今天搬到新房子里去了。"焦普说。

"噢,"亨察德心不在焉地说了一句,"是哪所房子?"

"你那所老房子。"

"搬到我的房子里去了?"亨察德猛地一惊,又加了一句,"市内所有那些房子当中我的那所房子!"

"嗯,那儿肯定会有人去住,既然你住不成,那么是他去住,也不会碍了你什么事儿。"

这倒是真的:他觉得,这是不碍他什么事。法夫瑞早已占了那些场院和仓库,再把这所房子弄到手,显然是图个近便。然而,法夫瑞住进了那所宽敞的房子,而他这个原来的住户,却住在一所小

---

① 阿都尼是希腊神话中不解风情的美少年、猎人,为爱神维纳斯所单恋追逐。

农舍里,这却让亨察德受到了难以形容的侮辱。

焦普接着又说:"那么你听说过,在拍卖你的东西的时候,把你所有最好的家具全都买下了的那个家伙吗?他不是为别人,而是一直在为法夫瑞喊价!那些家具根本就没有搬出过那所房子,因为他早已把它租下了。"

"还有我的家具!肯定他还要照样买下我的身体和灵魂吧!"

"还没有说过要是你愿意卖,他不买。"焦普在他这个原来的老板心里戳下这些伤口以后,径自走了;而亨察德则一直凝视着那湍急的河水,到后来那座桥好像在和他一起向后退似的。

那块低洼的地方越来越黑了,天空的灰色也越来越深。四周的景色有如一幅泼上墨水的图画逐渐转暗,这时另一个行人走近了这座大石桥。他赶着一辆双轮轻便马车,也是朝着城市的方向去。马车赶到桥拱顶的正中间就停下了。"亨察德先生吗?"马车上传出法夫瑞的声音。亨察德转过脸来。

法夫瑞看到自己猜对了,便告诉和他一起的那个人先赶车回家,自己下了车,向他从前的朋友走过去。

"亨察德先生,我听说你想移民,"他说,"这是真的吗?我问你,是真有原因的。"

亨察德停了一会儿没有回答,然后才说:"是,是真的。几年前你要到一个地方去,我拦住了你,让你在这儿住下了,我现在就是要到那个地方去。这不是风水轮流转吗!你还记得吗,我劝你留下的时候,我们在白垩道就是像这样站着?当时你名下没有什么财产,而我却是粮食街那所房子的主人。可是现在我成了个穷光蛋,你却成了那所房子的主人。"

"是呀,是呀,是这样的!世界上的事儿就是这个样。"法夫瑞说。

"哈,哈,真是!"亨察德让自己进入一种诙谐的心境大笑着说,"一上一下,一起一伏!我都习以为常了。这到底又有什么奇怪呢?"

"要是不耽搁你的时间,请听我说,"法夫瑞说,"就像我以前听你说一样。不要走,待在家乡。"

"可是,伙计,除了走以外,我什么也干不了啦!"亨察德带着揶揄的口吻回答说,"我手头那几个钱,只够我维持几个星期活命的,仅此而已。我现在还没想要回头去到处跑,打短工;可是我不能待在这儿什么事也不干,我最好的运气是在别处。"

"不。要是你愿意听,我想提的一点意见就是——回来住在你那所老房子里。我们可以好好匀出几间屋子来——俺敢保我的妻子根本不会在乎的——一直等到你另开张。"

亨察德不禁一愣。毫不起疑的唐纳德想让他和露塞塔同住在一所房子里,这样一种情景大概太触目惊心,令他无法泰然接受。"不行,不行,"他粗暴地说,"我们会吵架的。"

"你可以自己单住一部分,"法夫瑞说,"谁也不去打扰你,比起你现在住在河边上那个地方,这对你的健康可要好得多了。"

亨察德一直拒不接受。"你不知道你提的是什么,"他说,"不过,俺还是不能不感谢你。"

他们并排走着,一起回到市里,正如当年亨察德劝说这个年轻的苏格兰人留下来的时候一样。他们走到市中心,就要一左一右分道扬镳了,这时法夫瑞说:"你愿意到我家里来吃晚饭吗?"

"不,不去啦。"

"顺便告诉你,我差一点忘了。我买了很多你的家具。"

"我听说是。"

"嗯,这倒不是我自己想要那么多;可是俺希望你来把你愿意保留的东西都挑出来——像那样一些东西,由于某些关系,你会觉得很亲切,或者对你特别合用。把它们搬到你住的地方去——这并不会使我觉得缺了什么;东西少一点儿,我们照样会过得很好。而且我有的是机会,可以再买。"

"怎么——白白送给我?"亨察德说,"可是你给那些债主付过钱哪!"

"哎,是付过钱;可是这些东西对你可能比对我更宝贵呀。"

亨察德有些感动了。"我——有时想到,俺冤枉了你!"他的声调泄露了他脸上给夜色掩盖起来的不安。他突然握了握法夫瑞的手,便匆匆走开了,好像是不愿意让自己更多地暴露。法夫瑞望着他转过大街,走进逗牛桩广场,然后向小修道院磨坊那儿走下去,看不见了。

与此同时,伊丽莎白-简住在上层楼一个并不比那位先知①的那间小屋子更大的套间里,把她风光时期的丝绸穿戴收进了箱子,在专心致志地钻研所能弄到的那些书籍的间隙,勤奋地做着编织活儿。

她的住所和从前他继父住过、而现在由法夫瑞住着的那所房子,差不多是对门,所以她可以看到,唐纳德和露塞塔以他们所处的地位理所当然要热情活跃地在门口风风火火地进进出出,她极力避免朝那个方向观望,可是只要门砰地一关,就不由得把眼睛转过去,这差不多也是人之常情吧。

她就这样安安静静地过着日子的时候,听说亨察德着了凉,出不了门——可能是由于常常在潮湿的天气里兀立在草地上引起的。她立刻到他的家去了。这一次她决心不听任别人的阻拦,径自走上楼去。他围着一件大衣坐在床上,开头对她擅自闯入感到气愤。"走吧——走吧,"他说,"俺不喜欢看见你!"

"可是,父亲——"

"俺不想看见你。"他又说了一遍。

然而,冰还是化开了,她在那里留下了。她把屋子收拾得比较

---

① 在书念有一家大户的妇人,为先知以利沙在墙上盖了一间小屋子(事见《圣经·旧约·列王纪(下)》第4章第10节)。

舒适一点,嘱咐楼下的人一些事情,等到她走的时候,终于使她的父亲同意她再来看他。

或许是由于她来服侍,或者仅仅是由于她到来,结果他迅速复原了。不久他就痊愈到可以出门了,此时许多事情在他的眼睛里现出了新的色彩。他不再想移民,而是更多地想到伊丽莎白。这种整天无所事事,好像比其他任何情况都更加使他厌烦,于是有一天,他对法夫瑞的看法比原先好了一些,而且又觉得老老实实工作并不是什么丢人的事,于是抱着置苦乐于度外的态度,去法夫瑞的场院里,要求雇他做捆草的短工。他马上就给雇下了。这次雇用亨察德是通过一个领班办的,法夫瑞觉得,亲自和这位前粮食批发商接触不大合适,而且也不是绝对必要。他尽管急着想帮助他,但是到这时候已经很清楚他那种变化无常的脾气,所以想还是维持有限度的关系为妙。由于同样的理由,他吩咐亨察德不断到这个或那个乡下农场去捆草,通常总是经过第三者去转达。

这些安排有一段时间行之有效,因为按照当地的习惯,先在附近各个农场买下草,再在各个堆草的场院打成捆,然后才运走,所以亨察德常常整个星期都离开去那些地方。等到这些都干完了,从某种程度来说,亨察德也逐渐习惯了,就和其余的人一样,每天按照允许入户干活的办法行事。于是这位一度生意兴隆的商人、市长以及如此等等的人物,就在他原先拥有的粮仓和草库里当了一名计日短工。

"我从前就到处打过短工,难道不是?"他有时用他那种满不在乎的态度说,"那么我为什么不能再干呢?"不过他看起来和他早年当过的那个四处打短工的人大不相同了。那时候他穿着干净合身的衣服,色调鲜亮欢快;绑腿黄得像金盏花,灯心绒一尘不染,像是崭新的亚麻布,一条领巾就像是一座花园。现在他穿的是他当年做上等人时留下的一套旧蓝布衣服,一顶陈旧不堪的丝质礼帽,一条原本是黑色的缎子围脖,满是油垢,破破烂烂。他这样穿戴着来来去去,仍然是相当生气勃勃——因为他还不过四十出头——他和场院里的其他工人一起,看着从通向花园的那道绿门出出进进的唐纳德·法夫瑞,还有那所大房子,还有露塞塔。

冬天开始的时候,卡斯特桥就传出现在早已进了市议会的法夫瑞先生,一两年之内就会提名为市长。

"是的;她很聪明,她在她这一代人里面是很聪明的①!"亨察德有一天到法夫瑞的草库去的路上听到这个消息的时候,这样自言自语。他用螺丝转儿绞着草绳子的时候又想起这件事,这个消息像是一口起死回生的气儿,使他原来的看法又复活了——唐纳德·法夫瑞是打败了他的对手,在他头上耀武扬威肆意践踏。

"像他这种岁数的家伙,可真的就要当上市长啦!"他一边嘟囔着,一边撇着嘴笑了笑,"不过,这是她的钱把他捧上去的。哈哈——真他妈的怪事!我是他从前的主人,现在却像给他干活儿的,他这个家伙倒成了主人,我的房子、我的家具,还有那个你可以叫做我的老婆的人,都成了他的啦。"

他把这一套每天都要翻来覆去叨念上百次。在他和露塞塔结识交往的整个期间,他希望把她据为己有的那种不顾一切的急切心情,从来没有像他现在因为失去她而感到的悔恨心情这样强烈。并不是一意追求她的财富才使他动心;固然那份财富给了她一种独立不倚、时髦俊俏的气派,能吸引具有他这种脾性的男子,因而使她更加令人向往。那份财富使她有了仆从、居室和美服,在他这个见过露塞塔处于窘困之中的人眼中,这一套装备赋予了她一种令人震惊的新奇色彩。

他于是陷入了郁郁不乐的境地,每逢有人谈到法夫瑞可能不久就会当选市长的时候,就立即勾起他对那个苏格兰人的旧恨。

---

① 参见《圣经·新约·路加福音》第 16 章,一个财主这样夸奖那个贪图不义之财的管家聪明。

与这种情况同时发生的,是他又经历了一种道德上的变化,结果就是他常常意味深长地用一种自暴自弃的口气说:"就剩下两个星期了!"——"只有十二天了!"如此等等,一天天减少着他那些数目字。

"干吗你说只有十二天了?"所罗门·朗威斯问道。当时他正在粮仓里亨察德身边称燕麦。

"因为再过十二天,我就要解除我发过的誓了。"

"什么誓?"

"不喝烈酒的誓。再过十二天,从发誓的时候算起,就满二十一年了。谢天谢地,到那时候我一定要让自己痛快痛快。"

有一个星期天,伊丽莎白-简坐在窗前,听到下面街上有人在谈话,其中提到亨察德的名字。她正纳闷究竟是怎么回事,这时刚好有第三个人路过,提出了一个压在她心头上的问题。

"迈可·亨察德有二十一年滴酒不尝,现在突然闹闹嚷嚷地拼命喝起酒来了!"

伊丽莎白-简一下子跳起来,穿戴好,出去了。

三十三

在那个年月,卡斯特桥盛行一种饮宴逸乐之风——人们固然不大承认,但无论如何确实有其事。每个星期天下午,卡斯特桥大批短工队伍——那些定期去教堂的人和性格稳重的人——做完礼拜以后,就鱼贯走出教堂门,穿过马路到三水手客店去。这群人的末尾通常是跟着合唱队员,胳臂下面都夹着大提琴、小提琴和长笛①。

在这种庄严神圣的时刻,重要之点、光荣之点,就是每个人都限制自己只喝半品特酒。客店老板十分了解这种有所顾忌的习惯,所以招待顾客全都用的是这种分量的杯子。它们全都一模一样——直筒形的,边上有两棵深褐色没有叶子的椴树——喝酒的时候,一棵对着喝酒人的嘴唇,另一棵对着他的同伴②。猜客店老板有多少只这样的酒杯,这是那些好奇的孩子们喜欢的游戏。这一次在那间大屋子里至少可以看见有四十只,摆在那张有十六条腿的大橡木桌上,在桌边上围成一个圆圈,就像英国太古时代悬石坛③中由一根根石柱围成的环形。除了这四十只酒杯,还有四十根陶制长烟斗吞云吐雾,形成一道烟圈;那四十个经常去教堂做礼

---

① 此为十九世纪早期,英国乡村教堂通常使用的几种器乐。哈代的父亲、祖父和叔伯都曾在教堂合唱队演奏器乐。
② 哈代此处描写的大概是十八世纪晚期英国通用的一种深褐色圆筒形陶瓷酒杯,主要用于酒店。制作时先在杯上涂上浅色含碱性的釉料,然后加上带酸性的颜料,由于化学反应逐渐浸润,出现树枝状花纹。
③ 悬石坛又称史前巨石群,为位于英格兰索斯伯里大平原上的史前古迹。亦为《德伯家的苔丝》中最后的主要场景。

拜的人,则在烟斗后面仰脸靠在摆成一圈的四十把椅子的靠背上。

他们这些谈话不像一周中工作日的谈话,统统都是一种论点更精确、语气更自大的事情。他们经常一成不变地讨论牧师的布道,分析和评价它是高于还是低于一般的水平,而总的倾向是把它看做一种科学技艺或表演,除了批判者和评说的事情间的关系之外,与他们自己的生活无关。大提琴手①和教堂执事因为和传道教士有正式的交道,所以他们所说的话通常比其他人更有权威性。

亨察德这天挑选三水手客店作为他结束涓滴不饮漫长岁月的地方。他那么准时地跨进了客店大门,并且在那间大屋子里安顿下来,恰好在那四十个定期去教堂做礼拜的人习以为常地小酌的时候。他脸上的红晕立刻表明,他信守了二十一年的誓言已经打破,而且肆无忌惮的时期已经重新开始。他坐在一张小桌子旁边,紧靠在给去教堂的人留着的那张巨大橡木桌子边上,他们各自就座的时候,有少数几个向他点点头,并且说:"亨察德先生,你好啊?真是这儿的稀客呀。"

亨察德有一阵觉得不屑于去答理他们,眼睛俯视着自己伸出去的大腿和长统靴,最后才说:"是的,这是真的。俺这几个礼拜精神欠佳;你们有些人知道是什么原因。现在我好一点了;可是还没有百事顺遂。我想请你们合唱队的人演唱个曲子,我是盼着演唱的这个曲子再加上斯坦尼治店里的这种酒,能让我完全摆脱我这点儿小毛病。"

"我衷心为你效劳,"第一小提琴手说,"我们已经把琴弦放松了,这可是真的;不过我们能立刻再把它们调上去。街坊们,唱 A 调,给这位老兄来一段。"

"活该,我可不在乎是什么词儿,"亨察德说,"赞美诗、小曲,

---

① 大提琴手根据传统是乐队的队长,常与教士就讲道的内容磋商应采用何种音乐,关系密切。哈代的祖父即曾担任过大提琴手。

或是粗野无聊的玩意儿都成;无赖进行曲①或者小天使无言歌也行——这对我都一样,只要曲子和谐,演唱得又好就成。"

"嗯——嗨,嗨——也许我们能够办到,我们之中没有谁不是起码在廊座②上坐过二十年的,"乐队队长说,"今天是星期天,街坊们,我想还是唱《诗篇》第四首吧,根据我修改过的塞缪尔·韦克利的曲子唱,怎么样?"

"你修改过的塞缪尔·韦克利的曲子,滚它的吧!"亨察德说,"把你那一本《诗篇》扔了吧——威尔特郡那个老调子③才是唯一值得一唱的曲子——我还是一个棒小伙子的时候,这个诗篇的曲子可以让我热血奔腾得像大海一样。我来找点歌词配上这个曲子唱吧。"他拿起一本单行本的《诗篇》,开始一页一页翻。

他这时候偶然抬头向窗外一看,只见一大群人正走过去,他认出他们是那座高处教堂的会众,他们的布道比低处这个教区大家喜欢的布道要长一些,所以刚刚散去。这批首要市民中间,市议员法夫瑞先生胳臂挽着露塞塔走着,所有那些较小商人的女眷都眼看着她,学着她的样儿。亨察德的嘴略微变了一下,然后又继续翻着书页。

"这下对了,"他说,"按威尔特郡的曲子唱《诗篇》第一百零九篇,唱第十到十五节。我把歌词告诉你们:

> 愿他的儿女成为孤儿,
> 妻子当寡妇,痛苦悲凄,
> 他的亲族流浪行乞,
> 谁也不出手周济。

---

① 英国军队直到二十世纪初一直采用的一支进行曲,常在开除犯了罪过的士兵时演奏。
② 指教堂楼上走廊合唱队演出时的专座。
③ 威尔特郡是与多塞特郡毗邻正北一郡。此曲调是 G.斯马特所作的诗篇曲,哈代十分喜爱他的这支曲子。

愿他全部不义之财
落入高利贷者的钱囊;
千辛万苦育成的果实,
全都给路人抢光。

愿他缺衣少食,
无人向他施恩;
他可怜的子孙后代,
孤苦伶仃,求告无门。

愿他的亲族遭遇不幸
他的后人断子绝孙;
他的名字遭人痛恨,
下一代就湮没无闻。①"

"这首《诗篇》我知道——这首《诗篇》我知道!"乐队队长急忙说,"但是我可不想唱这首歌。它不是写出来唱的。有一次吉卜赛人偷了牧师的母马,我们选唱了这首歌,想让牧师高兴高兴,但是却把他搅得心烦意乱。仆人大卫②写这样一部《诗篇》,没有人能够唱过它而不让自己丢人的,我真弄不清楚,他写这部《诗篇》的时候,心里在想些什么!那么好吧,还是唱《诗篇》第四首,照我修改过的塞缪尔·韦克利的曲子唱吧。"

"上帝让你见鬼去吧——俺告诉你照威尔特郡的曲子唱《诗篇》第一百零九篇,你就得唱!"亨察德咆哮起来,"你们这帮懒骨头,不唱了这首《诗篇》,谁也别想出得了这间屋子!"他一下子离

---

① 哈代此处所引《诗篇》的歌词来自退特与布拉迪诗篇韵文本,这一文本初版于一六九六年,直到十九世纪中叶仍在英国教堂中普遍演唱。
② 指大卫王,《圣经》中一向把他称做上帝的仆人。

开了桌子,抓起拨火棍,走到门口背顶着门,"那么,好了,你们要是不想让你们那些混账脑袋瓜开花,就赶快唱吧!"

"你可别,你可别这么干!——反正今天是安息日,反正这是仆人大卫的词儿,又不是俺们的,也许俺们唱一次也没啥,嗯?"合唱队的一个人吓坏了,环顾其余的人说。于是乐器调好,这些诅咒威胁的诗句就唱了起来。

"谢谢大伙儿,谢谢大伙儿,"亨察德说话的声调已经缓和下来,眼皮越来越往下耷拉着,他那身为男子汉的举止神态大受这一段段歌曲的感动,"你们不要怪罪大卫,"他接着又摇着头低声说,但是并未抬起眼睛,"他知道,他写这些东西的时候,心里想着些什么!……我要是出得起钱,在我这辈子这种倒霉透顶的时候不肯花钱维持一个合唱队给我演奏给我唱,那我就真该死了。可是令人心酸的是,我那会儿有钱的时候,我并不需要我能够得到的,而现在我穷了,我又得不到我所需要的了!"

在他们谁也没说话的间歇,露塞塔和法夫瑞又经过了,这次是回家去,他们也和别人一样养成了一种习惯,在上过教堂还没到喝茶时间之前,到大路上去短短散一会儿步,然后再折回来。"那儿就是我们刚刚唱的那个男人。"亨察德说。

奏乐的人和唱歌的人转过头去,懂得了他的意思。"老天不许呀!"大提琴手说。

"就是那个男人。"亨察德顽固地又说了一遍。

"要是俺知道,"吹单簧管的郑重其事地说,"刚才指的是一个大活人呀,那么说什么俺也绝不会从风管里吹出那首《诗篇》的曲子,上天保佑!"

"俺也不会,"那个第一歌手说,"可是俺想,它是老早以前写的,也许现在里面也没有多少东西,所以俺才愿意为一个街坊效效劳;因为对这个曲子也没啥可反对的。"

"嘿,小子们,你们已经唱过了,"亨察德得意扬扬地说,"至于他嘛,一部分原因是他唱的那些歌,他才胜过了我,把我挤出局了……我也可以反过来照样对付他——但是我还没下手。"他把拨火棍横放在膝头上,像扳一根小树枝似的把它扳弯了,然后扔下,从门口走过来。

伊丽莎白-简已经听说了她继父在什么地方,正在这个时候进了这个屋子,脸色苍白而又显出痛苦难忍的样子。合唱队和其余的人遵守他们只喝半品脱的老规矩,都离开了。伊丽莎白-简一直朝着亨察德走上前去,哀求他陪她一起回家。

到这个时候,他那火山爆发似的脾气,已经平息下来了,而且喝的酒也还不算太多,他总算是默许了。她挽起了他的胳膊,他们就一起走了。亨察德没头没脑地瞎走着,像是个瞎子,还自个儿重唱了一遍唱歌的人最后唱的那句词。

> 他的名字遭人痛恨,
> 下一代就湮没无闻。

最后他对她说:"我是一个说话算话的人。二十一年来我一直信守我的誓言;现在我可以问心无愧地喝酒……要是说我还没有对付他吗——那好,等我决定下手的时候,那我可就是个叫人胆战心惊的捣蛋鬼了!他把我的每一样东西都弄走了,我对天起誓,我要是碰上他,我可就对自己的行动不管不顾了!"

这种半吞半吐的话,比起亨察德那副坚定不移的神色来,让伊丽莎白更加担心。

"你要干什么呢?"她小心翼翼地探问,同时由于焦虑不安而哆嗦起来,而且亨察德话中暗含的意思,她已经猜得再清楚不过了。

亨察德没有回答,他们继续往前直到快走近他住的那所小农舍。"我可以进去吗?"她问道。

"不行,不行,今天不行。"亨察德说。于是她离开了。她觉得,去告诫法夫瑞差不多可以说是她应尽的责任,因为这确实也是她强烈的愿望。

在星期天也好,在平常的日子里也好,都可以看到法夫瑞和露塞塔在市内翩然来往,好像一对蝴蝶——或者更不如说像是约誓结盟的一只蜜蜂和一只蝴蝶。她好像如果不同她丈夫出双入对,就会到哪里也没有兴致;因此在生意不允许他花费一个下午的时候,她就留在家里,等待时间过去,一直到他回来。伊丽莎白-简从自己楼上的窗口,可以看到她的面容。然而伊丽莎白-简在内心里并没有想要法夫瑞感谢她的这种忠诚,但是她满心都是她念过的书,于是她想起了罗瑟琳的那句感叹之词:"姑娘,你自己得放明白些,跪下来,斋戒谢天,赐给你这么好的一个爱人。"①

她的眼睛也一直盯着亨察德。有一天她问起他的健康情况,他的答复却是说,他和阿贝·卫特一起在场院里干活儿的时候,他受不了卫特可怜他的那种眼神。"他是那样地愚蠢,"亨察德说,"心里老是忘不掉以前我在那里是主人的情景。"

"你要是允许我去,我就去把他换下来,帮你用螺丝转绞绳子。"她说。她想到场院里去的意图,是想得到机会,去观察她继父在那里当工人的法夫瑞现在的那所房子里的大致情况。亨察德的恐吓使她那样担心,所以她希望在他们两个人面对面的时候留神他的行动。

她到那里去了两三天,唐纳德一次也没有露面。后来有一天下午,那道绿门开了,先穿过的是法夫瑞,后脚跟着露塞塔。唐纳德毫不犹豫地把他妻子让到前面来,这很明显,就是他丝毫没有疑心,她和现在这个捆草的短工从前有过什么瓜葛。

---

① 罗瑟琳是莎士比亚《皆大欢喜》中女主角,引文见第三幕第五场。据朱生豪等译《莎士比亚全集》第三卷,人民文学出版社 1978 年版。

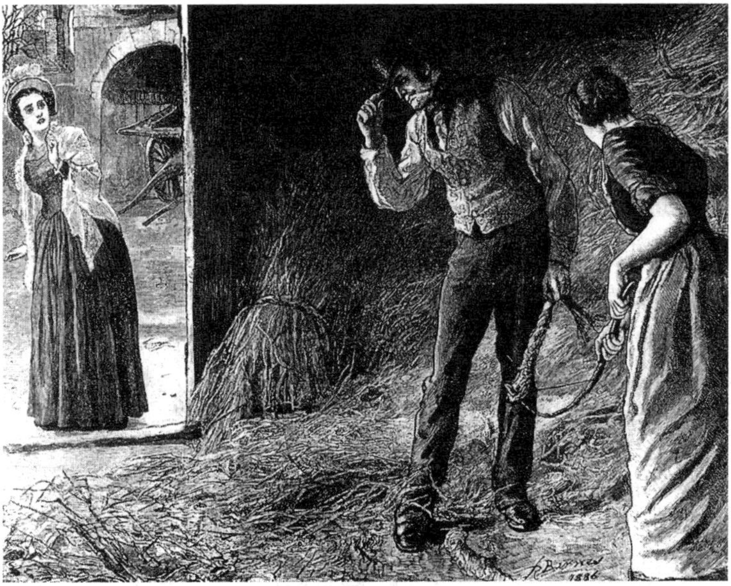

亨察德的眼睛并没有转过去看这对夫妇当中的哪一个,而是紧盯在他所绞的绳子上,好像他一心只在那上面。一种体贴入微的感觉,驱使法夫瑞一直避免在失败的对手面前露出任何一点似乎是得意扬扬之举,这时他就避开亨察德和他女儿在那儿干活儿的那个草库,直接走向放粮食的那边去。与此同时,露塞塔,从来没有人告知她亨察德已经来为她丈夫打工,便径直溜达到了草库,突然碰上亨察德,于是轻轻发出了一声"啊!"高高兴兴而且又忙忙碌碌的唐纳德离她太远,没有听见。亨察德做出了一种猥琐的谦逊举动,像卫特和其余的人那样,用手碰了一下帽檐向她致意,她有气无力地吐出了:"下午好。"

"请原谅,太太,怎么啦?"亨察德说,仿佛没听见似的。

"我说下午好。"她结结巴巴地说。

"啊,是呀,太太,下午好。"他又用手碰了一下帽子回答说,"太太,我见到你很高兴。"露塞塔很是局促不安,亨察德接着说,"我们这些卑下的工人,这会儿觉得,一位太太愿意来看望,还把我们当回事,这真是莫大的荣幸。"

她用恳求的眼神看了他一眼;这种挖苦太尖刻,令人无法忍受。

"太太,你能告诉我们,现在是几点钟了吗?"他问。

"可以,"她赶忙说,"四点半。"

"谢谢你。还要过一个半钟头,俺们才能下班。唉,太太,像你享受的这种悠闲快乐,俺们这些下等阶级的人是连知道都不知道的呀!"

她一到能够离开他,就立刻离开了,她朝伊丽莎白-简点点头,笑了笑,就走到院子另一头她丈夫那儿去了。可以看见她领着他,从外面的大门走出去,这样就免得再从亨察德这边经过了。很显然她这是猝不及防。这次偶然邂逅的结果是,第二天早晨,一封便笺经邮差交到亨察德手中。

"你能不能,"露塞塔极尽所能在一封短柬里注入极重的凄苦之情写道,"你能不能眷顾不管什么时候如果我穿过场院,你不用你今天所用的那种讥刺伤人的口吻跟我说话呢?我对你丝毫不怀恶意,而且非常高兴,你能在我亲爱的丈夫这儿找到工作。但是请你把我当做他的妻子那样合于礼貌地对待我,不要总是想用阴损话来使我难受,我没有犯任何罪过,也没有伤害过你。"

"一钱不值的蠢货!"亨察德带着一股喜滋滋的凶狠劲举着这封信说,"就不知道除了让自己来写这样的信,还有更好的办法!嘿,要是我把那东西给她亲爱的丈夫看看,那可就——呸!"他把这封信扔进了火里。

露塞塔提防着,再也不到粮仓草库那里去了。她宁死也不愿再次冒险和亨察德狭路相逢了。他们之间的鸿沟一天天加宽。法夫瑞对他这位一败涂地的朋友,一向都是体贴周到;可是要他不越来越把这个原来的粮商和他的其他工人一样对待,那也是不可能的。亨察德看出了这一点,就装做麻木迟钝的样子来掩饰自己的心情,每天晚上都到三水手客店去越来越放量纵饮,借酒浇愁。

伊丽莎白-简想方设法防止他再喝其他烈酒,常常在五点钟的时候用一只小篮子给他送茶去。有一天她为了这件差事来到那里,发现他继父正在顶楼粮食堆里估量三叶草籽和油菜籽,她就上楼去找他。每一层楼都有一道门悬空敞开,上面是起重架,架上有一根链条,用来吊装粮袋。

伊丽莎白的头伸过了楼梯口,发现上层的门是开着的,她继父和法夫瑞刚好站在门口谈话,法夫瑞站在紧靠那个令人头昏眼花的边缘上,亨察德略微靠里一点。她不想打扰他们,就在楼梯上站住了,她的头也就没有再往上伸。她这样等着的时候,看见了——或者是她在想象中看见了,因为她感到害怕——她继父在法夫瑞背后慢慢地把一只手举到了肩膀那样高,脸上还带着一种奇怪的表情。这个年轻人根本没有注意到这个动作,而且这个动作是那样地含糊,即使法夫瑞注意到了,也几乎肯定会认为这只是随便伸伸胳臂。可是只要稍微一碰,就可能把法夫瑞推得站不稳,一个跟头摔下去。

伊丽莎白想到这也许真是打算这样,心里觉得十分难受,等到他们一转过身来,她就机械生硬地把茶送到亨察德跟前放下,走开了。她回想起来的时候,竭力让自己相信,这是一种无意间的古怪动作,仅此而已。然而在另一方面,他在一个商号里原来当主人,现在成了手下人,这在他身上的作用可能就像是一剂带刺激性的毒药。于是她终于决定去告诫唐纳德。

三十四

接着第二天她五点钟就起床,走到街上去。这时天还没亮,大雾弥漫。城市里又暗又静,只有市区内垂直交叉的几条林荫道上,传来聚在树枝上的水珠落下来的阵阵轻微嘀嗒声,它们时而从西步行街传过来,时而从南步行街传过来,后来又从两边同时传过来。她向粮食街的尽头走去。她对他办事的时间十分清楚,所以刚刚等了几分钟,就听见他家的门砰的一下关上,发出她已经听惯了的那种响声,接着就是他快速向她这边走过来的脚步声。在林荫道最后一棵树掩护着的这条街道上最后一所房子的地方,她迎上了他。

他开头几乎无法认出她来,后来仔细打量了一眼,这才说:"咋的——亨察德小姐——这么早你就起来了?"

她请他原谅,因为她在这样一个不大合适的时间半路堵住他。"可是我急着要提一点事,"她说,"而我又不希望去拜访你,惊动法夫瑞太太。"

"是吗?"他说话间带着居高临下的人那种慨然的调子,"那能是什么事呢?俺肯定相信,这真是你的一番好意。"

她这时又感到很难把自己心里觉得可能发生的情况准确地说到他的心里去。不过无论怎样,她总算开始了,而且提起了亨察德的姓名。"我有时感到害怕,"她很吃力地说,"怕他会情不自禁地产生某种想法——要侮辱你,先生。"

"可我们是要好的朋友呀?"

"或者是对你来一个实实在在的恶作剧,先生。请记住,他几乎一向都不是这样的。"

"可我们是十分友好的呀？"

"或者是干出什么事——会伤害你的——会伤你的心——会害你的身。"她说每一个字都加倍地费力。可是她看得出来，法夫瑞仍然不大相信。在法夫瑞看来，现在受他雇用的这一个穷汉亨察德，已经不是从前支配他的那个亨察德了。然而，他不仅还是原来那个人，而且由于受到命运的打击，从前潜藏未露的那些恶劣的品质，活跃起来了。

法夫瑞幸福愉快，根本不朝坏的方面想，对她的担心一直没有看得很重。他们就这样分手了，她往家里走，这时打短工的已经来到大街上，赶车的到挽具店去取留在那里修理的东西，干农活儿的马被牵到马掌铺，卖力气的人一般都出来活动了。伊丽莎白很不高兴地走进自己的住所，心想她没有做到什么好事，反而因为她警告的口气软弱无力而使自己显得傻里傻气。

但是唐纳德却是那样一种对偶然发生的事也绝不会完全放过不理的人。他后来的看法改正了他原来的印象，一时冲动得出的判断，常常并不算是他一成不变的判断。伊丽莎白那张在迷蒙曙色中热切真挚的脸，这一天里好几次在他脑海中浮现。他了解她那稳重的性格，所以把她的那些暗示，并不完全看做是无稽之谈。

但是他也并未把他当时正在好心为亨察德做的计划撇下不管；就在那天晚些时候，他碰到市议会的书记员焦伊斯，他还谈起这个计划，好像并没有发生任何事情要给它泼冷水。

"关于那个种子商人的小店，"他说，"就是那个俯瞰教堂墓地的小店，等着出租，并不是我自己想要那家小店，而是为了我们那位不幸的同城人亨察德。尽管那个店铺很小，可是对他来说也是一个新的开始；我已经告诉过市议会，我愿意带头在他们中间发起一次私人募捐，帮他把那个小店撑起来——我愿意捐出五十镑，只要他们能凑齐另外五十镑就成。"

"是的,是的;我也听说过;这件事没有什么可反对的,"书记员用他那种质朴坦率的方式回答说,"可是,法夫瑞,别人看得到你看不到的事儿。亨察德恨你——嗐,恨你,你应当知道才对。我知道,他昨天晚上在三水手客店,在大庭广众之中对你说了些一个男子汉对别人不应该说的话。"

"是这样吗——啊,是这样吗?"法夫瑞往下看着说,"他为什么要那么干?"这个年轻人心酸地说,"我做了什么损害他的事,让他老想糟害我?"

"这只有天知道,"乔伊斯挑起眉毛说,"这就表明,你要是迁就他,继续雇他给你干活儿,你就得长久忍气吞声。"

"可是,这个人原来是我的好朋友,我怎能裁了他呢?我怎能忘了,我当初到这地界儿来,是他让我能有个立脚点的呀?不,不行。只要我还有一天的活儿要人来干,如果他愿意,他就可以来干。我可不是那种人,像这样一点小事都可以拒绝他。不过,帮他开小店这主意我得暂且放一放,等我多想想再说。"

放弃这个计划,使法夫瑞心里很难受。可是这样一些以及另外一些流言,一直在给这个计划泼冷水,他只好去取消了他原先的约定。法夫瑞去找那个店主谈这件事的时候,店主正好在家,法夫瑞觉得取消这一商谈,必须做一番解释,于是提到了亨察德的名字,并且宣称,市议会的打算已经改变了。

店主非常失望,一见到亨察德就马上照直告知他,市议会打算帮他开一个店,这个计划遭到了法夫瑞的当头一棒。就这样出于误会,仇恨又加深了。

法夫瑞当天晚上走进家门的时候,开水壶正在半椭圆形壁炉架上面那个壶架上咕咕作响,露塞塔轻快得像一个空中的精灵,跑上来抓住他的双手。法夫瑞旋即吻了她。

"哎,"她开着玩笑,转身对着窗口大声说,"你看——护窗都还没放下呢,别人都可以看见里面——会说三道四的!"

蜡烛点起来,窗帘放下来,他们这一对儿坐下喝茶的时候,她注意到,他脸上显得很严肃。她没有直接问他是什么原因,而是一对眼睛十分焦急地在他脸上盘桓。

"有谁来过吗?"他心不在焉地问道,"有人来找过我吗?"

"没有。"露塞塔答道,"唐纳德,是怎么回事?"

"嗯——也没有什么值得提的事儿。"他愁闷地回答。

"那么,就别管它啦。你会顶过去的。苏格兰人总是好运道。"

"不——并不总是那样!"他一边说着话,一边盯着桌上一块面包渣,阴沉沉地摇着头,"我知道许多人都不是这样的!有个人叫桑迪·麦克法伦,他启程到美国去碰运气,可是淹死了;还有个阿奇包德·李司,给人暗杀了!可怜的威利·邓布里兹和梅特兰·麦克弗瑞兹——他们碰到厄运,而且一直倒霉!"

"呃——你这只老呆鹅——当然喽,我不过是大致上说说罢了!你就老是那么较真儿。好了,等我们喝完茶,你给我唱唱那支有趣的歌①,就是那支唱高跟鞋、银衣服和四十一个求婚者的歌。"

"罢,罢,今儿晚上我唱不了!这都是亨察德——他恨我;所以哪怕我想做,大概也做不成他的朋友了。我真想知道,为什么要有这一份妒羡;可是他感觉得那么强烈,我找不到什么理由来说清楚这整个的事情。唉,露塞塔,你能说清楚吗?这更像是情场上那种老派的对敌,而不仅仅是在买卖上的一点竞争。"

露塞塔脸色变得有些阴沉了。"不能。"她回答。

"我给了他活儿干——我不能拒绝这个。但是我也不能闭起眼睛不看事实;有像他这样一个太感情用事的人在,举止行动是没有保障的!"

"噢,唐纳德,我最亲爱的——你听到什么了?"露塞塔感到惊

---

① 指《健美的帕格》,参见本书第八章最后一个注释。

恐,"是关于我的什么事吗?"她这句话已经到了嘴边,可是还没有说出来。然而,她还是控制不住自己那份焦虑,眼睛里满含着泪水。

"不,不,并不像你想象的那么严重。"法夫瑞安慰她说;不过他并不像她那样,对事情的严重性看得那么清楚。

"我希望你照我们谈过的那样去做,"露塞塔悲伤地说,"不做生意,离开这儿。我们有的是钱,为什么非要待在这儿呢?"

法夫瑞似乎是打算认真讨论这件迁居的事,接着就谈论起来,直到通报有客来见。他们的邻居长老议员瓦特进来了。

"我想,你听说了吧,可怜的乔克菲德医生去世了?——真的,今天下午五点钟去世的。"瓦特说。乔克菲德原来是市议员,去年十一月才接任市长的职务。

法夫瑞对这个消息表示痛惜。瓦特继续说:"唉,俺们知道,他总有一天要过世的,再说他家也不愁吃穿,因此俺们尽可以就随他去好了。现在俺来是想问问你这个——差不多全是私下里谈的。要是俺提名你来接替他,又没有人特别反对,你会接受这个职务吗?"

"可是还有人应该比我更早轮到;而且我又太年轻,也许还会以为我在钻营!"法夫瑞停了一会儿说。

"根本不会。俺并不是只为俺一个人说这番话,还有几个人也提到了。你不会拒绝吧?"

"我们打算远走呢。"露塞塔急切不安地盯着法夫瑞,这样插进了一句。

"那不过是个美好的设想罢了,"法夫瑞喃喃地说,"如果这是市议会大多数德高望重的人的希望,俺就不拒绝。"

"很好,那么你就当做是已经当选了吧。俺们老是选那些上了岁数的人,时间已经够长的了。"

他走了以后,法夫瑞若有所思地说:"现在你看,正是我们自己,受到我们头顶上权力的管辖! 我们这样计划,可是我们又那样去做。如果他们要我当市长,我愿意留下,亨察德嘛,他愿意就让他去胡说八道吧。"

从这天晚上以后,露塞塔非常忐忑不安。如果她不是彻头彻尾地粗心大意,那么一两天以后她偶然遇到亨察德,就不会像她那天所做的那样行事了。当时市场上正乱乱哄哄,谁也没有心思去注意他们的交谈。

"迈可,"她说,"几个月以前我请求过你,我现在还得要请求你,把我在你手上的那些信和纸条什么的,全都还给我吧,除非你已经把它们都毁了! 你一定看得很清楚,为了所有各方面都好,把在泽西的那段时间一笔勾销该有多好。"

"哎呀,倒霉吧这个女人!——我把你亲手写给我的每一张纸片都包好了,准备在马车上交给你——可是你根本没露面。"

她向他解释,她姑母去世使她那天没能启程。"那么那个纸包怎么样啦?"她问道。

他说不上来——他可得仔细想想。她走了以后,他想起来了,他有一堆毫无用处的纸张文件,留在他以前用过的餐厅的保险柜里——保险柜是砌在他那所老房子的墙壁里的,而现在却是法夫瑞住着那所房子。那些信可能就夹在那些纸张文件中间。

亨察德的脸上显出一种阴阳怪气的狞笑。那个保险柜已经打开过了吗?

就在紧接着这件事情的那天晚上,卡斯特桥市里钟声大作,铜管乐队、木管乐队、弦乐队和皮鼓乐队混合编组,在城内四处演奏,狂吹猛击,盛况空前。法夫瑞当了市长——远从查理第一①的时代算起,这是世代选举这一漫长系列中的第二百零几位了,而且漂

---

① 英王查理第一(1600—1649)二十五岁即位,其当政期间,逢英国资产阶级革命(1640—1642),后实行君主立宪,始有议会及市政选举。因横征暴敛,迫害新教徒,为克伦威尔派判刑处死。

亮的露塞塔成了全城跪拜的人……可是,哎呀!在那个蓓蕾中的蛀虫①——亨察德;他又能泄漏出什么!

　　他,与此同时,因为有些消息错传,说法夫瑞反对把亨察德安排在一个小小的种子店里的计划而受到羞辱,这本来已经使他义愤填膺,而恰在这个时刻又碰上市政选举的消息(由于法夫瑞比较年轻,加上又是出生在苏格兰——这件事本身就史无前例——所以这种情况就引起了远非寻常的兴趣)。钟声震荡,鼓乐齐鸣,声音大得像瘸子帖木儿的大号②一般,把没落失意的亨察德刺激得难以名状。看来他是给完全彻底地驱逐和取代了。

　　第二天早晨,他照常去粮仓的场院,大约十一点钟,唐纳德穿过那扇绿门走进来,没有丝毫身份显赫的痕迹。然而这次选举在他和亨察德的地位之间,确定了更为有力的变化,这使这位谦和的年轻一些的人在举止上又显出了一点手足无措的神情;但是亨察德却表现出那种对这一切都满不在乎的模样,法夫瑞半路上立刻也就以笑脸相迎了。

　　"我正要问问你,"亨察德说,"有关一个小包的事,我可能把它留在了餐厅我原来那个保险柜里面。"他又补充了一些细节。

　　"要是那样,那它现在就还在那里,"法夫瑞说,"我至今还从来没有开过那个保险柜;因为我把我那些文件材料都存在银行里,夜里好安心睡觉。"

　　"对我——它并没有什么重要的意义,"亨察德说,"不过如果你不反对,我今天晚上就来取走。"

　　他实现他的约定的时候,天色已经很晚了。他用掺水的烈酒

---

① 语见莎士比亚《第十二夜》第二幕第四场:"……她从来不向人诉说自己的爱情,让隐藏在内心中的抑郁像蓓蕾中的蛀虫一样,侵蚀着她绯红的脸颊;她因相思而憔悴。"

② 帖木儿(1336或1333—1405)生于中亚,为成吉思汗部下后裔,建都撒马尔罕,征服波斯、中亚和印度大部,战败并俘获土耳其皇帝,在准备入侵中国时死去。部队使用一种大号,长达七尺。

把自己灌满,现在他常常都是这个样子。他走到那所房子面前的时候,抿着嘴,露出一丝带揶揄的幽默,仿佛在盘算着要做一件令人惊心的乐事。不管怎么样,他跨进了这所房子,这件事本身就非同小可,因为自从他不再作为房主住在那里以后,这是他第一次来访。在他听来,门铃的响声就像是一个让人收买而背弃了他的熟悉仆役在说话;门来回开关,就像那些逝去的日子又回来了。

法夫瑞请他进了餐厅,立刻打开了装在墙壁里面的那个铁保险柜,他的,亨察德的保险柜,是在他的指导下由一个手艺精巧的锁匠打造的。法夫瑞从里面拿出了那个小包和其他的文件材料,并且连声道歉,说一直没有还给他。

"没什么关系,"亨察德干巴巴地说,"事实上它们大部分都是信件……就是,"他一边继续说,一边坐下来,把露塞塔那包热情洋溢的信件打开,"它们都还在这儿呢。我居然又见到它们了!我希望,法夫瑞太太昨天那样辛苦折腾了一天,身体还很好吧?"

"她感到有点儿累,因此而赶早就上床去睡了。"

亨察德又回过来翻动那些信件,满怀兴趣地挑选分类,这时法夫瑞坐在餐桌的另一头。"你当然不会忘记,"他接下去又说,"我过去生活中那稀奇古怪的一章吧?我曾经告诉过你,你还给了我些帮助呢。这些信实际上都是与那件不幸的事情有关的。不过,感谢上帝,那件事情现在全都过去了。"

"那个可怜的女人后来怎么样了?"法夫瑞问道。

"她很幸运地结了婚,嫁得很好,"亨察德说,"所以她劈头盖脸地朝我抛来的这些谴责,现在一点儿也不让我感到内疚了;要不然,就会的……你听听,一个满腔愤怒的女人会说些什么!"

法夫瑞虽然丝毫没有兴趣,可是愿意让亨察德高兴高兴,所以一边不断打着呵欠,一边很有礼貌地听着。

"'对我来说,'"亨察德念道,"'实际上没有任何前途。一个人太不顾忌习俗,委身于你——她觉得,她绝不可能做任何另外一个男人的妻子了,然而对你来说,她并不比你在街上首先遇到的一个女人有什么不同——我就是如此。我满可以判定你无意加害于我,不过你却是为我招来祸害的通道。你说,你现在的妻子一旦去世,你就会让我取代她做你的妻子,这番话现在总算是一种安慰——可是要等到何年何月呢? 于是我就待在这儿,我为数不多的几个熟人抛弃了我,你也抛弃了我呀!'"

"她就一直是这样对待我,"亨察德说,"事情已经发生了,而我对它又无法挽救的时候,像这种话真是连篇累牍。"

"是呀,"法夫瑞心不在焉地说,"女人都是这个样子的。"但是事实上他对女性几乎是一无所知,然而他觉察到,他自己爱慕的那个女人,同现在猜想的那个陌生女人,在倾泻感情的方式上有某种相似的地方,于是就作为一个定论说,阿芙萝洛狄忒①不论幻化成什么人,都会这样说话的。

亨察德又打开了另一封信,照样一直念下去,像先前一样念到签名的地方就停下了。"我不念她的名字了,"他和蔼地说,"我没有娶她,另外一个男人娶了,所以为了对她公平合理,我可不能那样办。"

"嗯——不错,嗯——不错,"法夫瑞说,"可是你妻子苏珊去世以后,你干吗不和她结婚呢?"法夫瑞提出了这个问题,还有其他一些问题。他用的是和此事极不相干的人那种安然冷漠的口气。

"啊——你完全可以问这个!"亨察德说着嘴上又露出那个新月形狞笑的轮廓,"尽管她再三再四信誓旦旦,可是等到我义不容辞要慷慨大度地和她结婚的时候,她却不是在等待我的那个女人了。"

"也许——她已经和别人结婚了?"

---

① 希腊神话中的爱神。

亨察德似乎想到,如果进一步透露具体的细节,那就会太冒风险了,所以就回答说:"是的。"

"这位年轻小姐必定是水性杨花的!"

"她是这样的,她是这样的。"亨察德加重语气说。

他打开了第三封信和第四封信,接着念下去。这一次他念到结尾,好像真的就要把签名和其他的内容一起念出来了。但是他又突然止住。事实上可以看得出来,他完全打算好了,要在这出戏收场的时候把名字念出来,引起一场轩然大波。他到这所房子里来就没抱有别的想法。可是冷冷静静地坐在那儿一点也没有火气,他干不出那种事来。这样一种令人心碎的事情,连他也觉得胆寒。他的品格就是这样:一阵暴怒发作怒火冲天的时候,能把他们两个人都置于死地;可是要靠恶语伤人去成事,即使他满怀仇恨也难以胜任。

三十五

正像唐纳德所说明的,露塞塔因为感到疲乏很早就退回她屋子里去了。然而她并没有安歇,而是坐在床边的椅子上看书,琢磨这一天发生的种种事情。听到亨察德拉响门铃的时候,她奇怪时间比较晚了,是谁还会来拜访。餐厅几乎就在她卧室下面,她可以听得出来,有个什么人给让进那里,不久又渐渐可以听到,有个人在咕咕噜噜地念什么东西。

已经到了唐纳德通常上楼来的时间,又过了一阵,然而念东西和谈话的声音仍然继续不停。这是非常少有的事。她想,一定有人犯了滔天大罪,客人——不管是谁——正在念《卡斯特桥记事报》特刊关于这件事情的报道,除此之外,不会有别的。最后她离开屋子,走下楼梯。餐厅的门半掩着,这时全家人已经安歇,在一片寂静之中,她还没走到楼梯底下,就听出了说话的声音和念出来的词句。她一下子惊呆了。她自己写的那些词句,用亨察德的声音念出来,就像是从坟墓里出来的幽灵向她迎面走来。

露塞塔倚靠在楼梯栏杆上,她的脸贴着那光滑的楼梯扶手,好像是在她倒霉的时刻要和它交朋友一般。她直挺挺地靠在那里,越来越多的词句连续不断地传进她的耳朵里来。但是使她感到最为惊异的却是她丈夫的那种口气。他说话所用的不过是拿出时间来奉陪的人的那种腔调。

"我只问一句话,"他这样说的时候,纸张唰唰地响,这表明亨察德又在打开另一封信,"把原来只打算给你一个人看的信,这样详细地念给一个局外人听,像这样重新提起这个年轻女人算得上

289

礼貌吗？"

"嗯,礼貌,"亨察德说,"我并没有说出她的名字来,把这只当做所有女人的一个例子来说,不是对一个人诽谤。"

"我要是你的话,我就把它们都销毁,"法夫瑞说,他对这些信比刚才想得更多了一些,"身为另外一个人的妻子,如果事情给知道了,这个女人就会受伤害的。"

"不,我不会销毁它们。"亨察德嘟囔着说,把信收了起来。随后他站起来,露塞塔再也听不到什么了。

她在半瘫痪状态下回到了自己的卧室,因为很害怕都没法脱衣服了,只是坐在床边上,等着。亨察德告别的时候,会不会说出这件秘密呢？她这种担心是很可怕的。要是她在他们交往不久就通通向唐纳德表白,他可能早就把它丢到脑后,照样和她结婚——这一度看来似乎是不大可能的;但是到了现在,不论是她自己还是别的什么人,要把这件事告诉他,那就会倒大霉了。

门砰的一声关上了,她可以听到她丈夫在上门闩。他像往常一样四处看了看,然后悠然自得地走上楼来。等他在卧室门口露面时,她那熠熠生辉的眼神,几乎都完全黯然无光了。她疑惑不定地疑视了一会儿,看出他在刚刚摆脱了一种烦人的境遇之后,重新打叠起了笑容看着她,不禁惊喜万分。她再也支撑不住,歇斯底里地抽泣起来。

法夫瑞使她复原之后,十分自然地就谈起了亨察德。"在所有人里面,他可是一个令人最不舒服的客人了,"他说,"不过我相信,他只是有点神经不正常。他刚才给我念了一大堆和他过去生活有关的信件;我也只好顺着他听下去。"

这几句话已经足够了。这么说,亨察德并没有说出来。他站在门口台阶上对法夫瑞说的最后几句话,简单说来就是这样:"好了——俺非常感谢你听。也许哪一天我会再说说她。"

她知道了这些以后深惑不解亨察德是出于什么动机要把这整

个事情揭开;因为在这样一些情况之下,我们总会认为,敌人有一干到底的力量,而在我们自己身上或者是在我们朋友的身上,却是从来没有看出的;而且总是忘了,不论是在报仇雪恨还是宽大为怀这两个方面,同样都可能由于缺乏勇气而中断努力。

第二天早上露塞塔还在床上,盘算着怎样避开这场刚发动的进攻。她隐隐约约地设想,把真相告诉唐纳德的这一大胆之举,未免太过大胆;因为她害怕,这样一来,他会像其他世人一样更认定这一事件是她的过错,而不是她的不幸。她决心采用规劝说服的办法——不是劝唐纳德,而是劝那个敌人本人。像她这样一个女人,这好像是唯一实际有用的武器了。她安排好计划以后就起了床,给那个让她提心吊胆的人写信:

"我偶然听到了你昨天晚上和我丈夫的谈话,而且知道你有报仇的意向。一想到这一点就使我肝肠寸断!可怜我这个受苦受难的女人吧!要是你能见到我,你会大发慈悲的。你不知道,忧虑不安近来怎样折磨着我。你下工的时候,也就是太阳刚要落山之前,我会在圆场。请你也到那里去吧。要是我不面对面地见到你,听到你亲口说出来,你再也不会继续耍这种马戏了,我是无法得到安宁的。"

她写完这封恳求信的时候自言自语:"如果说眼泪和祈求曾经为弱者效力去和强者打仗,那么现在就让它们这样做吧!"

怀着这种想法,她做了一番打扮,这一次与她以往打扮的意向都大不相同。她成年以后,总是一心一意要加强自己天生的魅力,而在这方面她也绝不是一个生手。可是现在她却不这么做了,而且甚至还有意毁损她那天生的容貌。除了自然的原因,她的面貌略有褶皱,她头天夜里整夜没有入睡,又使她那美好然而略显憔悴的容颜,带上了一点由于极度忧伤而显得过早衰老的神色。她挑选了一身最简单、最朴素,而且弃置最长久的衣服,这是故意而为,同样也是由于没有心情。

她怕万一让人认出来,于是戴上了面纱,快快从宅子里溜出去。她走上竞技场对面那条大路的时候,太阳落在山顶上,就像眼睑上的一滴血珠似的。她急速走进去。里面阴暗朦胧,更显得不存在一切有生之物。

她战战兢兢地怀着希望等着他,并没有失望。亨察德走到顶上,又从上面走下来,露塞塔屏住呼吸等着。可是等他到达中间竞技场地,她看到他的态度有了某种改变:他在离她不太远的地方站住了。她想不出这是因为什么。

其他任何人也不会知道。事实的真相是,露塞塔指定在这个地点、在这个时刻同这个喜怒无常、忧郁而又迷信的人作这个约会,无意中就使她的恳求得到了她除去用语言以外所能得到的那种最强有力的论据的支持。她站在这个四周都有高墙挡住的巨大空场中间的身形,她那异乎寻常、简单朴素的衣着,她那满怀希望与求告的姿态,使得在他的内心深处对受到他虐待的另一个女人的记忆那样鲜明地复活了。在那早已逝去的日子里,她也曾经这样站在那里,而今却已经故世,永远安息了,于是他一下子泄了气,自愧自怨竟然想要对这样一个柔弱的女子进行报复。等他走近她身边,在她一言未发之前,她的目的就已经达到一半了。

他走下来的时候,本来是带着一种玩世不恭、满不在乎的样子;可是这时他却收敛起他那似笑非笑的怪相,压低了声调和气地说:"你晚上好。你要是想找俺,俺当然是高兴来的。"

"噢,谢谢你。"她忧心忡忡地说。

"俺很难过,看到你气色这么不好。"他结结巴巴地说,毫未掩饰自己的内疚。

她摇了摇头,然后问道:"这是你故意引起的,你怎么会难受呢?"

"什么!"亨察德局促不安地说,"是我做了什么事儿,才把你这样拖垮的吗?"

"这完全是你造成的,"她说,"我没有其他令人伤心的事。要不是因为你的种种恐吓,我的幸福本来是十分有保证的。噢,迈可!别像这样糟害我啦!你该想想,你已经干得够多的了!我刚到这里来的时候,我还是个年轻女人,现在我正在很快地变成老太太啦。不管是我的丈夫,还是别的男人,对我感兴趣的时间都不会很长了。"

亨察德给缴械了。他原先通常那种高傲的怜香惜玉之情,因为如今出现了这宛如那第一个女人再世的苦苦哀求的女人而更加强烈了;再加上,可怜的露塞塔依然如故,直到如今还保留着从前那种给她带来过无尽烦恼的轻率粗疏缺乏深谋远虑;她又采取这种会招致损害的方式到这里来和他会面,而没有觉察所冒的风险。这样一个女人,是一头很小的小鹿,不应该去捕猎。他感到惭愧,本想当场羞辱她一番的所有渴望和意愿全都打消了,而且也不再嫉妒法夫瑞捞到的便宜。他不过是和金钱结婚而已。面对这场游戏,亨察德急着想洗手不干了。

"嗯,那么你想要我干什么呢?"他豪爽地说道,"我肯定会很愿意去干。我念那些信,实际上不过是开开玩笑罢了,我什么也没泄露。"

"把那些信都还给我,还有你手里所有那些吐出一点结婚或者更糟糕事情的材料。"

"一定照办。每一块纸片都给你……不过,咱们俩私下里说说吧,这件事,他总会发现点蛛丝马迹的,或迟或早。"

"啊!"她急得哆哆嗦嗦地说,"但愿在我证明我是他的忠实可靠而且当之无愧的妻子之前,他不会发现。过了那个时候,他就会什么事情都原谅我了。"

亨察德默默无言地看着她:即使到了此时,他还是在为像这样的爱情而有些妒羡法夫瑞。"嗯——我但愿如此,"他说,"不过你万无一失准会得到那些信的。你的秘密也准会保守住。我

293

起誓。"

"你真好！——我怎么样才会得到那些信呢？"

他想了想，说第二天早晨他会把它们送去，"好了，不要怀疑我了，"他又加上一句，"我说到做到。"

三十六

露塞塔赴约以后回来,看见一个人等在离她家门口最近的那盏街灯旁边。等她止步刚要进门的时候,他走上前来和她搭话。这是焦普。

他请求她原谅这样和她说话。不过他听说,附近一个粮商曾经请法夫瑞先生给他推荐一个伙计,假使确真如此,他愿意自我推荐。他可以做出可靠的保证,而且在给法夫瑞先生的一封信里也述说过这些。不过,如果露塞塔能在她丈夫面前为他美言几句,他会感激不尽。

"这件事我一点儿也不知道。"露塞塔冷冷地说。

"可是,太太,你可以证明,我比任何人都值得信赖,"焦普说,"我在泽西待过几年,在那儿看见过你,认识你。"

"果真,"她回答,"但是我可一点儿也不认识你。"

"我想,太太,"焦普说,"你说上一两句话,就管保会让我得到我做梦都想着的东西。"他死乞白赖地说。

她毫不通融地拒绝了在这方面做任何事,因为急于在她丈夫发现她不在家以前就进到屋子里去,所以打断他的话,把他丢在街上。

他一直望到看不见她为止,然后才回家。到家后,他坐在没有生火的壁炉旁边,两眼盯着炉中的铁架和架在铁架上准备早晨烧水用的劈柴。楼上的一阵动作惊动了他,随后亨察德从他自己的卧室走下来。他刚才在卧室里好像一直在翻腾自己那些箱子。

"我想,"亨察德说,"让你帮我办点事,焦普——嗯,我是说,今天晚上,要是你能办得到的话。把这送到法夫瑞太太那儿去交给她。当然,我本来应该亲自送去,可是我不愿意让别人看见我在那儿。"

他把一个用褐色纸包着并且封好了的包交给他。亨察德是一向说话算数的。他一回到家里,就在他仅有的那点东西中翻找。他手头所有露塞塔写的每一张小纸片都在这里了。焦普无关痛痒地表示愿意去。

"喂,你今天弄得怎么样?"他这位房客问道,"有什么有指望的头绪吗?"

"怕是没有。"焦普说,并没有把求法夫瑞太太的事告诉他。

"在卡斯特桥根本没门,"亨察德斩钉截铁地断定,"你一定得到更远的地方去转转。"他向焦普道了晚安,然后就回到这所房子里他自己的屋子去了。

焦普一直坐着,直到后来他的目光被灯花映在墙上的影子吸引住了,于是他又看看灯花本身,发现它已经着成了一个像火红菜花的圆头。亨察德的那个小包是下一个他所盯着的。他早知道,亨察德和现在的法夫瑞太太之间有过一些婚嫁之类性质的事;于是他对这件事情的模模糊糊的概念凝缩成了这种样子:亨察德有一包东西是属于法夫瑞太太的,而且他有种种理由不肯亲自把这包东西给她还回去。这里面能是什么呢?就这样他接着想了又想,因为怨恨露塞塔那种目中无人,而且又感到好奇,想知道她和亨察德交往当中是否有什么瑕疵,于是一时兴起,查看了这个包裹。笔以及一切和它有关的东西,在亨察德手里都是很不听使唤的工具,他是用火漆封的口,可是没在上面盖印。他从来没有想到,用这个才能保证封包可靠。焦普可绝不是一个新手,他用小刀撬开了一个火漆封口,从这样打开的那头朝里面窥视,看到这包东西原来是一些信。现在他感到满足了,于是又用蜡烛把那块火漆烤软,把那头重新封好,然后就按照要求带着这包东西出去了。

他走的是紧靠城市下边一条沿河的小路。进到主大街尽头那座大桥来到灯光下,他看见考克松大妈和南斯·莫克瑞治正在那里闲逛。

"俺们正要下去上米克森巷呢,先到'彼得手指'①里边儿去逛逛,然后才爬上床,"考克松大妈说,"那儿有把提琴和一面小鼓正在舞弄着呢。老天哟,到底怎么回事儿呀——焦普,你也跟着一块儿去吗——这占不了你五分钟。"

焦普平时多半都是让自己离这伙人远远的,但是现在的环境条件却使他多少有些不像往常那样多去想了,没说上几句话,他就决定朝着那个地方去了。

杜诺沃地势较高的那一部分,虽然主要是一些粮仓和农场错落组合而成,它却有这个教区不太雅观的一隅,这就是米克森巷,当时它大部分已经拆毁了。

米克森巷是周围所有村庄的亚杜兰②。它是那些遭难的、欠债的还有遇到各式各样麻烦的人的逋逃薮。有些农庄雇工和其他农夫,除了耕田种地之外还干点偷猎、偷渔,而随着这种偷偷渔猎,又会有开怀畅饮,唱歌跳舞,吵吵闹闹,他们早早晚晚总会发现自己是在米克森巷里了。乡下那些懒得不愿再开机器的工匠,乡下那些调皮捣蛋得不愿侍候人的仆人,总是自然流落或者无奈来到米克森巷。

这条巷子和它周围那些密密麻麻的草顶小房子,像一块地岬伸进那片潮湿多雾的低地里去。许多悲惨的,许多下贱的,还有一些招灾惹祸的事物可以在米克森巷见到。淫秽下流在附近一些特

---

① 这是一家小客店的名字。
② 以色列国王大卫为躲避扫罗王迫害,逃到亚杜兰洞。事见《圣经·旧约·撒母耳记(上)》第23章第1—2节:"凡受窘迫的,欠债的,心里苦恼的,都聚集到大卫那里。"

定的门户随便出入;恣意妄为就在那些伸出歪歪扭扭烟筒的屋顶下安家落户;寡廉鲜耻就在某些凸窗里;偷盗扒窃(在缺衣少食的时候)就在柳林旁的草顶泥墙房子之中;即使杀人害命在此地也并非一无所闻。在一条小巷上方的一片房子中间,几年以前可能还设有一座驱魔祛病的神坛。在亨察德和法夫瑞当市长的时候,米克森巷就是这样。

然而在卡斯特桥这株粗壮繁茂的大树上,那片发霉腐败的叶子却是紧靠着空旷开阔的田野的,它和一行挺拔壮丽的榆树相距不过百码,穿过荒原还可以尽览那些耸立的高地、麦地和大户人家豪宅的景色。一条小溪把荒原和那些房舍隔开了,表面看来好像没有道路可以通到那里——除非沿着大路绕过去,才可以走向那些房屋。但是每家每户的楼梯下面都藏有一块奇妙的木板,九英寸宽,这块木板就是一个隐秘的桥。

如果你,身为那些亡命住房户当中的一个,办完事天黑之后——而这正是此地办事的时候——回家,偷偷穿过荒原,走到前面提到的那条小溪边上,对着你的那所房子吹一声口哨,那么对面就会立刻出现一个人影,把那座桥板一头顶着天扛过来,把它放倒,你走过去,还有一只手扶着你从桥上下来,帮你接过从附近庄园抓到的雉鸡和野兔。第二天早晨你就偷偷摸摸地把它们卖掉,再过一天你就站在治安法庭法官面前,所有那些同情你的邻居一齐把眼睛盯在你的背上。有一段时间你就不见了;然后大家发现,你又不声不响地住在米克森巷了。

每当黄昏时分,陌生人沿着这条巷子走,就会对其中两三件独具特点的事有所触动。一件是中途那家小客店的后身传出来断断续续的喧嚣,这表明那是一个玩九柱戏的小道;另一件是各家各户到处都回荡着吹笛声——几乎从每一户敞开的大门里都传出某一种管乐的曲调;还有一件就是在门口的那些女人中间,常常可以看到在褴褛的长袍上罩着洁白的围裙。在那些很难保持洁白无瑕的环境里,一条洁白的围裙就是令人起疑心的罩衣;不仅如此,这种洁白围裙所表示的勤劳艰苦和洁净无瑕,都让系着这种围裙的女人那种姿势和步态辜负了——她们多半两手握拳顶在臀部上(这种姿势使她们看起来就像是双把大酒杯),肩膀靠在门框上,只要巷子里有了类似男性的脚步声,每个正派女人的头就要在自己的脖子上摇摆扭转,她那双正派的眼睛也要睥睨流盼,其轻捷曼妙真真令人不可思议。

然而,就在这么多罪恶当中,也寓有贫穷困苦者的尊严。在某些屋顶下居住着纯洁有德的人,他们来到这里,只是为贫困的铁掌所迫,而不是其他。从败落的村庄来的一些家庭——一度人丁兴旺但是此时已濒于绝灭的家庭,乡村社会中称之为"租户"①或世代租户、契约租户等等的那个阶层,他们的家族枝叶茎干因为这种或那种原因败落了,他们被迫离开了自己世代相传家园的乡村聚居地,来到这里,否则就只好甘心倒卧在路边的树篱下了。

这家名叫彼得手指的小客店,就成了米克森巷的教堂。

它坐落于中心地带,这种场所一向都是如此;而且它和三水手客店在社会地位上的关系,也和三水手客店和王徽旅馆在社会地位上的关系相同。乍看起来,这家客店也是那么体面,简直让人困惑难解。前面的正门一直关着,台阶那么干干净净,显而易见很少有人从它那铺着沙子的地面走进去。但是在这个小酒馆的犄角上有一条小夹道,不过是一条窄缝儿,把它和隔壁的房屋隔开。夹道正居中的地方有一道窄门,由于不计其数的手和肩膀来回磨蹭而油漆剥落,锃光瓦亮。这才是这家客店实际上的入口。

常常可以看到一个行人,漫不经心地沿着米克森走去,然后一

---

① 在当时英国农村房地产所有制下,这类人租用房地产主的土地房屋、庭院,立有租约,有效期通常为三年。另有连续租用房地产达几代人的世代租户和以地籍登记文契为据租佃的契约租户,《德伯家的苔丝》中德北一家,即属后一类。

会儿的工夫,就消失得无影无踪,弄得看他的人直眨眼睛,就像阿什顿发现雷文斯伍德不见了①一样。那个漫不经心的行人,侧着身子斜刺里灵巧地一闪,就溜进了那条窄缝,在那条窄缝里又同样施展了一下那灵巧的技术,就溜进了那家小酒馆。

和聚集这里的这伙人一比,在三水手客店的那伙人就都成了有身份的人了;不过也必须承认,三水手那里下层最溜边的那些人,在各方面还是够得着和彼得手指这里最顶尖上的那些人。各式各样无家可归的人和四处流浪的人在这里消磨时光。老板娘是一个贞德端行的人,几年前曾经以这样那样案件的事后从犯蒙冤坐牢。她服刑十二个月,从此以后就板起一副殉难者的面孔,只有在碰到逮捕过她的那个警察的时候,才眨眨眼睛算是例外。

焦普和他的那几个熟人来到了这家酒馆。他们坐的高背靠椅又薄又高,顶上用了几根麻绳拴在天花板上的几个钩子上,因为要是没有这些保障,客人吵闹起来,那些椅子就会摇晃翻倒。保龄球的轰隆声在后院回荡;烟筒鼓风器后面挂着棍棒;曾经让乡绅地主找过麻烦的人,前偷猎偷渔者和前猎场看守人,现在都肘连肘地坐在一起——这些人过去曾经在月光下拳脚相向,到后来一方的刑期满了,另一方失去主人的恩宠丢了差事,这就使他们凑到这儿来扯平了,在这儿坐在一起心平气和地谈论过去的时光。

"你还记得吗,查理,你用一颗黑莓子一下把一条鲑鱼拖到岸上来,小溪里连一点浪花都没起?"一个丢了差事的看守说,"就是在那会儿,俺抓住了你一次,你是不是还记得?"

"这俺记得。可是俺最糟糕的乱子还是那次在耶鲁伯里林子里那笔山鸡生意。那一次你老婆起了个假誓,周——啊,老天作

---

① 见司各特的小说《拉默摩尔的新娘》第三十五章。狡诈的律师阿什顿为掩饰侵吞雷文斯伍德家财产的阴谋,想安排雷和自己的女儿结婚,可是阿什顿的妻子不了解这一阴谋,却把雷从家里赶走了,阿什顿回家见雷不在,大惊失色。

证,她起了假誓——这没什么可否认的。"

"那是怎么回事呢?"焦普问道。

"唉——周朝俺逼过来,俺们俩在地上滚成一团儿,就在靠近他花园的树篱边上。他老婆听见了动静,就抄起一把长把烤炉铲跑出来,树底下黑乎乎的,她看不清谁在上面。'周,你在哪儿,下头还是上头?'她扯着嗓子喊叫。'啊——在下面,老天作证!'他说。接着她就用那铲子使劲敲俺的脑壳、后背和肋条,直到后来俺们翻了个过儿。'你这会儿在哪儿? 亲爱的周,在下头还是在上头?'她又扯着嗓子大喊起来。圣乔治作证,就是因为有了她,俺才给抓住的! 后来到了庄园的大堂上,她起誓,说那只公山鸡是她养的,可那根本不是你们家养的鸡呀,周;那是乡绅布朗家养的鸡——那就是他的——那是一个钟头以前俺们从布朗的林子穿过,顺手抓来的。这样给冤枉了,真是伤透了俺的心……唉,得啦——这会儿都过去了。"

"在那以前好多天,俺本来都能抓住你的,"看守人说,"都有几十次了,俺离你不过几码远,看见你抓了好几只鸡,可不只是那可怜巴巴的一只呀。"

"是呀——走漏了风声的,可不光是俺们那些最了不起的事儿。"那个卖粥婆子说。她最近刚住到这个贫民窟里来,现在也坐在大家中间。她一辈子走南闯北的,所以说起话来显得见多识广,思想开通。现在也正是她问起焦普,他服服帖帖夹在胳臂下面的是包什么东西。

"啊,这里面藏着个大秘密,"焦普说,"它是火烧火燎的爱情。想想吧,一个女人竟能那么多情地爱一个男人,可是又那么无情地恨另一个男人。"

"你心里寻思的人究竟是谁呀,先生?"

"是本市一个高高在上的人。我真想寒碜寒碜她! 这种穿着绸缎、蜡人儿似的、盛气凌人的东西,俺敢打赌,念她那些情书,会像演戏一样有意思！俺带到这儿来的,就是她的情书。"

"情书？那么,高人啊,念给俺们听听吧,"考克松大妈说,"天呀,你还记得吗,瑞查德,俺们年轻的时候,该有多傻呀？弄个小学生来给俺们写情书①,再给他一便士,你还记得吗？让他不要告诉别人,他在里面写了些什么,你还记得吗？"

这时候,焦普已经把一个手指头伸进封漆下面,把那包信打开,乱翻了一气,随手挑出一封信,大声念了起来。虽然这些书函都只是隐约其词,并没有明明白白全盘亮出,可是那一段一段的文字,很快就把露塞塔急切希望一直埋藏的秘密揭露出来了。

"法夫瑞太太写了这些东西！"南斯·莫克瑞治说,"俺们都是体面女人,可跟俺们一样的女人当中竟做出这种事儿,这真是丢俺们的脸啊。可是眼下她又已经和另一个男人立誓结婚！"

"这对她就好得多了。"这年迈的卖粥婆子说,"吓,俺把她从一桩真正糟糕的婚事里救出来了,可是她从来没有谢过俺。"

"俺说,要是来一次评奸会②,这是多好的底子呀。"南斯说。

"真是,"考克松大妈一边琢磨一边说,"拿这个料子弄一次评奸会,和俺以前知道的比,一点儿也不差;可不应该让它白糟蹋了。在卡斯特桥最后见到的一次,离现在最少总有十年啦。"

正在这一刻,响起了一声尖厉的呼哨,客店老板娘对那个名叫查理的人说:"是吉姆回来了。你能去帮俺把桥放下来吗？"

查理和他的伙伴周没有答腔就站起身来,从她手上接过一盏提灯,然后走出后门,沿着庭院小道下去,这条小道通到前面提到的那条小溪边上就突然断头了。小溪对面是开阔的荒原,他们往前走的时候,一股黏滑潮湿的微风扑到他们的脸上。其中一个人拿起早就放在那儿备用的木板,把它顺下来跨过水面,那一头刚刚

---

① 哈代早年曾有代写情书的经历。
② 旧日在英国城乡举行的一种揭发别人阴私的游街集会,通常是揭发男女的奸情。除本书外,哈代还曾在诗中描述过此种集会。

着地,木板上面就传来脚步声,随即从夜影里出现了一个壮汉,膝盖上扎着皮带,胳臂下面夹着一支双筒枪,背后吊着几只禽鸟。他们问他,运气是不是很好。

"不是很好。"他大模大样地回答,"里面平安无事吧?"

得到的回答是肯定的,他就继续往里面走,另外那俩把桥撤回来,转身跟在他身后回到里面去。不过,他们还没走进屋子,荒原那边就传来一声"啊嗬"①,让他们站住了。

那叫喊声又来了一次,他们把提灯塞进外边的一间屋子,又返回小溪边上。

"啊嗬——这是通卡斯特桥的路吗?"小溪对面有什么人问道。

"不是正经八百的路,"查理说,"你跟前有条河。"

"我不怕,就从这儿过吧!"荒原上的那个人说,"我今天走得真够呛的了。"

"那么,等会儿吧。"查理弄清此人不是作对的才说,"周,把木板和提灯拿来;这儿有人迷路了。朋友,你应该沿着税卡大道一直走的,不该在这儿插一脚。"

"是应该那样——现在我明白了。可是我看见这儿有灯亮,就跟俺自己说啦,那是城外的一所房子,就投靠它吧。"

木板现在已经放下了,那个生客的身影在黑暗中显现出来。他是个中年人,头发和络腮胡子都是未老就灰白了,脸膛宽阔,和善。他毫不犹豫地跨上木板走过来,好像对这种过河的办法一点也不觉得奇怪②。他向他们道谢,夹在他们中间走上花园。到门口的时候,他问:"这是什么地方?"

"一个酒馆。"

---

① 这是英国水手的一种特殊打招呼的声音。
② 暗指做水手的人,惯于走跳板。

"啊,也许它对我很合适,可以投宿。那么好吧,大家进去,我花钱,给你们润润嗓子,感谢你们刚才帮我过河。"

他们跟着他进了客店,这里灯光更亮,把这个人看清楚了,原来这个人的身份比用耳朵听起来要显得更高。他衣着阔气,但又相当粗俗——外衣是毛皮的,头戴海豹皮帽子,现在夜里虽然很凉,可是白天戴着它一定很热,因为毕竟已经春深了。他手上提着一个红木小箱,捆着皮带,镶着铜箍。

他从厨房门看见他面前的这样一伙人,显然吓了一跳,立刻打消了在这家客店投宿的主意;但还是对这种情势采取不在乎的态度,叫了几杯上等酒,站在过道里就付了钱,转身对着前门走过去。这道门上了门闩,老板娘正在打开门闩的时候,起坐室里还在继续谈论讦奸会的声音传进了他的耳朵。

"他们谈的'讦奸会'是什么意思?"他问道。

"噢,先生!"老板娘以一种有分寸的不赞同态度摇晃着她那对长长的耳坠说,"这是俺们这一块儿的人干的老一套的傻事。要是一个人的老婆——嗯,也不一定就真是他自己的老婆。像我这样正正经经的一家之主,就不撺弄他们干这个。"

"可是,他们很快就要这么干了吗?我想,那可是个很好看的热闹儿吧?"

"嗯,先生!"她装出笑脸说。随后露出了本相,斜着眼睛瞟了他一下,"这是天底下最开心的事了!而且还要花钱呢。"

"哎呀,我记得听说过这类事情。那么我要在卡斯特桥待上两三个星期,不妨看看这场表演。等等。"他转过身来,走进起坐室,对大家说,"喂,好乡亲们,我很想见识见识你们说的那种老风俗,我也不会不来点小意思——收下这个。"他把一枚金镑扔在桌子上,转身走到站在门口的老板娘跟前,向她问了进城的路,就告辞了。

"既是给了这一个,他身上就还有更多呀,"查理一边说一边拿起那枚金镑,交给老板娘好好收起来,"乔治保佑!俺们刚才让他在这儿的那会儿,应该再多捞点儿。"

"不成,不成,"老板娘回答,"感谢上帝,俺这里可是个体面店家!不是诚信体面的事,俺可不干。"

"好啦,"焦普说,"现在俺们可以说定,事情已经开了头啦,很快就会弄上车了。"

"俺们要干!"南斯说,"好好乐一阵子,比喝一杯加料甜酒还能让俺心里更热乎,这说的是真理儿。"

焦普收拾起那些信,而且此时天色有些晚了,他就不打算当天晚上带上这些信到法夫瑞家里去了。他到了家里,照原先那样把那包信封好,第二天早上把小包送到了那个地址。不到一个小时,露塞塔就把包里的东西全部化为灰烬。她,可怜的人啊!真想心怀感激双膝跪倒,为她过去和亨察德这一段倒霉的事终于再也没有一点证据了。这是因为,虽然就她这方面要说是有意而为,还不如说是无心的粗疏不慎,可是这段故事如果让大家知道了,同样也会在她和她丈夫之间造成致命的后果。

三十七

当时是处于这样一种情势：卡斯特桥的日常事务中插进了一桩重大的事件，它的影响触及当地社会的最下层，和评奸会的准备工作一起，同时深深地震撼着整个社会。这是那种振奋人心的大事，它们使一个乡村风味的城镇受到激动之后，就在这个城镇的历史上留下永不磨灭的标记，正如温暖的夏季在树干上记下和岁月相应永不磨灭的年轮一样。

一位皇室的显贵即将路过这个城镇，继续西行到更远的地方，去为一项巨大的工程主持揭幕典礼。他已经应允在本市停留半个小时左右，接受卡斯特桥市政机关的颂词。卡斯特桥作为具有代表性的农牧中心，希望借以表示对这位显贵的铭感，因为他热心设计改进，使耕作技艺立足于更加科学的基础之上，因而对农学和经济学做出了巨大贡献。

卡斯特桥自从第三位乔治王以来，还从来没有瞻仰过王族，而且就是那一次，也不过是在灯光下几分钟的时间，当时那位国王是夜间行经此地，在王徽旅馆驻跸换马。因此居民决定把此次非同寻常的盛会办得像一次鸣钟节①。的确，半小时的停留并不算长；但是把种种节目周到细密地加以安排，最重要的是如果天气晴朗，还是可以做完很多事情的。

颂词准备停当，由一位擅长艺术字的书法能手写在羊皮纸上，并且由招牌油漆店老板用店里上好的金箔和颜料加以装潢。市议

---

① 原文为法文。法国节日，届时万钟齐鸣热烈庆祝节日。

会在预定日期以前的一个星期二开会,安排程序细节。他们开会的时候,会议厅的门是敞开着的,他们听见一阵沉重的脚步走上了楼梯。这脚步继续沿着过道走来,随后亨察德进了屋子,身穿磨损绽线的破衣烂衫,还是他起初坐在他们中间的时候常穿的那身衣服。

"我有一种感觉,"他走到桌子跟前,把手按在绿色的台布上,"俺好像得跟你们一起来接待我们显赫的贵宾。我想,我可以跟其余的人一块走吧?"

市议员互相交换着为难的目光,格若沃在这一片沉默之中使劲咬着他那支鹅毛笔管,几乎把笔的那一头都啃掉了。法夫瑞,年轻的市长,由于他担任的官职而坐在那把大椅子上,凭直觉体会到了与会者的意向,而且作为发言人也不得不把它说出来,虽然这项任务落在另外一个人的头上他会非常高兴。

"俺看这不大得体吧,亨察德先生,"他说,"市议会毕竟还是市议会,而现在由于你已经不是议会的成员,这样做就与程序不合了。如果你可以参加,为什么别人就不行呢?"

"我希望参加这个仪式,是有特别理由的。"

法夫瑞环视四周,然后说:"我想,我已经表达了议会的想法。"

"是呀,是呀。"巴思医生、朗律师、奥德曼·塔博副市长,还有几个人都这么说。

"那么,就是不允许我和这件事有任何官方的关系了?"

"恐怕是这样吧。确实,这是毫无疑问的。但是你当然可以像其他的观众那样,清清楚楚地看到所有的活动。"

对于这种明显不过的建议,亨察德没有答腔,转身走了。

这本来不过是他的一阵心血来潮,可是遭到反对倒使他凝结成了一个决心。"我一定要去欢迎殿下,要不然谁也别想去!"他这样到处宣扬,"我可不会让法夫瑞骑在我的头上,另外不值一提的一小撮当中的人,也照样不行。你们会瞧见的。"

那个事关重大的早晨,阳光灿烂,圆圆脸的太阳很早就迎向从窗口朝东瞭望的人,大家全都看得出来(因为他们都在气象谚语方面富有实际经验),阳光会长久普照。参观的人不久便从郡县的府第、村庄、遥远的林地和荒凉的高地蜂拥而来,从高地来的人穿着打过油的长统靴,戴着遮阳帽,大家都想来看看欢迎会,即使看不到,无论如何也得往前凑凑。在这座城市里,几乎没有一个工人没穿上一件干净的衬衫。所罗门·朗威斯、克瑞斯托弗·柯尼、巴兹福德和其余那些哥们,为了表示对这次盛会的情意,特地把他们习惯在十一点钟喝的那一品特,提前到了十点半;而从这以后,他们有好几天都觉得难以把它再改回到原来那正常的时间了。

亨察德已经决定在那天不做工。他清早就给自己灌了一杯朗姆酒,然后下到街里去,正好遇见伊丽莎白-简,他已经有一个星期没有见到她了。"很幸运,"他对她说,"我那二十一年的期限在这件事到来以前就已经满了,要不然,我就不会有胆量来实行了。"

"实行什么?"她警觉地问。

"我准备给我们的皇室贵宾来一个欢迎。"

她感到困惑不解。"我们一起去看,好吗?"她说。

"去看!我还有另外的鱼要炸呢。你去看吧。那是值得一看的!"

她没有办法把这解释清楚,于是怀着沉重的心情把自己打扮了一番。预定的时刻快到了,她又看见了她的继父。她以为他是到三水手客店去;可是不,他用胳臂肘推来搡去地挤过高高兴兴的人群,去到伍弗瑞,那个布店老板的铺子。她在外边的人群中等着。

只过了几分钟他就出来了,使她吃惊的是,他戴了一条玫瑰花结,而使她更加吃惊的是,他手上还拿着一杆草草做成的旗子,不过是把当天市内到处都有的一面小小国旗,系在一根松木棍——很可能就是一匹白布的卷轴——的一头做成的。亨察德在店门口台阶上把他那面旗子卷起来,夹在胳臂下面,就往街里去了。

突然,人群中高个子的扭过头,矮个子的踮起脚。说是皇室一行快到了。当时铁路已经有一条线向卡斯特桥铺过来了,但是还差几英里,所以这一段路以及整个旅程剩下的那一段只好照老样子走大路。人们这样等着——那些郡中大户在自己的四轮大马车里,普通人众用腿站着——在悠扬的钟鸣和七嘴八舌的闲谈声中遥望那通向远处的伦敦大道。

伊丽莎白-简站在不显眼的地方,注视着这个场面。那里安排了一些座位,太太小姐可以坐在那里目睹这场壮观的景象,露塞塔,市长太太这时正坐在前排的座位上。亨察德站在大路上,就在她的眼皮底下。她显得那么光彩照人,风流俊俏,甚至好像都使他一时心软,希望得到她的青睐了。但是对于女人那种多半是受事物表面所支配的目光来说,他已经远远没有吸引力了。他不仅仅是一个无力重现昔日所展现的仪表的短工,而且还不屑于力所能及地像其他每一个人,从市长到洗衣妇,无不根据个人的财力所及,亮出崭新的袍服;但是亨察德却执拗地仍然继续穿着他多年前那身磨损褪色的穿戴。

哎呀,由此又出了这样的事:露塞塔的目光越过他一会儿瞟到他这边,一会儿瞟到他那边,就是没有钩在他脸上——而浮华装扮的女人在这种场合目光常常都是这样的。她那神情举止十分清楚地表明,她的意思是在大庭广众之下再也不认他了。

但是她对唐纳德却是百看不厌;他这时正站在几码以外的地方,和他的几位朋友兴高采烈地交谈。在他那年轻的脖子周围,佩戴着由大方块链环连起来的市长金链带,和皇室徽章中独角兽身上挂的一样。她丈夫谈话的时候表现出来的每一种细微的感情,都在她脸上和嘴唇上反映出来,她的脸和嘴唇的活动完全是他的一个小小的翻版。那一天如果说她是在自己生活,还不如说在作为他而生活,而且她除了关心唐纳德的情况以外,对谁的也不关心。

在大路最远的那个拐弯的地方,也就是前面说过的那第二座大桥上,一个守候在那儿的人终于发出了信号,于是全体穿着长袍的市政官员就从市政厅前面出发,走向搭在城市入口处的那座牌坊。载着皇室贵宾和他的扈从的马车,在尘土飞扬中到达了这个地方,然后组成队列,全体以步行的速度向市政厅前进。

这个地方是大家注视的中心。在皇室马车前面有几码清空的地方,铺上了沙石,就在这时一个人闯进了这块地方,谁也来不及把他拦住。这就是亨察德。他已经把他自己的旗子展开了,一边脱帽,一边跌跌撞撞地走到缓缓行进的马车旁边,左手来回摇晃着国旗,同时和和气气地把右手伸向那位显赫的大人物。

所有的太太小姐都屏着气说:"噢,看那儿!"而露塞塔则就要晕倒了。伊丽莎白-简从前面那些人的肩头望过去,看到了发生的情况,给吓住了;随后,是这个场面作为一种从未见过的奇观引起了她的注意,才压倒了她的恐惧。法夫瑞立即行使市长的权威挺身而出。他抓住了亨察德的肩膀,把他拖回来,还粗声大气地叫他躲开。亨察德和他面面相觑。法夫瑞虽然激动愤怒,也还是看出了他眼中的凶光。亨察德直挺挺地原地不动站了一会儿,然后不知是由于一股什么劲儿而让步退下去了。法夫瑞向女宾席瞧了一眼,发现他的那位凯尔弗妮娅①面颊惨白。

"哟——他是你丈夫过去的恩人呀!"布劳博迪太太说。她是附近的一位有身份的女士,刚好坐在露塞塔旁边。

"恩人!"唐纳德的妻子马上怒气冲冲地说。

"你是说,那个人是法夫瑞先生的熟人?"医生的妻子巴思太

---

① 裘力斯·恺撒的第三个妻子,参见莎士比亚《裘力斯·恺撒》第一幕第二场。

太问。她是因为刚刚和这位医生结婚,新近才搬到这个市里来的。

"他给我丈夫干活儿。"露塞塔说。

"啊——就这些吗?他们跟我说过,就是靠他,你的丈夫起初才在卡斯特桥有了一个立足之地的,人们是多么能胡编乱造呀!"

"他们真能。根本就不是那么回事儿。唐纳德天生的才能让他在哪儿都能有立足之地,根本不要什么人帮助!哪怕从来没有亨察德,他也还会是那个样儿。"

这一方面是因为露塞塔不知道唐纳德刚到这里来那时候的境遇,所以她才么说;另外也是因为她感觉到,每个人都好像是要在这个喜庆欢悦的时刻故意怠慢她。这场小插曲也不过只占了一小会儿工夫,可是这位皇室显贵必定都耳闻目睹了;然而他惯于随机应变,装出了一副任何不大正常的事情都没有看到的样子。他下了马车,市长迎上前去,宣读了颂词;显赫的贵宾致以答词,然后和法夫瑞讲了寥寥数语,又和作为市长太太的露塞塔握了握手。仪式只用了很少几分钟,于是那些马车就像法老的车驾①那样笨重地轰轰隆隆驶下粮食街,走上蓓口大道,向着海边继续他们的旅程。

柯尼、巴兹福德和朗威斯都站在人群中间。"他现在和在仨水手唱的那阵儿,可有点不大一样了,"柯尼说,"真邪性,他怎么在这么快的时间,就能弄到一个有她这种身份的女士配对儿成双。"

"真是。不过人多爱以衣帽取人啊!你看,这会儿就有一个比她更好看的女人,只是因为和亨察德那个目空一切的家伙是近亲,就根本没有人理睬。"

---

① 参阅《圣经·旧约·出埃及记》第14章。

311

"你说这话,巴兹①,真叫俺佩服,"南斯·莫克瑞治说,"俺真愿意看见把那些花里胡哨的东西,从这些圣诞节蜡烛似的人身上扒下来。俺还真是不适合当那种捣乱的角色,要不然,俺就把俺所有的小银币都拿出来,好让那位太太栽跟头……也许俺不用多会儿就干。"她又话中有话地加了一句。

"那可不是一个女人应该怀着的高尚感情。"朗威斯说。

南斯没有答腔,但是每个人都懂得她的意思是什么。在彼得手指念露塞塔的信而散布出来的一些看法,已经浓缩成了一桩丑闻,正像有毒的瘴疠一样经过米克森巷,扩散到了卡斯特桥的几条后街上去。

这些彼此熟识、游手好闲、乱七八糟混在一起的人,此时经过一阵自然而然的选择,分成了两帮,常常光顾彼得手指客店的人朝着米克森巷走了,他们多半是住在那里的;而柯尼、巴兹福德、朗威斯和他们那一伙人,仍然留在大街上。

"俺想,你们知道那里正在酝酿着什么吧?"巴兹福德神神秘秘地对另外那些人说。

柯尼看着他说:"不就是讦奸会吗?"

巴兹福德点了点头。

"俺心里疑惑,不知道这件事是不是真会干起来,"朗威斯说,"要是他们真干起来了,那他们就是正在严严实实地保密。"

"不管怎么说,两个星期以前,俺就听说他们正在思谋这件事了。"

"这件事要是俺能弄准了,俺就要去通风报信,"朗威斯加重口气说,"这种玩笑太厉害了,而且很容易在市里引起骚乱。俺们知道,那个苏格兰人是个足够正派的人,他太太来这里以后,也一直是个足够正派的人。要是她从前有什么不对头的事,那也是他

---

① 巴兹福德的简称。

们的事儿,不关俺们的。"

柯尼想了想。在这里的社会圈,大家一直还是喜欢法夫瑞;但是也得承认,他当了市长又成了有钱人,一心想着男女之事,而且野心勃勃,所以在比较穷苦居民眼里,他便失去了往日那种令人惊奇的魅力。想当年,他是一个心情愉快、身无分文的年轻人,就像树上的小鸟一样,一张口就唱起一支又一支小曲儿。那时候,人们牵肠挂肚想帮他排忧解难,如今就表现不出那种能激活挂肚牵肠之情的热忱了。

"克瑞斯托弗,俺们去打听一下吧,"朗威斯接着说,"要是俺们弄清楚了这里头真有事儿,就给他们几个牵连最多的人去封信,劝他们避避风头,怎么样?"

方针就这么定了,这伙人也就分手了。巴兹福德对柯尼说:"来吧,我的老朋友,咱们动身吧,这儿再没啥东西可看了。"

这些好心人要是知道了这场大开玩笑的策划已经准备得如何就绪,一定会大吃一惊。"对,今天晚上,"焦普已经在米克森巷的拐角对彼得手指的那伙人说了,"今天他们兴头正高着呢,来这么一下,给皇室的访问收场,就更加恰合时宜了。"

至少对他来说,这并非开一场玩笑,而是来一顿报仇雪恨。

三十八

对于沉湎于令人陶醉的尘世欢乐①中的露塞塔来说,这场接待仪式是短促的——太短促了。但是无论如何,这还是给她带来了一次重大的胜利。同皇族的那次握手,她指掌间仍有余感;她偶尔听到街谈巷议,说她丈夫也许有可能荣获爵士名位,虽然有点不靠谱,但是好像也不是异想天开;比这更意想不到的事情,也曾经落到像她那位苏格兰人一样心地善良而且极富魅力的人头上。

亨察德和市长发生冲突之后,退到女宾座后面去了。他在那儿站着,茫然注视着他上衣领子上法夫瑞的手抓过的那块地方。他把自己的手放在那儿,好像难以理解,他过去一向热诚慷慨相待的一个人,居然会对他凌辱相加。就在他陷入这种半显痴呆的状态之时,忽然露塞塔和其他几位太太的谈话,传到了他的耳际。他清楚地听到她否认他——否认他曾经帮助过唐纳德,说他不过是一个普通临时打工的而已。

他动身回家去,在通向逗牛桩广场的拱门下面遇见了焦普。"那么,你碰了一鼻子灰啦?"焦普说。

"就算是碰了又怎么样?"亨察德厉声回答。

"唉,俺也碰了一回,所以俺们俩是坐在同一条冷板凳上。"他简要地讲了他试图争取让露塞塔给他说情的事。

亨察德只是听了听他讲他的事,并没真往深处想。他自己同法夫瑞和露塞塔的关系,把所有类似的事情都压下去了。他还是

---

① 原文为德文。

断断续续地自言自语:"她那时苦苦哀求我;可现在她嘴里都不愿承认我,眼睛也不愿看我了!……还有他——他那副气势汹汹的样子。他把我赶回来,好像我就是一头撞垮围栏的公牛……我像一只羊羔似的咽下了这口恶气,那是因为我看得出来,在那里是弄不出什么名堂来的。他可能在新伤口上搓盐水①……但是他一定得为这件事付出代价,她也一定得后悔。这一定得来一场较量——面对面,那么我们就会看到,一个花花公子,怎么能抵得上一个男子汉!"

这个破落的商人没有再多思索,一门心思都放在一桩狂野的目标上,匆匆忙忙吃罢正餐,就径直去找法夫瑞。作为一个竞争对手,他受过他的伤害;作为一个短工,他受过他的怠慢;而今天他又受到了这样登峰造极的作践——居然让他当着全城居民的面抓住领子,当做流氓叫花子似的推来搡去。

人群已经散了。如果不是那些绿色的牌楼还像原来竖起的那样立在那儿,那么卡斯特桥的生活就又会完全恢复它平常的样子了。亨察德下到粮食街,一直来到法夫瑞的家。他敲了门,留了个口信,说他想在粮仓那儿见见他的东家,希望他一有空就到那儿去。他办完这件事,就绕到后面,进了场院。

那里一个人也没有,因为正像他所知道的,干农活的和赶大车的都由于上午的盛会而正在享受半天的休假——虽然赶车的过一会儿还得回来喂马,给它们铺草垫子。他已经走到了粮仓的台阶,正要上去的时候,突然大声自言自语说:"我比他强壮有力。"

亨察德回转身来走进一间小棚子,从乱放在那儿的几根绳子当中挑了一根短的,把绳子的一头在一个钉子上拴牢,用右手抓住另一头,让左胳臂贴在身体的侧面,把身子转了一圈,就用这种办法把左胳臂牢牢捆住了。他这时才顺着梯子走到粮仓最上面的

---

① 往昔英国民间一种习惯疗法,但颇为痛苦。

一层。

粮仓空空的,只有几个袋子,在尽那头只有常常提到的那扇门,就开在吊装粮袋的那架吊架和铁链下面。他把门打开,固定住,从门槛往外看。这里离地面有三四十英尺;正是在这个地方,他有一次和法夫瑞站在一起,伊丽莎白-简恰好看见他抬起一只胳臂来,非常担心不知道这个举动是什么征兆。

他向顶楼里面退了几步,在那儿等候。从这个高处,他的目光可以尽扫到周围的房顶和一个星期以前刚抽出嫩叶的那些繁茂栗子树的树顶,还有椴树下垂的树枝;法夫瑞的花园和绿门就从那里通过来。等了一段时间——他说不上有多长——那扇绿门开了,法夫瑞从那里穿过来。他的装束好像是要去远行。他从墙的阴影里走出来的时候,临近黄昏低平的阳光射在他的头上和脸上,把它们照得火红。亨察德盯着他,嘴唇紧闭,他那方方的下巴和脸上直上直下的轮廓出奇地明显。

法夫瑞一只手插在口袋里走过来,还哼着一支曲子,那样子就是说,那些歌词老是在他心里回荡。几年以前他刚到这里的时候,在三水手客店里唱过这首歌,那时他还是一个贫穷的年轻人,在为生活和命运而闯荡,几乎不知道要奔向何方。

> 这儿是一只手,我忠实的朋友,
> 也请你给我们伸出你的手。①

没有什么东西像一支古老的旋律更能使亨察德感动的了。他退缩了。"不,我不能干这种事!"他喘着粗气,"为什么这个该死的傻瓜,这会儿要唱起那首歌呢?"

法夫瑞终于不唱了,于是亨察德从顶楼的门口朝下看。"你可以上这儿来吗?"他说。

---

① 引自苏格兰诗人伯恩斯的诗《往昔》,中译又作《友谊地久天长》。

"喂,伙计,"法夫瑞说,"俺看不见你。出了什么岔子吗?"

一分钟之后,亨察德听见他的脚踏上了最底层的梯子。他听见他走上了一层楼,继续往上,上了二层楼,开始上三层楼了。接着他的头就在活板门的上面探出来了。

"这时候你还在这上面干什么?"他一边走上前来一边问,"你咋不和其余的人一样去休假?"他说话的腔调里含有十分严厉的意味,表明他还没有忘记午前那件不顺当的事,并且确信亨察德已经喝醉了。

亨察德一言未发;但是却走回去,把升降口的活板关上,并且站在上面踩了踩,好让它完全嵌进框槽里去;然后他才转向这个感到莫名其妙的年轻人。直到这时他才注意到,亨察德的一只胳臂捆在他自己的身侧。

"喂,"亨察德心平气和地说,"咱们站在这儿面对面——人对人。你那些钱和你那漂亮老婆再也不能像他们刚才那样把你捧得高过我了,而我的贫穷也不会把我压下去了。"

"你所有这些话是什么意思?"法夫瑞懵里懵懂地问。

"你听着,小子。你把一个早已经是再也没有什么可损失的人侮辱到家了,你本应该是三思而后行的。我一直是你的对手,这毁了我;你又冷落我,这让我寒碜;可是你还把我推来搡去,让我丢尽了脸面,这我可决不能忍受!"

法夫瑞听到这个就有点激动了。"那儿没有你的事。"他说。

"像你们随便哪个人一样有!哼,你这个乳臭未干的浑小子,居然教训起像俺这种年纪的人,说那儿没有他的事!"他说话的时候,气得额头上青筋暴起。

"亨察德,你侮辱了皇室。我是本市的首席行政长官,制止你是我的责任。"

"让皇室见鬼去吧,"亨察德说,"谈到这一点,我和你一样忠诚!"

"我不是来这里争吵的。等你冷静下来,等你冷静了,那时候你看问题就会和我有一样的路子了。"

"也许是你首先要冷静,"亨察德恶狠狠地说,"现在就是这种情况。这儿就咱们俩,在这个四方的顶楼里,把今天上午你先开头的这场小小的角力了结了吧。那边有个门,离地面四十英尺高。咱们俩得有一个把另一个从那个门里推出去——优胜者就留在里面。如果他愿意,他事后可以下去报丧,说另外那个是不慎失足掉下去的——或者他也可以讲实情——这就是他的事了。俺是最强壮有力的,所以把一只胳臂捆住,不占你的便宜。你明白了吗?那么来吧,你!"

法夫瑞根本来不及做任何事情,只有一件,就是逼近亨察德,因为他已经立刻就扑上来了。这是一场摔跤比赛,两个人的目标都是要让他的对手仰面朝天摔下去;而就亨察德这方面来说,毫无疑问那就应该是让对方从那个门口摔下去。

开打的时候,亨察德用他那只唯一能活动的手,也就是右手,抓住法夫瑞衣领的左边,把它死死抓紧,而法夫瑞则用他那只相对的手,抓住亨察德的衣领。他使劲用右手去抓对手的左胳臂,可是抓不住,因为亨察德那么敏捷地总是让它闪到后面,同时还紧紧盯着他那白皙、细瘦的对手那双矮了一截的眼睛。

亨察德先用一个脚尖伸向前面站稳,法夫瑞也把脚向他叉过去,到这时,这样一来这场格斗就显得像是那一带地方通常的摔跤一样了。他们用这种姿势相持了几分钟,这一对摇晃着、扭摆着,仿佛狂风中的树木,两个都一声不吭。到这时候,他们的喘息都能听见了。然后法夫瑞想抓住亨察德的另一边衣服领子,这个块头更大的人运起浑身的力气,猛然一扭,于是他用那强劲有力的一只胳臂把法夫瑞死死压得双膝下跪。这场搏斗的这一个回合也到此告终。然而他左手捆住碍事,所以他没法把他一直按在那儿,接着法夫瑞又站起来了,搏斗像刚才那样又继续下去。

亨察德来了个急转身,把法夫瑞揪到靠近那个危险的悬空处;苏格兰人看到自己的这种处境,于是第一次死死抱住自己的对手,而那个暴怒的魔王——照他现在的样子是可以这样称呼的——用尽力气,一时还是不能举起或是甩开法夫瑞。一直到他们又扭打到后面远远离开那个要命的门口了,他才最后拼命一搏,终于成功。亨察德甩开法夫瑞的时候,本来打算弄得让他折一个大跟斗,如果他的另一只胳臂能活动,那么法夫瑞当时就完了。可是他又站住了脚跟,使出扭住亨察德单只胳臂的一招儿,让他感到剧痛,这从他龇牙咧嘴的样子就能看出来。亨察德立刻用左边的前胯骨——一般都是这样的叫法——给这个年轻人狠命的一拐,而且在这样占了上风以后,紧接着又猛力把他揉到门口,始终不肯松手,直到法夫瑞那金黄头发的头悬在门框①上面,手臂吊在墙外面。

"喂,"亨察德气喘吁吁地说,"你今天上午挑开的事情,就算结束了。你的命就攥在我手心里。"

"那么你拿去,你拿去!"法夫瑞说,"你已经盼了很长时间了!"

亨察德一声不吭,朝下看着他,于是他们的目光相对了。"啊,法夫瑞!——其实不是这样!"他痛苦地说,"上帝是俺的见证,从来没有哪一个男人爱另外一个男人,像俺有一阵子对你那样。……可是现在——尽管俺上这里来是要弄死你,可是俺却不能伤害你!去吧,叫人把我抓起来——照你想的办吧——俺的结果怎样,俺根本就不在乎!"

他退回顶楼的后身,把他那只胳臂解开,猝然倒在犄角里几个袋子上面,懊悔不已。法夫瑞不声不响地看着他,然后走到那个开

---

① 原文为 window-sill,如依本段稍前所描述,此窗(window)框应译作门(door)框。

口,经过那里下去了。亨察德很想把他叫回来;但是他的舌头不听使唤,于是那个年轻人的脚步声在他的耳朵里消失了。

亨察德充满了悔恨和自责。他第一次结识法夫瑞的种种情景不禁涌上心头——那时这个年轻人的气质中,浪漫潇洒与克勤克俭奇妙地混合在一起,赢得了他的心,甚至达到能够像弹奏乐器一般拨动他的心弦。他彻底地泄了气,一直蜷缩在袋子上,这种姿势对一个男人,一个像他这样的男人来说,极其反常。这样一块酷烈阳刚之气的料子构成的身形,竟给可悲地套上了婆婆妈妈的女款了。他听见下面有一阵交谈,还有停车房开门和拉马套车的声音,但是他没有注意。

他待在那儿,一直到微弱的阴影逐渐加深,变成了一片模糊的幽暗,顶楼的门变成一块长方形的灰色光亮——成了周围唯一看得出来的形状。最后他站起身来,倦怠地从衣服上抖掉尘土,试探着脚步走到顶楼门口,摸索着下了梯子,最后站到了院子里。

"他有一阵很看重我,"他嘟囔着,"现在他要永远恨我,藐视我了!"

他让一种不可抗拒的愿望越抓越紧,一心要在当天晚上再见到法夫瑞,不顾一切地哀求他,去实现那个简直是不可能完成的任务:去为自己刚才的疯狂攻击求得原谅。可是他向法夫瑞的门口走着,却想起了他刚才昏昏沉沉待在顶楼上的时候,院子里有过一些他没在意的动静。他记得法夫瑞去过马厩,并且把一匹马套上了两轮轻便马车;他正在这样干的时候,卫特给他送来一封信,法夫瑞那时说过,他不能按照原来的打算到蓓口去——因为意想不到地得应召到天气堡去。他有心在去那里的路上顺便去麦斯托克一趟,那儿离他经过的路线不过一两英里。

他最初到场院里来的时候,一定是准备上路的,没有想到对敌较量的事情;而且他一定是驾起马车起身了(虽然走的是另一个方向),他们之间所发生的事对什么人也没有提一个字。

这么说,不到很晚的时候,去法夫瑞家里找他是没有用的。

没有别的办法,只好等他回来,然而对于他那不安和自责的心灵来说,等待几乎成了折磨。他在市里的街道上和郊区四处游荡,在这里停停,在那里走走,最后来到了前面提到过的那座石桥。现在这座桥成了他经常勾留的地方了。他在这里待了很长时间,通过堤坝流过来的汩汩河水声传到他的耳际,卡斯特桥的灯火在离他不远的地方忽隐忽现。

他心不在焉地倚着护墙,突然从城市那边传来的一阵不同寻常的喧哗引起了他的注意。这是一种有节奏的鼓噪,但是乱成一片,和街道上的回声连成一片就更加杂乱。起初他并不觉得奇怪,以为那是市乐队在敲敲打打,想在傍晚演奏一番,来圆满结束这一个值得纪念的日子;可是这种震荡回响中某种奇特的声音否定了他的想法。不过这种令人费解的情况只不过让他稍有留意;他自己的那种失意落魄之感太过强烈,不容有与此无关的其他想法;所以他还是像原先那样凭栏而立。

三十九

法夫瑞和亨察德较量以后气喘吁吁地走下顶层，在底仓停了一下让自己缓过来。他到了场院，打算自己把马套在轻便马车上（所有的雇工都在休假），赶车到蓓口大道上的一个村子里去。尽管经过了那样一场令人胆寒的格斗，他还是决定把这趟出行坚持下去，好在回到屋里让露塞塔看见以前先恢复过来。他希望考虑一下面对这样严重的事情该采取什么行动步骤。

他正要赶车动身，卫特来了，还带来一封短柬，上面的称呼不伦不类，外面还注有"急件"字样。他打开一看，没有署名，不觉吃了一惊。这封短柬只有一个简单的请求，让他到天气堡去处理他在那里经营的业务。法夫瑞不知道是什么事弄得这样急迫，但是因为他要出门的主意已定，所以就顺从了这个匿名的请求，特别是因为他还要去麦斯托克，这个地方也可以划归他的行程之内。因此他告诉卫特，他要改变去向。亨察德无意中听到的正是这些话；法夫瑞随后就动身了。他没有吩咐他的这个雇工把这封信送回家里，卫特也没有想到要负责这样去做。

这封匿名信是朗威斯和法夫瑞的另一个雇工想出来的计策，虽然用意善良，可是安排笨拙，目的是要他那天晚上回避，为的是那场讽刺挖苦的滑稽表演一旦上场，就让它一败涂地。他们如果公开把事情说出来，可能要遭到他们的伙伴中某些人的报复，因为那些人喜欢在这种吵吵嚷嚷的古老玩意儿中找乐子；因此就自然想起了拐弯抹角通风报信的办法。

对于倒霉的露塞塔，他们则没有采取任何保护措施，因为他们和大多数人一样,相信这桩丑闻当中必有一些实情,她要受罪也是罪有应得。

时间大概是在八点钟左右,露塞塔独自坐在客厅里。天黑已经半个多小时了,可是她还没有点上蜡烛,因为每逢法夫瑞不在家的时候,她总是愿意就着壁炉的火光等他,如果天气不太冷,就把一扇窗户打开一点,这样他的车轮的声音就可以提早传进她的耳朵。她向后靠在椅子背上,结婚以来还从未享有过这样的踌躇满志。这一天一直那样地完满;亨察德不顾廉耻的表现曾经一时引起不安,可是他在她丈夫的谴责下销声匿迹了,她的不安也随之消失。她对他有过荒唐可笑的感情,这件事留下的种种证据和引起的后果,已经销毁,她真像是没有什么可担惊受怕的理由了。

这些和其他一些事纠缠在一起令她陷入沉思,可是却给远方传来的那越来越大的喧哗扰乱了。这并没有使她大为震惊,因为皇室的车马扈从过境以后,大多数居民都在下午进行余兴活动。可是隔壁一个女仆的声音提到的事情立刻引起了她的注意。这个女仆是从比较高的一个窗口向街对面比她更高的一个窗口内另外一个女仆说话。

"他们这会儿正走哪条路呀?"第一个女仆很感兴趣地问。

"这阵儿我还说不准,"第二个女仆说,"因为啤酒坊那个烟筒挡住了。啊,好了——俺能看见他们了。哟,真怪,真怪呀!"

"怎么了?怎么了?"第一个更热切地问。

"他们到底还是上粮食街来了!他们背靠背坐着!"

"什么——他们俩——是俩人像吗?"

"是呀,两个人的样子,骑在一头驴背上,他们背靠着背,胳臂肘都互相捆在一起!女的脸朝着队伍的头,男的脸朝着队伍的尾。"

"这是特别指的哪两个人吗?"

"嗯——兴许是。男的穿着蓝上衣,打着克瑟密①绑腿;他留着黑络腮胡,脸红扑扑的。是扎的假人,戴假面。"

这时喧哗声更大了——后来又小了一点儿。

"哎呀——我还是看不见!"第一个女仆失望地喊道。

"他们走进一条后街去了——就这些了。"在阁顶间占了一个令人羡慕的位置的那个女仆说,"好啦——现在我把他俩从头到尾都看得清清楚楚啦!"

"那个女的像什么样?你说吧,我马上就可以说出来,它是不是指的我想到的那个人。"

"哎呀——怎么——它穿的刚好就是那帮戏子来市政厅的时候,她坐在前排座位上穿的!"

露塞塔猛地站起身来;差不多正是在这一刹那,屋门很快又很轻地打开了。伊丽莎白-简往前走到了有壁炉火光的地方。

"我来看你,"她上气不接下气地说,"我没有站住敲门——请原谅我。我看见你没有关护窗,而且窗户还敞开着。"

她没等露塞塔答话就快快走到窗户跟前,关上一扇护窗。露塞塔轻悄悄走到她身边。"随它去——嘘!"她哑着嗓子毅然决然地说,同时抓住伊丽莎白-简的手,又伸出了一个手指头。她们交谈的声音又低又快,所以外面的谈话一个字也没漏掉;她们是这么说的:

"她露着脖子,头发上扎着发带,拢着压发梳;身上穿着深褐色的绸衣,脚上穿着白袜、花鞋。"

伊丽莎白-简又想去关窗户,但是露塞塔使出浑身的力气拉住了她。

"这是我!"她说,脸上像死人一样惨白,"游行队伍——丑闻——我的模拟像,还有他的!"

---

① 一种短绒厚呢。

伊丽莎白的脸色违背她本意地泄露出她早已知道这件事了。

"让咱们把它关在窗外，"伊丽莎白-简劝说着。她注意到，随着这种喧闹和笑声越来越近，露塞塔的脸越来越显得严峻急切。"让咱们把它关在窗外。"

"这根本没用！"她尖叫起来，"他会看见的。难道不会吗？唐纳德会看见！他就要回家了——这会让他心碎——他绝不会再爱我了——啊，这会害死我——害死我！"

伊丽莎白-简现在都要急疯了。"啊，难道不能用什么法子阻止它？"她大声说，"难道没有人能用什么法子阻止它——一个也没有？"

她放开露塞塔紧抓着她的两只手，向门口跑去。露塞塔本人则不顾一切地说着："我要看看！"转身走向窗户，拉起窗框，走到外面阳台上。伊丽莎白立刻跟过去，用一只胳臂搂着她，把她拖进屋子里去。露塞塔的一对眼睛直勾勾地盯着那正在迅速逼近、诡谲恐怖的狂欢景象。那两个模拟人像周围的无数灯火，把人像照得惊人地醒目；谁也不会弄错，这一对指的是哪两个牺牲品。

"进去，进去！"伊丽莎白恳求她，"让我关上窗户！"

"她就是我——她就是我——连那把阳伞都像——我那把绿阳伞！"露塞塔大喊着，一面往屋子里走，一面发疯似的大笑起来。她一动不动地站了一会儿——然后沉重地倒在地上。

差不多就在她倒下的那一瞬间，讦奸会那粗野的音乐也停止了。嘲弄讥讽的哄笑声一阵阵离远了，那杂沓的脚步声像势头已尽的风，沙沙地逐渐停止了。伊丽莎白并没有一下子就意识到这些；她拉过铃，然后弯下身俯视露塞塔。这时露塞塔的癫痫正一阵阵发作，躺在地毯上抽搐不已。伊丽莎白把铃拉了一次又一次，可是没有人来；大概仆人都跑到房子外面去了，以便比在里面更多地看到这场魔鬼的聚会。①

---

① 欧洲多国自古民间传说，魔鬼每年一次在夜半聚会狂欢。

法夫瑞的一个雇工,一直都目瞪口呆地站在门口台阶上,这时上来了;随后是厨子。伊丽莎白匆匆忙忙推上的护窗,关得严严实实,灯也掌上了,露塞塔给人抬到她的屋子里去,那个雇工已经给打发去请医生。伊丽莎白给露塞塔脱衣服的时候,她恢复了知觉;可是她一想起刚刚过去的事情,又发作一阵了。

医生迅速到来,快得意想不到;他刚才也像其他的人一样,站在自己的家门口,弄不清这场喧闹是什么意思。他一看见这个不幸的病人,便回答了伊丽莎白那无言的恳求:"病情严重。"

"这是一阵发作。"伊丽莎白说。

"是的。但是照她眼前这种健康情况看,发作一阵就可能引起严重后果。你们必须立刻派人去找法夫瑞先生。他现在在哪儿?"

"先生,他赶着马车到乡下去了,"客厅女仆说,"是到蓓口大道上一个什么地方去了。他好像很快就会回来。"

"别着急;要是他不马上赶回来,就必须派人去找他。"医生又回到床边。那个雇工给派去了,他们很快就听见他马蹄嘚嘚地从后面跑出了场院。

与此同时,前面提到过的那位德高望重的市民本杰明·格若沃,坐在位于主大街上的家里,听到了许许多多屠刀、火钳、铃鼓、小型提琴、拼凑的单弦或双弦琴、粗制的笛子、蛇形管、羊角喇叭以及有史以来各式各样的乐器的喧哗鼓噪,便戴上帽子,走出家门去打探原委。他走到法夫瑞家上首那个拐角,马上就猜想到了这件事情的性质。因为他是本市的人,以前见过这种粗俗的恶作剧。他的第一个行动就是到处去找警察。市内有两名警察,是两个窝囊废。他好不容易才找到他们,原来他们都躲在一条巷子里,比平日更加窝囊,因为他们怀有一种毫无根据的恐惧,害怕给人看见了会遭到一番折腾。

"他们那伙人那么多,俺们两个可怜巴巴的残废怎么对付得了呢!"斯塔博德对格若沃先生的责备辩解说,"那样就是鼓动他们来自戕①俺们,这就得因行凶处死,俺们可不愿意让一个和俺们一样的大活人无缘无故丧命,俺们可不!"

"那么,找人来帮帮忙!行,我和你们一起去。我们看看,当局的几句话能起什么作用。快点儿呀,你们带着警棍吗?"

"先生,俺们人手这么短缺,不愿意让人看出来俺们是执法的官员,所以俺们把政府发的警棍塞进这条水管子里去了。"

"看在老天的分儿上!把它们拿出来,一起走吧。嘿,布劳博迪先生来了;真运气。"(布劳博迪先生是市区三个治安推事里的第三把手。)

"喂,嚷嚷什么?"布劳博迪说,"把他们的名字记下来了吗——啊?"

"没有。那好,"格若沃对另一个警察说,"你和布劳博迪先生绕过老步行街走到大街上来,我和斯塔博德照直向前走。按照这个计划,我们就可以把他们包抄起来。只记他们的名字;不要攻击,也不要阻拦。"

他们就这样开始了。可是斯塔博德和格若沃先生走进原来人声鼎沸的粮食街,游行队伍根本看不见了,不禁大吃一惊。他们走过法夫瑞的家,朝街的尽头张望。街上灯火摇曳,街树飒飒作响,几个闲游散逛的人站在街头,双手都插在衣袋里。一切都和往常一样。

"你看见一伙乱七八糟的人聚众闹事吗?"格若沃摆出治安推事的架势向其中一个穿着粗斜纹布夹克的人问,这个人吸着短烟袋,膝头打着皮带。

"先生,你说啥?"这个人无动于衷地答道,他不是别人,正是彼得手指的那个查理。格若沃先生又把自己的话重说了一遍。

---

① 此处斯塔博德错用拉丁文 *felo de se*,他的原意应为谋杀。

查理把头摇得像孩子似的懵懂。"没有,我们啥也没瞅见,周,是不是?你是在我以前来的呀。"

约瑟夫①的回答和那一个一样懵懵,什么也没说。

"哼,这就怪了,"格若沃先生说,"啊——来了一位有身份的人,我一眼就看得出来。你是不是,"他对越走越近的焦普问道,"你是不是看见有那么一帮人乱哄哄地闹——讦奸会游行或者这类把戏?"

"啊,先生,没有——啥事儿也没有,"焦普回答,好像是听见了特别新奇的新闻似的,"可是我今天晚上并没有走远呀,所以,大概——"

"吓,是在这儿——就是在这儿。"治安推事说。

"噢,来想一想,俺倒是留神到了,步行街树上刮的风,今天晚上发出了一种特别的响声,像是在低声念诗的意思,先生,不同寻常,所以兴许就是这个吧?"焦普琢磨着说,一边用一只手在大衣口袋里重新整理了一番。(有一把厨房用的火钳和一个牛角喇叭在背心底下支棱着,他用手在大衣口袋里巧妙地支撑着。)

"不是,不是,不是——你以为我是个傻瓜?警察,往这边走,他们一定是进了这条后街啦。"

然而,不管是在后街还是前街,都并没见到捣乱的人。布劳博迪和另一个警察这时也到了,带来的消息也差不多。模拟人像、驴、灯笼、乐队,全都无影无踪,就像一伙科玛斯②一样。

"喂,"格若沃先生说,"我们现在只再有一件事情可做了。你们去弄半打帮手来,大家一起上米克森巷去,还要进到彼得手指里去,要是你们在那里还找不着那些行凶作恶的人的线索,那我就想

---

① 约瑟夫为周的正式名字,周为简称。
② 科玛斯为希腊、罗马神话中宴乐之神。英国诗人弥尔顿所作面具剧《科玛斯》中有一位小姐同两弟兄夜间赶路过一森林,小姐为科玛斯的魔法宴乐所诱拐,两兄弟被除魔法,把科玛斯与暴饮狂欢的伙伴驱走,姐弟团聚,返回家乡。

必是错了。"

这两位骨头节都涩了的执法人,尽快召集了一伙帮手。全队人马开向那条臭名昭著的巷子。在晚上赶到那儿可不是一种能很快完成的事儿,没有灯又没有别种亮光可以用来照路,只能偶尔借助从窗帘缝里或者因为屋里烟筒倒烟而不能关紧的门缝里露出的一点点微弱的光亮。最终他们总算通过那本来一直闩着的前门勇敢地进入这家客店里面,这还是在敲了很长时间的门以后,而且敲得很响,足以和他们显赫的身份相合。

那个大屋子里的高背靠椅,像往常一样为了牢靠,都用绳子一直牵到天花板上,椅子上坐着一群平常的顾客,喝着酒,抽着烟,姿态有如雕像一样平和。客店老板娘和气地看着闯进来的这些人,用一种老老实实的语气说:"先生们,晚上好;这儿有的是地方。我希望,没有出什么岔子吧?"

他们环顾全屋。斯塔博德对其中一个人说:"俺刚才准在粮食街上见过你——格若沃先生和你说过话吧?"

此人就是查理,他恍恍惚惚地摇了摇头,"俺在这儿都待了一个钟头了,南斯,是不是?"他对挨着他的那个一边咂着啤酒一边出神的女人说。

"对,你是在这儿。俺来这儿消消停停喝俺那晚饭时间的半品脱,你那时候就已经在这儿了,和所有别的人一样。"

另一个警察正对着时钟的玻璃罩,从那上面看到照出来的老板娘一个很快的动作。他猛地转过身来,看见她正在关炉门。

"太太,那个炉膛有点儿奇怪!"他一边走一边说,接着打开炉门,抽出一面铃鼓来。

"唉,"她道着歉说,"这就是俺们放在这儿等着开静静的小型舞会用的。你看,天气潮湿让它皮了,所以俺把它放在那儿好让它干爽。"

这个警察用那种自以为无所不知的样子点点头,可是他什么也不知道。从这群不声不响又不伤及他人的人那儿,是绝对探不出一点东西来的。过了几分钟,这些巡查人员就走了出去,和那些留在门口的助理人员集合在一起,他们又一路摸索着到别的地方去了。

四十

在这个时刻之前的很长时间,亨察德就在桥上左思右想得都厌烦了。于是又向市区返回。他站在街道下首的时候,突然看见一支游行队伍正在他上首的一条巷子里穿出来。那些灯笼、号角和大群的人,让他一惊;他看见了那骑牲口的两个人形,便全明白了那是什么意思。

他们穿过这条街,进入另一条街,看不见了。他回转身走了几步,陷入了一阵严肃的沉思,最后沿着河边那条幽暗的小道走上回家的路。他在家里也安静不下来,于是去他继女的住处,才得知伊丽莎白-简到法夫瑞太太家里去了。像是神差鬼使一般,他怀着一种无可名状的忧心,也跟着朝那同一个方向走去,希望遇到她。那些聚众喧嚷的人都已散得无影无踪了。他因此感到失望,就轻轻地拉了几下门铃,这才知道事情的详细经过,同时知道医生已经紧急吩咐,要把法夫瑞找回来,以及他们怎样已经派人到蓓口大道去迎他了。

"可是他去的是麦斯托克和天气堡!"亨察德这时难以言传地悲伤,大声喊道,"根本不是蓓口那条路。"

可是,哎呀!说到亨察德,他已经丧失了他的好名声。他们不相信他,把他的话当做不负责任的信口胡说。虽然露塞塔的性命在这个时刻似乎就靠她丈夫回来了(她心里非常痛苦,唯恐他永远不会知道她和亨察德过去那段关系的真实性并未渲染夸大),但是没有派送信的人往天气堡方向去。亨察德心急如焚懊悔万分,决定亲自去找法夫瑞。

他朝着这个目标急忙往城市的下首奔去,在杜诺沃荒原上沿着东去的大路向前跑,翻过前面的一座小山,如此在这温和的漆黑一片的春夜,一气越过了第二座小山,就快要到大约有三英里路远的第三座山了。在这座山脚下,也就是耶鲁伯瑞山麓,或者说平原上,他听了一会儿。开头除了他自己的心跳以外,什么也没听见,只有微风穿过耶鲁伯瑞树林里覆盖着两侧高地的一片片云杉和落叶松在瑟瑟作响①。可是不久就传来了轻快的车轮外缘擦着路上新铺石砖的声音,同时还伴有灯光在远处闪烁。

从车轮声中那种无法形容的特别之处,他知道这是法夫瑞的轻便马车下山来了,因为这辆马车本来是他所有,后来拍卖他的财产才给这个苏格兰人买去。亨察德于是立刻沿着耶鲁伯瑞平原往回走,赶车的人在两片人工林地之间放慢了速度,所以这辆轻便马车就碰上他了。

大路上的这个地方距离朝着回家的方向走时拐向麦斯托克的岔路很近。法夫瑞要是按他原来的打算转往那个村子里,就大有可能把他回家的时间拖延两三个小时。很快就看出来,他这时就是想那么办,因为灯光在朝向刚提到的那条侧路,叫作杜鹃巷那边摇晃。法夫瑞马车旁边的灯在亨察德的脸上一闪而过。就在这同一时间,法夫瑞认出了他新近的敌手。

"法夫瑞——法夫瑞先生!"亨察德上气不接下气地举起一只手来,大声喊叫。

法夫瑞让那匹马拐上岔路几步,才把它勒住。然后他勒着缰绳,回过头来问道:"啊?"好像是一个人面对认定的仇敌那样。

"马上回卡斯特桥去!"亨察德说,"你家里出了点岔子——需要你回去。俺一路跑到这儿来,就是为了告诉你这个。"

---

① 哈代生长在这一带乡村,熟谙其间的草木,能辨识风穿过不同树叶发出的不同声音。

法夫瑞默不作声,他的这种沉默态度让亨察德心里一沉。为什么他在这之前没有想到这种再明显不过的事情呢?四个小时之前,他曾经把法夫瑞逗引出来,进入过一场你死我活的扭打,而现在正是他,在黑黢黢的深夜里,站在一条僻静无人的大路上,要他走一条可能有刺客埋伏同谋的特定的路,而不走他原来打算走的那条他更能有幸使自己不容易遭到袭击的路。亨察德几乎可以感觉到这种想法在法夫瑞的脑子里闪现过。

"我得去麦斯托克。"法夫瑞冷冷地说,同时放松缰绳,准备继续往前走。

"可是,"亨察德恳求说,"这件事比你去麦斯托克办的事更严重。这是——你的太太!她病了。我们一边走,我就可以把详细情况告诉你了。"

亨察德那样焦急,又那样唐突,更增加了法夫瑞的疑虑,他担心这是一条诡计。想把他诱骗到前面树林里去,好切实做到今天早些时候亨察德出于权宜或是缺乏胆量而没有干出来的事。他策马向前走去。

"我知道你在想什么,"亨察德一面跟在后面跑着,一面请求。他觉察到在他原先这位朋友眼里他所代表的那种无耻坏蛋的形象,不禁灰心得弯下了身子。"可是我并不是你想象的那样呀!"他声嘶力竭地大喊,"相信我吧,法夫瑞;我完全是为了你本人和你的太太才来的。她很危险。我就知道这些,他们要你回去。你手下的人弄错了,走了另一条路。啊,法夫瑞!别误会我——我这个人不值一提;可是我对你一直是真心的!"

然而法夫瑞确实是完全误会他了。他知道他的妻子怀了孩子,可是他刚才离开她的时候她还是完全健康的;亨察德图谋不轨的那些行为比他讲的那套故事更加确实可信。他从前就从亨察德口中听到过许多刻薄的反话,现在可能也是在说反话。他催马快行,不久就上了横亘在那个地方和麦斯托克之间的高地。亨察德跟在他后面跑一阵儿走一阵儿,给他提供了更坚实的亨察德怀有恶意的想法。

在亨察德眼中,那辆轻便马车和赶车人在天幕下越来越小。他为法夫瑞好而做的努力都白费了。在这个悔改的罪人头顶上,至少在天国里也不会有欢喜①。他比约伯更加放肆地诅咒自己②,正如一个情感暴烈的人,在赤贫境遇中失去了最后一根精神支柱——自尊心的时候,会做的那样。他是在感情上经过了一阵阴沉黑暗之后,走到了这步田地的,附近林地里的幽暗也难与他的这种阴沉黑暗相比。他现在又开始沿着他来的那条路往回走了。法夫瑞随后回家的时候哪怕看见他在路上,也无论如何没有理由会在那里停车逗留。

亨察德回到卡斯特桥以后,又到法夫瑞家去探问。门刚刚一打开,从楼梯上、客厅里和楼梯口就伸出许多张焦急的脸对着他,而且都异口同声用一种大失所望的口气说:"噢——那不是他!"那位发觉自己走错了路的男仆已经回来很久了,所以一切希望本来都寄托在亨察德身上。

"那么你没有找到他吗?"医生问。

"找到了……俺没法跟你说!"亨察德倒在门洞里的一把椅子里回答说,"两小时之内,他回不来。"

"哼。"医生哼了一声又上楼去了。

"她,怎么样?"亨察德问伊丽莎白,她这时也在这一群人里面。

"非常危险,父亲。她急于想见到她丈夫让她焦躁不安到了极点。可怜的女人——我怕他们是要了她的命啦!"

亨察德对这个有同情心的说话人注视了一会儿,好像她使他

---

① 见《圣经·新约·路加福音》第15章第7节:"我告诉你们,一个罪人悔改,在天上也要这样为他欢喜,较比为九十九个不用悔改的义人,欢喜更大。"
② 见《圣经·旧约·约伯记》第3章第1节:"此后,约伯开口诅咒自己的生日。"

有所触动,从而有了新看法,随后他没有再说一句话就走出大门,径直回到他那所冷冷清清的小房子里去。他想,人的你争我夺也不过如此而已。死神要得到的是牡蛎肉,而法夫瑞和他自己得到的只不过牡蛎壳罢了。可是伊丽莎白-简呢,在他阴郁忧伤的时刻,她似乎是他的一线光明。他很喜欢她刚才在楼梯上回答他的问话的时候她脸上那种表情。那其中蕴含着感情,而在所有事物当中目前他最想望的,就是任何来自善良纯洁事物的感情。她不是他亲生的,然而他却第一次有了一种模模糊糊的梦想,他可以把她当做自己亲生的一样渐渐喜欢上她——只要她继续爱他。

亨察德到家的时候,焦普正要去睡觉。他进门的时候,焦普说了一句:"法夫瑞太太的病情相当糟糕。"

"是。"亨察德简短地回答,他做梦也没有想到焦普是当天晚上那场闹剧的共谋,他抬起头刚好看到焦普的脸上布满焦急的皱纹。

"有人来找过你,"焦普接着说,这时亨察德已经走进自己的屋子,正要关门,"好像是个远道来的,或是船长什么的。"

"噢!——他能是谁呢?"

"他像是个混得不错的人——灰白头发,宽脸膛;可是他没说姓名,也没留话。"

"那我也就根本甭管他了。"亨察德说着把自己的门关上了。

法夫瑞回家时拐到麦斯托克去了一趟,耽搁的时间差不多就是亨察德估计的两个小时。大家等他回来有种种急迫的缘由,其中之一就是需要他定夺派人到蓓口去再请一个医生。最后法夫瑞确实回来了,这时才发现自己误解了亨察德的动机,差一点都发疯了。

时间已经拖得很晚,还是派了一个人到蓓口去;黑夜渐渐过去,等那个医生到来,已经是后半夜了。唐纳德归来使露塞塔得到很大安慰;他很少离开或者说是寸步不离她的左右。他一进门,她马上就想把压在心头的秘密向他吐露。他制止了她那有气无力的话,说话会引起危险,让她确信她有的是时间把每件事情都告诉他。

都到了这个时候,他对讦奸会的事还一无所知。法夫瑞太太病危和流产的事,不久就风闻全市,而且带头肇事的那些人对于这件事的起因做出担心害怕的猜测,悔惧交加,使他们对这场放纵胡闹的所有具体情节都讳莫如深;而露塞塔的那些近在身边的人,又不愿贸然提起这件事,徒增她丈夫的愁苦。

等到法夫瑞和他太太在那个凄清寂寞的深夜里单独相对的时候,她把她过去和亨察德的纠葛最后到底向他解释了些什么和解释了多少,就无法叙述了。按法夫瑞自己的说法,她告诉他的她和那个粮商非同寻常的亲密关系中那些明摆着的事实,都已经清清楚楚。但是有关她随后的所作所为——她到卡斯特桥来原本是自己要和亨察德结合——她假借她发现了种种原因,对他感到害怕才抛弃了他(虽然老实说,她抛弃他主要还是因为她对另一个男人一见倾心,引起了朝三暮四的变化)——她和第一个男人多少总是有约在先,却同另一个男人结了婚,她以某种方式平复自己的良心:这些事情她说到了什么程度,则始终是法夫瑞独自一人的秘密了。

那天夜里,在卡斯特桥除了那个报告时辰和天气的更夫以外,还有一个人在粮食街上走过来走过去,几乎并不比更夫来回走的次数少,他就是亨察德。他从一开始上床打算休息,就肯定了根本无法入睡;于是他索性不睡,出去溜达,不时打听一下病人的情况。他来打探是为了露塞塔,同时也是为了法夫瑞,而甚至更多的则是为了伊丽莎白-简。他关心的所有其他事情都一件接一件地落空了,他的生命现在似乎完全集中在他这个继女的身上了,但是不久以前,他还不能容忍她在眼前。借着每一次打听露塞塔的机会看她,是对他的一种安慰。

他最后一次探访,大约在清晨四点钟,天已经蒙蒙亮了。在杜诺沃荒原那边,白昼正在渐渐把金星吞没。麻雀逐渐飞上街头,棚屋里的母鸡也开始咕咕叫了。等他走到离法夫瑞的家不过几码的地方,他看到大门轻轻开了,一个女仆抬手抓住门环,把裹在上面的一块布解下来。他一直走过去,一路上麻雀都几乎没有从两旁的垃圾上飞起来,它们根本不相信,在这样早的时候会有人去侵犯它们。

"你为什么把这个摘下来?"亨察德问。

她因为他在那儿,有点儿吃惊地转过身来,一时答不上话。她认出了他才说:"因为他们可以爱敲多大声就敲多大声了;她再也听不见啦。"

四十一

亨察德回到家里。这时已经是大清晨了,他生起火来,坐在炉旁出神。他还没有坐多长时间,便有一阵轻轻的脚步走近这所房子,进了过道,又有手指轻轻地敲门。亨察德的脸豁亮起来,因为他知道,这是伊丽莎白的动作。她走进他的屋子,脸色苍白悲戚。

"你听到了吗?"她问道,"法夫瑞太太!她已经——死啦!是真的——大约在一个小时以前!"

"我知道,"亨察德说,"我刚刚才从那儿回到家里。伊丽莎白你真好,能来告诉俺。你熬了一夜,一定也乏透了,今天早晨你就听话在这儿和我待在一起吧。你可以到另外那一间屋子去休息;早饭好了俺就去叫你。"

他近来表现得温和慈爱,赢得了这个孤苦伶仃的姑娘意料不到的感激之情;为了让他高兴,同时也为了让自己高兴,她照他吩咐的做了,在隔壁屋里一把躺椅上躺下。这是亨察德用一把高背靠椅改装的。她可以听到他在来回走动着准备早饭。不过她的心思主要还是在露塞塔身上。她恰值盛年,而且在有望做母亲的欢愉时刻死去,真是出乎意料地令人震恸。伊丽莎白很快就睡着了。

与此同时,她继父已经在外屋备好了早饭,但是他发现她在小睡,就不愿意把她叫醒。他一直等着,两眼望着炉火,像家庭主妇那样照看着开水壶,好像让她在他家里是一大荣幸。说真的,他对待她已经发生了很大的变化,他正在铺展一个由于她所流露的孝敬而引起的未来之梦,仿佛这是实现幸福的唯一途径。

又一阵敲门声惊动了他,他起身去开门,这个时候任何人来访问都是不大会受欢迎的。一个体格壮实的人站在门阶上,他的仪容举止有一种外乡眼生的神气——一种四海闯荡的人会叫做殖民派头的神气。这就是那天在彼得手指问路的那个人。亨察德点了点头,用带着问询的目光看着他。

"早上好,早上好,"陌生人极度热心地说,"这是我有话要对他说的亨察德先生吧?"

"我姓亨察德。"

"那么俺可是在窝儿里抓到你了——这就好了。我说,早晨是办事的时间。我能跟你说几句话吗?"

"当然。"亨察德一边回答,一边往里让。

"你也许记得我吧?"客人边说边让自己坐下来。

亨察德不以为然地看了看他,然后摇摇头。

"嗯——你大概记不得了,我姓牛森。"

亨察德的脸和眼睛好像僵住了。来人并没有注意到。"我对这个姓很熟悉。"亨察德终于说了一句,眼睛看着地上。

"这俺毫不怀疑。嗯,其实过去这两个星期俺一直在找你。我在黑文浦上岸,途中经过卡斯特桥去法口,我到了那里以后他们才告诉我,几年前你一直住在卡斯特桥。俺又折回来,很长时间,很晚才坐马车来到这里,十分钟前刚到。他们告诉我:'他住在下边,靠近那座磨坊。'这样,我就到这里来了。好啦——俺们二十来年以前做的那笔交易——我就是为这件事来的。这可是件稀奇古怪的生意。我那时候比现在年轻,也许从某种意思来说,还是少说为好吧。"

"稀奇古怪的生意!比稀奇古怪更糟糕。我简直不能承认,我就是你当年碰到的那个人。我当年没有理性了,可是一个人的理性才是他本身。"

"我们当年都年轻,又没脑子,"牛森说,"不过,我到这里来是想把事情弥补一下,而不是想开始争论。可怜的苏珊——她的经历真够离奇的。"

"那是。"

"她是热心朴实的女人。她可完全不是他们说的那种泼辣厉害的人——她一向都不错。"

"她不是那种人。"

"你一准儿也全都知道,她头脑简单得竟以为那笔买卖总有点儿约束力。在这一点上,她就和云头的圣徒一样,没有因为做了错事犯什么罪。"

"这我知道,这我知道。我立刻就悟出来了。"亨察德说,眼睛仍然躲着客人,"这就让我特别痛苦。要是她把当时是怎么回事弄清楚了,她就绝不会离开我。绝不会!可是怎么能指望她懂得这个呢?她有什么能耐?没有。她能写自己的姓名,再就没有了。"

"唉,等已经成了既成事实了,我心里并没想让她明白过来,"当年的水手说,"我当时想,而且我那么想也并没有多少虚荣心,她和我一起会更幸福。她过得真是挺幸福,所以不到她死的那一天,我是绝不会要她明白过来的。你的孩子死了;她又生了一个,一切都很好。可是,时候到了——听我说,时候总是会到。时候到了——那是她和我还有那孩子从美洲回来以后的那会儿——她把自己过去的事对一个人透露了,那个人就对她说,我对她的那种权利①不正当,而且笑话她居然相信我有那种权利。从此以后,她和我在一起就再也没有幸福了。她越来越瘦,愁眉苦脸,长吁短叹。她说,她得离开我,接着就来了我们那个孩子的问题。那时有人给我出主意,教我怎么办。我就照办了,因为我想这样最好。我把她留在法口,就出海去了。我到了大西洋对岸的时候,起了一场暴风

---

① 指苏珊与牛森没有经过教会许可的正式结婚,而且苏珊是有夫之妇,因此牛森没有做丈夫的权利。

雨,大家以为我们许多人,其中包括我自己,都给卷到海里淹死了。我后来在纽芬兰上岸了,那时我就问自己应当怎么办。我自己寻思:'我既然到了这里,就在这里待着吧,这对她最好。现在她已经和我别扭上了,就让她相信我死了吧;因为,'我这么想,'要是她以为俺们俩都活着,她就会很不幸;可是,要是她以为我死了,她就会回到他那里去,那么孩子就有一个家了。'直到前一个月,我才回国,我发现,果然如我所料,她来找你了,还带着我女儿。在法口,他们告诉我,苏珊已经死了。可是我的伊丽莎白-简——她在哪儿呢?"

"一样也死了,"亨察德一口咬定说,"你肯定也知道了吧?"

水手一惊站起身来,在屋子里有气无力地走了一两步。"死了!"他低声说,"那么,我那些钱对我又有什么用呢?"

亨察德没有回答,只是摇了摇头,似乎这更像是牛森问他自己的问题而不是问他的。

"她埋在哪儿?"旅行人追问道。

"在她母亲旁边。"亨察德说,仍然是同样刻板坚定的口吻。

"她什么时候死的?"

"一年多以前。"亨察德毫不犹豫地回答。

水手继续站着。亨察德看着地面,一直没有抬起头来。最后牛森说:"我到这里来这一趟是白费劲了! 我怎么来,怎么去啦! 我这是活该。我再也不打扰你了。"

亨察德听见牛森踏着铺沙地走出去的脚步声,机械地拉起门闩,把门慢慢打开,然后又关上的声音。对于一个碰了钉子、情绪沮丧的人来说,这些都是自然而然的。但是他没有扭过头来。牛森的影子在窗口一闪而过,他走了。

此时亨察德简直不敢相信他这些意思是根据什么,他从座位上站起来,对自己的所作所为大吃一惊。这是一时的冲动。他近来对伊丽莎白的重视,以及他在孤寂中新兴起的希望——觉得他可以把她当做女儿,而且也可以为她,像是为一个她自己也一直以为是真正的女儿那样而得意——让牛森这番出人意料的到来,都给刺激成了一种贪婪的、把她据为己有的欲念,所以突然出现了要失掉她的前景,就使他像个孩子一样撒了弥天大谎,根本不计后果。他本来还期待着一个又一个问题会向他逼来,五分钟之内就会揭穿他编造的东西;这种追问却并没有来。但是肯定它们会来,牛森离去只能是暂时的,他在市里一打听就会全部了解,然后回来把他痛骂一顿,把他最后的宝物带走!

他匆匆忙忙戴上帽子,朝牛森去的方向走去。不久就看得见牛森正在穿过斗牛桩广场走上大道的背影。亨察德尾随在后,看见他那位客人在王徽旅馆前面站住,载他来的那辆早班马车刚才停了半小时,等另一辆从那里经过的马车。牛森来时坐的那辆马车就要重新开动了。他上了车;他的行李也放进去了,几分钟之内,这辆车就载着他消失了。

他甚至没有掉转头来看看。这样做是出于对亨察德的话单纯地相信——单纯得到了头。二十多年以前,那个年轻的水手一时兴起,仅仅凭着对苏珊·亨察德的脸看了一眼的信任,便把她领走了。今天在这个头发斑白的旅行人身上,那个年轻水手仍然活着,并且活动着,他对亨察德的话,那样绝对地相信,这使得站在那儿的亨察德羞愧难当。

由于他这一时之间的凭空捏造,伊丽莎白-简就仍然是他的了吗?"大概不会长久。"他说。牛森可能和他的那些旅伴聊天,其中有些人可能是卡斯特桥的人,那么这条诡计就会露馅。

这种可能性使亨察德采取了被动防御的态度,他不去考虑如何努力改正错误,立刻让伊丽莎白的父亲了解真相,反而想方设法保持他意外得到的地位。至于对那个年轻的女人本人,他拥有她的权利每逢有一次新暴露出来的危险,他的忌妒之情也就变得更加强烈。

他守望着远处的大路,盼望能看到牛森明白真相以后义愤填膺地步行回来,索回他的孩子,但是一个人影也没有出现。可能他在马车上对谁也没说,只是把自己的悲伤埋在心里。

他的悲伤!——这和他亨察德失去她而感到的悲伤相比,究竟算得上什么呢?牛森的感情由于多年的分离变得冷淡了,而他和她则常相厮守,这两种感情是不能相提并论的。就这样,他那满怀忌妒的心灵为拆散他人父女骨肉而做出了貌似公正的辩解。

他回到家里,半带着她已经不在的期望,不,她还在那儿——刚刚从里屋出来,眼圈上留着睡觉的痕迹,整个人则显得精神焕发。

"噢,父亲,"她微笑着说,"我本来不打算睡,可是怎么一躺下就睡着了?我觉得奇怪,我那么想念可怜的法夫瑞太太之后,怎么没有梦见她,可就是没梦见。一些新近发生的事情,不管怎么能让人一心总想着,可是往往梦不见,这多奇怪呀。"

"你刚才能睡上一觉,我很高兴。"他一边说,一边怀着急于拥有的心情握住她的手,这个动作使她感到惊喜交加。

他们坐下来吃早饭,伊丽莎白-简的思路又转到露塞塔的身上去了。她容貌上的美一向在于那种像是沉湎于冥想时显出的端庄恬静,而愁思哀绪则使她更加楚楚动人。

"父亲,"她回过神来想到摆在面前的这顿早饭就对他说,"你多好呀,亲手做出这样好的早饭,可是我却在睡懒觉。"

"我每天都做饭,"他答道,"你已经离开了我;大家全都离开了我;我不亲自动手还怎么活呀?"

"你很寂寞,不是吗?"

"唉,孩子——你太不了解了!这是我自己的错。多少个星期以来,你是唯一和我接近的人。而且你也不会再来啦。"

"你怎么这样说呢?只要你喜欢见到我,我一定会来。"

亨察德显得犹豫不决。他最近虽然那么希望伊丽莎白-简作为女儿再住到他家里来,可是现在他却不愿意要求她这样做。牛森随时都可能再回来,那时因为他的欺骗,伊丽莎白会怎样想他呢,所以最好还是忍受和她分开。

他们吃过早饭,他的继女仍然耽延未去,直待到亨察德平常要去上工的时刻到了,这时她才站起身来,一再保证说,她很快就会再来,然后在清晨的阳光中爬上那座小山。

"在这个时刻,她对我的心和我对她的心一样温暖;只要一说,她就会到这儿来和我一起在这所寒酸的小房子里生活!不过,也许不到晚上他就已经来了,那时她就会看不起我啦!"

亨察德对自己经常有这种想法,整个这一天,无论他走到哪里,这种想法都伴随着他。他的心情不再是反叛抗拒、阴阳怪气、满不在乎的那种遭灾受难人的心情,而是一个人把可以使生活兴趣盎然,或者甚至差堪忍受的一切东西全都丧失之后才会有的那种沉重阴郁的心情。没有剩下一个使他感到得意的人,没有一个能够使他坚强起来的人,因为伊丽莎白不久就会变得只不过是个陌生人,甚至连陌生人都不如。苏珊、法夫瑞、露塞塔、伊丽莎白——一个接着一个全都离开他了,或者是由于他的过错,或者是由于他运气不佳。

他没有任何兴趣、爱好或欲望来替补他们。如果他能求助于音乐,哪怕在目前的情况下,他的生活也还能维持下去;因为对亨察德来说,音乐具有主宰的力量。仅仅喇叭或风琴的音调就足以使他感动,而高级的和声则使他潜移默化。但是严酷无情的命运注定了,他不能在他需要的时刻,吁请这个神圣的精灵。

他面前的整个大地是一片漆黑;什么也不会到来,什么也无需等待。然而,按照生命的自然历程,他可能还得在世上再苟延三十或四十年——遭人嘲笑;最好的也就是受人怜悯。

想到这些令人无法忍受。

卡斯特桥东面是一片片荒原和草地,大量的水从那里流过。

到这些地方来溜达的人,在一个万籁俱寂的夜晚安安静静地站上一会儿,就可以听到发自这些水流的新奇的交响乐,仿佛发自一个没有灯光照明的乐队,从荒地的近处和远方,到处都奏出它们各式各样的音响。在一个溃烂堤堰的窟窿里,水流发出宣叙调;在支流小溪越过一道石砌胸墙的地方,它们发出欢快的颤音;在拱洞下面,它们奏出金属铙钹声;而在杜诺沃窟窿,它们则唑唑作响。在那个叫做十闸门的地方,它们的声音最响,而到了每年的仲春季节,这里就真像在演奏赋格曲了。

这里的那条河一年到头都是水深流急,因此闸门都是用齿轮和绞车来操纵升降。从大道上的第二座桥(屡次提到的)起,有一条小路通到这些闸门,在闸门头上搭一块窄木板当做桥过河。可是天黑以后,没有什么人往那个方向去,小路只通向那个叫做黑水潭的河湾深处,而且过河也很危险。

然而亨察德沿着东边的那条大道离开了市区,走到第二座桥,也就是那座石桥,然后又从那里拐上了这条荒僻的小路,沿着河边走去。这时西方仍然残留着微弱的霞光,映在河上闪闪发亮,他一直走到十闸门的暗影切断这道亮光的地方。他在水最深的堤堰洞孔旁边站了一小会儿,朝前面和后面看了看,没有看见一个人。于是他脱下上衣和帽子,站在河沿上,双手紧握在前面。

他低下头看着下面的河水,在那里经过多少世纪的冲刷形成了一个圆水塘,他本来打算把这个池塘当做自己的尸床,可是渐渐看得出来那里漂浮着什么东西。由于河岸投下阴影,起初那件东西还不很清楚;可是它后来浮上来显形了,原来是一个人的身体,直挺挺、硬邦邦地躺在水面上。

河中的流水形成的环流,推着这个人形向前漂,一直从他眼前流过去,这时他怀着一种恐惧之感认出了它就是他自己。浮在那里的那个人可并不是多少有些像他,而是在各个方面都和他一模一样,是他的真正翻版,仿佛是在十闸门的深水窝里死的。

在这个不幸的人身上,超自然的意识很是强烈,于是他转身躲开了,像一个人真正碰到了恐怖的奇迹①就会做的一样。他蒙上眼睛,低下头。他没有再向河里看一眼,拿起上衣和帽子,就慢慢走开了。

不久他发觉自己已经在自己家门口。出乎他的意料,伊丽莎白-简站在那儿。她走上前来,说话像以前一样叫他"父亲"。那么,牛森,到现在还没有回来。

"我觉得,你今天早晨好像非常悲伤,"她说,"所以我又来看你了。这并不是我自己不悲伤。但是每一个人和每一件事好像都在和你作对;所以我知道,你一定觉得很痛苦。"

这个女人居然把事情都参透了!不过她还没有把它们所有的都参透。

他对她说,"伊丽莎白,你怎么想的,现在还会出现奇迹吗?俺不是个有学问的人。有很多事情我想知道,可是却不知道。我这一辈子都想念书学习;可是我想知道的越多,我好像就越糊涂。"

"我不怎么相信如今还有什么奇迹。"她说。

"举个例子说吧,就绝望轻生这类念头来说,难道就没有什么来打断吗?嗯,也许不会是那么直截了当。也许不会。可是你要是来和俺一起走走,我就可以指给你看我的意思是什么。"

她乐意地答应了,于是他把她带到大道上去,又沿着那条偏僻的小道走向十闸门。他惶惶不安地走着,好像有一个伊丽莎白所看不见的幽灵在缠着他,围着他飞旋,挡着他的目光。她本来很愿意谈谈露塞塔,可是害怕触动他的苦恼。他们走近那个堤堰的时候,他站住不走了,让她往前走,朝水塘里看,然后告诉他,她看见了什么。

---

① 这里的奇迹含有基督教所指宗教奇迹的意思。参见下文。

她去了,很快就回到他这里。"什么也没有。"她说。

"你再过去,"亨察德说,"仔细看看。"

她第二次又走到河沿上去。待了一会儿,她回来告诉他,她看见有个东西漂着,在那儿一圈又一圈地打转;可是究竟是什么东西,她认不出来。看起来像是一堆旧衣服。

"那像是我的吗?"

"嗯——是。天哪——我在琢磨,是否——父亲,我们离开吧!"

"再去看一遍,然后我们就回家。"

她又走过去,他可以看见她弯下身去,头慢慢靠近水塘的边儿了。她突然站直身子,急忙回到他的身边。

"嗯,"亨察德说,"你现在说什么呢?"

"我们回家吧。"

"可是告诉我——说——浮在那儿的究竟是什么?"

"假人,"她慌慌张张地回答,"他们一定是在上游黑水潭那儿的柳树丛里把它扔进河里的,他们害怕给治安推事发现,就把它扔了;它就必定会漂到这儿来了。"

"啊——肯定是——我的像!可是另一个在哪儿呢?为什么只有那一个?……他们这场戏法把她害死了,可是让我还活着!"

他们循着原路慢慢走回市里去,伊丽莎白-简一路上翻来覆去地想着这句话:"让我还活着。"最后她猜出这句话的意思了。"父亲!——我不能让你像这样孤零零的!"她大声说道,"我可不可以像以前那样和你一起过,侍候你?我不在乎你穷了。今天早晨我本来就会同意来的,可是你没有问我。"

"你可不可以到我这儿来?"他满腹辛酸地大声说,"伊丽莎白,不要耍弄我!你要是愿意来就好啦!"

"我愿意。"她说。

"你怎么会原谅我往日的那一切粗暴呢?你不能!"

347

"我已经忘了。别再提那个啦。"

她就这样让他放下心来,并且安排好他们重新一起过的计划,最后各自回家。亨察德这才多少天来第一次刮了胡子,穿上干净的衬衣,梳了头发,从此以后变成一个复苏了的人。

第二天早晨,事实正如伊丽莎白所说过的那样,一个放牛的发现了那个假人;露塞塔的那个假人,在同一条河上游不远的地方也给发现了。但是大家对这件事都尽量不声张,那两个假人都在私下里给毁掉了。

尽管这件秘密自然而然地化解了,可是亨察德却仍然把假人漂浮在那里看做是有人插手使坏。伊丽莎白-简听见他这样说过:"有谁像我这样遭人厌弃的呢?然而看来甚至是我,也还是在什么人①的手心里!"

---

① 原文 Somebody,字头为大写,按哈代的理念,应指"命运"。

四十二

亨察德认为自己是掌握在什么人的手中,但是随着时间流逝,使他产生这种情感的事件越来越显得遥远,他的这种带有感情色彩的信念也就逐渐从他的心中消失了。牛森的幻影老是缠着他。他肯定是会回来的。

可是牛森并没有到来。露塞塔给人沿着教堂墓地的小道抬过去,卡斯特桥已经对她表示了最后的敬意,然后又开始日常工作,仿佛从来没有她这个人似的。可是伊丽莎白仍然相信,她和亨察德的关系丝毫没有受干扰,而且现在还在他家里和他住在一起。也许牛森终于一去不复返了。

过了一些时候,丧偶的法夫瑞至少知道了露塞塔生病和去世的大概原因。他最先产生的冲动十分自然,就是想根据法律对那些作奸犯科的家伙施加报复。他决定等葬礼结束以后再动手办理这件事。等时候到了,他思量了一番:虽然事情的结果是灾祸,可是那一伙没有头脑的人安排那场乱七八糟的游行,显然事先无法预料,也不是有意要造成这种结果。给那些身居显位的人开开玩笑,让他们丢丑,对于辗转在他们脚下的人来说,是一种至高无上、淋漓痛快的享受。据他所了解,把这伙人鼓动起来的,只不过是这样一种诱人的希图,因为他根本不知道焦普在煽动。这里也还牵涉到其他一些考虑。露塞塔死前,把一切事情都向他坦白吐露了,就把她过去的事大做文章,于她,于亨察德和他自己,同样都是完全不足取的。对于法夫瑞来说,把这一事件当做是飞来横祸,似乎是对死者身后之名最真诚的体恤,同时也是最佳的处世之道。

亨察德和法夫瑞相互回避不见。亨察德为了伊丽莎白而尽量拘管着自己的傲气,接受了那个经营种子和根茎的小生意,这是法夫瑞带头由几个市议员合资购买的一个小店,给他作为一个新的开头。如果仅仅只关系到亨察德个人,毫无疑问他会拒绝这个他曾经那么猛烈攻击过的人所给予的帮助,尽管这并不是他直接给的。但是这个姑娘的体恤对他的生存似乎已必不可少;于是为了她的缘故,傲气自身穿上了屈辱的大衣。

他们在这里安顿下了;而且在他们每天的生活里,亨察德怀着一种小心监护的心情期待着她的每一个愿望。在这种心情中有一种害怕他人来争夺的妒火,又加深了他为人父的关怀。然而,没有什么理由要设想那位牛森还会回到卡斯特桥来认这个女儿。他是个到处流浪的人,一个陌生人,几乎是一个外国人,他多年没有见到他的女儿,他对她的感情按照一般的道理来说绝不可能很强烈,他所关心的其他事物大概很快就会使他对她的思念变得淡漠,使他不会再像这次那样重新探询过去的事情,因此也就不会导致发现她现在还活着。为了多少能宽解一下自己的良心,亨察德再三对自己说,他是说了谎,才把他朝思暮想的宝贝留住了,可是他并不是为了这个目的,经过深思熟虑而说的谎,它不过是在绝望中最后说出的抵拒之词,并没有想到种种后果。他还更进一步在心里为自己辩护,没有哪个牛森能像他那样爱她,或者像她那样准备高高兴兴地把自己整个生命都豁出去照顾他。

他们就这样在那个俯视教堂墓地的小铺子里过下去,在那年剩下的日子里,并没有发生特别值得注意的事。他们很少外出,而在有集市的日子更是足不出户,所以要隔很久才见到唐纳德·法夫瑞一次,就是见到也多半是远远在街上一晃而过。他也还是像不久前丧偶的男子一样,继续办理他日常的事务,对生意上的伙伴生硬地笑笑,和讲价的人讨价还价。

"须发斑白"的时光老人①教育了法夫瑞如何评价他和露塞塔的这段经历——从正面也从反面。有一些人由于偶然的机缘而在心中保有某种形象或原则,日久天长他们的判断已经确定它并不足以珍惜,甚至全然应该摒弃,可是他们却一味坚持对它忠诚不渝;如果没有他们,高尚者的行列就会有所欠缺。但是法夫瑞不是此类。他那种明智、活跃、快捷的性格,必然会使他自己摆脱遭到损失而陷入的生气了无的空虚。他不会只是觉察到,由于露塞塔之死,他已经把一场阴森森地逼过来的隐患转变成单纯的哀愁。她的身世在种种情势之下,迟早总会揭露出来,而在这之后,就很难相信,和她一起生活还会进一步产生幸福了。

但是作为一种回忆,尽管有这种种情况,露塞塔的身影仍然和他生活在一起,她的弱点只是引起最温和的非议,而她所遭受的种种痛苦,则把法夫瑞对因为她隐瞒真相而生的怒火,化为时而一现的火星。

也就是一年的工夫,亨察德那个比橱柜大不了多少的种子和粮食零售店,生意有了相当的发展。在这所小店坐落的那个充满阳光、令人愉快的街角,继父和女儿享受着颇为安宁的生活。在这个时期,伊丽莎白-简的特点是举止娴静,内心则洋溢着勃勃生机。她每星期有两三次长途散步到乡下,多半是走蓓口那个方向。有时亨察德感觉到,她做过这种提神健身的散步以后在傍晚和他坐在一起的时候,显得很客气而不是亲切,他的心又给搅乱了;他曾经悔恨过,因为自己苛刻压制而冻结了她那还在初萌乍现时刻的宝贵感情,而今却在旧有的悔恨之上,又添了新愁。

现在她做任何事情都按自己的办法去做。出去还是回来,买进还是卖出,她的话就是金科玉律。

"伊丽莎白,你弄了一个新手笼。"他有一天十分谦恭地说。

---

① 见雪莱长诗《心心相印》。

"是,这是我买的。"她说。

手笼放在旁边的桌子上,他又看了看,皮毛是光泽顺滑的棕色,虽然评价这种东西他并不是行家,可是他还是以为,她用这种东西似乎过于高级了。

"我想花费不少吧,我亲爱的,是不是?"他仗着胆子试探着说。

"就我的身份来说是相当高了,"她不动声色地说,"不过它还不太显眼。"

"噢,是不。"这只落网的雄狮说,一心想着不要让她有一点点恼怒。

不久之后,到了新一年的春天,他经过她那间没人的卧室,在它对面站住了。他想起了过去的事,那时因为他不喜欢她,态度粗暴,所以她从他在粮食街的那所宽敞气派的大房子里搬出去了,他当时也曾经像这样往里看过她的闺房。眼前这间屋子,简陋多了,但是使他感到惊讶的是,到处都摆着大量的书籍。这些书数量之多、质量之好,使得放书的家具相形见绌,不伦不类。有些书,实际上很多书,一定是最近刚买的;他虽然鼓励她适当地买些书,可是并没有意思让她随心所欲,在他们那点不宽裕收入中占据过分庞大的份额。他第一次感到有些痛心,认为她太浪费;于是决定就这件事对她说一两句。可是还没等他鼓起勇气开口,就发生了一件事情,把他的思想转到另外一个不同的方面去了。

种子生意最忙碌的季节已经过去,割草季节前比较清闲的几个星期到了,这给卡斯特桥打上了特别的标记:市场上摆满了木耙,黄色、绿色和红色的崭新大车,特大的镰刀,还有足够把一小户人家都叉起来的干草杈子。亨察德一反他的常规,在一个星期六的下午出门向市场走去,出于一种奇怪的感觉,他想到他从前耀武扬威的地方去待上几分钟。法夫瑞对他仍然比较冷淡,这时正站在粮食交易所门口较低几级的台阶上——这种时刻他通常总是站在那个位置上——看上去是正出神地注视着离他不远的什么东西。

亨察德的眼睛随着法夫瑞的看过去,发现法夫瑞盯着的并不是哪个展示样品的农夫,而是他自己的继女,这时她正从那边一家铺子里走出来。她,在她这方面,并不知道他在注意自己;而且在这方面,她也不如那样一些年轻女人有福气,那些女人只要视野所及的范围内可能有人仰慕,她们的羽衣就会像朱诺那只鸟的羽毛一样,都安上阿尔戈斯的眼睛①。

亨察德走开了,心想法夫瑞在这种节骨眼上盯着伊丽莎白-简,也许根本无关紧要。然而他也忘不了,这个苏格兰人曾经对她表示过柔情缱绻,尽管是过眼云烟一般。亨察德本来有一种独特的性格,从一开始就左右了他的生活道路,而且他落到这步田地,这种性格也起了主要作用。现在这种性格又立刻全盘显露出来。他不但不考虑,他视若掌上明珠的继女和这个干劲十足、飞黄腾达的唐纳德缔结姻缘,对她和对他自己,都是一桩求之不得的美事,反而对这样一种可能性非常痛恨。

要是在以前,这种出自本能的反对就会付诸行动。但是他现在已经不是当年的亨察德了。他在这件事情上也和在别的事情上一样,让自己学会把她的意志视做当然,毫无问题。他深怕一言不和,使他失去他以衷心热爱从她那儿重新赢得的关心敬重,觉得宁可和她分开而保有这种感情,也强似把她留在身边却引起她的反感。

可是即使仅仅想到这种分离,也使他的情绪大大狂躁起来。到了傍晚,他们相对无言,突然他问了一句:"伊丽莎白,你今天见到法夫瑞先生了吗?"

---

① 阿尔戈斯为希腊神话中的百眼巨人,被赫尔墨斯斩首。天后希拉(即朱诺)将其眼装在自己的爱鸟孔雀的尾羽上。

伊丽莎白-简听到这一问不觉一愣,显得有些慌乱地回答说:"没有。"

"噢——那好——那好……这不过是因为咱们俩都在街上的时候,我看到他也在那儿。"他弄不清楚,她这种窘迫的样子是不是正好说明自己新起的疑心没有错——那些她近来常做的长途散步,那些使他感到稀奇的新书,是不是都与那个年轻人有关。她并没有对他把事情讲明白,而唯恐沉默可能会让她生出对他们父女之间眼前的友好关系不利的想法,使他把话题转到了另一个轨道。

从本性来说,亨察德是个最不会偷偷摸摸行事的人,无论是好事或是坏事。但是他由爱而生惶恐①——他已经堕入完全依赖伊丽莎白的关心敬重的状态(或者从另外的角度来说,他已经发展到这种状态)——使他全然改变了。他常常会一连几个小时掂量、琢磨她如此这般的一个行动或是一句话的含义;要是在从前,这是他首先就会不假思索地断然了结的问题。而如今,一想到她对法夫瑞的感情完全可能取代她对他自己的那种温暖孝敬的体恤,他就心神不安,于是观察她出出进进也就更加细密了。

伊丽莎白-简的行动根本没有什么秘密,只是她一向寡言罕语,容易引人生疑;同时这也可以怪罪于她,因为她和唐纳德偶尔见面的时候,总要和他闲谈几句。不管她去蓓口大路散步本来的动机如何,她散步归来,却常常刚好总赶上法夫瑞在这条有风的大路上透透气的时间——按他的说法,是要在坐下来喝茶之前把种子和麸皮从自己身上吹掉。亨察德于是到圆场去,让围墙把自己挡着,眼睛一直看着大路,一直到看见他们相遇,这时他才弄明白这件事。他的脸上显出了极为痛苦的表情。

"就连她,他也打算从我这里抢去!"他悄声说着,"但是他有这种权利。我也不希望去干涉。"

---

① 原文为拉丁文。

这次会面,说实在的,也是件一清二白的事,而且在这两个年轻人之间,事情也绝没有发展到像亨察德出自忌妒的痛苦所臆测的那种地步。要是他能听到他们之间这样的一些谈话,他本来也就会把事情弄分明了:

他——"亨察德小姐,你喜欢到这条路上来走走——是不是呀?"(他用那种抑扬顿挫的调子,并且带着审视、估量的眼光盯着她。)

她——"哦,是呀。我近来老挑这条路走。我也并没有多重要的原因。"

他——"可是别人也许会想出一个原因来的。"

她(脸红起来)——"那我不知道。不过,我的原因,就算是原因吧,就是我希望每天看看大海。"

他——"这是个秘密的原因吗?"

她(勉勉强强地)——"是。"

他(带着他故乡一首民歌中那种哀婉凄恻)——"啊,我不相信这些秘密当中会有什么好处!一个秘密在我的生活上投下了浓重的阴影。而且你知道得很清楚,那是什么。"

伊丽莎白承认她知道;但是她没有说出来,为什么大海吸引她。她自己也不完全清楚,并不知道秘密可能是这样的,除了她早年和海的关系之外,她身上还有水手的血统。

"法夫瑞先生,谢谢你送给我那些新书,"她羞答答地又添了一句,"我在想,我是不是应该收下那么多!"

"唉,为什么不?我为你找到那些书而感到的愉快,比你得到它们而感到的还要多!"

"那怎么会?"

他们沿着大道一起往前走,一直走进市区,然后才分道而行。

亨察德发誓,他要听凭他们自己的主见,无论他们要有什么打算,他都绝不挡他们的道。如果他命中注定要失去她,那也必须如此。他们如果结婚,在这种局面下,他根本看不出他能得到任何受尊重的地位。法夫瑞绝不会用比目中无人还强的态度来看待他;亨察德眼下的穷愁潦倒和他过去的所作所为一样,都肯定了这一点。这样,伊丽莎白对他就会越来越生分;而他也会在举目无亲、孤独寂寞中了此余生。

面临着这样一种越来越大的可能性,他就不能不密切注意了。确实,在一定范围之内,他有权把看管她当做自己的责任。在每个星期特定的几天和他们到同一个地方,似乎变成了理所当然之事。

终于他得到了充足的证明。他站在法夫瑞和她见面处附近的一堵墙后面,听到那个年轻人称她为"我最亲爱的伊丽莎白-简",然后吻她,那姑娘迅速朝周围看了看,好让自己相信,附近确实没有什么人。

他们一路走过去,亨察德从墙后走出来,满腹哀伤地跟着他们返回了卡斯特桥。这项婚约中隐约逼近的主要麻烦还没有减少。和别的人不一样,法夫瑞和伊丽莎白两个人想必是全都把伊丽莎白认做亨察德真正的女儿,这是他本人也相信这件事的时候亲口说过的;不过,尽管法夫瑞想必已经对他谅解,不反对把他当做岳父,他们之间也绝不可能亲密无间。这样,这个姑娘——他目前唯一亲近的人——就会受到她丈夫的影响,离他越来越远,也学着瞧不起他。

要是她倾心的人是世界上其他随便哪个人,而不是在亨察德心灰志丧以前的那些岁月和他竞争过、受他诅咒过、和他生死角斗过的这一个,那么他本来会说:"我心满意足。"可是要对现在描绘出来的前景心满意足,那就难以做到了。

在人的头脑里有一间外屋,有时那些属于本不想有的、不请自来的、有害的一类想法在还没有打发走之前有时是会被允许在那里徘徊片刻。现在就有这样一种想法,驶进亨察德的地盘。

假设他把事实告诉法夫瑞,说他的未婚妻根本不是他亨察德的孩子——从法律上说,不是任何人的孩子①,那位品行端正的头号市民会怎样对待这个消息呢?他可能会弃绝伊丽莎白-简。那样一来,她就又会成为她继父大人的女儿了。

亨察德哆嗦起来,大声喊道:"上帝不容这种事情!我这样竭尽全力要避开魔鬼,为什么还要遭到他一次又一次的祸害呢?"

---

① 此处意指伊丽莎白固然不是亨察德的孩子,也不是牛森法定的孩子,因为牛森买苏珊为妻,并非正当合法的婚姻。

四十三

亨察德那么早就看到的事情,别人不久以后自然也看到了。法夫瑞先生"单和所有女人当中那位破了产的亨察德的继女一起溜达",这个话题传得满城风雨,因为这个简单表示散步的用语,在这附近一带却特指求偶之意;卡斯特桥那十九位自以为高人一等的年轻小姐,本来全都自视为唯一能够让那位商人议员幸福的女子,这时都义愤填膺地不再登法夫瑞去做礼拜那个教堂的大门,也不再忸怩作态,不再在晚祷时把他列入自己的至亲至爱之中了①;简单一句话,又恢复了她们自然的常轨。

苏格兰人这种逐渐明朗化的挑选,在卡斯特桥的居民中,唯有那伙明智达观的成员感到不折不扣的满意。他们之中有朗威斯、克瑞斯托弗·柯尼、比利·威尔斯、巴兹福德先生。多年以前,他们曾经在三水手亲眼看见,这两个年轻的男人和女人第一次谦卑地在卡斯特桥的舞台上露面,所以特别费心关注他们的事情,这大概与今后要受到他们喜庆款待的美好前景不无干系。斯坦尼治太太有一天晚上摇摇摆摆地走进那间大厅,说像法夫瑞先生这样一位堪称"本市顶梁柱"的人物,本来可以选择高等职业人士或者退隐寓公的闺秀,现在居然这样屈尊俯就,简直令人莫名其妙,柯尼就贸然对她提出异议。

"太太,可不能这么说,一点也不莫名其妙。俺的看法倒是,这是她在俯就他。一个是鳏夫男人,而且他第一个太太也没给他

---

① 基督教徒晚祷,常为自己最亲爱的人祝福、许愿。

作脸;一个是博览群书的年轻女人,自己独立自主,讨人喜欢,他对她算得了什么?不过,把事情干净利索地解决了,俺看这样做倒是很好。一个男人像他所做的那样,为那个女人用最好的大理石树了一个墓碑,痛哭了一场,把事情通盘考虑了一番,然后自言自语说:'那个女人让我上了当;我本来先就认识了这一个;她通情达理,堪做配偶,而且现今上流社会里没有什么忠实可靠的女人啦。'——是呀,如果她对他有情有义,他要是不要她,他就会弄得更糟糕啦。"

他们就这样在三水手客店里谈论着。不过我们必须提防,不要滥用老一套的说法,说这一期盼中的事件引起了很大的轰动,说所有那些喜欢传闲话的人因此都在那儿摇唇鼓舌,如此这般,即使这样一种说法可以为我们这位唯一的可怜女主角的身世增光添彩。当时那些忙忙碌碌传播流言蜚语的人所说的也就是这些,对那些与自己没有直接关系的事情,人们的兴趣总不过是表面关心,一时起劲。更确切的说法倒是这样:在卡斯特桥(除了那十九位年轻小姐之外),大家对这种消息注意了一下,随后就不再看重,还是继续干活,吃饭,养他的孩子,埋他的死人,对于法夫瑞先生的家务计划,完完全全不闻不问了。

伊丽莎白本人或是法夫瑞都没有就这件事对她的继父透露过只言片语。他对他们保持沉默的原因左思右想,最后得出结论,这一对心旌摇动的年轻人,还是以他过去的情况来估计他,因此不敢透露这个话题,把他看做一种令人头疼的障碍,满心情愿远远避开。亨察德就这样加重了对社会的反感,他在自己这种阴郁的看法里越陷越深,难以自拔,最后竟连每天必须见人,特别是见他们中的伊丽莎白-简,都几乎使他受不了了。他的身体日渐衰弱。他神经过敏达到病态的程度。他希望能避开那些不需要他的人,永远埋起头来。

但是,如果他的看法错了,即令她结婚成为事实,也不需要他和她断然分离,那又怎么样呢?

他开始绘制另外一幅图景——他自己像一头掉了大牙的雄狮,住在由他继女做主妇的一所房子的后身;他成了一个与世无争的老人,伊丽莎白温柔地对他微笑,她的丈夫温厚地对他宽容。想到这样贬低身价,简直太有伤他的自尊心了;然而,为了这个姑娘,他可以容忍任何事情,哪怕是出自法夫瑞;哪怕是冷落怠慢和用主人的口吻来苛待折磨。住在她所住的那所房子里这样一种殊荣,几乎可以压倒个人的屈辱。

不管这是一种微弱的可能,或是刚好相反,反正现在显然是在进行求爱,而他则是对之全神贯注。

前面已经说过,伊丽莎白常常到蓓口大路去散步,而法夫瑞也常常利用这种方便条件造成机会,在那里和她邂逅。走出市区两英里,离大道四分之一英里的地方,有一个史前时期的古堡叫做美登①,方圆宽阔,壁垒重叠,一个人站在围墙里或是围墙上,如果有人从大道上看过去,只不过像一个微不足道的小点儿。亨察德常常到那里去,手里拿着望远镜,仔细观察那条没种树篱的大道——因为这本是罗马帝国军团修筑的初始道路——扫视两三英里远近的距离,他的目的是要了解法夫瑞和他迷上的人之间的事进展的情况。

有一天,亨察德正在这个地方,一个男性身形从蓓口那边沿着这条大道走了过来,并且一直没有离开。亨察德把望远镜举到眼前,他本以为会像以前一样出现法夫瑞的模样。可是今天镜头里显出来的那个人,却不是伊丽莎白-简的恋人。

这个人的穿着像是个商船船长;他转身察看大路的时候脸露出来了。亨察德看到它那一刻,就顶得上他所过的这整个一辈子

---

① 美登堡为一实名场景,位于多切斯特市西南约二英里,为英伦三岛上史前时期遗留的最大古堡。哈代在短篇小说《古堡夜会》中曾详加描述,中译文见于《哈代中短篇小说选》,人民文学出版社出版。

了。这张脸是牛森的。

亨察德放下望远镜,有几秒钟的时间一动不动。牛森等着,亨察德也等着——如果这种木然伫立也可以称为等的话。但是伊丽莎白-简没有来。那天有点什么事儿,使她放弃了惯常的散步。也许法夫瑞和她为了变换一下环境,选了另外一条路。但是这又怎么样呢?她可能明天到这里来,而且如果牛森下决心要和她私下会面,把真情告诉她,他无论如何都会很快找到机会。

那时他不仅会告诉他,他是她父亲,而且还有由于中了诡计,才给一下打发走了。凭着伊丽莎白那种严谨的性格,她会生平第一次看不起她的继父,把他当做一个大骗子连根铲除,而牛森就会取代他在她心里的至高无上的地位。

但是牛森那天上午根本没有见着她。他静静地站了一会儿,最后又回头走了,而亨察德觉得就像一个判了几小时缓期执行死刑的人。他进到自己家里的时候发现她就在那儿。

"啊,父亲!"她无知无识地说,"我收到一封信——一封奇怪的信——没有签名。有人叫我去见他,或是今天中午在蓓口大路,或是晚上在法夫瑞先生家里。他说,他前些日子来看我,可是让人设计耍弄了,所以没有见到我。我不明白是怎么回事;但是这话只能咱们俩说说,我想唐纳德是这件秘密的根源,他大概有个什么亲戚,想对他的选择说点什么意见。可是我不愿还没见到你就去。我可以去吗?"

亨察德心情沉重地回答说:"可以!去吧。"

他是否留在卡斯特桥的问题,由于牛森即将登场而义无反顾地决定了。亨察德绝不是可以在这样贴近他良心的问题上确定无疑地接受谴责的人。他已经是既能默默忍受痛苦而又显得高傲的老手了,于是他决心把自己的打算尽可能轻描淡写地表达出来,同时立刻采取一些步骤。

他本来是把这个年轻的女人看做他在这个世界上所拥有的一

切,这时却仿佛不再关心她似的说:"伊丽莎白-简,我就要离开卡斯特桥了。"这句话让她大吃一惊。

"离开卡斯特桥!"她大喊起来,"而且离开——我?"

"是,这个小铺子,你一个人也能经管得和我们两个人一样好。我不愿意操心什么铺子、大街、亲人了——我更愿自己一个人到乡下去,不在别人眼皮底下,由着我自己的方式去过日子,让你也由着你自己的去过。"

她低头向下看着,默默流泪。她似乎自然而然地觉得,他这个决定是由她的恋情和它大有可能产生的后果而引起的。不过她还是控制住自己的感情,说出了自己对法夫瑞忠贞的情怀。

"你做出了这样的决定,我很难过,"她颇感为难而又坚定地说,"因为我认为,很有可能——可能——过不多长时间我就会嫁给法夫瑞先生,而且我原来不知道,你不赞成这一步!"

"伊泽①,你想做的任何事情,我都赞成。"亨察德声音沙哑地说,"即使我不赞成,那也没有关系!我希望走开。我留在眼前,将来会把事情弄得左右为难;简单一句话,最好我还是走。"

她动之以情的任何办法,都无法打动他重新考虑他的决定;因为她无法打动她根本不了解的东西——就算她知道了,他只不过是她的继父罢了也不会看不起他,就算她了解了他做过种种手脚把她蒙在鼓里她也不会恨他。可是他相信,她做不到这些;而当时也没有什么话或者什么事可以打消他所坚信不疑的这一套。

"那么,"最后她说,"你就不可能来参加我的婚礼了;事情不应该是这样的。"

"我不愿意看到它——我不愿意看到它!"他大喊起来,然后又比较温和地说,"可是在你往后的生活里,有时也会想想我吧——伊泽,你会想到我吗?——将来你成了全市最为富有、首屈

---

① 伊泽为伊丽莎白的爱称。

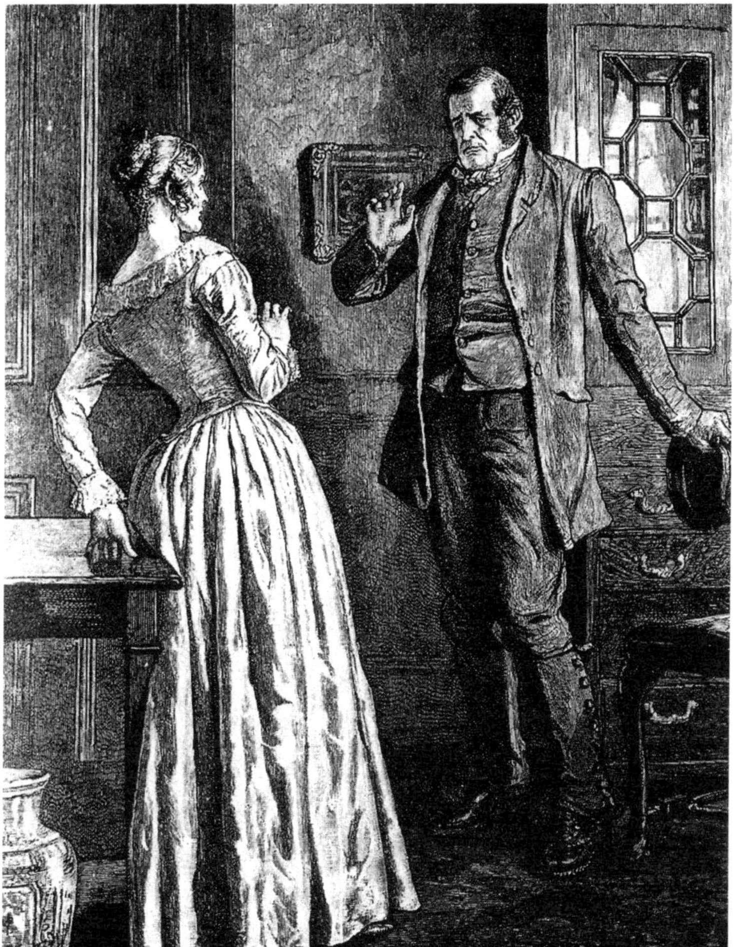

一指的人的妻子那时候,请你想想我,将来你知道了我全部罪过的那时候,也别因为这就让你忘了:虽然俺爱你爱迟了,可是俺爱你爱得深。"

"这都是因为唐纳德!"她抽抽搭搭地说。

"我并非不许你嫁给他,"亨察德说,"请你答应,不会完全忘了我,等到——"他的意思是说,等到将来牛森来了的时候。

她在激动之中不假思索就答应了;于是在当天晚上黄昏时分,亨察德就离开了这座城市,而对这座城市的发展,多年来他一直是主要的推动者之一。在那天白天里,他买了一个装工具的新篮子,把他那把旧切草刀和螺丝转擦干净,打上新绑腿和护膝,穿上灯心绒衣服,以另外的方式重新穿上了他青年时代的那种工装,永远抛弃了那身破落绅士派头的衣服和陈旧褪色的丝礼帽,自从他潦倒以来,那套行头曾使他在卡斯特桥街头独具特色,表明他是见识过好日子的人。

他人不知鬼不觉地独自走了,熟识他的许多人当中谁也没觉出他悄然离去。伊丽莎白-简伴送他一直走到大路上的第二座桥头——因为那位还没猜出来的客人约她在法夫瑞家见面的时间还没有到——她和他分别的时候怀着毫不做作的惊异和悲伤——最后又把他拉回来待了一两分钟才让他离去。她看着他的身影穿过荒原,逐渐变小,每走一步,他背上的黄色草篮子就跟着一上一下颠簸,他膝盖后面的褶子也一左一右交替出现,一直到最后再也看不见了。虽然她并不知道,但是亨察德在这个时刻的情景,和他在将近四分之一个世纪之前第一次走进卡斯特桥的情景,却是非常地相像。说真的,也有不同的地方:就是他的年岁大有增加,使他脚步的弹性大为减少;就是他处于毫无希望的境地,使他的精力减弱;篮子重重地压在身上,使他的双肩明显地弯了下去。

他一直走到第一块里程碑的地方,这块碑竖在河岸旁边,在一个陡峭的半山坡上。他把篮子搁在石碑顶上,把肘臂撑在上面,禁不住突然抽搐起来,这比呜咽啜泣更糟,因为它是那么难受而又干涩无泪。

"只要我能够让她和我在一起该多好——只要我能够!"他说,"那时,苦活对我就算不了什么了!可是这是办不到的。我——该隐①——孤苦伶仃,罪有应得——一个给抛弃了的人——一个四处漂泊的人。但是,我受的刑罚并没有超过我所该当的!"

与此同时,伊丽莎白为他叹了一口气,心境又平静下来,转身朝卡斯特桥走去。她还没走到第一所房子,就在路上遇见了唐纳德·法夫瑞。这显然不是他们当天第一次见面;他们不拘礼法拉起手来,法夫瑞急切问道:"那么他走了——那么你告诉他了吗?——我的意思是指另外那件事——不是咱们的事。"

"他走了;而且你那位朋友的事,凡是我所知道的,我全告诉他了。唐纳德,他是谁呢?"

"好了,好了,亲亲,你一会儿就会知道的。而且,要是亨察德先生走得不远,他也会听说的。"

"他要走得远远的——他决心要销声匿迹!"

她走在她心爱的人身边。他们走到十字路,或叫鲍街的时候,她和他一起转进粮食街,而没有照直走进自己的家门。到了法夫瑞的房子,他们停下来,然后进去了。

法夫瑞使劲甩开楼下起居室的门,说"他在那里等你",于是伊丽莎白就进去了。在安乐椅上坐着这个宽脸膛,很和蔼的男子,他一年多以前在一个难忘的早晨去拜访过亨察德,而且亨察德看见他上了马车,来到这里还不到半小时就又离开了。他就是瑞查德·牛森。她同这位心情轻松愉快的父亲经历了六年仿佛是死别

---

① 该隐是亚当和夏娃的长子,因杀死弟弟亚伯受到上帝处罚,颠沛流离。该隐对上帝说:"我的刑罚太重,过于我所能当的。"参看《圣经·旧约·创世记》第4章。

的分离,如今久别重逢,不必细说,即使不提他们的父女之情,也颇令人感动。亨察德的离去马上找到了缘由。等到事实真相澄清了,恢复她那往日对牛森的信任,并不像原来想象的有那么大的困难,因为亨察德的所作所为本身就证明了这些事实是真的。再说,她本来就是在牛森的慈父式关怀下长大的;而且,即使亨察德真是她的生父,等到她和亨察德别离的时间一久,这个早年和她住在一起的父亲差不多也可以胜过他了。

她出落成这个样子,牛森的得意令他难以表达。他把她吻了又吻。

"我给你省了来会见我的麻烦啦——哈,哈!"牛森说,"是这么回事儿,这里这位法夫瑞先生,他对我说:'来吧,牛森船长,到我这儿来待一两天,我可以把她带来。''真的呀,'我说,'那我就来。'于是我就到这儿来了。"

"嗯,亨察德已经走了,"法夫瑞一边关门一边说,"他这样做是完全自愿的,我从伊丽莎白那儿知道,他一直待她很好。我原来倒是挺不放心;可是现在一切都照原来应该的样儿了,我们也就不再有什么困难了。"

"好了,现在跟我原来想的差不多,"牛森轮流往他们两个的脸上看,"我以前总想偷偷地看她一眼,不让她知道;那时我总是自言自语,唉,总有上百次这样说:'确确实实,我最好还是像现在这样不声不响地过些日子,等将来事情变好点儿再说。'我现在知道了,你们都很好,我还希望什么呢?"

"啊,牛森船长,现在每天都看到你在这儿,俺会很高兴,因为这不可能有什么坏处。"法夫瑞说,"我现在一直在想,婚礼也可以就在我自己的家里举行,这所房子很大,你自己也住在这儿——这样一来你不是就可以省掉许多麻烦,还可以节省许多费用吗?——一对新人结了婚却不用走很远才到家,这多方便!"

"我衷心赞成,"牛森说,"因为就像你说的,这不可能有什么坏处,现在可怜的亨察德已经走了;不过,要不是这样,俺是不会这样做的,也一点不会让自己挡着他的道;因为我这一辈子搅乱了他的家庭,都到了文明礼法所不能容的程度。可是年轻的姑娘本人对这件事怎么说呢?伊丽莎白,我的孩子,你来听听俺们正在谈论的事情,不要老是盯着窗户外面,好像你并没有听见似的。"

"这得由你和唐纳德定夺。"伊丽莎白嘟囔着说,同时仍然仔细察看街上的一个什么小东西。

"那么好吧,"牛森继续说下去,同时把脸转向法夫瑞,显出一副全神贯注的样子,"我们把事情就这么办了吧,法夫瑞先生,你已经备办了那么多,还有房子,还有所有那些;那么我也在我这一头办喝的吧,保证朗姆酒和斯希丹酒①——也许十二坛足够了吧,因为客人有许多是女宾,大概她们不会喝得很凶,不用把预算的平均数定得很高吧?可是还是你最了解。我给男人和船上同伴备酒的次数可多啦,可是我像小孩似的不懂得,在这种喜庆的时候,一个女人——当然不是指一个能喝酒的女人——得喝下多少杯烈酒?"

"啊,什么也不要——我们不需要那么多——啊,不要!"法夫瑞给吓得认真地直摇头说,"你把一切事情都交给我吧。"

他们就这类细节又交谈了一会儿,这时牛森仰靠在椅子上,若有所思地对着天花板微笑起来,他说:"法夫瑞先生,我告诉过还是没告诉过你,那一次亨察德先生是怎么样让我失掉线索的?"

他表示不知道船长指的是什么。

"唉,我想,我是没告诉过你。我下过决心,我记得,不愿损害这个人的名誉。可是现在他走了,俺可以告诉你了。嗯,我上星期找到了你,在那个时候以前九个月或者十个月,我来过卡斯特桥。在那之前我到这儿来过两次。第一次我是路过这个城市到西边

---

① 荷兰南部城市斯希丹出产的一种著名的杜松子酒。

去,那时还不知道伊丽莎白住在这儿。后来我在什么地方——我忘了是在哪儿——听说,一个姓亨察德的,在这儿当过市长,所以我又回来了,那天早晨去拜访他。这个老坏蛋!——他说,伊丽莎白-简几年以前就死了。"

伊丽莎白这时认真地留神听着他讲的事。

"哎哟,我脑子里从来没想过,这个人是对我撒谎,"牛森继续说,"说真的,我当时那样心烦意乱,所以就回到把我带来的那辆马车上,又继续上路了,在这个城市里连半小时也没待住。哈哈!——这个玩笑可开得真妙,还真管用,而我对这个人还真信了!"

伊丽莎白听到这个消息大为惊讶。"开玩笑?——哦,不是!"她大声说,"父亲,那么所有这些个月,是他把你和我分离了,这些时候你本应该一直在这儿的。"

这位父亲承认情况就是如此。

"他不应该这么做!"法夫瑞说。

伊丽莎白叹息着说:"我答应过,我永远不会忘了他,可是,唉,我想我现在应该忘了他了。"

牛森像许多闯荡江湖河海的人一样,见识过各种稀罕的人和稀罕的伦理道德,并未把亨察德的罪过看得有多么重,尽管他本人一直是它的主要受害者。确实,对于这个缺席罪人的攻击变得越来越凶,他反倒站在他这一方了。

"嗐,他说的终归也不过是几句话,"他辩护说,"而且他怎么会知道,我是那么一个大傻瓜,居然会信他的呢?这固然是他的错,同样也是我的错,可怜的人!"

"不,"伊丽莎白变得反感起来,坚定地说,"他知道你的性情,你老是那样相信别人,父亲,我听见母亲这样说过上百次了。他这么做是欺负你。他这五年来一直说他是我父亲,让我和你断绝了关系之后,他不应该还做这种事。"

他们就这样谈论着,没有谁当着伊丽莎白的面,为减轻那个不在场的人的欺骗罪而辩护。即使亨察德在场,他也不会为此抗辩,他对他本人或是他的名誉已经看得一钱不值了。

"好了——好了——这一切都过去了,"牛森温和地说,"那么,还是再说说这次婚礼吧。"

四十四

与此同时,他们所谈论的那个人孤独无伴地一路往东直走到精疲力尽,这才四处打量找歇息的地方。他和那姑娘分手使他的心这样深切地恼怒,弄得他根本不愿意走进一家小客店或者哪怕是一个最贫寒的住家户之类的地方。于是他走进一块地里,在一垛麦秸下面躺下,觉得不想吃东西。心情沉重忧郁使他不觉沉沉入睡。

第二天清晨,秋天光芒四射的太阳越过麦茬地照进他的眼里。他打开篮子,把准备当做昨天晚餐的东西当早餐吃了。他一边吃着,一边翻看工具篮里其他的东西。虽然他带的每一件东西都必须自己背着,他还是偷偷地在他那些工具中间放进了几件伊丽莎白-简丢下不用的东西,什么手套呀,鞋呀,她写过字的纸片呀,以及诸如此类的东西;在他的衣袋里,还装着她的一绺头发。他仔细看过了这些东西,又把它们收好,然后继续向前走。

亨察德的那个灯心草篮子背在他的背上,一连五天都在两道大路边的树篱中间向前行进,偶尔有一个在地里干活的农工透过树篱插条望过来,就会看到这个鹅黄色的灯心草篮子,还有这个步行人的帽子和头,还有他朝下低着的脸,那张脸上老是摇晃着细小树枝的阴影。现在越来越清楚,他旅程的方向是韦敦·普瑞厄兹。第六天下午他走到了。

这座有名的小山丘,世世代代每年都在那里办一次大集,此时却阒无人迹,而且也没有别的东西。几只羊在附近吃草,可是等亨察德在山头站住脚,它们就跑开了。他把草篮放在草地上,怀着一种感伤好奇的心情四下打量,后来他发现了他妻子和他在二十五年前走过的那条路,从那里他们来到了这块他们俩都永远不会忘怀的高地。

"是呀,我们是从那条路走过来的。"他把方向找准了以后这样说,"她抱着孩子,我看着歌谣歌篇儿。后来我们穿行走到这儿来——她是那样悲伤,那样疲乏;而我,因为我那该死的傲气和对自己的贫穷感到羞耻痛恨,我差不多都没跟她说话。然后我们就看到了那个帐篷——它一定是搭在靠这边一些。"他走到那个地方,实际上那儿并不是原先搭帐篷的地方,不过他以为是在那儿,"我们就在这儿走了进去,我们就在这儿坐了下来。我对着这个方向。后来我喝了酒,犯了罪过。她跟他去了之前,一定是站在那个鬼地方,对我说出她最后的几句话。我现在能听见他们说话的声音,还有她那抽泣的声音:'啊,迈克!俺跟着你一直是除了闹气还有什么!现在俺再也不归你了——俺要上别处碰运气去了!'"

一个人回顾过去一段壮志冲天的经历,发现他感情上的牺牲并不亚于他物质上的收获,自然感到辛酸,而这亨察德不仅体验到了,并且因为他眼见自己的改过自新也成为泡影,所以就倍感辛酸。对所有这一切,他已经早就感到懊悔了;可是他想以爱来代替雄心壮志的种种尝试,现在也和他的雄心壮志本身一样一败涂地。他那曾受委屈的妻子略施诡计就一举挫败了它们,而这种计谋又是如此至纯至朴,简直可以说是美德。所有这些有损社会法则的行为却生出了那朵自然之花——伊丽莎白,这可真是一桩不可理喻的结果。他希望罢手人生,有一部分原因就是出自他悟出了人生的龃龉抵触自相矛盾,悟出了大自然欣然伺机支持那些离经叛道的社会法则。

他拜访这个地方,就是把这当做一种赎罪之举。他打算从这里再往前走,到国内其他地方去。可是他不禁又想到伊丽莎白,想到她所居住的那块地方。由于这种缘故,他厌世的离心倾向,就让他爱继女的向心力冲抵了。结果亨察德并没有径直朝前却是越走离卡斯特桥越远,而是几乎完全不知不觉地逐渐偏离了他原来打算走的那条道。他游游荡荡走过的道路,就像加拿大伐木工的路线一样,最后渐渐成了以卡斯特桥为圆心的一条弧线。每当他爬上一座小山的时候,他总要根据太阳、月亮和星星的位置尽量弄清方位,而且心中牢牢记住卡斯特桥和伊丽莎白-简所在的确切方向。他虽然嘲笑自己的脆弱,然而每个小时——不,每隔几分钟——他还是要默念,她当时在干什么——她的起居来往——直到想起牛森和法夫瑞。他们所含有的抵消力,就像一阵冷风吹过一片池塘,立刻抹去了她的形象。那时他就会自言自语:"唉,你这个傻瓜!你这样想念女儿,可是她并不是汝①的女儿呀!"

他最后在自己那个捆草本行当里找到了活儿干。秋天这个时候这种活儿是颇有所需。他干活儿的地方是个牧场,靠近古老的西大道,是连接各个新兴繁华中心和威塞克斯边远地区的交通要道。他选择这条交通干线沿路的地点,是出于这样一种想法:他对她的幸福太关心了,那么,他住在这里,虽然离她有五十英里,可是实际上比离她近一半的路程但却没有大道相通的地方反而还要更近一些。

亨察德就这样为他自己又找到了恰巧是他二十五年以前的那种安身立命之地。从外界来说,没有任何东西可以妨碍他重新开始,并且用自己的眼光去超越他在心智尚未完全开化的状态下曾经取得的那些成就。但是上帝为把人类改善自身处境的种种可能性降到最低限度而巧设的机关,横陈在所有这一切的途程之间;这种安排早已设定,将行事智慧的增进与行事热情的消退同步并施。

---

① "汝",原文 thine,英文 your 之古语,也可见于英文《圣经》;在亨察德的"土话"中出现,恰可视为某些古语往往长久存留于偏远闭塞地区之证,各国皆然。

他已经没有心愿去把世界再次当做角斗场;对他,世界早已只不过是一个漆涂彩绘的舞台而已。

他的切草刀在散发着香甜气味的草茎中咔嚓咔嚓地切下去的时候,他经常总是估量着人类而且自言自语:"不管这里还是那里,到处都有一些人像霜打的叶子一样过早地凋落,尽管他们的家庭、国家和世界都还需要他;而我呢,是个世界的弃儿、大地的累赘,谁也不需要,谁也看不起,然而却违背自己意愿地苟延残喘!"

他常常留神倾听大路上来往行人的谈话,——这绝不是出于通常的好奇,——而是怀着这样的希望:这些在卡斯特桥和伦敦之间往返的过往行人当中,迟早总会有人要谈到他原来那个地方的情况。然而,离得太远总不大可能满足他的愿望。他留神细听路旁闲谈效果最好的一次是,有一天他真听到大道上一个赶大车的说出了"卡斯特桥"这个地名。亨察德赶快跑到他干活这块地的围栏门口,向说这话的陌生人打招呼。

"是呀,先生,俺是从那里来的,"他回答亨察德的询问说,"你知道,俺这是个来来往往的生意;可是现在大家旅行不用马,这已经越来越平常了,俺这个活儿很快就要完啦①。"

"俺能问问那老地方有啥变动吗?"

"一切都跟往常一样。"

"我听说,上届市长法夫瑞先生打算结婚。这会儿这件事是真是假呀?"

"老实告诉你,俺可说不上。噢,俺想不会。"

"可是,约翰,是真的——你忘了。"车篷里面一个女人说,"这个礼拜开头的时候,俺们运到那儿去的那些大包是干吗的?确实他们说过,婚礼马上就要到啦——是在圣马丁节②吧?"

---

① 指马车为火车取代。
② 圣马丁节在每年十一月十一日。

那个男人说,他一点也不记得有那件事;那辆大车于是就吱嘎吱嘎继续往上翻过了小山。

亨察德相信,那个女人记得不错。这个日子也是非常可能的一天,因为双方谁也没有理由要拖延。他可以就这件事写信问伊丽莎白;但是他一心想退隐避世,这么做就会招来麻烦。不过他离开她之前,她曾经说过,她不希望在她的婚礼上没有他在场。

现在他心里又不断地回想起来,并不是伊丽莎白和法夫瑞把他从他们那儿赶走的,而是因为他自己有一种高傲的感觉,认为他待在那儿再也不适人意了。他认为牛森会回来,可是并没有确凿地证实,那位船长一定要回来;更不能说伊丽莎白-简会欢迎他;而且一点也没有证实,如果他真的回来了,他会住下。要是他的看法原来就错了呢,要是并没有必要让他卷进这些麻烦事当中去,使他和他钟爱的继女截然分开,那又怎么样呢?再做一次努力去接近她吧:回去,看看她,在她面前做一番表白,请求她原谅他的欺骗行为,竭尽全力争取使自己在她的情爱中继续占有一席之地;哪怕有遭到拒绝的危险,唉,哪怕有生命的危险,这也是值得的。

可是怎么开始把他以前的全部决定都翻过来,而不至于引起这对夫妇因为他出尔反尔而看不起他,这却是一个令他忐忑不安、反复琢磨的问题。

他切草捆草,又干了两天,然后不再犹豫,断然不顾一切地下定决心去参加结婚典礼。他既不打算写信,也不打算送口信。她曾经对他决定不出席婚礼表示过憾意——他出其不意地突然出席,也许可以填补她那公正的心灵由于缺少了他而可能虚空的一隅。

他这样一个人在这样一种喜庆的场合久留本无什么可炫耀的,为了让自己尽可能少作打扰,他决定到晚上才露面——那时候刻板拘谨可能早已消磨殆尽,将过去的一切都打发过去的温馨祝愿会在所有人的心中荡漾。

他在圣马丁节的前两天早上步行动身,这样把婚礼那天计算在内,三天路程中他每天大约都得走十六英里左右。沿途只有麦切斯特和绍茨福德还算是两座较大的市镇。第二天晚上,他在绍兹福德住下,不仅是要休息,而且也是要给自己下一天的晚上做准备。

他那身工作服,经过这两个月狠命穿戴,现在满是油垢,不成样子,而他又没有别的衣服,于是他走进一家商店去买几件东西,这样无论如何在外表上总可以使他和明天的普遍气氛稍显协调。主要是一件质量虽粗但还体面的上衣和礼帽,一件新衬衣和新领巾。他先让自己感到至少在外表上不会唐突她了,然后才接着去做更感兴趣的事情,特意为她买点礼物。

应该买什么当礼物呢?他在街上走来走去,仔细看着商店橱窗里的陈列品犹豫不决,心情抑郁,因为囊中羞涩,难以承受他最喜欢给她买的礼物。最后他相中了一只鸟笼中的金丝雀。鸟笼简朴,小巧,铺面寒酸,打问后他认为还付得起那不高的要价。一张报纸在这只小生灵的铁丝牢笼外面包好捆上,亨察德就手里提着这个打好包的鸟笼,找了一个在晚上住宿的地方。

第二天,他动身走最后一段路,很快就走进了他往日做生意的地盘。有一段路他是坐车走的,他选了商贩大车后部最暗的犄角坐下。车上的其他乘客主要都是一些坐短途的妇女,他们在亨察德的面前上车下车,谈了许多当地的新闻,其中很大一部分是谈他们越来越靠近的那个市镇里那天正在举行的结婚盛典。从他们的谈话中听得出来,市乐队已经雇好为晚会演奏,而且又恐怕这个乐队的乐手生性耽于饮宴,妨碍他们发挥技巧,还进一步从蓓口订了弦乐队,一旦需要就可以作为后备,接着演奏。

然而他所听到的,比他早已知道的具体事情也多不了什么。在旅途中使他最感兴趣的事情倒是卡斯特桥悠扬洪亮的钟声,这声音传进旅客耳中的时候,马车正好刹车停在耶鲁伯瑞山顶。当时刚好中午十二点整。

这一阵钟声是一个信号,说明一切都已经顺利进行,说明这件事没有发生任何一点疏漏,说明伊丽莎白-简和法夫瑞已经结为夫妻。

亨察德听到这阵钟声之后,不想和他那些唠叨絮语的旅伴再往前走。的确,这声音使他泄气了。他坚持他原定的计划,不到黄昏不在卡斯特桥街头露面,免得有损法夫瑞和他新娘的体面,于是他带上他的小包和鸟笼,在那里下了车;那条宽阔发白的大道上,不久就只剩下他这一个孤零零的身影了。

差不多两年以前,就是在这座小山附近的地方,他曾经等着要和法夫瑞见面,好把他妻子露塞塔病重的消息告诉他。这个地方依然如故,那些落叶松也依然在发出同样调子的叹息;但是法夫瑞却有了另一个妻子,而且亨察德知道,这是一个更好的妻子。他只是希望,伊丽莎白-简得到一个比她从前有过的更加美好的家庭。

他在一种好奇而又极其紧张的状态下度过了下午剩下的时间,他做不了很多事情,一心只想着马上就要到来的同她会面,并且因为自己的这种心绪而感伤地嘲讽自己是剃光了头发的参孙①。在卡斯特桥的风俗习惯中似乎还没有实行那种新式的办法;新郎和新娘举行婚礼之后立刻离开本市前往外地,不过如果他们真的这样办了,他也要等他们回来。为了使自己把这点弄准,他走到靠近市区的时候,就向一个在市场做买卖的人打听,那对新婚夫妇是不是走了,那个人当即告诉他,他们没走。根据所有人的说法,那个时候他们正在粮食街自己的家里款待满座高朋。

亨察德拂去靴子上的灰土,在河边洗了手,借着微弱的灯光走进市内。他其实并不需要预先打听,因为等走到靠近法夫瑞住宅

---

① 参孙有神力,所向无敌,后因泄露自己的力量来自头发,敌人设谋剃去他的头发,于是他力尽被俘。参见《圣经·旧约·士师记》第13—16章。

的时候,哪怕最不细心观察的人也会看得清楚,里面是一片喜庆。唐纳德本人也参加表演节目,他的嗓音在街上都可以听得清清楚楚。他唱的是他亲爱的故乡的一首歌,具有强烈的表现力,他对故乡如此热爱,却竟然从来没有再回去看看。一些闲逛的人站在房前的便道上。亨察德希望躲开这些人的注意,就快快走过去,来到门口。

门敞开着,大厅里灯火辉煌,楼梯上人们上上下下,他的勇气顿时全消;脚走痛了,手里拿着东西,身上穿得寒碜,就这样闯进那样豪华气派的场面中去,即使不引起她丈夫的反感,也会使他心爱的继女毫无必要地丢脸。于是他绕到房后他非常熟悉的那条街上去,走进花园,穿过厨房,悄悄进到屋子里。他暂时把小鸟和笼子放在外面的灌木丛下面,使他一出现的时候不显得太难堪。

孤独和忧愁把亨察德变得那么软弱,从前他觉得不屑一顾的事,现在都感到害怕了,于是他又开始希望,他要是不在这个当口贸然前来就好了。然而,想不到事情进行得非常顺利,他发现厨房里只有一个老太太,她好像是在法夫瑞家里忙乱的时候临时请来当管家的。她是那样一种遇事不惊的人,不过她对他既素不相识,他的请求肯定也显得奇怪,但她还是自愿去向房子的男女主人通报,说"一位卑微的老朋友"到了。

可是她又想了一下之后说,他最好不要在厨房里等,还是进到后面的小客厅好,那儿正空着。他于是就跟随她进了小客厅,她把他一个人留在了那里。她走过楼梯口正要进入最好的那个客厅的门,这时响起了一支舞曲,她只好回来,说等舞曲奏完,她再去通报他光临,因为法夫瑞先生和太太两人都加入了这场舞。

前屋的门已经卸下来了,好腾出更多地方,亨察德坐在里面的那间屋子的门半掩着,每当跳舞的人翩然回旋到靠近过道的时候,他就可以看到他们的部分身影,主要是裙子和波浪形鬈发,同时还能看到乐队的大半个侧影,其中有一个提琴手的胳臂来回摇摆的影子和低音提琴弓子的尖头。

这种欢快的气氛使亨察德的精神受到刺激;他不大明白,像法夫瑞这样一个头脑清醒的人,一个经过忧患的鳏夫,为什么竟会对整个这一套有兴趣,固然事实上他还很年轻,唱歌跳舞都很快就会激起他的热情。至于文静恬淡的伊丽莎白,她老早以前就看重人生的价值在于温和节制,虽然处在少女时期就懂得,结婚通常不是什么跳跳蹦蹦的事情,可是现在居然也热衷于这种狂欢喧闹,这使他更加惊讶。不过他最后还是下了结论:青年人终究不是老年人,而且风习成规威力无穷。

跳舞的人不停地跳着,他们的圈子多少扩大了一些,这时亨察德才第一次瞥见了那个主宰着他又令他心痛的、他曾经小看了的女儿。她穿了一身白色的衣服,究竟是绸子的或者是缎子的,因为离得太远,他无法说清,但是雪白雪白的,没有一点奶渍或油污。她脸上的表情与其说是轻松愉快,不如说是放纵享乐。不久法夫瑞也转过来了,他那种苏格兰人手舞足蹈的样子,马上就使他变得引人注目。这一对夫妇并不是在一起跳舞,但是亨察德可以觉察到,每逢交换舞伴,他们又暂时换成一对的时候,他们的感情就散发出一种比起其他时候更加难以捉摸的韵味。

亨察德逐渐发觉,有一个人跳得轻捷热烈,连法夫瑞对他也要甘拜下风①。这很稀奇;而更稀奇的是,他发现这个使别人黯然失色的人物竟是伊丽莎白-简的舞伴。亨察德初看到他的时候,他正在堂皇气派地飞旋而来,他的头颤颤巍巍地低下去,两条腿交叉成一个斜十字形,背对着门。第二次,他从另一个方向旋转过来,马甲比脸先露出来,脚尖又比马甲先露出来,他那张高高兴兴的脸——亨察德狼狈不堪的根源就在这里。这是牛森的脸,牛森真

---

① 此句似从莎士比亚的《哈姆雷特》转化而来。在该剧第三幕第二场哈姆雷特说:"希律王的凶暴也要对他甘拜下风。"(希律王为耶稣诞生时代的古犹太暴君。)

地来了,而且已经将他取而代之。

亨察德一下冲到门口,在那里一动不动地待了片刻。他直挺挺地站着,像一座阴森森的废墟,"从自己灵魂深处升起的阴影"①,罩得他暗淡无光。

但是他再也不是那种逆来顺受的人了。他的激动极其强烈,真是情愿一走了之;可是还没有等他离开,舞已经跳完了,管家已经通报伊丽莎白-简,有一位生客在等她,于是她立刻走进这间屋子。

"哦——是——是亨察德先生!"她一边说,一边吓得往后退。

"什么,伊丽莎白?"他抓住她的一只手大声说,"你说什么?——亨察德先生?别、别像这样抽打我呀!叫我一钱不值的老亨察德吧——什么都行——可是不要这样地冷酷无情!——噢,俺的姑娘——我知道你有了另外一个顶替了我的亲父亲。那么一切你全知道了;可是不要把你整个的心思都给了他呀!你一定要给俺留一点儿地方!"

她满脸通红,把手轻轻地抽开了。"我本来是能够永远爱你的——我本来很高兴这样,"她说,"可是现在我知道,你那样欺骗我——把我骗得好苦,我又怎么还能够呢?你让我觉得,我父亲不是我父亲——多年来一直让我活得糊里糊涂,不明真相;而且到后来,他,我那热心肠的亲父亲来找我了,你却恶毒地捏造说我死了,狠心地把他打发走了,几乎让他悲痛欲绝。哦,一个人这样对待我们,我怎么还能像以前那样爱他呢?"

亨察德的嘴半张着打算解释;但是他一言未发,又把嘴像一把老虎钳子似的紧紧闭上了。此时此地,他怎么好在她的面前对自己那些弥天大过做什么有用的辩白呢?——说他本身起初在确认她这个问题上一直也受到蒙蔽,直到看了她母亲的信才得知他自

---

① 引自雪莱《伊斯兰的反叛》。

己的孩子已经死了；说，对第二项指责，他撒谎是像个赌徒那样孤注一掷，因为他爱她胜于爱他自己的荣誉。有许多障碍不容他做这样一种辩解，而其中并非最不重要的一个则是，他没有充分估价自己以热烈请求或缜密论点来减轻自己痛苦的作用。

因此他抛开了自我辩护的权利，仅仅关注于她的心烦意乱。"请你不要因为俺而苦恼自己吧。"他傲气十足，屈尊俯就地说，"俺不希望这样——在这样一种时候，而且是为这个，俺不该来看你——俺认识到俺的错。不过，也就只有这一次了，所以请原谅吧。伊丽莎白-简，俺再也不会来打扰你了——不会，俺至死也不会！晚安，别了！"

就这样，她还没有来得及回过神儿来，亨察德就从她的屋子出去了，和他来的时候一样，从后面那条路离开这所房子；而她也就再也没有见到他了。

四十五

在上一章里的那一天过完之后,大约已经有一个月了,伊丽莎白-简对她那种环境中的新鲜劲儿已经习以为常,而唐纳德目前和过去的举动之间唯一的区别就是,他营业时间结束之后,很快就匆忙赶回家里,不像以前总是习惯于再做一段时间事情。

婚礼以后,牛森还在卡斯特桥逗留了三天。(婚礼的欢乐气氛可以使人猜测到那是他而不是那对新人造成的。)他成了眼前归来的克鲁索①,引人注目,令人尊崇。然而不知道是不是由于卡斯特桥多少世纪以来都是巡回法庭②开庭的地方,每半年都有离别世界、远走天涯③以及诸如此类耸人听闻的事情,形同演戏的归来和出走,已难以引起它的轰动,卡斯特桥的居民并未因牛森的关系而失去他们的泰然自若。第四天早晨,有人看见他闷闷不乐地爬上一座小山,渴望从什么地方能够遥望大海。临近带咸味的海水已经成了他生存中不可或缺之事,因此尽管在别的城市有他女儿生活的社会圈,他还是愿意挑选蓓口作为他定居的地方。他到那里,住在一所带绿色百叶窗④的小房子里,有一个凸窗向外伸出去,只要打开窗户,向前探身,从挡在中间林立的高楼间的窄缝里望过去,就足可看到一个条幅状蔚蓝大海的远景。

---

① 指英国小说家笛福的小说《鲁滨孙·克鲁索》(即《鲁滨孙飘流记》)的主人公。
② 旧时英国有巡回审判制度,法庭定期在若干城市轮流开庭,审讯重大案件。
③ 指判处绞刑或远远流放至澳大利亚博托尼湾去。
④ 此为当时一种新式护窗。

伊丽莎白-简正站在楼上客厅当中,头歪向一边,用挑剔的眼光察看一些重新布置的物件,这时女仆走进来报告:"哦,打扰太太,现在我们弄清楚了那个鸟笼是怎么到那里的了。"

唐纳德·法夫瑞太太住进这里来的第一个星期,探查她的新环境,用审视而又满意的眼光看着舒适宜人的这间屋子、那间屋子,小心翼翼地走进黢黑的地下室,迈着哆哆嗦嗦的步子走到秋风萧瑟落叶遍地的花园,就这样,她宛如一位英明的陆军元帅,估量着现场潜存的能量,然后好在这里展开她掌管家务的战役。——唐纳德·法夫瑞太太在一个隐蔽的角落发现了一个新鸟笼,裹在报纸里,笼子底上有一小团羽毛——那只金丝雀的尸体。谁也没法告诉她这只小鸟和鸟笼怎么会到了那儿的;不过,那只可怜的小歌手明摆着是给活活饿死的。这一凄惨的事件在她脑子里留下了深刻的印象,尽管法夫瑞软语温存,说笑逗乐,她几天来还是不能忘怀;而现在,在这件事刚好就要淡忘的时候,却又有人旧事重提了。

"哦,打扰太太,我们弄清楚那个鸟笼子是怎么到那儿的了。那个农庄上的工人在婚礼那天晚上来过——有人看见他从街上走过来的时候手里拿着它;大家还以为,他是进来送信的时候把它放下来,后来走的时候,忘了把它放在那儿了。"

这就足够让伊丽莎白琢磨的了;而且她在琢磨的时候,仅以妇人之见就可以抓住要领:关在笼子里的小鸟是亨察德给她带来的,是结婚的礼物和悔过的象征。他对他过去的所作所为没有向她表示任何憾意或请求原谅;但是他的天性中有一点就是从不掩饰自己的罪过,而且总是最严厉地责备自己。她走出去看着这只鸟笼,把那只饿死的小歌手掩埋了。从这一个时刻起,对那个自外于人的人,她的心肠软了下来。

她丈夫回家来的时候,她告诉他,她把鸟笼之谜揭开了;并且恳求唐纳德帮她尽快查明亨察德让他自己流落到哪里去了,她要与他言归于好;要想办法使他过得不要像遭遗弃的人,尽量让他的生活像样一些。法夫瑞虽然从来没有像亨察德对他那样动情地喜欢过亨察德,另一方面他也从来没有像他原先这位朋友对他那样动情地恨过他,因此他丝毫没有不妥善地安排帮助伊丽莎白-简去实现她这个值得称颂的举措。

但是怎样着手去寻找亨察德可绝不是一桩轻而易举的事。他离开法夫瑞夫妇的家门以后,显然就像是土遁了一样。伊丽莎白-简回想起他有一次打算做的事,浑身哆嗦了。

可是,尽管她并不知道,亨察德从那以后却变成了另外一个人——就是从感情上的根本变化来说,是可以用这个激烈的字眼儿的,她也无须害怕。短短几天之内,法夫瑞就打听出来,有一个认识亨察德的人看见他在深夜十二点沿着麦切斯特大道径直往东走——换句话说,是沿着他过去来的路往回走。

这就足够了。于是第二天早晨,人们便可以看见法夫瑞赶着他的轻便马车,出了卡斯特桥往那个方向驰去。伊丽莎白-简坐在他的身边,围着一条厚密平滑的毛皮——那个时代的一种披肩,面色比以前略显丰润,而且带有新添的家庭主妇的庄重,这与她脸上生就的那种"一言一行间透出智慧之光"的人那一对米涅娃式的眼睛恰相匹配。她的生活至少曾经历过重重忧患,而今总算到达了前景看好的安全港湾,她的目标,就是在亨察德眼下只能是更加沉沦的情况下,尽先将他置于某种类似的宁静之中。

他们驱车沿着大道走了几英里,又接着打听。有一个在附近干了几个星期活的修路工告诉他们,他曾经在他们提到的那个时间看见过这样一个人,他在天气堡离开了通到麦切斯特的驿车道,走上了绕过爱敦荒原北部的那条岔道。他们拨转马头走上了那条路。不久,车轮就滚滚走过那片古老的土地,这里,那些原初部族的脚步一擦而过,从此以后,它的地面除了给野兔刨过,就连一指深也没有给翻动过。那些遗留下来的古冢上面石楠丛生,显出毛茸茸的暗褐色,在高地上圆圆地矗立天际,犹如千乳女神狄安娜①仰卧高地袒露的丰满乳房。

他们在爱敦荒原搜寻,但是没有找到亨察德。法夫瑞赶着车继续向前,下午走到了荒原向安格堡以北伸展的前沿附近。那儿有个明显的标志,是一座顶上有一簇枯枞树的小山,他们马上从山下赶车过去。他们完全可以肯定,他们所沿着走的这条道路,到此为止,正是亨察德步行走过的那条道;但是现在路上开始出现一些岔道,要想循着准确方向继续向前,就只能全凭猜测了。于是唐纳德竭力劝说妻子,不要再亲自找寻,而是靠其他办法来得到她继父的消息。他们现在离家至少有二十英里,但是如果在他们刚才经过的那座村子让马歇上一两个小时,还有可能当天赶回卡斯特桥;要是在野外继续走很远,那他们就只好露宿过夜了。"那样可就是在金镑上凿洞啦。"法夫瑞说。她掂量了一下当时的情况,同意了他的看法。

法夫瑞于是勒住马,但是在调转方向以前停了一下,居高临下泛泛地扫视了一遍周围铺展的旷野。他们正在眺望的时候,从那边树下走过来一个孤零零的人影,在他们前方经过。此人像是个干力气活儿的。他步履蹒跚,目光一直盯着前面,好像戴着眼罩似的,一只手上还拿着几根小木棍。他跨过这条路,下到一个小山谷,那里露出一所小农舍,他进到了里面。

"要不是这儿离卡斯特桥那么远,我就得说,他一定是可怜的卫特,那刚好像他。"伊丽莎白-简说。

"可能就是卫特,因为这三个星期他一直没到场院里来,什么都没说就走了。我还欠他两天的工钱呢,也不知道该把钱付

---

① 据古希腊罗马神话,狄安娜为月神、狩猎、森林和丰收女神,在爱琴海滨的弗索有狄安娜神庙;庙中有从天而降的千乳女神狄安娜雕像,曾被誉为世界七大奇迹之一,现已毁。

给谁。"

既然有这种可能,他们就下了车,至少要上小房子那儿去打听一下。法夫瑞把缰绳拴在院门柱上,他们于是走近这个简陋的、的确是最简陋的住所。墙是用黏土坯垒成的,原先表面用抹子抹过泥,由于长年雨水冲刷,墙面满是裂缝,坑坑洼洼、沟槽纵横。那些灰色的裂缝上面,有带着叶子的常春藤枝蔓在这里那里地拢着,可是也没有足够顶用的劲头拉住。房顶的椽子都弯了下来,顶上铺的草也烂了,露出一些窟窿。树篱上的叶子经风一吹,纷纷落到门道的犄角里,没有人动就积在那里。屋门半掩着,法夫瑞敲了敲,站在他们面前的正是卫特,恰恰不出所料。

他的脸上显出深切悲痛的样子,眼睛恍恍惚惚地望着他们,他手上还拿着刚才在外边捡回来的几根小木棍。等他一认出他们来就愣住了。

"怎么,阿贝·卫特,是你在这儿呀?"法夫瑞说。

"是呀,先生!你们知道,他虽然对俺厉害,可是妈在下边住的那会儿,他待她可善啦。"

"你说的是谁?"

"哦,先生——说亨察德先生呀!你还不知道吧?他刚刚过去了——照太阳看,约摸半个钟头以前;因为俺们自己没有表。"

"该不是——死了?"伊丽莎白-简结结巴巴地说。

"是,太太,他过去了!妈住在下边那会儿,他待她善,把上等的船运煤①给她送来,烧完了简直都没有灰;还有土豆呀什么的。都是她用得着的。你阁下和你旁边这位太太结婚那天夜里,俺看见他朝街下头走过去,俺觉着他垂头丧气、晃晃悠悠的,就跟上他走过灰桥。他转身看见俺,就说:'你回去!'可俺还是跟着;他又转过身来说:'先生,你听见了吗?回去!'可是俺看到他那垂头丧气的样子,

---

① 过去英国北方煤矿出产的优质煤均由纽卡瑟集散,经海运至各地。

俺还是跟着他。后来他说：'卫特,我一直在告诉你回去,你干吗还老要跟着俺。'俺说：'先生,因为俺看你的情况不妙;尽管你对俺挺厉害,可你待妈善,俺也要待你善。'后来他又朝前走,俺还是跟着,他就再也不抱怨俺啦。俺们就那样走呀——走了一整夜。早晨天上还是青灰色儿,不到大白天呢,俺朝俺前面一看,就看到他跌跌撞撞,简直都拖不动了。那会儿,俺们已经走过了这儿,俺原先走过的时候,看见这个房子空着,就把他弄回来。俺把窗上的木板都卸下来,帮他进里面。'怎么,卫特,'他说,'难道你真是一个又可怜又可爱的傻瓜,硬是要来照看俺这样一个倒霉的人!'后来俺又往前走了一截,近处有些砍木头的人借给俺一张床、一把椅子,还有几件别的用的,俺们把这些东西搬到这儿来,俺们尽量让他舒服点儿。可是他的气力没复原。因为,太太,你知道,他吃不下东西——吃不下,一点儿胃口也没有啦——他身体越来越虚弱,今天他就死了。有一个街坊已经去了,找人来给他量尺寸①。"

"天哪——落到这样!"法夫瑞说。

至于伊丽莎白,她什么也没有说。

"他在他的床头上别了一张纸,上面写了些字。"阿贝·卫特接着说,"可俺不是识字断文的人,念不了写的东西,所以不知道是什么,俺能去拿来给你们看。"

他跑进屋里去,他们俩静静地站在那儿,一会儿工夫他就拿着一张皱皱巴巴的纸回来了。纸上用铅笔写着下面这些话：

迈可·亨察德的遗嘱

不要把我死的事告诉伊丽莎白-简,也不要让她为我悲痛。

---

① 西俗:按死人尸体尺寸制作棺木。

还有不要把我葬在圣地。

还有不要请教堂司事为我鸣钟。

还有不希望任何人向我的遗体告别。

还有不要任何人跟随我送葬。

还有不要在我的坟头栽花。

还有不要任何人纪念我。

我签名如下

迈可·亨察德

"我们怎么办?"唐纳德把这张纸递给她说。

她无法清清楚楚地回答。"哦,唐纳德!"最后她泪眼模糊地说,"这叫人多么难过呀!唉,要是那最后一次分手时我没有那样冷酷无情,我也不会这样在意……可是已经没有别的办法了——那就只好这样了。"

亨察德在弥留的痛苦之中所写的这些,凡是能办到的,伊丽莎白-简都是谨遵照办,虽然这并不多是出于视遗嘱为神圣不可违,而更是她自己独立的见解:认为写这份遗嘱的人心口如一。她懂得,这些指示就是构成他整个生命的同种材质的一部分,因此而绝不能打折扣,以使自己的哀伤略得慰藉;或者给她丈夫博得个宽容大度的赞誉。

一切到底都过去了;尽管因为她在他最后来访的时候误解了他,因为她没有及早去搜寻他,使她追悔莫及,而且这种懊悔在好一阵子都深沉而又强烈。从此以后,伊丽莎白-简就觉得自己生活在温和的气候带里,在这种气候中本来就是温馨愉悦的,特别是她早期度过了若干在迦百农①的岁月以后,就更令人加倍地感觉

---

① 迦百农为巴勒斯坦加利利沿海城市,那里的百姓"坐在黑暗里"。耶稣即从此处开始传道。参见《圣经·新约·马太福音》第4章第13—16节。

到了。等到她新婚后生活生动炫目的感情逐渐安定宁静下来,她天性中较为精良的倾向就有了用武之地,她发现了自己周围那些日子不大宽裕的人那种使一些有限机遇尽量持久的秘诀(正如她曾一度领会的一样)。她认定这中间包括略施种种小技,把那些并不绝对难办地将自身展示于人的本来微不足道的称心如意之点加以扩大,如此把握住了,它们就和那些忽略未得的更广泛的利益一样,对生活起到了很多振奋鼓舞的作用。

她所得到的教义又反作用到她本人,因此而使她认为,她在卡斯特桥下层受到尊敬与在顶尖上流社会安享荣华,就个人来说这之间并没有什么重大区别。的确,她的地位已在一个明显的高度,按一般的说法,应该是对很多事给予感谢,但她却并未感情外露地感恩,这并非她的过错。她所拥有的那种经历教导她,姑且不论是对错与否,在这个可憾的世界匆匆过往的时候,得到的那种吉凶未卜的荣誉,几乎唤不起昂扬的热情;即使在旅途上某个中间站,像她那样骤然如日中天、光明耀眼也是如此。但她那强烈的意念仍然是:她或是其他任何人所得到的,都不应少于他理应所得。而这种意念也并未使她盲目,看不到这样的事实,就是还有另外很多人所得到的大大少于他们理应所得。她固然身不由己忝列幸运者之列,而对于不可预见的力量如此顽强持久却仍然不断感到惊奇;因为她正是这样一个人,在成年阶段得到了这种不受干扰的安谧宁静,而她的青年时代却似乎教导她:幸福不过是整个一出苦痛戏剧中一段走过场的插曲而已。